Josef Martin Bauer

Die Salzstrasse

Roman

Nymphenburger

Besuchen Sie uns im Internet unter http://www.herbig.net

2. Auflage 2002

Umschlagfoto: akg-images, Berlin
Umschlaggestaltung: Wolfgang Heinzel
Satz: Fotosatz Völkl, Germering
Druck und Binden: Wiener Verlag, Himberg
Printed in Austria
ISBN 3-485-00946-6

Die zwei Welten dieses Buches:
das Dorf und die Salzstraße,
die erhaltende und die vorwärts treibende Kraft im Volk,
sind mir begegnet in meiner Frau Gertrud,
der ich in Dankbarkeit dieses Buch widme

Josef Martin Bauer

I

Vor allem aber war die Straße.
Sie war, ehe etwas geschah. Und was geschah, brauchte den Schauplatz der Straße, weil sie hier dem Land ins Herz schnitt mit ihrem weißen Strich und weil sie dort sich nach Osten verlor, wo die Welt heiß und unruhig war und die Geschehnisse sich wie reife Äpfel von den Bäumen brachen.
Kein Buch und kein schwarzsteinerner Fund weiß von ihr. Dieses Nichtwissen aber ist ihre Zeugschaft, daß sie vor allem war.
Niemand nennt den Menschen, der zuerst das Sauergras in den Auen zertreten und die Weidenruten auseinandergebogen hat, der als erster einen Stamm Treibholz beigefangen hat, um darauf über den Fluß zu setzen.
Den nennt niemand.
Den weiß niemand. Vielleicht haben es nicht einmal seine Kinder mehr gewußt, daß er das Gras zur Gehbahn getreten und ein Treibholz als Fähre festgebunden hat. Es war doch so etwas Kleines, Bedeutungsloses, so eine ausgetretene Spur im Sauergras. Man ging darauf und trat sie breiter zum Fußsteig, der mit der langen Zeit zum schmutzigen Zugweg wurde und unter den mahlenden Scheibenrädern zur Straße. Der schlichte Glaube sagte den Menschen, daß die Straße immer und vor allem gewesen.
Als sie ganz breit war und ihr weißer Strich weit in die Welt hinein sichtbar wurde, rauften die Völker um ihren Besitz. Sie zogen her, und in den Wasserschlägen rann das Blut. Man trieb sie hin, wo sie hergekommen. Dann lagen die Leichen haufenweise in den Gräben längsseits der Straße. Wenn ihre

Zeit um war und die Straße wieder einem Volk begehrenswert erschien, begann das alte Spiel an der Straße wieder von vorn. Eine Menge Blut mußte in den Wasserschlägen versikkern, aber eine dünne Ader vom lebendigen Blut der ziehenden Völker ist zurückgeblieben. Und dieses Blut ist anders als das Blut der alten Bauern, die an der Straße sitzen.

»Ja, diese Menschen sind andere Menschen«, sagte der Beschlagschmied. Der mußte es wissen, denn er war schon leicht angeschimmelt über den Ohren, und unter seinen Händen waren früher Hunderte von Salzfahrerpferden wieder zurechtgemacht worden für den weiten Weg.
Das Wort des Beschlagschmieds trugen die Leute unter sich herum im Dorf, das an der Salzstraße lag. Es war da nichts geredet worden von der großen Straße oder von den Dingen, die einmal vielleicht geschehen waren. Das Gerede war nur um die Fischerbuben gegangen, denen der Schmied nachsagte, daß sie andere Menschen seien als die Leute alle im Dorf. Mit der Arbeit sei es bei denen nicht gerade das Richtige, meinten die Leute, und das Fischen könne doch nicht so wie das Akkern und das Garbenbinden eine rechte Arbeit genannt werden. Vielleicht war es so, aber man wurde nie recht fertig mit diesen Burschen, weil sie andere Menschen waren.
Das sagte der Schmied, der vor zehn oder etlichen Jahren noch die Pferde der Salzfahrer beschlagen hatte.
Was Sebastian vorhatte, nannten die Leute im Dorf sicher nicht Arbeit. Er wollte ein Auslegerboot bauen.
»Wenn ich mit dem erst einmal fahre!« sagte er.
»Dann kommen die Fische von selber«, sagte Christof. Und der war sein Bruder. Sebastian machte ein wenig seinen Plan zurecht und erklärte dem Bruder seine Absichten. Jaja, sagte Christof nur. Er hätte gerne lachen mögen, aber Sebastian vertrug solche Sachen nicht recht, wenn er von seinem neuen Boot faselte. Das andere mußte er ihm doch sagen, daß eigentlich ihm, dem Christof Unützer, das Fischereirecht ver-

erbt worden sei vom Vater, und daß der Bruder nichts beanspruchen könne als seinen mageren Erbteil. Jaja, der Plan sei schön, und die Zille sei schon alt. Sie lasse im Sommer das Wasser durch die schlecht schließenden Fugen rinnen. Aber ihn, den zweiten Fischerbuben, gehe doch das nichts an. Christof sagte ihm, er werde sich schon selber ein Boot kaufen.
Sebastian sagte hartnäckig: »Wenn ich mit dem erst einmal fahre –« Da machte Christof Schluß mit dem Gerede. »Du hast kein Geld«, sagte er dem Bruder grob, »und dein Auslegerboot würde einen Haufen kosten. Sei gescheit, ich hab noch zwei Mark. Die reichen nicht für deinen Ausleger, aber Bier kriegt man eine großmächtige Lacke dafür.« Auf der offenen Hand hielt er dem andern das Geld hin. »Siehst du? Das sind blanke zwei Mark. Der Bräu wird schauen, wenn die Unützerbuben einmal zwei Mark bar auf den Tisch hinlegen. Man ist das nicht gewohnt.«
Auf das Geld schaute Sebastian gar nicht erst hin. Er wischte mit dem Handrücken darüber, und es kollerte laut in der Stube herum von den einzelnen Stücken. Sebastian duckte sich schnell, um der Hand des Bruders zu entkommen, aber das war gerade das Unrichtige. Christof packte fest zu und faßte den Bruder so am Rücken, daß der andere fast von selber in der gestreckten Länge auf die Bretter hinschlug. Brüder müssen solche Sachen immer still und unter sich ausmachen. Was soll es auch die anderen Leute im Dorf alle angehen, daß bei den Fischern die Bruderliebe gerade ein hohes Fest begeht? Nach einer Weile richteten beide ihre Joppen wieder zurecht, Christof – der hielt immer auch auf äußeren Glanz – holte eine Waschbürste und machte seinem Bruder die Joppe sauber, Sebastian mußte umgekehrt das gleiche tun. Hernach suchten sie das Geld in den einzelnen Nickelstücken am Boden zusammen.
»Was ist jetzt – willst du noch nicht mitgehen?«
»Schon, ja«, meinte Sebastian. Aber zuerst müsse er die Zille

anschauen, sie sei wirklich schlecht, und die Zeit sei wahrlich dazu, daß man an etwas Neues denke.
»Ich gehe voraus«, meinte Christof, »bei dir kann das wieder recht lang dauern.«
Zwei Mark, dachte Sebastian. Zwei Mark, es war nicht sehr viel. Aber man konnte das Geld aufs Fensterbrett legen, und in einer Woche, wenn mit den Fischen Geld zu verdienen war, noch einmal zwei Mark. Was kostete so ein Ausleger schon? Dreißig Mark, wenn es viel war. Und Christof hatte zwei Mark.
Der alten Zille wegen ging Sebastian vom Fischerhaus weg zum Fluß und schaute dem Wasser zu. Das Wasser war steingrün, als hätte es weiter oben irgendwo eine saftige Wiese ausgewaschen. So war es immer, steingrün und kalt. Sebastian ging mit seinen Gedanken am Wasser entlang bis hinaus zum Anlegplatz. Die alte Zille lag grau und leck in der kleinen Einbuchtung. Die war auch immer so. Und sie machte ein wenig die schlingernde Bewegung des Wassers mit. Ganz dünn roch sie nach Fisch. Oder nach abgestorbenem Schilf?
Christof wollte die zwei Mark vertrinken. Sogar den Bruder hatte er dazu eingeladen. Das war so seine Art, weil das Verdienen ja auch nicht allzu schwer fiel. Wenn er ihm half beim Bräu oder beim Wirt, dann wurden sie bis Mitternacht spielend mit dem Geld fertig.
Kalt war es am Fluß.
Das Wasser gluckste seit ein paar Stunden schon so silberig, weil es an den Ufern mit einer hochschlagenden Welle manchmal ein dünnes Blatt Eis abschlug.
Beim Oberen Wirt saßen die gleichen Leute um den Ofentisch, die man jeden Tag ums Zwielicht an diesem gleichen Platz sehen konnte. »Wastl«, sagte der Wirt bloß. Noja, man sagte Wastl im Dorf, weil der ganze Name Sebastian zuviel Umstände machte. Es ging ja auch bloß einen Unützer an. »Wastl«, ja, und dann schob sich Sebastian auf die Bank hin,

wo Christof schon fest in die Bauern hineinredete. Christof sagte zum Bruder nichts. Er zog den einen Ellbogen leicht ein, daß sein Bruder Platz fand, und erzählte dann weiter.
Die Bauern redeten von Pferden. Der Beschlagschmied wußte von den Salzfahrerpferden zu erzählen, die man ihm auf die Schmiedbruck geführt hatte, Tag für Tag. Solche Pferde habe keiner im Dorf, aber auch schon gar keiner. So schwere Pferde, weißt du, so ganz schwere Pferde. Christof meinte, er habe doch auch schon ganz schwere Pferde gesehen. »Was wirst du schon weit fortgekommen sein vom Dorf?« fragte ihn boshaft ein Bauer. Darüber könne man schon reden, gab Christof spitz heraus, er sei kein so altbackener Bauer, der seiner Lebtage über den Blickbereich des Kirchturms nicht hinauskomme. »Das wird wahr sein«, knurrte Sebastian, nur damit er auch einmal etwas gesagt hatte. Weil sie von Pferden redeten, deutete einer über die Schulter weg: Was wäre es nachher mit dem Rott? Hm? Der Rott hat schönere Pferde als alle Salzfahrer zusammen. Der Rott wird jetzt seine vierzig Pferde in der Koppel haben, zu allermindest seine vierzig Pferde. Und was für Pferde, wißt ihr!
Der Beschlagschmied sagte nicht mehr viel dagegen. Er hatte am Rotten seine beste Kundschaft. Darum sagte er nichts mehr von den Salzfahrerpferden. Na, gar so viele und gar so schöne Pferde hatte er bei denen auch nicht mehr gesehen, aber sein Vater hatte immer erzählt davon, und was der Vater erzählt hatte, das trug er unter die Leute.
Es ging mit den Rossen weiter. Sebastian hörte nur halb hin. Er hätte gern auch von Pferden geredet und vielleicht auch selber gern ein paar Pferde im Lauf gehalten. Aber das gab es bei einem Fischer nicht, das war unsinnig bei einem Fischer, der nichts weiter hatte als die kleine Hoffnung, daß sein Bruder ihm einmal seine paar hundert Mark Erbteil hinausbezahlte. Er schaute schielend zu Christofs Krug hinüber, auf dem sieben Striche angeschrieben waren. Demnach hielt das Geld nicht mehr bis Mitternacht vor.

Und er hatte doch etwas Großes, etwas recht Wichtiges zu fragen.
Er blies die Luft rauh aus dem Hals – »Christof?«
Christof knurrte.
»Paß auf Christof – ich möcht in deinem Ofen Kalk brennen.«
Zuerst schaute Christof eine Weile groß. Vielleicht hatte ihn die Frechheit Sebastians überrascht, oder er hatte vom Bier schon starre Augen. Dann meinte er: »Warum denn nicht!«
»Für mich selber möcht ich brennen, weißt schon!«
»Für dich? Mhm. Ja. Ist schon recht. Gehört zum neuen Ausleger, was du da herausbringen willst?«
Sebastian schaute ihn so an, als wollte er ihn erinnern an eine ähnliche Unterhaltung vor wenigen Stunden. Er biß sich fest auf die Lippen und den eingezogenen Schnurrbart. Weil er aber in seinem Trotz keine rechte Antwort herausbrachte, brummte ihm Christof etwas von der Seite zu. »Den ganzen Krempel kannst du haben. Das Fischwasser ist gut, Treibholz gibt es alle Jahre viel genug, daß du keinen Stecken kaufen mußt. Das Kalkbrennen gehört dann für den Hunger, wenn du die Geschichte ein bissel einteilst. Ich hab es ja nicht gerade sonderlich gut eingeteilt, da hat das meiste der Bräu bekommen und der Obere Wirt einen Anteil.«
Drüben redeten sie von den Pferden. Christof unterhielt sich mit seinem Bruder, das gefiel dem Beschlagschmied, weil er wieder freier von den großen, von den schönen Pferden der Salzfahrer erzählen konnte. Sebastian fiel ganz laut in die Unterhaltung hinein, als er seinen Bruder mit dem Ellbogen bös anstieß: »Das ist nichts für mich! Du mußt einen anderen zum Narren halten.«
»Na, Wastl, ich hab dich wahrhaftig nicht zum Narren halten wollen!« Christof sagte lieber nichts mehr. Wenn Sebastian nicht gleich an die Verkaufsabsicht glaubte, war es besser.
Sebastian horchte auffallend aufmerksam nach dem Gespräch hin, das nicht wegkam von dem protzigen Reden um

schöne und große Pferde. Bald war auch Christof wieder im Gespräch, und er ging jetzt vorsichtiger in die Unterhaltung, weil man ihn vorhin so abfahren hatte lassen. »Schöne Pferde gibt es bei uns herum überhaupt nicht. Na, Schmied, du mußt nicht gleich wieder von vorn anfangen! Freilich hat der Rott schöne Pferde, aber wenn du einmal ins Oberland hinaufkommst, dann siehst du etwas, das sind erst Pferde! Weißt du, Pferde!« Dabei trank er, und Sebastian trank auch, weil er den Ärger über Christofs Spötterei hinunterschwemmen mußte.
Der Schmied hatte etwas vom Huf zu erzählen, wie der Huf sein muß bei einem wirklich schönen Pferd. Er tat so, als habe er einen Huf in den zusammengefalteten Händen. Die Bauern waren für eine Zeit stiller und horchten auf den Schmied hin. Bis der seine Hände auseinanderfallen ließ, gerade so, als lasse er nun den Pferdehuf wieder in die Standstellung zurück nach dem Beschlagen.
»Diese Pferde sind eben andere Pferde«, kommentierte er. Das sagte er so, wie er von den Unützern sagte, daß sie eben andere Menschen seien. Er dachte nicht viel dabei, aber er brachte die wenigen Gedanken von den Menschen und von den Pferden mit der Herführung auf der Salzstraße in eine einzige Richtung.
»Du mußt trinken!«
Ja, Sebastian wollte schon trinken. Warum nur Christof immer trieb zum Trinken? »Ich werd nicht der erste Unützer sein wollen, der vor dem Maßkrug verdurstet.« Die Leute am Ofentisch lachten laut über Sebastians Offenherzigkeit.
Sebastian trank und horchte in den Tisch hinein. Der Schmied redete von ihm und von Christof, er flüsterte halblaut zu seinem Nachbarn am Tisch hinüber. Hernach sprachen sie alle ihre Meinung in die Krüge hinein. Aber das Reden um die Pferde wurde an dem ganzen Abend nicht mehr still. »Ich habe Hufeisen daheim – Wastl, die mußt du einmal anschauen! Das sind Eisen, von den Salzknechten. Die Klo-

sterherren von Sankt Veit haben ihre Pferde bei uns beschlagen lassen, da sind vom Großvater her noch ein paar alte Eisen da, die hängen bei mir in der Schmiede. Aber ich habe noch ältere Eisen daheim, vom Schwedenkrieg her, weißt du. Dich freut so etwas vielleicht, so alte Eisen.«
Die Leute murmelten lauter. Die Geschichte von den alten Hufeisen hatten sie schon oft genug gehört. »Und ganz früher, weißt du, ganz früher, da haben sie den Pferden gar keine Eisen aufgeschlagen.«
»Da habt ihr Schmiede die Bauern mit anderen Dingen anschwindeln müssen! Sei froh, Lump, daß unsere Pferde beschlagen werden, da kannst du aufschreiben, daß man an Neujahr bei deiner Rechnung ruckum hinfällt.«
Der Schmied ging auf den Anhieb nicht weiter ein. Weil Sebastian auf seine Erzählung hinhorchte, redete er weiter von den Pferden, die ohne Eisen auf dieser Straße gegangen waren. »Das waren noch Zeiten, weißt du! Da wird auch die Straße nicht so hart und fest gewesen sein. Sonst wäre es doch ohne Eisen nicht gegangen.«
»Ja, ja, freilich«, nickte Sebastian, »das muß eine andere Straße gewesen sein.« Was interessierte ihn schon die Straße, wie sie einmal gewesen war!
Der Krug war leer, und Sebastian schaute mit glasigen Augen auf den Krugboden. Da rührte sich am anderen Ende des Tisches einer: »Dem Fischerbuben schenkst du noch ein, freilich, auf meine Rechnung. Ich zahl's.«
»Mir auch«, sagte Christof, und trank schnell seinen Krug leer. Man wußte es so im Dorf, daß die zwei Fischerbuben nur selten Geld hatten, um ihre mächtige Zeche auch bezahlen zu können. Aber sie nahmen es beide nicht allzu ernst, wenn der Wirt oder der Bräu am Ende eines langen Abends die Zeche von der einen Tafel wegwischen und auf einer anderen zuschreiben mußte. Wenn wirklich einer einen Krug Bier bezahlte, nahm man es gerne an.
Sebastian fühlte sich verpflichtet, nun mehr von den Pferden

zu reden, weil der Stifter dieses letzten Trunkes so eifrig von den Pferden redete. Es kam nicht mehr alles sehr sicher und eben heraus. Die Zunge folgte nicht so genau dem Willen, aber Sebastian redete von den Pferden, und er redete ganz viel davon, bis ihn Christof auf die Schulter schlug. »Heimgehen jetzt!«

»Christof, red nicht! Christof, du hast gesagt, ich kann deinen ganzen Krempel haben. Das ist lustig, mein lieber Christof! Dann darfst du mich nicht mehr so grob behandeln wie heute nachmittag, gelt, Christof.«

Der hatte zu schwer aufgeladen. Er redete mit von den Pferden, fragte den Schmied nach den Hufeisen von den Pferden, die noch keine Hufeisen getragen haben, und mit dem Bruder handelte er offen am Wirtstisch um das Fischwasser. Den ärgerte das laute Reden um das Fischwasser, das brauchten doch die Leute nicht alle zu wissen, daß sein Fischwasser feil war.

»Wenn du keinen kalten Schluck mehr vertragen kannst, dann geh heim! Laß dir eine Amme kommen! Aber halt jetzt dein Maul, sonst geh ich heim. Morgen reden wir vom Fischwasser wieder, es kostet einen Haufen Geld, aber da, am Biertisch handeln wir doch nicht!« Und weil er von Pferden nichts mehr wußte, redete er von den Maultieren in den Bergen drin, die am Schwanz auch noch in Behandlung genommen werden, wenn es bei Gebiß und Zügel noch nicht ausreicht. Der Brandler, der still an seinem Platz saß, ließ für die beiden Fischerbuben wieder einschenken. Es gefiel ihm, daß diese zwei ausgepichten Burschen heute unsicher wurden.

Und immer noch redeten sie von Pferden. Bauern können so bitter hartnäckig sein mit einer Unterhaltung, daß nichts sie aus dem Rahmen zu werfen vermag. Sie redeten von Pferden, und Sebastian dachte an sein Auslegerboot, aber mit den glasigen Augen sah er vor sich um den Bierkrug schon Pferde springen, so große, falbe, langgeschwänzte, wie die Salzfahrer sie gehabt. Oder unbeschlagene, schwarze, die langmähnig waren und Hufe trugen wie Tellerscheiben. Oh, es waren

viele Pferde, und die vom Rotten waren auch dabei. Alle liefen sie um den Bierkrug. »-- und kann man die nachher gar nicht aufhalten, diese Rosse da, – aufhalten – ja, am Halfterband nehmen, und aufhalten --«
Als er laut zu reden anfing, packte Christof ihn weiter aus der Stube. Sebastian ärgerte sich, daß er vor diesen Leuten da, die alle einem Fischerbuben nichts anhaben konnten, so schnell zusammengeknickt war. »Christof, du sollst mich aber auslassen, ich find meinen Weg schon. Bleib da, und trink weiter! Ich kann nimmer.«
Unter der Tür des Wirtshauses stand das Licht, und aus der großen Öffnung kam ein lautes Lachen heraus, das Sebastian hören mußte, als er schon weit hinuntergekommen war auf dem Schnörkelweg, den der Herr von Ruederer angelegt hatte. Ein kleiner Schimmer von Licht lag noch auf dem Weg, es fiel aus den Fenstern der Wirtschaft oben und führte den Mann, der zu später Stunde allein heimging, im Kreis herum. Die Nacht war kalt. Sie strich um die Stirn des Menschen, der durch den Schnörkelweg ins Dorf gehen wollte.
Das war der Weg, ja. Er leuchtete heller als der andere Grund. So hell leuchtete im Mondschein vielleicht die Salzstraße, die große Straße, die Straße, an der das Dorf lag. Und auf der Salzstraße gingen Pferde, die breiten, falben, langgeschwänzten Wallachen der Salzknechte, die Rosse der Klosterherren von Sankt Veit. Jaja, die Pferde hatten einmal Hufeisen getragen, die so breit waren wie die Ochseneisen. Um den Schwedenkrieg herum. Ja. Und noch früher, da waren die Pferde –
Wo war denn der Weg? Das war ein Streifen Rauhreif am stehengebliebenen Herbstgras. Ein dummer weißer Strich, Rauhreif, sonst nichts. Weiß, wirklich und ehrlich weiß war nur die Salzstraße. Der Weg des Herrn von Ruederer war nichts, der war Schund, der war schlechter wie die Pferde der fremden Leute, die struppige Häuter ohne Hufeisen und ohne Sättel geritten hatten.

Es war kalt auf dem Weg. Durch die Bäume fiel jetzt kein Licht mehr, das Dorf lag schon im Schlaf. Bei einer Frau, die sich an einem Kind bitter abquälte, brannte noch ein funzeliges Licht.

Wo ist denn der Weg?

Sebastian, du bist falsch gegangen! Siehst du, Fischerbub, das ist beim Mehlmüller, und was du siehst, da vor dir als weißen Strich, das ist der Mühlbach. Die Mörn ist weiter draußen.

Vom Fischwasser hatte Sebastian geredet. Neunzehn Kilometer war das Fischwasser der Unützer lang, vier Gehstunden weit gehörte es dem Fischer Christof Unützer, und eine Menge Geld stak darin. Nicht bloß Kalksteine, die man erst mühsam suchen mußte.

Die Mörn war weiter draußen. Sebastian sicherte sich um die Gebäude der Mehlmühle herum, er kam mit einem Fuß einmal ins Wasser, er sagte sich laut vor, daß er heute nicht betrunken sein könne von dem wenigen Bier. Aber beim Mehlmüller gab eine Kuh laut an, und Sebastian glaubte, er solle verspottet werden von irgend jemand.

Auf der weißen Spur von Rauhreif, die überall neben dem Bach stand, tappte Sebastian sich vorwärts. Die Kälte strich die Gedanken wieder glatter, aber ein wenig kräuselig blieb alles darin.

Als der Mond mit einer kleinen letzten Sichel über dem Kirchenberg herauskletterte, sah Sebastian kein Haus mehr um sich. Das Dorf stand hinter ihm, es war still und tot, und nur ein Fenster blickte noch weinend in die Nacht, wo eine Mutter in der harten Stunde litt. Manchmal fiel noch ein lauter Ton in die Nacht, wenn oben, hinter der Kirche, im Wirtshaus die Türe laut zugeschlagen wurde von einem späten Gast.

Da ging Sebastian weiter, und er stieg irgendwo über einen Zaun, der sich in seinen Weg stellte. Alles um den Weg her war jetzt grün, so daß dem Fischerbuben kaum noch Zweifel kommen konnte, wo er war. Die letzten Laute des einschla-

fenden Dorfes blieben irgendwo hängen, sie fielen zusammen. Da tappte Sebastian sich fort auf der anderen Seite des Zaunes, irgendwohin, langsam, in den unruhigen Gedanken bei der Unterhaltung am Wirtstisch.
Es war sonderbar in dieser Nacht. Dem Kerl, der durch die Nacht schlich mit einem unruhigen Kopf und einem schlechten Gewissen, kroch ein kleiner Wurm über den Rücken. Der fühlte sich kalt und bös und schleimig an. Es war kein Wurm.
Da war das große Plankentor –
War er denn eigentlich deswegen hierher gegangen? Zum Rotten, der so viele Pferde hatte?
Das große Plankentor. Vier große Holzriegel mußte Sebastian aufmachen, dann die Plankenverbindungen weglegen vom Weg –
Dann konnten alle jungen Pferde herauslaufen. Sebastian war doch nicht mit Absicht hierhergegangen. Dennoch glaubte er genau zu wissen, was er wollte mit seinem schweren Kopf. Warum hatten denn die Bauern immer, einen ganzen Abend lang, von den Pferden geredet?
»Höö – aööh«, machte Sebastian. Es roch nach Stall, ein wenig nach Schweiß und Leder und ganz laut nach Ammoniak. Sebastian schob die Riegelbalken zurück. Ein Schippel Stroh blieb an seinen Füßen hängen. »Hööh, aööh«, machte Sebastian wieder. Dann schlug ein Pferd mit unbeschlagenem Huf an die Bretterwand. Die Nacht wurde lauter.
Sebastians Hände klatschten an braune, weichhaarige Bakkenseiten. Darüber stand jedesmal ein Pferd auf und die Wände klapperten lauter von den Schlägen unbewehrter Hufe, die im Schrecken des Erwachens gegen die Bretter fuhren.
An eine Mähne griff Sebastian. Die Mähne war mit Garbenstroh eingeflochten. Vielleicht wurde das Tier zum Markt geführt. Der Rott hatte so schöne Pferde, daß sie bestaunt wurden auf jedem Markt. Diese Mähne war schon hergerichtet für einen schönen Tag.

Herrgott, daß die Leute da droben auch immer und bloß von Pferden hatten reden können!
»Höö – ihr müßt stiller bleiben! Sonst kommt der Rott, und der Rott fragt mich, was ich treibe da herinnen. Der Rott wird sagen: ›Ein Fischerbub hat mir ein paar Rosse stehlen wollen.‹ Das wird er sagen, und die Gendarmen nehmen den Fischerbuben mit. Ich hab mich bloß verlaufen in dieser dummen Nacht. Still müßt ihr sein – hooh, stoß mich nicht noch einmal an! Verlaufen, ja, ich hab mich verlaufen. Das ist nicht das Fischerhaus. Gar nicht das Fischerhaus. Am Mühlbach bin ich hergekommen, weil ich den Weg verfehlt habe. Ja, das ist immer arg, wenn man vom Oberen Wirt heimgeht.«
Er hielt sich schwankend an einem Fuchsenschweif fest. Ein anderes Pferd hatte ihn angerannt, jetzt suchte er am Schweif des Fuchsen Halt und wurde von dem Tier mitgerissen, eine halbe Strecke von der Lauflänge.
Bei den Pferden war es aber schon gar nicht kalt. Es stank nach Schweiß und Leder und beißend nach Ammoniak. Wegen der Wärme war Sebastian vielleicht hereingegangen und hatte die Holzriegel ausgehoben.
Schlafen.
»Weißt du, Sebastian, du solltest doch schlafen. Das geht jetzt schon die halbe Nacht so fort, mit Trinken, und mit Unterhaltung, mit Reden von Pferden. Nachher hast du dich verlaufen, und jetzt liegst du zwischen den jungen Pferden vom Rott und mußt den Rausch ausschlafen. Mach die Augen zu, Sebastian. Es ist nicht schön draußen, die Nacht ist kühl und der Weg ist krumm. Du hast zuviel von den Pferden geredet.
Was hast du denn eigentlich gewollt? Die Pferde auslaufen lassen, eine große Dummheit anrichten, gelt! Das sieht dir gleich. Weißt du, was der Beschlagschmied sagt: Diese Menschen sind eben andere Menschen. Ja, das sagst du. Aber du brauchst deswegen nicht ein Flegel zu sein, du darfst doch dem Rotten die Pferde nicht auslaufen lassen bei Nacht. Das

ist ja ein Vermögen, was du ruinieren kannst, wenn die Pferde dämpfig werden.«
Das sagte Sebastian sich selber noch vor. Er lehnte an einer Standplanke und brummte etwas vor sich hin. Das Kinn fiel vorsichtig immer weiter in den aufgepluderten Joppenaufschnitt hinein.
Schlafen. Bloß ein wenig schlafen dürfen!
Es war so dämpfig heiß im Pferdelauf, die Luft war lauter spitzer Geruch von Ammoniak.
Ein Stutfohlen machte Zicken. Dabei bekam Sebastian einen lustig gemeinten Schlag in die Seite, daß er hinfiel. Aber er war müd und schaute nicht mehr nach dem Tier, das ihn angerempelt hatte.
Die Nacht war anders als jede andere Nacht, seit Sebastian dachte. In der Nacht standen die Menschen auf, die unbeschlagene Pferde ritten, und sie ritten ihre Pferde eine ganze Nacht lang, eine ganze Nacht lang über ihn hinweg.
Die Nacht war häßlich, wie nicht jede Nacht sein kann. Denn sie schickte ein schwarzes, ein struppiges Heer von Pferden über ihn. Er mußte am Boden liegen, die wilden Leute hatten ihn angebunden und ritten nun über ihn weg. Immer wieder.
Wenn das Heer durchgebraust war, kam ein neues von der anderen Seite.
Sebastian dachte daran, daß er verdursten müsse, wenn die ewig und immer über ihn wegritten und ihn angebunden ließen.
Es war nichts um ihn als die Nacht, und die Nacht war finster. Sie roch nach Schweiß und Leder und Ammoniak. Das schlampige Ledergehänge der Bauchgurte schleifte über seinen Rücken hin.
Und auch dieses Schleifen war immer und nahm kein Ende.
»Sie werden mich zusammentreten«, dachte Sebastian. Sie traten ihn aber nicht zusammen. Er legte sich flacher auf den Boden, daß die unbeschlagenen Pferde leichter über ihn wegkamen. Klein waren die Pferde und schmal, ihre Rücken wa-

ren eingedrückt und auf den blanken Kruppen saßen Schatten.
Schatten.
Lauter Schatten. Und die Pferde gingen. Sie gingen lauter und heftiger. Irgend etwas bedrängte sie.
Sebastian machte sich kleiner auf dem Boden. Er lag doch auf der Straße, gelt, auf der Salzstraße. Blank auf dem Boden, und die Pferde rasten über ihn weg. Sie liefen immer schneller, und Sebastian duckte sich immer kleiner in die Mulde der Straße. Es wunderte ihn vielleicht noch, daß er nicht getreten wurde von einem Pferd, aber sie gingen alle in der Reihe.
Da setzten die Pferde zu einem wilden Galopp ein. Und die Reiter darauf begannen auf einmal zu schreien.
»Awaaah«, schrien sie. Sebastian horchte auf den Schrei, er wurde blaß in seiner seichten Straßenmulde, als die struppigen Pferde die Füße nicht mehr aufsetzten, weil die Reiter schrien. Sie schrien »awaaah«. Dem Mann wurde angst, er tat, was Buben tun in der Angst, er schrie mit dem Haufen mit, und er schrie noch lauter als sie alle »Awaaah – awaaah!«
»Awaaah«, schrie er. Dabei rannte er hin und her. Er hatte es nicht mehr ausgehalten am Boden, er rannte zwischen den struppigen Landfahrerpferden hin und her und schrie, weil er Angst bekam und weil ihm graute vor dem Spuk dieser Nacht: »Awaaah!«
Sein Kopf rannte an eine hölzerne Säule, da schrie Sebastian nicht mehr. Es war nichts gewesen mit der Geschichte um die fremden Rosse, das war der Plankenlauf beim Rotten, und um ihn her standen ein paar Rosse, die schauten mit großen Augen nach ihm, weil er so geschrien hatte mitten in der Nacht. Die großen Augen sagten dem Eindringling, daß diese Tiere ihm ganz gewiß nichts zuleide tun wollten.
Aber dem Mann saß das Grauen im Genick. Er erschrak vor den großen Augen der Pferde wieder. Er schlich durch die offene Stelle in den Planken hinaus, er hatte Angst vor den

Pferden, den kleinen, häßlichen Pferden, die im Schlafen über ihn wegegangen waren.
Im Rausch lief er vor der eigenen Angst davon.
Da schrie er so laut, daß beim Rotten die Leute aufwachten und nach den Pferden schauten. Sie hörten in der Nacht sein Schreien, sie wußten nicht, wer es war. Sie mußten nur hören, wie jemand in der Nacht immer das gleiche schrie, immer: »Awaaah.«
Die Mörn klingelte hie und da an einer Kruste Eis, als Sebastian anhielt in seinem irrsinnigen Lauf. Wenn das Wasser einen Zacken abgebrochen hatte, murrte der Fluß lange Zeit halblaut in sich hinein. Sonst geschah nichts in dieser Nacht, die Sebastian bleich gemacht hatte. Gar nichts. Die Zille bebberte leise, wenn sie vom Wasser heftiger als sonst angespült wurde.
»Es ist sonderbar«, sagte Sebastian am nächsten Morgen.
Dann ging er an die Arbeit.

II

Seit dem Morgen, an dem Sebastian »Es ist sonderbar« gesagt hatte, wiederholte er es sich beim Erwachenl jedesmal.
Nach vierzehn Tagen nahm er sich den Bruder einmal vor.
»Christof«, sprach er recht still, »was kostet dein Fischwasser?«
»Dreitausend Mark«, lachte Christof. Nach dieser Eröffnung hatten die Brüder sich nichts mehr zu sagen. Sebastian stellte seine Zukunftspläne wieder mehr auf das Auslegerboot um. Wenn im Frühjahr vielleicht ein schweres Stück Langholz antrieb, wollte er es dazu herrichten.
Sebastian Unützer bekam um diese Zeit in sein Leben ein recht vernünftiges Dreieck. Das hatte einen Angelpunkt an der Mörn, wo die Zille angebunden war, der andere Angelpunkt war das braune Fischerhaus mit den vierfarbigen Fensterläden. Das gehörte dem Christof, und das Fischwasser gehörte auch dem. Aber vom Kalkofen hatte Christof damals etwas gesagt. Den wollte er seinem Bruder schon auf einige Zeit überlassen, daß er Kalk brennen konnte. Hier lag der dritte Angelpunkt in dem ausgewinkelten Dasein des Maurers Sebastian Unützer, der in den verdienstmageren Zeiten Fischer war und Kalkbrenner. Erstens das Haus, zweitens die Lände, drittens der Kalkofen. Und umgekehrt.
Wohl oder übel mußte Sebastian das Kalkbrennen anfangen, wenn er etwas zusammenbringen wollte für das neue Boot.
Die Mörn war ganz tief im Gebirge drinnen daheim. Von dieser Heimat trug sie das Wasser eisig kalt ins Vorland heraus, und wenn die Schneeschmelze einsetzte im Auswärts, führte es Treibholz mit und Steingeröll. Christof hatte es wirklich

schön: im Frühjahr das Treibholz, das für das ganze Jahr wieder reichte, im ganzen übrigen Jahr ging die Fischerei brav dahin, und nebenher rollte das ganze Jahr hindurch eine Menge abgeschliffener Kalksteine heran, damit der Brennofen auch zu tun hatte.

Nach dem vierten Krug Bier hatte Christof seinem Bruder die Zusage gegeben, damals beim Oberen Wirt. Mit diesem Versprechen im Erinnern faßte Sebastian seine neue Arbeit an. Christof schaute ihm zu, wenn er am Morgen die Wasserstiefel schmierte, wenn er am Mittag ausgefroren zum Essen hereinkam, wenn er mit dem Scheibkarren gegen Abend die Kalksteine zum Ofen radelte.

Die Mörn war kalt.

So war sie das ganze Jahr durch. Immer kälter als andere Gewässer, weil die anderen nicht so geradewegs aus den Bergen kamen. Aber bei aller Kälte konnte sich nie eine Eisdecke schließen auf dem Fluß. Dazu war das Wasser zu unstet, es wirbelte und drehte im Spiel da rechts und dort links einen Ring, stolperte über Steinbrücken mitten im Flußlauf und hatte es immer eilig. In der Kälte des Wassers stand jeden Morgen um die Scheide von Nachtdunst und Licht Sebastian Unützer.

Manchmal reichten die Stiefel aus bei dem augenblicklichen Stand des Wassers, manchmal ging das Wasser in die Schäfte und blieb darin bis zum Mittag stehen. Sebastian sagte dann etwas in die Wasserkringeln hinein, was gar nicht nach Gebet klang. Die kalten Füße wurden davon nicht wärmer. Noch ein wenig lauter sagte Sebastian seine unchristlichen Sprüche, wenn die lederne Fischerweste beim Tiefbücken in den Armlöchern Wasser fing. Es lief rechts ein, links aus, und zu einem Teil hinunter bis zu den Füßen, daß auch dorthin die kalte Verbindung hergestellt war. Das kam so vor, wenn der Steinsucher tiefer schürfen mußte.

Sobald das Wasser einmal in den Stiefeln stand, wurde der Ernteplatz weiter in den Fluß hinein verlegt, wo es mehr Steine gab von der notwendigen Gelbtönung. Da kam es dann von selber, daß die Armlöcher der Lederweste auch einen Guß abbekamen. Und der Erfolg war, daß Sebastian in jeder Tiefe zu suchen begann, so daß nur der Kopf noch über Wasser blieb. Für einen halben Tag hielt das ein Unützer schon aus, wenn von innen die nötige Wärme zugeführt wurde.

Im Fischerhaus hingen nasse Socken, die ausgewundene Joppe, ein Hemd aus mulligem Flanell und etliche andere nasse Fetzen zu Mittag über die Ofenstange. Die Stiefel wurden mit Haferstroh ausgeschoppt und nebenan in eine leichte Wärme gestellt, damit nicht von der scharfen Hitze das Leder brüchig wurde.

»Kannst du einwölben?« fragte Christof. Der lag auf der Schlafbank und schaute den Kleidern beim Trocknen zu. Ob der Bruder die aufgestapelten Kalksteine im Ofen zu einem Gewölbe schlichten könne? Sebastian verspürte eine kleine Lust, dem Bruder nach Unützerart die Meinung zu sagen.

»Da werd ich dich brauchen!« schnaubte er. Es war wirklich Zeit, daß er einmal den Ofen einwölbte und den ersten Brand anmachte. Christof wußte recht gut, daß sein Bruder aus Scheu vor dem schwierigen Gewölbebauen bisher mit dem Brennen nicht angefangen hatte. Aber der andere hatte ein so böses Gesicht gemacht, daß er ihm jetzt auch gar nicht helfen wollte.

Sebastian hörte an dem Abend mit dem Steinesuchen auf, er schaute den großen Haufen an vor dem Brennofen, rechnete drei Ofenfüllungen heraus und machte den Vorsatz, am nächsten Morgen den Kalkofen einzurichten.

Teufel und Heiligenschein! Das war doch immer noch gegangen, wenn man die Gewölbeschablonen einpaßte, die Schalung auflegte und dann mit ausgesuchten Steinen nach Maurerart ein Gewölbe legte und versteifte! Das Schürloch war ein mächtiger Turm aus Bruchsteinen, wie das Rund eines mächtigen Bottichs gähnte es vom Heizloch weg nach oben. Sebastian bekam vor dem Loch eine schleichende Angst, wenn er dreimal auf der Schalung den ganzen Ofenraum durchwölbte, wenn ihm dreimal nach dem Ausnehmen der Schablone das Gewölbe zusammenstürzte. Er kam in Wut auf Christof, der schon so vielsagend gefragt hatte, er redete den Bruder nicht mehr an, ging mürrisch an dem Tag zum Bräu und trank eine halbe Nacht durch.

Der Bräu wußte, daß Sebastian Kalk brennen wollte, er schrieb dem Burschen seine Zeche an die Tafel. Und schrieb acht Tage nacheinander etwas an die Tafel, weil Sebastian nicht mehr an den Ofen ging aus Ärger. Er saß beim Bräu, am Vormittag schon auf der Waschbank in der Küche, am Nachmittag mit ein paar alten Bauern zusammen auf den furchigen Bänken des Bräustübls, und trank. Am Vormittag zuerst einen Gelten Ordinari, ein halbrundes Glas von dem fuseligen Handwerksburschenschnaps, dann seine sieben und acht Glas Bier.

Christof machte es doch auch nicht anders! Der war beim Oberen Wirt schon lange schuldig und blieb noch lange schuldig, bis die Fischerei einmal ordentlich einsetzte.

»Ich bau dir das Gewölbe«, grunzte Christof an einem Mittag, als er seinen Bruder gerade in der Stube zu fassen bekam.

»Meine Ruhe möcht ich, und weitersaufen möcht ich!« schrie Sebastian ihn an, »du bist schuld daran!« Das war Christof zuviel. Er packte einmal fest zu. Und Sebastian tat desgleichen.

Aber hernach gingen sie zum Kalkofen hinauf, der ein paar hundert Schritt ab von der Mörn in der Auwiese stand, hineingeduckt unter einen hereinstechenden Uferbuckel. Christof stellte die Bögen des Gewölbes steiler, gab dem Luftbau mehr Stützkraft nach den Seiten und suchte noch sorgfältiger die Steine aus, die Kanten hatten und annähernd glatte Flächen. Am Mittag des nächsten Tages war das Gewölbe fertig und bereits lag soviel Steinlast darauf, daß seine Tragfähigkeit bewährt war. Mit sorgsamen Fingern legte Sebastian nun Stein um Stein in den riesigen Schacht über dem Roll-

steingewölbe, während Christof im Zusehen seinen Nutzen aus der Brennerei errechnete.
»Machen wir's so, Wastl, die Hälfte!«
»Was, die Hälfte?«
»Von dem Geld, vom Kalk, gelt, du weißt schon.«
»Lieber brenn ich nicht!«
Christof sagte eine Weile gar nichts, er sah nur mit einem recht ungemütlichen Geschaue zum Bruder hinüber, der Steine einräumte. »Du kannst doch nicht einwölben, das weißt du so gut wie ich. Wenn ich nicht mag, hast du gar nichts.«
Auch darauf gab Sebastian nur mit einem Schulterwackeln an. Er sagte etwas von dreißig Mark. Der ganze Ofen machte doch sauber seine hundertundzwanzig Mark aus. So ein Kalk aus einer kleinen Brennerei war immer gut bezahlt, wenn die Bauern im Frühjahr einmal anfingen ihre Häuser auszuweißen, die wackelnden Stadelmauern zusammenzukleben oder ein Haus, einen Stadel, eine Schupfe neu zu bauen. Sebastian hatte sich wochenlang gemüht, jetzt wollte der andere kurzweg das halbe Geld.
»Nein«, sagte er. Dreißig Mark bot er noch einmal.
Aber als er zusehen mußte, wie Christof mit spielender Hand einen vorstehenden Rundstein langsam zu lockern begann in dem eben eingebauten Gewölbe der Schüre, schrie er wütend von seiner Höhe herunter. Gleich darauf schmiß er dem Bruder einen Stein mit aller Kraft auf den Arm; weil aber der Arm nicht locker ließ an dem vorstehenden Stein, gab Sebastian klein bei. Weil er mußte.
Von dem Augenblick an hatte er keine Freude mehr an der Kalkbrennerei. Er schlichtete den Ofen bis oben noch aus. Als er damit fertig war, kam ihm eine dumme Versuchung; er wollte den Stein, den Christof gelockert hatte, noch selber vollends herauswägen, damit der vorsichtig gefügte Bau zusammenstürzen sollte. Aber er ließ es brav bleiben.
Mit einem verbissenen Gesicht stand Sebastian gegen Abend

wieder am Ofen, schlichtete reichlich Meterscheiter in die Schüre unter dem Kalksteingewölbe und zündete beim ersten Eindunkeln des Tages das dürre Reisigzeug darunter an. Der Kalk brauchte drei Tage brennen, bis er den leichten Ton ins Gelbe bekam, einen ganz zarten Dotterstich, der sagte, daß das Feuer ausgehen durfte. Weil Sebastian einen giftigen Trotz gegen seinen Bruder in sich hineingefressen hatte mit der unsauberen Handelsschaft, wollte er ihm gar nicht erst kommen und ihm sagen, daß er auch eine Nachtwache übernehmen sollte beim Ofen. Er blieb drei Tage und drei Nächte im Brennhäusel, schlief nur knapp und unruhig manchmal, bis er wieder das Feuer schwächer werden fühlte.

Christof war da nicht mit sehr viel Handfläche ausgestattet, er spürte keinen Vorwurf, als nach guten drei Tagen Sebastian sich vor ihm auf das Ledersofa warf und einmal einen Tag und eine Nacht in einem hin heruntersägte.

Das Ledersofa knarrte alle halben Tage. Wenn Sebastian sich in der Frühe nach links warf, mittags wieder nach rechts, am Abend wieder nach links. Das war der einzige Ton in der Stube, und der sägte Christof allmählich doch ins Gewissen, weshalb er wieder zum Bräu ging.

»Warm ist es geworden in der Zeit«, murrte Sebastian, als er zum erstenmal nach seinem Schlaf vor die Tür des Fischerhauses trat. Die Sonne hatte sich in diesen Tagen durch den Nebel geschlagen und stand gerade über den verkrüppelten Apfelbäumen, die, kahl und ohne Laub, die Wärme durchsikkern ließen bis zur Breitwand des Fischerhauses, vor der ein struppiger Birnbaum wie der gekreuzigte Schächer am Gitterwerk des Spaliers hing. Sebastian zog den Kopf ein und ließ die langgewordenen Haare im Genick wie ein Märzenkater streichelnd über den Joppenkragen hin und her streifen. Noch lag der Kalk im Ofen, der Ofen war gedeckt, daß nicht Tauwasser oder Regen den Kalk löschen konnte. Und das halbe Geld gehörte Christof, dem Bruder. Daran dachte Sebastian jetzt nur so, er machte sich nicht viel an mit diesem Ge-

danken, weil die matte Sonne ihn aufwärmte, daß er um anderes zu sinnen hatte.
Es war alles noch zu früh an der Zeit, so warme Tage gehörten nicht zum Brauch um Lichtmeß. Etwas widersinnig Wohliges kroch Sebastian über den Buckel von einer Schulter zur anderen. Er nahm die Wasserjoppe ab und blieb in Hemdsärmeln noch stehen, als die Sonne in der schnellen Wende schon weggeklettert war aus dem Platz überm Apfelgeäst. Als ein lockerer, flatteriger Wind an den flanellenen Ärmel zupfte, besann er sich auf die Zeit und warf die Joppe wieder über, tastete die Mauer ab und war zufrieden, daß sie noch ein ganz klein wenig von der schüchternen Wärme an sich hatte, die eben hier vorbeigegangen war.
Der Weg war glitschig und aufgeweicht. Der Weg führte da vorbei, schnitt als ein sehr schmutziger Gurt den Obstgarten beim Fischerhaus in zwei ungleiche Dreiecke auseinander. Wenn ein Mensch darüberging, glitschte der Schmutz bei jedem Tritt kräftig nach, und das hört man über die ganze Strecke, bis dorthin, wo der Weg beim Mauthäusel an der Brücke wieder zu der Straße zurückkehrte, von der er abgezackt war mitten im Dorf.
Ob sie auch den frühen Märzen gespürt habe, wollte Sebastian ein Mädchen fragen, das eben vom Dorf her auf dem schmutzigen Weg daherkam. Aber das Mädchen hob den Rock bis über die Waden hoch, und als Sebastian die Waden sah, blieb ihm das ungeschickte Wort weg. Er meinte etwas ganz anderes und fragte nach dem Weg hin: »Gehst heim, Justine?« Und Justine sagte ja, sie gehe heim, in den Hart hinunter. Weil es sich im Vorbeigehen und Reden so schickte, schaute Justine ihm auf die Länge eines Augenzwinkerns gerade ins Gesicht. Sebastian meinte, sie sei einen Augenblick stehengeblieben. Ganz fest hätte er es nicht sagen können, aber er glaubte es gern. Die Schritte wurden dünner hinterm Haus. Jetzt mußte Justine schon bald an der Straße sein. Da durfte Sebastian, um nur so herumzuschauen in der Welt,

doch wohl auch ein wenig heraustreten aus dem Hausschatten. Er wollte so herumschauen und schaute ebenweg immer nur auf den Weg hinaus, wo das Mädel ging mit den prächtigen Waden.

Es gab ihm einen mächtigen Stoß vor die Brust, daß es ihn zusammenschnürte, wie in der unsinnigen Nacht mit den wilden Reitern. Das Mädel hatte umgesehen nach ihm.

Oder nach sonst irgend etwas?

Aus Gewohnheit vielleicht nur?

Justine hatte umgesehen. Justine war die Tochter vom Holzkarrer, der mit Eiern, Schmalz und Tauben handelte im Hart drunten.

Es war ein sehr früher März losgebrochen an der Mörn. Der Kalender schrieb zwar erst Lichtmeß und kündigte an, daß die Kälte noch kommen müsse in den späteren Wochen. Aber in der Luft lag heute der März, und der Kalkofen war vergessen.

Am nächsten Morgen sagte Sebastian seinem Bruder, daß er ein Henkersknecht sei. Das sagte er so hin, halb verbissen und halb lustig, daß Christof sich wenig scherte drum. Er brauchte sich um nichts zu kümmern, denn am Vormittag kam ein Bauer, fragte nach Kalk, bekam seine verlangten vierzehn Zwanzgerliter auf den Wagen vermessen und legte schönes Geld dafür auf den Steinblock vor der Ofentür. Christof nahm sich gleich seine Hälfte weg und schickte sich an, zum Oberen Wirt zu gehen.

»Ich geh doch auch mit«, rief ihm Sebastian nach. Da vergaß Christof den Henkersknecht vom Morgen, und sie tranken zusammen beim Oberen Wirt zuerst ein paar Gelten Fusel, dann immerzu Bier bis zur Mitternacht, und obendrauf ein Viertel Kräuterschnaps. Christof schlief in der knappen Nacht, die noch verblieb, wie ein Bär. Der Bruder hatte keine Ruhe im Bett, weil der flatterige Wind um das Fischerhaus trieb und manchmal wie zum Probieren unter die Dachschindeln griff. Der Wind machte einen müden Sang. Vor dem einzigen Fenster der Schlafkammer gingen die Äste der Apfelbäume im Wind hin und her. Sie waren schwarz, wie Tintenstriche auf dem helleren Grund des Himmels, der Wolken trieb. Und der Mond, der sich eben zurundete auf die volle Scheibe, hing wie eine Messingpfanne rotgelb irgendwo darüber.

Drei Tage machten die Brüder so die Wallfahrt zum Bier. Einmal kehrten sie beim Bräu zu im Dorf, das andere Mal oben beim Wirt neben der Kirche. Jede Nacht warf sich der eine in einem unruhigen Schlaf herum, bis der Mond wenigstens seinen Weg zu Ende gegangen war. Das Geld war weg, und ein Bauer mit Geld kam nicht mehr. Sebastian half seinem Bruder am vierten Tag die Netze setzen, aber als es am Abend Zeit wurde zum Einziehen, zog er die Wasserjoppe an und lief ziellos weg.

Doch, ein Ziel hatte er schon. Nur war es noch zu hell, um jetzt auf der Straße hin zum Hart hinunterzulaufen, wo Justine daheim war. Die Leute, als sie von der gewohnten Arbeit heimgingen, sahen den Fischer in den Auen nordseitig von der Mörn, wie er einmal Weidengerten schnitt, ein andermal ins Wasser hinabreichte und Steine herausnahm, die vielleicht gut sein mochten zum Kalkbrennen. Ein paar späte Heimkehrer trafen Sebastian auf der Straße, die zum Hart führt. Sie boten ihm schön Gute Nacht, aber Sebastian brummte nur etwas in sich hinein.

Der Bergwind, der Wasser gebracht hatte, war heute ausgeblieben. Nur das Wasser kam weiter daher, es war schmutzig und murrte laut. In den Bergen saß vielleicht die gleiche Wärme, die Sebastian über den Rücken kletterte.

Eine Stunde vor Mitternacht saßen zwei Leute allein im Wald auf einer gestürzten Föhre, die der Wind in einem Kahlhieb niedergelegt hatte.

Sebastian hatte zum Holzkarrer gesagt, er solle ihm Fische verhandeln bei seinen Bauern herum, in der Karwoche wolle jeder einmal ein Stück Fisch essen. Der Holzkarrer hatte ja gesagt. Das übrige hatte Sebastian mit dem Mädel allein abgemacht. Er war zu ihr in den Stall gegangen, als der Vater weg war aus dem Haus, er hatte ein paar Worte herausgebracht, die ihn schon lange schnürten in der Kehle. Aber Justine hatte ihn nicht verstanden oder nur so getan, als verstehe sie ihn nicht.

Sebastian war klein. Alle Unützer waren klein und flink gewesen, alle Unützer hatten so enge Augen, die sich in der Erregung oder in dem häufigen Jähzorn schlossen zu einem ganz engen Strich. Aus diesen ganz kleinen Augen, die zu der großen Justine aufschauen mußten, blitzte so unverhalten das ganze Blut auf, daß Justine schon eine Lüge fand, um noch spät in der Nacht wegzugehen aus dem Haus.

Im Hart lag die windgekippte Föhre, sie war in einem Kahlhieb gestürzt, und die Waldarbeiter hatten sie geschält. Jetzt saßen die zwei Leute auf dem Stamm, und die Nacht war lau, wie Nächte sonst nur im Juni sind. Ganz leise wischte der föhnige Wind noch über die Haubenwipfel der Föhren. Über allem stand der Mond.

Und drunten ging die Straße. Die war wie ein weißer, verzettelter Strich in die Landschaft geschrieben. Draußen im Ebenen, wohin sich die Straße verlor, knallte eine Peitsche im Fuhrmannstakt. Ihr Knallen ging heim oder fort, Sebastian dachte sich das Ziel aus, das irgendwo vielleicht an dem weißen Strich der Straße lag. Das leichte Knarren der Räder stand manchmal noch in der lauen Luft, wie wenn grobkörniger Sand zwischen spielenden Fingern abgerieben wird.

Das Denken an das Knirschen von reibendem Sand machte Sebastian unklug. Für ihn wurde die Nacht noch einmal so warm, er sah die großen Augen des Mädchens und griff zu, wohin er traf. Justine war groß. Justine hatte die Lippen, deren volle breite Röte seinen schmalen, gekniffenen Mund einschloß. Und ihr Körper war voll wie Honigwaben im Juli, wenn der überständige Rotklee in der Trockenheit seine Blütenkelche aufgemacht hat. Dann hindert die Bienen nichts

mehr, daß sie Honig wegtragen in die Körbe, bis die Waben die Fülle nicht mehr zu halten vermögen.
»Der Vater wird mich mit der Peitsche wegjagen«, sagte Justine. Das war, als Sebastian mit halboffenem Mund, daß der Atem Platz fand zum eiligen Gehen, neben ihr auf dem Föhrenstamm saß. Sie schaute seine Hände an, die groß an den fast zu schmalen Armen hingen und in einem unruhigen Erschöpftsein an ihr niederglitten.
»Der Vater wird dir gar nichts antun, er weiß nicht von mir. Ich habe ihm für meinen Bruder, den Christof, Fische angetragen.«
»Und bist dann kurzweg zu mir in den Stall gegangen!«
Das wußte Sebastian doch selber, daß er ein Narr gewesen war. Wozu mußte sie, Justine, ihm das noch einmal sagen? Aber der Vater war weggegangen, weil er den jungen Leuten vertraute.
»Gestern war es anders«, lachte Sebastian ganz still zu den Hauben der Föhren hinauf. »Der Mond war noch nicht ganz voll, und es war noch nicht so warm.« Justine konnte anders lachen als die Mädchen im Dorf. Ihre Lippen wurden nicht einmal im frohesten Lachen dünn, sie standen erschreckend groß in dem schönen Gesicht, und Sebastian wurde still darunter. Er mußte sich nur eine Weile wieder darauf besinnen, wie groß und voll eigentlich der Körper dieses Mädchens war. Das Nachtasten der Größe machte ihn weich wie die Linien des Körpers, er duckte den Kopf leicht nach vorne, weil er meinte, eine wohlige Hand streiche spielend weich über seine langen Zottelhaare im Genick.
Er wolle sie heiraten, sagte er ihr. Justine machte ihm mit den Lippen den Mund zu. Sie habe nichts, beim Holzkarrer sei kein Geld da. Und überhaupt, der Vater habe es anders vor mit ihr.
Mehr sagte sie nicht, obgleich Sebastian in sie drang. Er drang bald nicht mehr in sie.
Und eine Nacht ist lang.

Als der Mond auf seinem Gang sich schon zum Einziehen anschickte über dem Wasserlauf der Mörn, sagte Sebastian dem Mädchen, er wolle hier schlafen den Rest der Nacht. Da an dem Baum, an der Föhre.
»Narren seid ihr Unützer doch alle!« lachte Justine. Sie war ehrlich müde. Dem Kerl wollte sie noch zusehen, wie er sich zum Schlafen anrichtete. Sie sah nicht viel: den sehnigen Körper, der an der Brust aus dem flanellenen Hemd brach, der sich einmal noch wohlig reckte über den Föhrenstamm hin, um dann niederzugleiten auf der dem Mond abgewendeten Seite. Der sehnige Kerl rollte sich zusammen, zog die Knie fast bis zur Brust hoch und legte sich eine flache Hand unter die Backe, die sonst auf dem noch nicht ganz ausgetauten Boden zu liegen gekommen wäre.
Christof suchte einen halben Tag nach seinem Bruder. Er hätte ihn zum Fischen gebraucht jetzt, wo die unerwartete Wärme auch den Fischen in ihr gewohntes Treiben gebrochen war. Als Sebastian nach Mittag auf das Haus zu schlenderte, hatte er im Sinn, selber einen Kalkofen zu bauen. Damit wollte er in einem Jahr genug Geld verdienen, um heiraten zu können. Im langsamen Dahinzotteln schämte er sich, weil er nur ein einziges Mal den Ofen Kalk gebrannt hatte.
Über den Tisch hin reichte ihm Christof sechzehn Mark. Kalk habe er verkauft, und das sei die Hälfte von dem Geld. Sebastian machte es so mit der Hand: Er wollte das Geld gar nicht haben, weil er doch selber –
Dann steckte er es doch ein.
Als es Abend war, hatten sie zwei schöne Huchen im Lagel.
In die Hofmark hinüber war noch ein weiter Weg, heute konnte die Fische niemand mehr wegbringen, drum legte man sie ins Lagel und ließ ihnen ihr Leben noch für eine Nacht.
»Geht das auch halban?« fragte Sebastian.
»Nein«, sagte Christof. Worauf Sebastian das Lagel aufmachte und mit einem sehnigen Schwung den kleineren Hu-

chen wieder in die Mörn zurückschnellen ließ. Er wunderte sich, daß Christof nicht gewalttätig wurde. Wenn er gewußt hätte, daß der am Vormittag den ganzen Kalk aus dem ersten Brand verkauft und nur sechzehn Mark davon abgegeben hatte, wäre ihm das Verstehen schon gekommen. Es konnte ihm jetzt furchtbar gleichgültig sein, ob der Bruder sich über den ausgelassenen Huchen ärgerte oder nicht. Nicht einmal sein Messer hätte er dabei gehabt.
Wo hatte er denn seinen Kneifer gelassen?
Daheim hatte er nichts zu machen gehabt mit dem Messer. Es war also im Hart liegen geblieben bei der Föhre vom Windwurf.
Er ging ins Dorf.
Zum Krämer Maderlechner.
Der freute sich gewiß auch, wenn er ein Messer verkaufen durfte und von einem Unützer sogleich das Geld auf die Hand bekam. Das war sonst bei den Fischern nicht im Brauch.
Mit Hirschhorngriff?
Nein, da traf man weder einen Brotlaib noch einen Männerarm gut. Hirschhorngriffe sind schön, aber nicht halb so praktisch. Er möchte eines mit einem guten Holzgriff! So, ja, so ein rotes Holz. Da hat man wenigstens etwas in den Fingern. Kaspar Maderlechner stand breit und seines Standes sich wohl bewußt hinter der Ladenbudel. Er war sehr groß, darum mochte ihn Sebastian nicht. Er sagte: »Vier Mark dreißig« und zog die Tafel hervor.
»Nein«, machte Sebastian. Er schob vier Mark über die Budel und meinte, das müsse reichen. Der Krämer war auch so zufrieden.
Am übernächsten Morgen hatte Sebastian zwei Messer. Das seine hatte er wieder gefunden.
Justine hatte am Morgen darauf umränderte Augen. Sie meinte zu ihrem Vater, der Neumond käme, und das sei dann immer so. Der Vater ging fort und kam am Abend wieder. Inzwischen war er beim Krämer Maderlechner gewesen und

wußte nun ganz genau, daß seine Tochter diesen Mann heiraten würde.
Er war doch der König vom Dorf, der Krämer Maderlechner.
Der Herr von Ruederer wäre eigentlich der König gewesen, aber seine Villa stand halb am Berghang zwischen dem Dorf und dem Kirchberg, er zählte also nicht so direkt zum Dorf.
Justine heulte eine Nacht lang. Der Vater sperrte sie ein, daß sie nicht mehr mit blauen Ringen unter den Augen herumlaufen mußte, wenn Kaspar Maderlechner kam zum Schauen. Als er kam, hatte sie nur noch tiefere Ringe. Es war wirklich Neumond, und sie hatte einige Tage sich abgequält gegen den starren Willen des Holzkarrers.
Der König vom Dorf mußte nicht nach Geld heiraten. Er konnte es aus anderen Gründen auch tun. Weil er ein Mädel gern haben wollte, weil er sich irgendeine in den Kopf gesetzt hatte. Geld brauchte die zukünftige Maderlechnerin nicht mitbringen. Aber bei ihm war es so, daß er die stramme Tochter des Holzkarrers nicht so einschätzte wie der Fischerwastl. Er war selber sehr groß und hatte immer eine Freude am Spielzeugmäßigen gehabt. Die Schwarze vom Holzkarrer mit den Schlafzimmerlippen mußte es nicht unbedingt sein. Nur hatte Kaspar Maderlechner etwas anderes erfahren. Umsonst war der Holzkarrer nicht zu ihm gekommen. Er hatte einen Beutel aus der Tasche gezogen und sechstausend Mark in Goldstücken hergezeigt. In der Karrerkraxe hatte er es mit sich getragen und dann hergezeigt, als habe er daheim noch einen Speicherboden voll davon. Kaspar hatte etwas geahnt davon, drum hatte er sich an den alten Fuchs herangemacht, ehe er überhaupt einmal die Junge fragte.
»Wirst schon mögen?« fragte der Holzkarrer seine Tochter.
Sie sagte nein.
Der Holzkarrer hatte eine klotzige Art.
Und am dritten Tage sagte Justine ja.
»So, dann ist es ja gut«, knurrte gutwillig der schwarze Mann, »wer wird aber auch immer nein sagen wollen?« Er

sperrte das Vorhangschloß wieder weg, das seit einer Woche an der Tür, die von Justines Kammer zum Stall führte, angemacht war. Vom Stall aus konnte man ungehindert ins Freie. Mit Sebastian mußte Justine fertig werden.

Sie sagte ihm nach ein paar Wochen: »Du hast dein Messer wieder, und weiter hast du nicht viel verloren da heroben bei der Föhre. Jetzt mußt du wegbleiben, weil das keinen Wert mehr hat.«

»Was, keinen Wert? Ich brenne alle drei Tage meinen Ofen Kalk, der Christof ist anständig geworden, seit ich ihm den Huchen ins Wasser geworfen habe, er ist mit einem Drittel zufrieden, und jetzt geht bei den Leuten überall schon das Bauen an.«

»Wo hast du denn den Kalk?«

»Beim Maderlechner in der großen Schupfen, wo der alte Salzspeicher war. Da liegt er trocken.«

»Da kannst du ihn ja liegen lassen.«

Justine machte ihren Rock eng um die Mitte. Sie streifte an sich herunter, als wolle sie eine Menge alter Dinge damit abstreifen, die man jetzt ruhig vergessen durfte. Sebastian schaute verdutzt in die Nacht, die kälter war und weniger mondfreundlich wie jene Nacht an der gleichen Stelle.

Der Vikar verkündete am übernächsten Sonntag schon das neue Brautpaar von der Kanzel. Den tugendsamen Jüngling Kaspar Maderlechner und die gleich tugendsame Jungfrau Justine. Sebastian gehörte als guter Christ in die Kirche am Sonntag. Er saß im rechten Flügel, wo einmal die Schloßkapelle gewesen war. Als Sebastian das hörte, wurde er erst einen Augenblick rot im Gesicht, er stieß mit dem Ellbogen rechterhand nach seinem Nachbarn hinüber und brummte etwas. Hernach überlegte er bloß noch, wie er am Hochzeitstag dieser beiden eine Rauferei anrichten konnte, bei der Kaspar ordentlich in den Acker gerodet wurde.

Sonst änderte er sich nicht allzu stark in den Gewohnheiten. Er hatte mehr Zeit zum Fischen jetzt, seinem Bruder war er eine gute Hilfe. Der Kalkofen, den Christof am Samstag noch ordentlich eingewölbt hatte, wurde nicht mehr angebrannt. »Ich hab Kalk genug«, stellte Sebastian fest.

An eins dachte er jetzt wieder in den trägen Stunden: Das Auslegerboot war nicht gebaut worden. Jetzt war das Geld dazu vorhanden, jetzt wollte Sebastian es bauen und sich dann erst einmal ordentlich auf die Fischerei verlegen. Christof sagte ihm, er wolle schon ordentlich teilen. Das sollte also heißen, daß Sebastian die Weißfische bekam und er selbst alles andere behielt. So ungefähr war es stets bisher gewesen.

Das Schmelzwasser begann zu gehen und trug Holz an. Von der Hofmark herüber kam ein Gendarm und brachte dem Fischer Christof Unützer einen Strafbefehl, weil er ein Fanggitter durch die ganze Mörn gelegt hatte und dadurch eine Hochwassergefährdung brachte für die obere Gegend. Gott, soviel hatten die Brüder selber schon lange gesehen, daß sie die Auen überschwemmt hatten mit der Holzfängerei. Das war heuer auch besonders fett abgegangen: Langholz war dahergekommen wie noch nie, die Brüder schlichteten auf einem ausgehauenen Platz in den Auen so viel Holz aufeinander, daß sie es in sieben strengen Wintern auch nicht verbrennen konnten.

»Wir werden warten.« So sagten sie alle zweie und meinten den Strafzettel damit. Man muß nicht alles gleich zahlen, was man später in Güte niederschlagen lassen kann. Sie fingen Holz zusammen und teilten diesmal redlich: Sebastian bekam einen großen Bloch für den Ausleger und das ganze Kleinzeug. Christof schlichtete alles große Holz abseits, und das war sehr viel. Die Arbeit war schön.

Es kamen Nächte, in denen Sebastian die Katzen treiben hörte auf den Dächern. Die Nächte waren warm, aber so warm wie um Lichtmeß wurde keine mehr, auch im Sommer konnte keine Nacht so werden. Wenn ein Kater graunzend über den Spalierbaum strich und mit dem Rücken an Sebastians Fenster rieb, packte den drinnen die Wut, daß er sich gegen

die Mauer stemmte und das Kreuzholz mit der Kraft seiner sehnigen Arme absprengte.
Die zwei Brüder schleppten Holz und fischten, die Tage wurden ihnen zu kurz, wenn sie einmal in die Arbeit hineingegriffen hatten. Der Bräu schüttelte den Kopf, und der Obere Wirt tippte sich an die Schläfen, wenn einer von den beiden sich zu ihm verirrte. Richtig, als der Krämer Maderlechner Hochzeit hatte, als Justine so groß fast wie der Hochzeiter neben ihm stand und neben ihm tanzte, machte Sebastian eine Geschichte, von der man sich im Dorf noch lange erzählte. Kaspar Maderlechner hatte am Morgen der Nachhochzeit einen wehleidig zerschundenen Kopf, und es kam wieder ein Gendarm von der Hofmark, der den Tatbestand aufnahm, wobei Sebastian schwor und schwur, daß er zur fraglichen Zeit in der Gaststube gesessen sei. Zwei Zeugen machten den Alibibeweis für ihn, und ein paar andere wurden eingesperrt. Die hatten wirklich mitgerauft. Sebastian hatte das gleiche getan, aber vorher ein Scheit nach der Lampe geworfen und dann nur noch nach dem größten im Haufen gegriffen.
Er hatte seinen Kalk im Salzspeicher beim Krämer liegen und holte sich jeden Tag den Schlüssel dazu im Krämerhaus. Das machte er nachher so gut wie vorher. Die Bauern brauchten jetzt viel Kalk, und Sebastian mußte oft den Schlüssel holen. Wie das neue Messer sich mache, fragte Kaspar einmal. Sehr gut, meinte Sebastian. Das rote hölzerne Heft sei sehr hart. »Rotes Holz, ja richtig, das war das letzte von dem ausländischen Holz, die gibt es jetzt gar nicht mehr.« Kaspar redete das so hin, und Sebastian meinte darauf, das Holz sei jetzt noch röter, das komme vom fleißigen Gebrauch.
Darauf zwinkerte der Krämer mit beiden Augen und reichte von einem Regal eine Rolle Sternkanaster herunter. Sebastian solle den rauchen, in der Pfeife, er sei recht gut. Ach ja, die Beulen am Kopf waren inzwischen längst vergangen, und die Sache war nicht gar so groß gewesen. Die zwei Männer fuhren weiterhin nicht übel miteinander. Der Salzstadel war

groß und konnte anders auch nicht recht ausgewertet werden. Manchmal verhielt sich Sebastian auch bei Justine, der jungen Krämerin. Er fand, daß es nicht ganz recht sei. Aber weil auch sie im Abmessen der Meterware innehielt und sich gerne mit ihm unterhielt, fand er bald nichts mehr so übel an einem solchen Gespräch.

»Du sollst auch bald einmal heiraten«, meinte sie. Ja, er wollte schon heiraten, wenn er die laue Nacht im Februar vergessen konnte. Vorerst trieb ihn nichts dazu, wenn mit seinem Bruder auf die Dauer so gut handwerken war wie in der letzten Zeit. Justine machte ihm volle Lippen, Justine redete mit ihm und gab ihm ein gutes Wort, wo er es brauchte. Sie verlangte nicht, daß er den Märzen vergesse. Aber Justine stand seit der Heirat hinter der Meterware und hinter der Ladenbudel, Sebastian blieb immer vorne, und er wußte, daß man tiefer im Jahr stand ein ganzes Leben lang, tiefer als damals im frühen Märzen.

Der Ladentisch im Krämerhaus stand zwischen den Dingen, hinten im Salzstadel lag der Kalk, den Sebastian in langen Monaten hergebrannt hatte.

Einmal hörte es auf.

Daß Sebastian eigentlich so ein Kind war und glauben konnte, die Geschichte mit Christof würde auf die Länge anhalten? Solange es noch zwei Wirtshäuser gab im Dorf, solange er sein Gewissen pendeln lassen konnte zwischen den Pflichten bei allen zweien, saß etwas in ihm, was ihn zwischen den beiden Häusern, dem Wirt am Berg und dem Bräu im Dorf, hin und her trieb.

Die Teilung wurde wieder zu gleichen Teilen gemacht, Sebastian dachte wieder an seinen Ausleger und baute ihn nicht. Das Kalkbrennen hörte auf. Während Christof einmal zum Fischen und das andere Mal zum Oberen Wirt ging, erinnerte sich der Bruder daran, daß er in den Jahren nach der Schule das Maurerhandwerk gelernt habe. Er fand Arbeit bei den Bauern, brauchte nicht mehr den Verdienst zu teilen und besann sich im Herbst darauf, daß er heiraten solle.

III

Das kam so, gelt, wie es schon einmal hergegangen war. Man kann nicht immer arbeiten, nicht immer fischen, dachte Christof. Aus dieser Ansicht heraus kam sein Angebot: »Sebastian, du kannst mein Fischwasser kaufen und den Kalkofen, kannst Holz haben das ganze Jahr, wie es die Schmelzwasser aus den Bergen bringen. Dafür gibst du mir dreitausendfünfhundert Mark. Ist nicht viel, Sebastian.«

Jetzt hätte es zu einem Ausleger gereicht. Der Stamm war auch schon ausgehauen, ein richtiger Einbaum. Bloß machte sich niemand mehr die Mühe, die Ausleger anzubauen. Weil Justine im Frühjahr hinter die Ladenbudel getreten war und das Wetter nicht immer föhnte nach Märzen.

Im Tal, wo das Dorf stand – was heißt Dorf? ein verzettelter Haufen Häuser –, im Tal, wo die Mörn lief, da gab es Auen mit Weidengestrüpp. Und Kiesbänke gab es und weiter draußen Föhren, Waldansätze, vor denen manchmal auch ein Ahorn oder so etwas verirrt wuchs. Drunten, wohin die Mörn zeigte, gab es den Hart. Der Hart war der große Staatsforst, der mit Föhren anfing und drinnen, ganz drinnen sehr dunkel wurde, wo nicht gerade die große Straße eine Lichtung hineinschnitt. Alles, was um den Hart herum war, hieß auch *der Hart*, das Dorf nannten die Leute auch so, das vor den ersten Föhren sich hingesetzt hatte, das den Holzkarrer beheimatete und einmal seine Tochter beheimatet hatte, die große Justine mit den Lippen.

In Hart fürchteten sich die Kinder, und die großen Leute trugen häufig ein Terzerol mit sich.

Der abenteuerliche Berg darüber, der Stein in die Landschaft herausreckte und mit den Brüchen an drei oder vier Stellen sich herzeigte, als wäre er schon ganz Gebirge, ganz massiv Stein vom Innersten heraus, der Berg war ein großer Lügner. Denn nirgends war die Landschaft so nach Flachland zusammengeschleckt als da oben, wenn man südwärts schaute von der Kirche aus oder vom Oberen Wirt. In ganz flachen, ganz lächerlichen Zuckungen wand sich die Erde, sie trug Gras und Getreide, und der Boden war unter großer Herrschaft, wo wieder große Einöden standen, um deren Hoftore sich der Besitz aus dieser leicht gewellten Erde gedrungen schloß.

Der Berg, den die Leute im Dorf Berg nannten, war nichts als die Stufentreppe zum oberen, flacheren Land hinaus, das Bauernhöfe trug und fette Ernten in die Städel schob.

Weil das Land so besonders war, wuchsen auch besondere Heilige darauf.

Eine schmale, zackelige Fahrstraße, die im Winter von dürren Schneezeichen und im Sommer von dem schuhhohen Ranken Grasnarbe in der Mitte der Fahrbahn gekennzeichnet war, führte in diesen Landstrich hinein.

Sebastian trottelte auf dieser Straße an einem Sonntag ins grüne Land.

Und am Weiberhof schauten die Fenster verschlossen und unfreundlich auf den Fischer von der Mörn, der zu anderer Zeit keinen Fehlgang machte in diese Gegend.

Weil es Sonntag war, gingen in der Tenne die Dreschflegel. An einem anderen Tag vielleicht hätten die Leute am Weiberhof Ruhe gehalten, weil sie es von jung auf so gewohnt waren, daß sie alle ihr zitronengelbes Dasein mit den Stichelknochen gegen die Lebensgewohnheiten der anderen stellen mußten.

»Heda, Wirtschaft, wo sind denn heut die Weiberleut?«

Sebastian fing leicht grob an. Er kannte die Leute vom Weiberhof, kannte die Geschichte dieses Hofes und glaubte den Umgang mit solchen Sonderlingen zu verstehen. Er verstand reichlich wenig.

Was zuerst aus dem Stadel kam, als die Drischeln zu schlagen aufgehört, war der Balthasar. Unter einer sehr spitzen Nase baumelte ein abhängender Schnurrbart, der jedem der nachhängenden Schritte mit seinem Gebaumel folgte.
»Ob sie alle so freundlich schauen werden?« dachte Sebastian.
Etwas Jüngeres kam, das schaute nicht so unfreundlich. Aber es war bis über den Hals hinauf, daß sogar das Kinn noch beengt war, verschnürt, und Fischbeinspreizen gaben der Sache einen fadenscheinigen Halt. Nach unten war dieses Jüngere auch sehr tief eingewickelt.
Mit einem Schlag kam das alte Trio: Moarl, Koarl und Vev. Der Vater, der alte Kraft, der vor etlichen dreißig Jahren gestorben war, hatte sie Marianne, Karolina und Genoveva taufen lassen. Er hatte diese drei Töchter der Welt hinterlassen, dazu einen Sohn mit Namen Balthasar.
Sebastian fragte sich und ärgerte sich sogleich über diese Frage: wie es sein müsse, wenn man sich eine Zitrone gleich mit Saft und Kernen in den Mund hinein ausdrücke. Er dachte, daß es fürchterlich sein, daß es den ganzen Kerl zusammenziehen müsse.
Der Gedanke war fad, er zog Sebastian zusammen. Zuerst hatte er ihnen allen die Hand geben wollen. Das ließ er jetzt bleiben. Nach dem Wetter fragte er und wie das Korn heute ausgefallen sei. Schlecht, schlecht, sagten die drei. Das Wetter sei auch schlecht.
An der Hausmauer stand die Sonne ruhig und warm. Morgen früh gab es vielleicht einen leichten Nebel an der Mörn drunten, aber hier oben stand um achte schon die Sonne. Was mußte Sebastian auch nach dem Wetter fragen, wenn er die Geschichte des Weiberhofes schon kannte. Drei Schwestern, die das Heiraten übersehen hatten, ein Bruder, den die Schwestern nicht heiraten ließen. Das war schon alles zwischen vierzig und fünfzig Jahren. Nein, wirklich, das Wetter war schlecht. Das Korn war auch schlecht, vielleicht droschen

sie darum am Sonntag. Hier war nichts Besseres zu tun, als umzukehren. In einem hin überlegte Sebastian, wie schnell er laufen solle. Wenn er sehr schnell lief, sah das gewiß recht sonderbar aus.

Ob es die mit dem Fischbeinzaun am Hals war? Wenn die drei Weiber auch verjungfert waren in der Zeit und sich ekelhaft anstellten gegen alles, was Mann heißt – die Koarl war doch auf irgendeine Weise zu zwei Kindern gekommen, die nach der Geschwisterwirtschaft einmal die Erben des Weiberhofes sein würden. Balthasar hüstelte trocken. Die drei Schwestern hatten in der Zeit sein Denken schwindsüchtig gemacht, daß er innenhin nur noch den Gesichtswinkel der Weiberherrschaft kannte und außenhin hüsteln mußte. Er ging in die Tenne und schlug im Eintakt mit der Drischel. Das wußte er so und so, daß er nicht zuhorchen durfte, wenn einmal seine drei Schwestern etwas auszumachen hatten.

Sie hatten etwas auszumachen.

Nach einer Stunde meinte Vev, eine Krugel Scheps solle man dem Freiersmann denn doch vorstellen, wenn er schon gekommen sei, um die Lidwina zu heiraten, die ältere Tochter von der Koarl. Aus einer blechernen Krugel, deren Email an allen Enden abgeschlagen war und deren Blech sich in zwanzig Beulen nach innen wölbte, trank Sebastian Unützer seinen Scheps. Er saß dabei auf der Vorbank im Fletz, gegenüber um die Ecke, wo ein hölzerner Herrgott verrußt herunterschaute, saßen die drei gleichen Schwestern. Karolina hatte über eine ihrer Töchter zu verfügen und verfügte darüber, als Sebastian erzählte, daß er von seinem Bruder das Fischwasser und den Kalkofen und das Treibholz alle Jahre und die Fische alle Jahre bekommen könne, falls er dreieinhalbtausend Mark auf den Tisch hinlege.

»Aber ein kleiner Kerl bist, das muß ich dir schon sagen, Wastl!« Damit taxierte sie ihn nach außen ein. »Kannst du denn arbeiten den ganzen Tag und das Zeug alles herbringen, daß die Kinder zu leben haben?«

»No, freilich. Das kann ein Unützer, auch wenn er klein ist.«
»So«, kopfnickte Karolina, »aber die Fischer raufen gern und saufen gern. Das muß aufhören! Mit dem Raufen, weil die Familie dabei ins Unglück kommen kann, und das mit dem Saufen, weil die Fischerei dabei flöten geht. Das gibt's nicht mehr!«
»Nein«, meinte Sebastian, »das wird es nicht mehr geben.« Er wird schon das viele Trinken bleiben lassen. Und überhaupt sei das ja sein Bruder, der Christof, der soviel im Wirtshaus sitze und die halben Nächte lang den Bierkrug gehen lasse, einmal beim Bräu und einmal beim Wirt.
Dann nickten sich die drei Schwestern mit dem Kopf zu, und sie sagten, daß er die Tochter Lidwina bekomme. Sebastian meinte, daß eigentlich die Lidwina die Tochter von der Koarl sei und die anderen zwei darüber nicht verfügen könnten. Das meinte er aber bloß in sich hinein. Offenbar hatten die drei Schwestern oder alle vier Geschwister sich in die zwei Töchter der Koarl geteilt.
»Ja, und das ist nachher unsere Lidwina«, stellte Moarl fest. Die Vev sagte auch so, und zum dritten sagte die Koarl auch so.
»Ja, und das ist nachher unsere Lidwina. Und dreitausend Mark kriegt sie mit. Das Wetter ist schlecht alle Tage, es hat im Sommer zuviel geregnet, und das Korn ist schlecht. Hörst es, wie die Drischel vom Balthasar matt hineinfällt ins Stroh. Das kommt von dem nassen Sommer.«
Sie erklärte es dann, wie vier Geschwister mit Darben und Schuften doch bei allem schlechten Wetter und dem faulen Korn genug zusammengerackert hätten, um ihre – ja, sie sagte ›ihre‹ – Tochter ausheiraten zu können.
Von dem hörte Sebastian nicht mehr sehr viel. Er dachte von dem Mädchen die Fischbeinspreizen weg und schnitt im Zuschauen den Rock von unten her kräftig um etliche Handbreiten zu. Wahrscheinlich hatte Lidwina einen flanellenen Unterrock, der war rot und mullig. Lidwina war um einen hal-

ben Kopf größer als er selber, sie war fast schön, was man so schön heißt unter den Leuten. Über den Fischbeinspreizen lag ein rotes Gesicht, das heftig abstach gegen die zitronengelben Leichenbittergesicher der drei Schwestern.
Sebastian sagte ja. Er hätte auch ja gesagt, wenn Lidwina anders ausgesehen hätte. Dreitausend Mark waren eine Handvoll Geld, das Fischwasser kostete dreieinhalbtausend.
Vom Bier bekam Sebastian keinen schweren Kopf, aber der Scheps heute, der lack und schal gewesen war, machte ihn trübe obenauf. Er hatte die Krugel zur Hälfte leergetrunken, in das übrige hatten die drei Schwestern sich geteilt, während der Balthasar im Stadel den Eintakt schlug. Der Kopf war schwer. Das merkte Sebastian, als er auf dem Heimweg über einen seichten Wassergraben stolperte und der Länge nach hinschlug.
Daheim – es war schon Nacht geworden inzwischen – fragte er seinen Bruder, ob er ihm ganz ernst das Fischwasser verkaufen wolle. Christof sagte wieder vierthalbtausend Mark, Sebastian handelte eine Weile mit ihm. Sie wurden auf dreitausenddreihundert einig und schlugen sich dreimal gewendet in die Hände, wie es die Roßhändler machen.
Sebastian stand schon unter der Tür im Weggehen, als er sich noch einmal umdrehte. »Notarisch machen wir die Geschichte in ein paar Wochen nachher, wenn die Heirat auch gebrieft wird.«
Da hatte Christof etwas zu schauen. Er gab mit den beiden Füßen dem Ledersofa einen groben Ruck nach hinten und stand eckig vor dem Bruder.
»Beim Dings war ich oben heut, beim – na, im Weiberhof. Ich heirat die Lidwina.«
Daraufhin ging er gleich weg. Er war noch nicht auf der Straße, da hörte er schon Christof die Haustür zuschlagen und den Schlüssel quietschend umdrehen. Es war eine stockfinstere Nacht. Christof tappte sich auf den Weg hinaus, er konnte den Bruder nicht sehen, der hinter einem Straßen-

baum stand und ihm nachschaute, wie er geradewegs zum Bräu hinunterging.
Also traf es Sebastian beim Oberen Wirt. Am nächsten Tag wechselten sie, da war Christof beim Wirt und Sebastian beim Bräu. So kam die Geschichte von der beabsichtigten Heirat in zwei Tagen im Dorf herum. Die jungen Mädel, die nichts in der Truhe hatten daheim, machten Sebastian in der Zeit hin ein böses Gesicht. Sie lachten höhnisch und wußten viele böse Dinge zu erzählen vom Weiberhof. Die Männer taten nicht viel dergleichen. Am Biertisch sagten sie: »Der Wastl hat Schneid, der heiratet sich gleich vier Weiber an und ein Mannsbild, das auch keins ist.« Sie respektierten die dreitausend Mark, die Lidwina mitbekam, sie fanden, daß sie gar kein so übles Ding sei. Groß und stark und sparsam, bei den drei sonderbaren Dinginnen habe sie schon hausen gelernt.
Im Fischerhaus räumte Christof die Küche aus und eine Stube oben, die sie als Schlafkammer nehmen konnten. Dem Bruder verlangte er acht Mark im Monat dafür ab. Christof sagte: »Vielleicht kannst du einmal das Fischerhaus auch haben, wenn es mir nicht mehr paßt. Ich baue mir doch was Neues.« Für die acht Mark nahm sich Sebastian noch eine Kammer, die er kurzweg ausräumte. Und der andere wollte nicht gleich grob werden, so blieb es bei dieser Teilung. –
Was ist schon der Haufen Lärm los, wenn ein Fischerbub heiratet? Die zwei Fischerbuben hatten wild gehaust, seit der Vater gestorben war. Von der Mutter hatte nie mehr sehr viel durchgeschlagen, dazu war ihr Leben viel zu kurz gewesen. Die zweie hatten ihre Freunde an den Wirtstischen, die gingen dem Wastl alle auf die Hochzeit. Der eine gab eine buntscheckige Kaffeetasse, ein anderer eine Tabakspfeife, ein dritter brachte die bewußten Pantoffel, unter deren Druck jeder Ehemann steht. So brachte Sebastian eine Menge Scherben zusammen, er schaute bei der Hochzeit den Haufen manchmal an, wenn er vom Tanzboden in die Hochzeitsstube ging.

Der ganze Weiberhof saß steif in der Hochzeitsstube beisammen, die drei Schwestern kamen sich vor, als hätten sie das Jüngste Gericht versäumt und müßten nun auf das Weltabbrechen warten. Lidwina hatte ein sehr rotes Gesicht, das nur beim Hungertanz etwas bleich geworden war.
Besonders laut wurde es nie auf dieser Hochzeit, weil der Weiberhofwinkel in der Hochzeitsstube immer auf Eis zu stehen schien. Was sich gehört für einen ordentlichen Burschen mit etwas Vergangenheit, wußte Sebastian auch: Er tanzte die Mädchen alle ab, die er in der Reihe Jahre her abgeknutscht hatte.
Auf einmal bekam er einen dummen Schlag im Kopf. Die Maderlechnerin war da. Gott, ja, am Vormittag hatte sie im Geschäft sein müssen, am Nachmittag kamen auch noch viel Leute, wegen der Hochzeit, und so. Jetzt war sie da, es war schon sieben Uhr am Abend.
Nein, mit der wollte Sebastian nicht tanzen. Der große Kerl war ja auch noch bei ihr. Sie stand auf dem Tanzboden, ging in die Hochzeitsstube. Freilich, eine Geschäftsfrau muß den Hochzeitsleuten gratulieren, weil die jungen Leute bald was brauchen können. Überall fehlt es die erste Zeit, und Kinder kommen.
Dem Fischerbuben gab es einen Stoß. Er schaute der Krämerin im Gehen zu, und wie er sie auf die Tür zur Hochzeitsstube zugehen sah, sauste er in einem die Stiege hinunter zur Bauernstube.
»Ho, der Hochzeiter! Bist der Alten gleich am ersten Tag durchgebrannt? – Hast recht, Wastl!« So empfingen ihn die Bauern an den Biertischen. In seinem schwarzen Anzug paßte er gar nicht unter die Leute, aber er setzte sich zu ihnen und begann zu reden von dem und dem. So schlug er recht schön eine Stunde herum. In einer Stunde konnte die Krämerin auch wieder verschwunden sein aus der Hochzeitsstube.
Als Sebastian die Stiege hinauftrottete, sah er oben die Krämerin vorbeitanzen mit einem Bauernburschen. Sie hatte

auch ihn im gleichen Augenblick schon gesehen und behielt ihn jetzt im Auge, daß er nicht mehr umkehren konnte. Der Tanz ging zu Ende, es traf sich leicht so, daß die Krämerin an ihm vorbeiwischte.
Er mußte stehenbleiben.
»Du bist mir noch der rechte Kerl! Bist wirklich der erste, der vor mir davongelaufen ist.«
»Ich muß doch auch ein wenig hinunterschauen zu den anderen Leuten«, gab Sebastian vorsichtig darauf.
»Das mußt du *mir* nicht erzählen. Ich hätt bloß reden wollen mit dir. Die Lidwina sitzt drinnen, und der Hochzeiter läßt sie flennen in der Zeit zwischen zwei Tänzen. Das sollst du nicht tun!«
Sebastian wand sich. Die junge Krämerin hatte ihn am Arm und redete aus einem lachenden Gesicht heraus auf ihn ein, daß Sebastian mitlachen mußte. Dabei war ihnen allen zweien nicht zum Lachen zumut. Justine machte eine halbe Drehung wie beim Tanzen und kam ganz vor ihn hin. »Ich wünsch dir alles Gute.« Das Lachen blieb ihr für einen Augenblick weg. »Was anderes noch! Das habe ich dir sagen wollen: Gelt, Wastl, wenn die Leute erzählen von der Fischerhochzeit mit der Lidwina vom Weiberhof, sollen sie nicht erzählen, daß gerauft worden ist!« Jetzt schaute sie ihn mit dem ganz lachenden Gesicht wieder an, das so ernst sein wollte. »Deswegen bin ich hergekommen.«
Die Musik stieß polternd den ersten Takt eines Ländlers heraus, Leute wechselten an den zweien vorüber und schauten mit langen Augen nach ihnen. Einer führte die Hochzeiterin aus der Stube heraus und tanzte mit ihr. Da bog Sebastian Justines linken Arm auf den Rücken und tanzte mit ihr an den wirbelnden Paaren vorbei, ohne recht zu wissen, warum er alles das machte.
Später sah er sie noch oft mit einem anderen im Tanz. Als sie einmal mit ihrem Kaspar eingehängt vorbeidrehte, packte Sebastian seine Hochzeiterin und tanzte ungezogen wie ein bö-

ser Bub durch den Saal, daß die Leute ihre Freude hatten an dem fröhlichen Paar.
Die Welt dieser Menschen hatte also ihre Ordnung.
Und die Welt der anderen schüttelte den Kopf am Morgen darauf, weil bei der Fischerhochzeit nicht gerauft worden war. Christof hatte einmal so was angefangen, aber der Bruder hatte ihn auf die Bank niedergedrückt.
In drei armen Räumen des Fischerhauses lebte Sebastian Unützer mit seiner neuen Frau.
Das Paar hatte nach einem knappen Jahr ein Kind. Es war ein Bub, den sein Vater taufen ließ auf den Namen Simon. Christof hätte seinem Bruder gewiß den Buben aus der Taufe gehoben, aber Christof war um diese Zeit nirgends aufzufinden. Die Leute sagten, er sei in der Stadt, wo die Post ein großes Gebäude aufführte und gute Maurer brauchte. Sebastian kümmerte sich wenig darum, er ging mit seinen Plänen etwas obenhinaus und fragte den Herrn von Ruederer, ob er nicht seinem Buben Pate werden wolle. Im Sommer hatte er beim Herrn von Ruederer gearbeitet, im Gutshof war ein Stall aufgebaut worden auf alten nassen Mauern.
Jetzt ging Sebastian in die Villa hinauf, stapfte durch den Vorgarten auf der halben Höhe vom Berg und überlegte, daß er eigentlich recht habe, wenn er zu dem großen Herrn gehe und ihn frage, ob er Gevatter werden wolle. Er hatte doch im Sommer bei ihm gebaut, und manchmal durfte er einen Fisch in die Küche der Gutsvilla bringen.
Der Herr von Ruederer machte zuerst ein saures Gesicht bei diesem Antrag. Aber es könne nicht schaden, meinte er für sich, wenn er einem kleinen Mann Gevatter würde.
Zweispännig fuhr der Landauer am Fischerhaus vor, zweispännig wurde der Erbfischer zur Taufe gefahren. Sebastian machte ganz schmale Augen an diesem Tag.
Aber Lidwina sagte: »Das ist nichts. Einen solchen Herrn zum Gevatter haben wollen, nein, das ist nichts.«
Die Moarl war da und erzählte den Leuten, die es nicht hören

wollten, daß sie ihre Tochter im Kindbett pflegen müsse. Darüber staunten die Leute, und manche glaubten nun wirklich, die Lidwina sei von der Marianne ein Kind. Lidwina sagte, das sei nichts.
Nach der Taufe passierte eine dumme Geschichte. Die zwei Rappen zogen den Landauer durch das ganze Dorf, weil der Kutscher an der Brücke beim Mauthäusel erst einbiegen wollte zum Fischerhaus. Der Mautner machte die Schranke auf, er glaubte, das Fuhrwerk wolle über die Brücke, und am Schatten des Schlagbaumes schreckten sich die Pferde. Sie begannen im Gestränge zu reißen, sie rasten nach der Seite, dem Fischerhaus zu, am Fischerhaus vorbei, durch die Auen weiter, immer geradeweg eine Viertelstunde lang, bis sie in der scharfen Fahrt endlich auf die gerade Straße kamen, draußen bei der Stundsäule, weit weg vom Dorf. Die Pferde bogen schwitzend in die Straße ein und brachten die Taufgäste ungefährdet ins Dorf zurück, wo gaffend die Leute auf den Trittpflastern vor den Häusern standen und verdrossen feststellten, daß sie mit dieser zahmen Rückkehr um eine Schaudergeschichte ärmer geworden seien.
Der Kutscher des Herrn von Ruederer machte wochenlang ein sehr stilles Gesicht. Die tolle Fahrt war eine Nagelbreite am Ende vorbeigegangen, nichts war passiert. Er ging zu Fuß ein paarmal die Strecke nach vom Weg beim Mautner bis zur Stundsäule, zu jenem alten bischöflichen Meilenstein, der nach Südost und nach Nordwest keinen Gegenstein hatte auf der Straße. Man hatte eben in der Zeit die alten Steine auf der Straße weggeschafft. Konnte auch sein, daß die Straße einmal anders verlaufen war, vielleicht von der Meile weg durch die Auen an der Mörn bis zur Brücke, zum Mauthäusel.
Lidwina, die Frau des Fischers, bekam das Kindbettfieber. Sie phantasierte laut, sie schrie gegen die schwammgetränkten Mauern des Fischerhäusels und machte in einem fort dem Mann Vorwürfe, daß er den Herrn von Ruederer um die Gevatterschaft angebettelt hatte.

»Der kleine Simon fährt uns davon«, sagte sie, »er bleibt nicht, den haben sie hinausgefahren auf die Straße, und die Straße ist gefährlich.«
Sie schrie immerzu von der Straße. Sebastian setzte sich zu ihr ans Bett und wollte es ihrem Fieberwahn begreiflich machen, daß der Landauer doch mitten durch die Auen gefahren sei. Daß dort nichts passieren konnte, daß der Bub, der kleine Simon, in seinem Bindekissen liege und gesund sei.
Lidwina hatte das Kindbettfieber, und von der Hofmark, die anderthalb Stunden Weg her, kam der Doktor. Der sagte, das Kind muß weg von seiner Mutter, und sie darf es nicht mehr an die Brust nehmen.
Da kochte Sebastian Rollgerste in einem Schnabelhafen und setzte nur ganz wenig Milch zu. Das sollte der Kleine trinken, der Doktor hatte gesagt, daß der Kleine es trinken würde.
Das Kind trank und schlief eine Weile ruhig. Mitten in der Nacht begann Lidwina zu weinen im Fieber. »Das Kind tut mir leid«, sagte sie, »das Kind schreit vor Hunger schon die ganze Zeit. Das Kind tut mir leid, ihr müßt mir das Kind geben an die Brust!«
Männer geben einer weinenden Frau immer nach. Sebastian versuchte es eine Zeitlang mit dem Zureden, dann wickelte er den kleinen Körper neu ein und trug ihn seiner Frau ans Bett, weil die Frau das Kind in der Stille schreien gehört hatte.
»Was habt ihr denn Verrücktes gemacht!« jammerte der Doktor am nächsten Tag.
»Nichts«, sagte Sebastian, und er drehte in der Verlegenheit einen Knopf von der Wasserjoppe weg. Der war mit einem Lederriemen eingenäht gewesen.
Am dritten Tag nachher starb der kleine Simon. Er machte blaue Fäuste und hatte den Mund ganz wenig offen. Lidwina starrte ihn an und deutete auf die offenen Lippen: »Da ist das Leben weggeblasen worden.« Hernach war sie ganz still. Einmal stöhnte sie noch: »Warum seid ihr auf der alten Straße gefahren wie die Klosterherren von Sankt Veit?«

Sebastian verstand ihr Reden nicht. Er ging mit dem kleinen Sarg in den Friedhof hinauf und staunte den Herrn Vikar an, der ein weißgoldenes Meßgewand hatte. Mit der weißgoldenen Farbe vor den Augen watete er heim und dachte neben sich hin, daß es wohl gut gewesen sei, so, wie es kam.
In der Küche stand Lidwina. Sie wusch das Geschirr von der Anrichte weg, schüttelte den Absud von Rollgerste in den Eimer und fragte nebenhin, wann eigentlich Christof wieder heimkommen wolle.
Da glaubte Sebastian nicht mehr an den grauen Tag mit dem weißgelben Meßgewand, und er lachte gezwungen heraus: »Den haben sie vielleicht wieder eingesperrt. Die Unützer raufen doch so gern, weißt, Lidwina.«
Christof hatte dreitausend Mark auf der Hand, und er war als Maurer in die Stadt gegangen, wo die Post ein hohes Haus aufführte.
Nach dem Tag wurde Lidwina gesund. Sie hatte nur um den Mund einen engen Strich bekommen, weil das Haus leer war, wenn Sebastian zum Fischen ging. Wenn er am späten Nachmittag mit einem Lagel Fische heimkam, machte Lidwina den Strich um den Mund nicht lockerer. Sie sagte immer wieder, daß der Kutscher nicht auf die Straße hinaus hätte fahren dürfen.
Christof blieb in der Stadt. Einmal schrieb er, daß es schön wäre, wenn auch im Dorf ein solches Haus gebaut würde von der Post. Dann könnten sie alle zweie arbeiten am Bau, und der Kalkofen müßte den ganzen Winter in Betrieb sein. Sebastian schmunzelte in den Brief hinein und schob ihn seiner Frau hinüber. Die schaute gegen die Mauer und verlor dabei den harten Zug um den Mund. »Nehmen wir die Kammer oben und unten die eine Stube noch dazu. Für Christof bleibt immer noch eine Schlafkammer, wenn er einmal wieder heimschaut.«
Darauf bekam Sebastian das Stottern. »Ja, ja«, sagte er.
In den Tagen hin hatte er schwer Arbeit. In der Sägmühle ließ

er drei schwärzlich gewordene Blöcher schneiden zu Bohlen und Brettern, einen Buben schickte er in die Hofmark hinüber, er solle ihm einen Schlichthobel kaufen, daß er die Bretter ein wenig glatt bekommen könne. Bank und Tisch und Gestelle schlug er zusammen, den Zimmerleuten hatte er es am Bau abgesehen, wie man zwei Bretter über die Kante verzapft, damit es besser hält und sauberer aussieht, als wenn alles nur mit Nägeln zusammengeschlagen ist.

Was von Christof, von den alten Fischerleuten vielmehr, in den Kammern herumstand, stellte er alles zusammen und trug nach und nach seine neuen Stücke an die Plätze. Lidwina war in der Zeit anders geworden. Vorher war sie ein etwas plumpes Ding, das sich im Fischerhaus bei den welterfahrenen Brüdern unbeholfen vorkam und nicht recht aufmucken durfte. Wie oft war Sebastian bei ihr gestanden, hatte ihr das und das im Haus erklärt, was sie am Weiberhof nie gesehen hatte. Jetzt hatte sie das Kind hinter sich, sie war Frau geworden und sagte nun »Sebastian!«, wenn sie etwas nach ihrem Willen richten wollte.

Sebastian gab still bei. Er trug eine Schuld, weil er den Herrn von Ruederer als Taufpaten ausgesucht hatte für den ersten Buben. Die Pferde des Herrn von Ruederer mochten mit schuld sein, daß Lidwina das Kindbettfieber bekommen hatte und daß der Kleine gestorben war. Lidwina behauptete es. An Pfingsten war alles fertig, was Sebastian in den freien Stunden zimmerte fürs Haus.

Es hielt schwer mit diesen Dingen, weil die Fischerei ihren Mann verlangte und alle paar Tage ein anderer Maurerpolier kam, der Sebastian auf einem Bau gebraucht hätte. Im Dorf wurde einiges gebaut, im Hart gab es baufällige Bauernhäuser, das grüngelbe Land hinter dem Berg hatte auch große Höfe, die nicht alle mehr gut im Stand waren.

Da hinten lag der Weiberhof. Nein, dahin ging Sebastian nicht. Er schlug dem Baumeister in die Hand, der in der Hofmark etwas zu bauen hatte. Der, weil er in der Hofmark sein

Geschäft betrieb, durfte sich Baumeister nennen. Sebastian dachte nicht sehr viel Schönes von dem Mann in der Hofmark, aber er wußte, daß der besser zahlte. Um halb sechs Uhr am Morgen ging Sebastian jeden Tag weg vom Fischerhaus, von halb fünf Uhr an werkte Lidwina schon, daß sie dem Mann im verspritzten Maurerkittel die Suppe auf den Tisch stellen konnte vor dem Weggehen.
Am Abend band er die Zille ab, die am linken Ufer, der Hofmark zu, festlag, und sah nach seinem Fischwasser.
Einmal schaute er seine Frau von der Seite weg fragend an. Er hatte doch Augen für sowas?
»Wird schon so sein müssen«, sagte Lidwina bloß. Ach ja, das kennt man bei den Frauen schon an der Art, wie sie ihre Schürze tragen. Wird schon so sein müssen.
Große Freude war also nicht im Fischerhaus.
Trotzdem band Sebastian an dem Abend seine Zille noch einmal los. Er legte sich schwer in die Gurten und ruderte dem Flußlauf entgegen, bis die Nacht ihn niederrannte. Der kleine Simon war tot geworden, weil man kleine Kinder nicht Trab fahren soll.
Dafür brachte die Frau daheim in einem halben Jahr oder in sieben Monaten oder acht wieder einen Buben. Sebastian meinte in sich hinein, es müßten eigentlich sehr viele Kinder werden, sonst sei das Fischerhaus zu leer. Sehr viele Kinder.
Am Sonntag sperrten sie das Fischerhaus zu und gingen zu zweit in die Kirche. Diesmal auch nicht den Berg hinauf in die alte Schloßkirche, sondern in die Hofmark hinüber, wo eine Kirche dem heiligen Simon geweiht war. Den heiligen Simon haben die Heiden mit einer Säge in zwei Stücke zerschnitten, der Länge nach.
Lidwina spürte Schmerzen im Leib, die Schmerzen gingen hernach durch den ganzen Körper von oben bis unten, weil sie in der Kirche immer die Säge der Heiden spürte. Eine Bäuerin, die neben der Fischerin kniete, sah eine Weile zu; sie fragte dann ob sie –

Ja, das könne sie doch merken.
»Freilich«, sagte die Bäuerin, »das macht der heilige Simon immer, daß er die Frauen aus der Kirche treibt, die guter Hoffnung sind.«
»Weißt, Sebastian, daß der zweite Bub nicht wieder sterben muß!«
Das war schon im Heimgehen. Sebastian schaute nach der Seite, wo seine Frau ging und ganz warm auf ihn einredete. Jetzt war es ihr anscheinend recht geworden, das mit einem zweiten Kind. Erst verstand er nicht recht, was die Frau wollte von ihm. Bis er wieder nach ihr hinschaute und den schwarzen Lüster der Kirchenschürze sah. Der hatte eine andere Glätte heute.
Sebastian blickte in das Gesicht, wo die Falten um den Mund sich auszulegen schienen. Sie aßen zu Mittag nichts, das Weib spürte immer noch die Säge des heiligen Simon. Darum nötigte sie den Mann vor der Bank auf die Knie nieder, und sie beteten zusammen eine Litanei. Lidwina meinte, Sebastian bete überhaupt zu wenig. Da müsse es ja schlecht gehen. Und der Mann sagte, er wolle es in Zukunft anders machen.
Er machte es aber wenig anders.
Wenn er am Tag seine vierzehn Stunden arbeitete, blieb ihm wenig Zeit für die Gedanken seiner Frau.
Beim zweiten Kind machte der Herr von Ruederer sicher dem Fischer nicht mehr den Gevatter. Der Herr in der Villa hatte einen Hund, einen drahthaarigen Burschen, der im Jahr einmal in die Stadt geschickt wurde zum Rupfen. Das Rupfen veredelt das Aussehen des Hundes, meinte Herr von Ruederer. Es gab offenbar Anstalten in der Stadt, in denen ein Hund zurechtgerupft wurde, in denen man einem Hund die überflüssigen und unschönen Haare auszog, daß er seiner Rasse würdig blieb.
Darüber machte sich Sebastian einen kleinen Gedanken, als er einmal am Abend den Drahthaarigen stehen sah an der

Mörn. Er dachte im Augenblick darauf nicht mehr an die schönen Haare und die Verschönerungsanstalt in der Stadt: als der Hund mit einem Satz in die Mörn flitzte und gleich nachher mit einer Äsche im Maul auftauchte.
Zur Erinnerung an den Tag wollte Sebastian dem Hund einen Stein gegen die Füße werfen. Der Wurf ging fehl, und am nächsten Tag mußte der Fischer wieder den Fischdieb sehen, der ihm aus der Mörn die schönsten Burschen herausschnappte. Er sagte ihm mit einem Zwilling die Meinung so deutlich, daß der schöne Drahthaarige neben dem Wasser im Kies liegen blieb.
Lidwina würde toben, hatte Sebastian gemeint. Sie lachte über den Tisch ihren Mann so deutlich an, daß er das gar nicht mißverstehen konnte. Mit dem erschossenen Hund war auch die Freundschaft totgeschossen zwischen dem Fischer und dem Gutsherrn. Der Herr von Ruederer war tagelang wütend, er ging vom Dorf zur Villa und von der Villa zur Gruft hinauf, mit dem Bürgermeister verhandelte er und mit einem Gendarmen, der aus der Hofmark kam.
Es war dann wieder still, als niemand im Dorf allzu laut auf das Murren des Gutsherrn angab und das Gevattersband zwischen dem Fischer und dem Herrn oben zerschnitten war. Einen schönen drahthaarigen Hund von reiner Rasse war ihm das schon wert, daß er nun von dem Fischer loskam auf anständige Weise.
Die Frau machte ihre Bemerkungen zu diesem Fall kurz. Sie schmiß den Löffel über einen schrundig geschrubbten Tisch, ließ die harte Musik des blechernen Stückes Eßgerät am Boden ausklingen, strich die Schürze über der Fülle ihres vollen Körpers zurecht und sagte: »So, einen König nimmst du das nächstemal nicht mehr zum Gevatter. Wir sind einfache Leute, und das geht nun einmal nicht.«
Christof tauchte auf einmal wieder auf.
Freilich, eingesperrt war er gewesen drei Wochen lang. Sonst hatte er aber gearbeitet. Bei der Post zuerst. Die baute ein großes Haus, ein Haus mit Läden unten drin.

»Das ganze Haus ist lauter Eck«, sagte Christof, »lauter Eck.«
Das verstand Sebastian nicht recht, was der andere damit meinte. Na, einen solchen Giebel hatte es nicht wie die Häuser sonst hier und in der Stadt. Es war lauter Eck, oben abgeschnitten wie die Häuser in Mühldorf. Mühldorf sei von den Italienern erbaut worden, sagte Christof.
Er war ein Sprüchemacher geworden. Mühldorf ist genausogut von den Deutschen erbaut worden wie eine andere Stadt auch. Ja!
Am Bau hatte Christof einmal dem Vorarbeiter, dem Richtungsmaurer, der die Pfeiler ansetzte und dann die Leute hunzte, eine übers Gesicht gehauen. Er hätte ihn auch noch übers Gerüst hinuntergeworfen, wenn die anderen Maurer nicht zugeholfen hätten gegen ihn. Dafür brummte das Gericht dem Maurer Christof Unützer eine Gefängnisstrafe von drei Wochen auf. Man war streng in der Stadt.
Von da an durfte er natürlich nicht mehr bei der Post arbeiten. Die Stadt war groß, es gab anderswo auch Arbeit.
»Zu einem Fassadenmaurer bin ich gekommen«, lärmte Christof, »da kann man alleinig noch was lernen. Bei den Leuten geht es nicht eckig herunter, die drehen den Giebeln eine Frisur auf, daß es eine hellichte Freude ist. Die Maurer kriegen ein dreifaches Gelenk ins Kreuz, wenn sie sich aufwärts beugen müssen die ganze Zeit. Mensch, du hast keine Ahnung!«
Christof wollte auch Fassadenmaurer werden, weil er sich den Appetit gesehen hatte an der Sache. Einen Tag lang und eine Nacht lang erzählte Christof von der Stadt, von den schönen Häusern und den schönen Mädchen. Im Gefängnis hatte es ihm auch nicht schlecht gefallen.
Die erste Nacht brachten sie zusammen beim Oberen Wirt zu. Christof trank, und Sebastian trank. Der Wirt machte um ein Uhr die Haustür zu und sperrte seine letzten Gäste ein. Um die zweie herum saßen noch etliche Leute am Tisch, die

dem Burschen zuhörten, wie er mit lockerem Mundwerk seine Erlebnisse so erzählte. Draußen ging die Nacht vorbei, und Sebastian vergaß es ganz, einmal auch an seine Frau zu denken, die daheim allein im Bett lag, übel im Magen, weil sie guter Hoffnung war. Christof konnte so ausgezeichnet erzählen.

Gegen Morgen begannen sie Schnaps auf den vom Bier geweiteten Magen zu pflastern. Die Bauern, die herumsaßen, ließen sich den Schnaps aufnötigen von dem jungen Fassadenmaurer, der mit so viel Wissenschaft von München heimgekehrt war. Aber sie tranken bloß aus kleinen Gläsern. Für die zwei Fischerbuben stand auf dem Schanktisch etwas Besonderes: zwei Viertelbecher, in deren Wirklichkeit man nicht hineinsah.

»Seht ihr, in einem steinernen Haferl sieht der Schnaps ganz anders aus. Der hat seinen Glanz, der liegt wie Kristall drinnen!« Die Bauern nickten mit den Köpfen. Sebastian erzählte, wie er den Drahthaarigen des »Herrn von« erschossen habe. Die Kellnerin brachte zum drittenmal die steinernen Gelten.

Im Dorf hörten die Leute gegen Morgen das Geschrei vom Berg. Jetzt gingen sie erst heim. Lidwina hörte nichts. Sie dachte nur daran, daß sie der Sauferei Schluß machen wollte in aller Schnelligkeit. Christof kam zu ihr in die Kammer und spielte den wilden Mann, weil er aus allen Zimmern verdrängt worden war von dem jungen Fischerpaar. Er stellte sich breit in die Schlafkammer zu der schwangeren Frau und machte dumme Sachen mit seinem Geschrei.

Da kam Sebastian hinterher.

»Fortgehen soll ich nicht? Saufen soll ich nicht? Herrgott, Weiberl, haben die einen Schnaps beim Oberen Wirt! Ho, aufmucken willst du? Schimpfen willst du?«

»Laß dir nichts gefallen, Wastl!« Christof schürte. Er hatte das ungewisse Gefühl im Kopf, daß es jetzt krachen mußte.

»Wir zwei gehen zum Bier, wann wir mögen. Der Christof

hat's Geld.« Sebastian wollte ganz grob sein zu seiner Frau. Dann dachte er an das Kind, und er fiel rücklings weg. Grölend lag er halb am Boden, halb an der feuchten Wand. »Weiber darf man nicht schlagen«, knurrte er.

»Bist ja überhaupt viel zu klein dazu«, gab Lidwina mit einem bissigen Gesicht zurück. Den zweien wollte sie das Handwerk schon legen.

Sebastian schaute vom Boden auf. Er hatte einen Hieb gegen den Kopf bekommen von der Frau da im Bett. Klein?

Sie, die da, hatte ihn klein gescholten. Klein? Die Fischer waren alle klein. Christof war auch nicht sehr groß. Und Schlitzaugen hatte er auch.

Eine Decke unterm Arm, so schob Wastl los und schlief in der Stube auf dem Ledersofa. Im Einschlafen griff er die lederne Lehne nach, die hatte Löcher, wo die Zeit gefressen hatte. An der Ehe hatte auch die Zeit gefressen, eine recht kurze Zeit. Christof war ein Grobian, und ein Sprüchemacher war er auch.

Drüben, hundertfuchzig Meter weg, da schlief die Krämerin. Der Märzen war so warm gewesen.

Die Zille sauste am Morgen über die Mörn hin. Ein böser Wind kam von der Talseite herauf, der hatte am Morgen schon die Fensterläden, diese buntscheckigen Fensterläden losgerissen. Jetzt trieb er die Zille des Fischers vor sich her. Einmal mußte Sebastian an dem Ufer anlegen, da hatte sein Gang etwas Wankendes, Unsicheres. Der grobe Morgenwind hatte seinen Kopf noch nicht klar genug gemacht. Das alles kam vielleicht von dem Schlag, den Lidwina ihm gegeben hatte mit ihrem bösen Wort, daß er, Sebastian, viel zu klein sei.

In der kleinen Uferwindung, die halbwegs den Wind abdeckte, versuchte Sebastian sein Glück mit den Fischen. Bei dem Wind fischen? Ein Narr mochte auf den Gedanken kommen, aber nicht ein Unützer, den man in der Schule schon verhöhnt hatte, daß er mit Fischlaich aufgezogen worden sei.

Wenn auch kein Fisch in die Maschen ging, es war doch gut, hier den Kopf sich auslichten zu lassen, daß alles wieder ganz klar wurde.
Lidwina machte am Mittag noch das gleiche böse Gesicht. In einer schwarzen Pfanne setzte sie den zwei Brüdern etwas vor, was nicht viel Salz und Würze in sich hatte.
Heute, gerade heute mußte Sebastian es sehen, daß die Pfanne schwarz war und unansehnlich und nach schlechtem Bauernbrauch nur im Hopp-hopp gespült. Christof war schuld daran, weil er so böse Augen machte auf die Pfanne hin, denen auch der Bruder nachschauen mußte. So, und schlampig gekämmt war Lidwina! Die drei oben am Weiberhof kannte man so: abgeschabte Ellbogen, Ärmel mit Glanzflecken, schlecht sitzende Gewänder um die dürren Leiber und die Haare nur halb und schlecht hinaufgesteckt zu einem unfrohen Pinkerl.
Wenn Lidwina erst nicht guter Hoffnung gewesen wäre!
Christof hatte die Lustigkeit des Tages zuvor verloren. Er stocherte in dem braunen Etwas in der Pfanne herum. Dann fluchte er. »Weißt, Schwägerin, wenn du es nicht anders kannst, gehen wir ins Wirtshaus.«
»Das tun wir«, sagte Sebastian, und er rückte näher zu seinem Bruder hin, als ob er Gefahr fürchte vom Herd her.
»Das mußt du freilich tun! Seit der Christof im Haus ist, kennst du keine Arbeit mehr, bloß noch das Wirtshaus. Gibt dir der Wirt was oder der Bräu, wenn du ein halbes Jahr durchgesoffen hast und wenn wir Schulden haben auf dem Haus, das uns noch gar nicht gehört?«
»Ich hab doch Arbeit von den zweien, und Fische kaufen sie auch.«
Christof hatte seine eigene Art, den Bruder in die Seite zu stoßen, wenn er ihn zum Bier treiben wollte. Pletsch, flog die Pfanne in die Ecke, und die beiden Brüder gingen zum Bräu.
Freude hatte Sebastian nicht an dem Nachmittag. Was mußte er auch seiner Frau, die guter Hoffnung war, das Essen vor die

Füße werfen? Er trank finster in sich hinein, ohne daß er die Schuld hinunterschwemmen konnte, die er auf der Zunge fühlte. Denn dieser Nachmittag wurde nicht kürzer als der vorher; der Abend dauerte bis um zwölfe, und die Schnapsgläser klapperten um drei Uhr am Morgen noch in der abgesperrten Wirtschaftsstube.

So bekam Sebastian allmählich ein faules Bubengesicht, das in einer trägen Scheu von Winkel zu Winkel ging und nie mehr sich von der Zille aus im Wasser spiegelte.

Als beim Bräu und beim Oberen Wirt die Tafel zum Aufschreiben immer zögernder hervorgenommen wurde, ließ Sebastian sich einen Überschlag machen über alles, was er verbraucht hatte in der Zeit eines dummen Vierteljahres. Christof hatte längst schon auf die Kosten des Bruders sich durchgetrunken, zusammen hatten sie daheim die bäuerliche Lidwina gemartert mit häßlichem Gerede.

Zum Ende sagte Christof dem Bruder, er solle ihm nun doch endlich das Fischerhaus abkaufen.

»Mit was denn?« fragte Sebastian klein.

»Das kostet annähernd dreitausend Mark, soviel muß aus dem Weiberhof schon noch herauszubringen sein. Deiner Lidwina machst du wieder ein schönes Gesicht, dann richtet sie das schon ein bei den alten Drachen. Und ich komme zu meinem Geld.« So konnte Christof reden, der über kurz seine dreitausend Mark durchgebracht hatte.

Sebastian glaubte nicht mehr an die Geschichte vom Fassadenmaurer. An die Tatsache des Gefängnisses glaubte er dafür desto fester. Und dabei war alles so wahr, daß Christof selber sich über das Zusammenschwinden seines Geldes bei dem guten Verdienst wundern mußte.

Einen großen segeltuchenen Koffer hatte Christof.

Den brachte Sebastian seiner Frau. Mit einer bierheiseren Stimme sagte er Lidwina, sie solle alles zusammenpacken, was hineingehört. Christofs ganzer Besitz wanderte in das segeltuchene Maul. Sebastian brachte selber den Mut auf,

Christofs grauen Koffer vor die Tür zu stellen und dem schlechten Kerl von Bruder dann zu sagen, daß er sich schleunigst drücken solle.
»Ha?« machte Christof. Er bekam zitterige Hände und suchte in der Messertasche herum.
»Ja, du mußt schon gehen! Das nächste Kind wird nicht mehr lange ausbleiben, und überhaupt –«
Weil Christof ihn verdutzt anschaute, besann sich Sebastian auf den Schluß des angefangenen Gedankens. »Überhaupt, das kann nicht mehr so weitergehen.«
Arbeit gab es nicht so schnell wieder, das wußte Christof. Er packte doch seinen grauen Koffer und schob ohne Gruß damit los auf ungewisse Zeit. Lidwina schaute von der Stube aus zu. Wenn sie einen Menschen auf der Welt haßte, dann haßte sie den Schwager, der vervielfacht alles in sich trug, was an den Unützern schlecht war.
Und doch sah sie ihm nach. Auf dem Weg zur Brücke sah sie ihn, schaute ihm zu, wie er lächelnd selber das Schrankengatter aufmachte und, ohne den Brückenzoll zu geben, am Mautner vorbeischlenderte. Dann ging er auf der Straße drüben weg von der Mörn, sein sommerzeugender Anzug hob sich noch eine Weile hell ab von dem dunklen Grund des lokkeren Föhrenbestandes. Schließlich war er weg. Die Straße hatte eine Biegung da draußen.
Mit Sebastian wurde es sehr still im Fischerhaus.
Es war nicht viel zu reden zwischen den zwei Leuten, wenn Sebastian nur wieder seiner Arbeit nachging.
Das tat er langsam wieder, und Lidwina gebar, dem Mann zum Ärger, ein Mädchen. Damit war die Geschichte um Christof ausgeglichen.

IV

Ein altes, ausruhendes Bauernblut rann in den hochgeschwollenen Adern dieser Hände, die Sebastian auf die Bank drücken wollten, daß er auch bäuerlich werde und ruhend. Die Bäuerlichkeit führte Lidwina zum Weiberhof hinauf, dort tat sie eine Fürsprache, daß die Alten Geld herausrücken sollten, um das Fischerhaus zu kaufen.

»Nein«, sagten die Weiber.

»Nein«, sagte Balthasar. Der ging jetzt schon viel schlenkerfüßiger, weil das Alter an ihm rührte.

»Ihr könnt nicht hausen und sparen«, sagte die Moarl.

»Glaubst du denn, wir wissen es nicht, daß der Wastl und der Christof ein halbes Jahr durchgesoffen und Schulden gemacht haben? Zum Versaufen für deinen schönen Fischer bräuchtest du das Geld, nicht zum Hauskaufen. Das kennen wir schon!« So hämmerte die Koarl mit knöchernen Fingern auf den Tisch im Fletz. Der Tisch war nicht so ganz sauber, Sebastian würde murren, wenn er einen solchen Tisch sähe im Fischerhaus. Und die keifende Koarl hatte eine Schürze an, die nach Arbeit aussah und auch nach anderen Dingen noch.

Lidwina seufzte. Sie wischte zornig mit dem Handballen über den Tisch.

»Der Christof verkauft nachher das Fischerhaus an einen anderen. Ihr müßt zusammenhelfen, daß wir es kaufen können, sonst stehen wir einmal auf der Straße.« Im Blusenkragen hatte sie keine Fischbeinspreizen mehr. Das sah die Koarl, die deutete darauf hin. Sie kam in einen großen Zorn im Sprechen, als sie der ungeratenen Tochter alles aufsagte, was sie

drückte. »Liederlich bist du geworden, schlampig kommst du daher, daß man den Hals sieht. Und die Röcke hast du alle untenher zugeschnitten, damit die Leute sehen, was du für ein schlechtes Weibsbild geworden bist. Das mag ich nicht!«
Einen Nachmittag lang dauerte es. Dann hatte Lidwina das Geld in der Hand, um das Fischerhaus zu kaufen. Aber zum Geld hatte sie den strengen Auftrag bekommen, nichts zu sagen, nur den Christof aufzusuchen und bei dem gleich alles notarisch zu machen. Nein, in die Stadt fahren, das konnte sie nicht. Versprochen war es, ja.
»Sebastian, geh zum Bräu hinauf, schau, daß ich einen Wagen bekomme. Der Knecht muß mich fortfahren, ich habe was zu tun.« Sebastian machte große Augen. Er mußte doch daran denken, was die Leute von den Weibern am Krafthof erzählten: Keine war noch in eine Eisenbahn gekommen, ihr weitester Weg war bis zur Hofmark gewesen, wo die Kirche zum heiligen Simon stand. Im Weggehen lachte er, er fischte einen halben Tag lang, ging ängstlich dem Bräu aus dem Weg und erzählte hernach, daß er keinen Wagen und kein Pferd zu leihen bekomme. Der Bräu müsse Trebern fahren, Kohlen seien auch gekommen.
Lidwina bekam nach dieser Auskunft wieder ihre Bauernröte ins Gesicht, sie schnaufte leichter auf, weil es ihr erspart blieb, fortfahren zu müssen.
»Wo hättest du denn eigentlich hinfahren wollen?« probierte Sebastian es ganz schüchtern. Lidwina erinnerte sich an den Auftrag, sie sagte laut, der Christof müsse her. Der kleine Sebastian wurde noch kleiner. Am übernächsten Sonntag war dann der Fassadenmaurer Christof Unützer schon wieder im Dorf, die Leute schauten nach ihm, die Leute schüttelten die Köpfe, als Christof nach zwei Tagen schon wieder verschwunden war und Sebastian zu hören gab, daß er das Fischerhaus jetzt auch gekauft habe.
Man wußte, woher das Geld gekommen war. Sebastian wußte nicht, daß von dem Weibergeld knappe zweihundert Mark

übriggeblieben waren, mit denen Lidwina zum Weiberhof hinaufging, um sie gleich den vier Alten zurückzugeben. Sie kannte die Alten und wußte, daß man ihr das Geld nicht geliehen hatte, sondern gegeben ohne Anspruch auf Rückzahlung. Aber wenn die Moarl in den Kalender knochig hineinschrieb: »Der Lidwina und dem Wastl dritthalbtausend Mark gegeben«, dann blieb dieser Kalender aufbewahrt für alle Zeiten, und in den vier Gesichtern stand bei jedem Begegnen das gleiche zu lesen, was steif in den Kalender geschrieben wurde. »Der Lidwina und dem Wastl dritthalbtausend Mark gegeben.«

Diese Schuld wurde um zweihundert Mark kleiner, Lidwinas Röcke aber wieder um zwei Handbreiten länger. Genau das, was einmal abgeschnitten worden war, nähte Lidwina wieder an die Säume. Sie war sparsam wie die ganze Wirtschaft am Weiberhof und hatte irgendwo noch die Fischbeinspreizen aufbewahrt, die früher den Hals steif gehalten hatten.

Drei Gewänder wurden wieder auf steif und lang zurechtgemacht. Gott, Lidwina war doch eine Frau, und im Weiberhof hatte man es immer so gehalten. Sebastian fischte und ging als Maurer in die Arbeit. An den veränderten Gewändern sah er vorbei, weil etwas in dem alten Kalender stand und in menschenscheuen Gesichtern.

Sieben wunderschöne Forellen zappelten im späten Herbst im Kalter. Die zeigte er seiner Frau. Als die Frau sagte: »Das sind große Fische, die bringst du in die Hofmark hinüber, daß wir bald Geld dafür haben«, schlug Sebastian den Deckel über dem zappelnden Farbenspiel zu, daß die Forellen davon erschraken. Viel Forellen hatte er gefangen den Herbst, das waren seine schönsten sieben, die er ihr hatte schenken wollen. Er nahm sie alle siebene aus dem Kalter, ließ sie zappelnd in die Mörn schnellen bis auf zweie, die er im Lagel zum Krämer Maderlechner hinübertrug. »Ooooh«, schnalzte der Krämer mit dem ganzen Mund. »Du hast sie eigens für uns gefangen?« fragte Justine. Dann sagte sie etwas Schönes von den

getupften Rücken, sie langte in den Behälter hinein und lachte erschreckt, als sie die schlagenden Rücken spürte.
»Ihr habt auch immer das Gelaufe mit mir, weil ich den Kalk im Salzstadel liegen habe.« Dabei räusperte er sich verlegen. »Wenn ihr die Forellen haben wollt –«
»Freilich.« Die Maderlechnerin überlegte. »Ein Gewand kann die Lidwina auch wieder brauchen?« Sie tupfte an den Stoffballen hinauf und fingerte etwas Graugetupftes aus dem Gestell. Sebastian meinte, sie solle aber den Stoff recht knapp herschneiden, weil sonst das Gewand zu lang würde. Er ist schon nicht schlecht, der Stoff, überlegte Sebastian. Alle sieben Forellen konnten nicht soviel ausmachen, wie der Stoff da.
Daheim streifte eine knöcherne Hand behutsam über den Stoff und fragte ihn so nach seinem Wert. Der Stoff war nicht grausam mit den Händen, die hart waren von der Arbeit. Er gab das derbe Streichen leicht zurück.
Sebastian meinte am nächsten Mittag über den Tisch hinüber: »Jetzt fange ich das Steinesuchen wieder an und richte den Ofen her zum Kalkbrennen.«
Als er über seine Frau hinaussah, lagen auf einer Bank acht Stücke von dem graugetupften Stoff. Er probierte es, mit den Augen zornig nach dem Grund zu fragen, bis ihm Lidwina etwas Neues sagte. »Es hat wieder was. Mit der Zeit wird wieder etwas los, und für ein Kind geht uns alles ab. Das gibt warme Decken, außenherum, weißt schon.«
So blieb Lidwina bei ihren Kleidern, die nach dem Saum um zwei Handbreiten angestückelt waren. Sebastian ging nach dem Essen weg und watete im Wasser herum, bis er seinen Haufen Steine beisammen hatte. Beim Licht einer Stallaterne legte er über den hölzernen Schablonen mit eckigen Steinen das Gewölbe aus, und er war zufrieden, als es gelang. Daheim schrie ein kleines Mädchen in den Windeln.
Einen alten Mantel hatte der Fischer, noch von rauhem Lodenzeug einen. Der deckte nun mit der einen Hälfte die Bo-

denkälte von ihm ab und schützte ihn mit der anderen Hälfte von oben, als er sich im Brennhäusel zum Schlafen niederlegte.
Daheim schrie ein Kind.
Und für das nächste Kind hatte Lidwina schon die Außenwindeln hergeschnitten. An den heiligen Simon dachte Sebastian, und an –
Herrgott, daß die ihm Kinder brachte, war ja recht und brav. Aber das mit dem Kleiderstoff und den Windeln! Nein. Er schlief langsam ein, die ganze Nacht spürte er es kalt durch den Mantel von oben und von unten. Nebel stand am Morgen vor der offenen Tür, Kinder stapften vorbei, die früh zur Schule gingen, das Leben hielt seinen alten Gang, ob der Fischer nun daheim schlief neben seiner Frau, die Lidwina hieß, oder hier trotzig und widerhaarig im Ofenhäusel.
Steine suchte er und wölbte weiter, den Ofen schlichtete er voll, schlief in den Nächten wieder vor dem offenen Türloch, und machte nach sechs Tagen Feuer an im Ofen unter den Steinen. Jetzt wurden die Nächte schöner, weil sie wärmer wurden. Ein armlanges Stück Fisch fing Sebastian an einem Nachmittag, am Abend darauf ging er überhaupt nicht ins Fischerhaus, sondern briet den Fisch am Stock. Halbfertig aß er ihn.
Mit den Tagen des Ärgers wurde er gelb im Gesicht. Sein schmaler Schnurrbart stand wie ein glänzender, dünner Strich auf der Oberlippe zur rechten und zur linken Hälfte. Der Strich hatte im Gesicht nicht viel Halt, darum rann er neben den Mundwinkeln nach unten. In den Altwassern konnte sich Sebastian sehen, er fand sich gelb und häßlich.
Darum sagte er zu Lidwina: »Der Ofen ist fertiggebrannt, ich muß zum Maderlechner, muß schauen, was es mit dem Salzstadel ist.« Lidwina war auch weich geworden in den Tagen her, sie rollte den Schubkarren vom Ofen zum Salzstadel, so fleißig, daß sogar Wastl ihr nicht mehr gleichkommen konnte.

Am Abend, weil es schon recht spät war und dunkel, mußte Sebastian mit der Hand den Weg suchen um die grobhölzernen Bettstellen. Zuerst tappte er an den eckigen Rändern dahin, dann war es anders, und später, bevor er einschlief, dachte er bei sich, daß nicht alles an Lidwina so hart und eckig war wie die Bretterkanten. Das hatte er früher einmal so gedacht.
Die Altwasser waren an vielen Dingen schuld. Sebastian hatte von der großen Untugend kleiner Menschen nicht viel an sich: Er war nicht von der Art, daß er Große herabzog, bis sie mit den Ohren auf seiner Ohrenhöhe standen. Sein ganzer Kerl – beim Teufel, er hieß doch Sebastian Unützer – glich in der Lebendigkeit aller Dinge das aus, was andere ihm in der Ohrenhöhe voraus hatten. Ein Auslegerboot hatte er bauen wollen, weil er in dem Kleinen die Festigkeit und Sicherheit wußte. Eine Frau, die einen halben Kopf größer war als er, hatte er geheiratet, weil er nicht sie nach unten ziehen, sondern mit ihr nach oben ansteigen wollte. Ihr Geld, und wenn es auch vom Weiberhof war, hatte ein klein wenig aus ihm gemacht.
Die Altwasser waren trotzdem schuld an seinem Wissen um eigene Kleinheit und Unscheinbarkeit. Darin hatte er sich angesehen mit dem Hängebart, der federschmal war, und mit den eckigen Knochen unter schmalen Augen. »Heidenbub« hatten die Buben ihm zugeschrien, als er noch zur Schule ging in die Hofmark hinüber. Der Heidenbub hatte zugeschlagen. Als der Heidenbub achtzehn war, starb sein Vater. Dann sagten die Leute, der Sebastian und der Christof, das sind die Fischerbuben. Christof war der ältere.
Als Lidwina wieder gut zu ihm war und auch er wieder ein lachendes Gesicht machen konnte zu ihrem Tun, blieb Sebastian des Nachts weiterhin im Fischerhaus in seinem Bett, das neben dem seiner Frau stand.
Die Straße, auf deren dünnen Grasrändern früher einmal die Füße des Knaben Sebastian durch das Dorf geplatscht hatten, polterte jeden Morgen etwas von dem Gehen des Fischers ge-

gen die locker verzettelten Häuser. Das Poltern wasserdichter Schuhe verlor sich auf die Mörn zu, ein feines Ohr konnte es vielleicht im Dorf noch hören, wenn die Kette durch den Bindering schleifte und dann rasselnd ins Boot geworfen wurde.
Menschen, deren Tun nicht eng begrenzt war auf bestimmte Stunden des Tages, fanden die Zeit, dem Fischer zuzusehen bei seiner Arbeit. Wenn er die Pflöcke einrammte und das Netz setzte. Wenn er die Reusen zog gegen das frisch springende Wasser. Wenn er still auf dem Rand der Zille hockte und die Fische durch die Hand gleiten ließ, daß sie alle an den gewollten Platz fielen. Was nicht gut genug war, glitt über die Handwurzel weg wieder in die Mörn zurück. Das größere Fischzeug platschte im Wasser weiter, das Sebastian eingelassen hatte in die Zille.
Er fand keine Kunst dahinter. Der kleine Bub hatte es so gelernt, als ihm die anderen Buben noch »Heidenbub« zuriefen. Die Gaffer und Schwätzer am Ufer, die seiner handwerklichen Arbeit zusahen, versuchten es immer umsonst, einen Fisch durch die Hand richtig weggleiten zu lassen. Ging es einem fehl, so daß ein Aitel frei ins Wasser zurückkam, dann wischte Sebastian dem Sünder mit dem Schwanzteil eines Weißfisches zornig übers Gesicht, daß es nur so klatschte.
Was war ein Weißfisch schon?
Bei gutem Fang blieb ein halber Zentner auf einmal im Netz. Da konnte man auf einen verzichten, wenn er nur vorher seine Schuldigkeit getan in einem fremden Gesicht.
Die Fischerbuben hatten sich immer noch auf diese Weise zu ihrem Recht verholfen, daß auch sie galten unter den Menschen im Dorf.
So, Fische durch die Hand spielend, saß er im ganz späten Frühjahr in der Zille auf dem Ruderbrett. Die Fische hatten es eiliger, weil die Hände unruhiger waren. Das war an dem Tag, der das dritte Kind bringen wollte. Im Wasser spiegelte ein zerborstenes Bild von dem Fischer, der das Netz nach und nach über den Rand hantelte.

»Fischerwastl, heimkommen sollst!«
Das schrie von weit weg eine Frauenstimme. Also ging der Fischerwastl heim, weil das dritte Kind im Ankommen war. Sonst wäre er laut hineingepoltert, heute machte er es ganz still, warf die Wasserstiefel weg im Fletz und klinkte behutsam die Türe auf.
Ja da schau her! »Lidwina« – er räusperte laut –, »das ist aber diesmal schnell gegangen. Ja ja, bei einem Buben geht es immer schneller, Buben haben selber auch schon eine Kraft.«
Lidwina blieb still bei der Sache. Sie konnte auch nichts dafür, es war eben einfach wieder ein Mädel geworden.
»Kannst schon fortgehen, Wastl.« Das sagte sie ihm nach einer Stunde, als Sebastian schwer an den Worten schluckte, weil er doch in ein Wirtshaus gehen wollte, den Leuten es sagen, daß seine Lidwina daheim im Bändelkissen einen Buben liegen hatte.
Er meinte noch: »Tu es gut machen, Lidwina! Ich hab schon in den Weiberhof geschickt, daß eine kommt zum Auswarten. Immer gut zudecken, gelt, Lidwina.« Ein paar Stunden nach einem Kind sind Frauen nicht sehr gesprächig, Lidwina legte sich, schmal geworden, nach der Wandseite und machte die Augen wieder zu.
So schlief sie dahin, während Sebastian beim Bräu in der Stube saß und mit einem festen Schlag auf den Tisch erzählte, daß er einen Buben habe. Sie saßen um ihn herum, die Bauern vom Dorf. Der Stieler, ein dünnbärtiges Mannsbild, viel zu blond für einen festen Mann, mit einer kratzig orgelnden Stimme. Er war hinter den Schulterblättern zu stark eingefallen für einen gesunden Mann. Und die Leute sagten, er habe die Lungensucht. Das war der Stieler, der leise auf den Fischer einspitzte, daß auch der braunhäutige Kerl etwas von Spott herausfühlen mußte.
Der Maurermeister von der Hofmark, den die Dörfler Baumeister nannten, hatte seinen Spaß mit dem glücklichen Vater.

»Dem Buben mach ich den Taufpaten. Kannst schon stolz sein, wenn dir ein so angesehener Mann einen Buben aus der Taufe hebt.« Jetzt mochte Sebastian nicht mehr. Der Herr von Ruederer hatte nicht einmal groß getan, aber der da, der Maurermeister, spuckte auf den Fischer herab, der mit ihm zur Arbeit gehen mußte.
Mit einem großen, viereckigen Gesicht saß der Rott – weit draußen, wo die Häuser schon nicht mehr Dorf waren, hatte er den Hof – am Tisch. Der dachte auch gleich an den Herr von Ruederer. Das ganze Dorf sagte von dem Menschen »Herr von Ruederer«, der Rott dachte den ganzen Namen, wie das Volk ihn aussprach, vor sich hin und sagte dem jungen Vater, er werde ihm auch ein Mädel aus der Taufe heben.
Der Rott war der beste Roßzüchter in der weiten Gegend, er hatte fast so etwas wie ein kleines Gestüt beisammen und verkaufte alle Jänner etliche sechs, sieben Beschälhengste. In der Regierung kannte man den Namen Rott, die Oberländer kamen im Frühjahr zum Rotten und erzählten daheim dann, was ein schöner Hengst eigentlich ist. Der Rott war nicht so breit, so großspurig wie der Maurermeister.
Sebastian sagte nichts zu den Anzapfungen, er dachte sie alle durch, die vielleicht seinen Buben aus der Taufe heben könnten. Wie er sich an den Herrn von Ruederer erinnerte, begann er zu erzählen, wie er dem großen Herrn seinen schönen Hund weggebumst hatte. Den Hund, der alle Jahre nach München gebracht wurde, wo man ihn rupfte.
Zum Rott sagte Sebastian gute Nacht, dem Bräu brummte er etwas Ähnliches zu, die Bauern nannte er den Namen nach her und sagte bei jedem »Gute Nacht« dazu. Dem Stieler stieß er in aller Ruhe sein Bier um, daß die braune Lacke vom Tisch weg über den Kerl hinunterlief. »Hoppla«, sagte er zur Entschuldigung, »hoppla«, sagte er noch einmal. Er hatte es doch absichtlich getan. Um zehn Uhr ging er heim, weil ihn etwas nicht ruhig werden ließ.
Bloß gut, daß er diesmal nicht eine vom Weiberhof fragen

mußte, ob sie ihm vielleicht ein Kind aus der Taufe heben möchte. Es war doch ein Bub diesmal. Da fand er allerweil einen Mann, der ihm Gevatter werden wollte.
Am Nachmittag hatte er Fische geschlenkert in der Hand, hatte ungezogenen Rotzbuben einen Weißfisch übers Gesicht gewischt. Am Abend war ein Bub dagewesen, und morgen wollte er in die Kirche gehen.
Maria und Josef und noch allerhand – da war schon so eine Gaffelzange vom Weiberhof im Haus! Das hörte man durch die scheckigen Fensterläden. Die Moarl war es diesmal. Eine freundliche Stimme! Die polterte da drinnen hin und her von einer Ecke zur anderen. Das Poltern war gegen den Fischer Sebastian Unützer gerichtet. »Richtig unnützige Burschen sind sie, die Fischerbuben. Der eine war eingesperrt, der andere wird noch eingesperrt werden, zu essen bringt er nichts her, aber Kinder stellt er auf die Welt!«
Sebastian ließ die Schuhe fest aufschlagen auf den roten Ziegeln des Pflasters, aber die drinnen schoß gerade mit den schwersten Geschützen und hörte nichts. »Du wirst auch schon die gleiche sein, bist als Junge schon so gewesen. Freilich, die Röcke hat sie ja auch abgeschnitten, damit man ihre Waden besser sehen konnte. Ja, mhm, daß er gleich überhaupt nicht mehr weggeht von der Bettstatt! So ist es dir recht, du Weibsbild, du liederliches! Nachher können sie die Kinder nicht mehr ernähren. Schulden habt ihr auf dem windigen Häusel, und der Kerl geht ins Wirtshaus –«
»Jetzt hör auf, altes Raffelscheit!« polterte Sebastian in die Stube. Es war fürchterlich heiß, die Moarl hatte eingeheizt, daß auf dem Sesselofen die Ringe glühten. In der Ecke, wo es ganz dunkel war, leuchtete ein blasser gewordenes Gesicht auf.
Von all dem sah der Fischer nichts. Bloß die Hitze spürte er, und die drückte fast noch mehr auf ihn als das Gebelfer der Hexe vom Weiberhof.
»Wenn du nicht gleich ganz schnell machst, daß du hinaus-

kommst, dann fliegst du durch das viereckige Loch da vorne auf den Weg hinaus, daß du nicht mehr kommst!« Das knurrte Sebastian verbissen hin, er stieß beim Reden mit dem Kopf an die Ofenstange, wurde noch zorniger und warf gleich zu allererst das Bündel hinaus, mit dem die Moarl gekommen war. Eine kurze Zeit darauf kam die Moarl hinterher, sie wurde nicht so heftig hinausgeworfen, aber auch noch deutlich genug geschoben, um die Absicht des Hausherrn verstehen zu können.

Durch die Fensterläden – dazu waren die Herzen darin nicht ausgeschnitten – sagte sie ihm noch eine Weile ihre Meinung über den unkeuschen Lebenswandel. In der Hauptsache war es nur eine Wiederholung dessen, was in diesem Haus schon öfter der Unterhaltung zwischen alt und jung gedient hatte.

»Warum bist du auch so!« meinte vorwurfsvoll die Frau aus dem Dunkel ihres Schlafwinkels hervor. Sebastian verstand sie nicht. »Sei froh, daß die Alte endlich draußen ist! Ich muß die Fenster alle aufreißen jetzt, daß eine andere Luft hereinkommt.« Er besann sich in der halben Arbeit und nahm sich Zeit, den Buben anzusehen, der ein Mädel war. Als er das Kissen aufschnürte, weil er den Kerl doch ganz sehen wollte, zischte Lidwina.

Er schaute um, sie winkte ihn ans Bett heran.

»Es ist doch kein Bub, Wastl. Ein Mädel wie das andere auch.«

Für einen Augenblick schoß ihm die Farbe ab.

»Wieder ein Mädel?« Ja, ja, es war schon so.

Am nächsten Tag ging Sebastian nicht in die Kirche. Er trank seinen Gelten Kräuterschnaps und zog ins nasse Handwerk, ehe es richtig Tag wurde. Daheim lag die Frau, und bei der Frau war ein fremdes Weibsbild, das sommersprossig war und Resl hieß. Das sommersprossige, grobknochige Gesicht blieb im Wasser allemal vor ihm stehen, wenn er sich aus der Zille beugte.

Dieses einzige Gesicht hatte er seit gestern abend gesehen,

den anderen allen wich er aus. Drum ließ er die Zille treiben, wie die Mörn sie trieb. Wenn der Stieler zu ihm kam heute, der spottete sicher in seiner bösen Art, die anderen Brüder vom Biertisch machten sich über ihn lustig. Nein, er konnte nicht heimfahren.

Das Gesicht der Resl ging noch neben ihm her, sonst blieb alles zurück, blieb auch das Schämen zurück, das so vorlaut gekommen war wie damals am Morgen nach der Geschichte mit dem Christof. Im Dorf kicherte es vielleicht schon aus allen Häusern, ihm zum Hohn.

Scheu, von der Unruhe des Schämens getrieben, ging Sebastian vom Anlegeplatz weg zum Dorf. Alles hielt ihn weg von den Leuten, er machte seinen Weg zuerst einen Knick nach außen. Bei der fürstbischöflich-salzburgischen Stundsäule besann er sich erst auf die Richtung, als der alte Stein ihn wesenlos und zeitvergessen anglotzte.

Eine kleine Angst, die seine Frau ihm beigebracht hatte mit dem Fiebergeschrei von der großen Straße, hatte ihn bisher ferngehalten von der Strecke Weg, auf der einmal der Landauer des Herrn von Ruederer dahingerast war. Heute hielt er diesen Weg, weil er weiter ab lag von den Menschen und ihrem ameisengeschäftigen Kribbeln. Ganz niederes Strauchzeug von Weiden machte ins Bild der strauchverwachsenen äußeren Auen eine tiefe Kerbe.

Waren doch die Pferde damals nicht sinnlos dahingehastet! Sie hatten einen ganz bestimmten Weg gehalten, von dem kleinen Wegzwickel beim Mautner bis da herauf zum Meilenstein. Ihr wilder Trab hatte sie nirgends in das Augestrüpp gebracht, weil eine Kerbe von niederem Strauchwuchs da in fast gerader Linie durch das andere Wachswerk schnitt und etwas anzeichnete, was einmal Straße gewesen war. Lidwina wußte von den Alten her noch, daß man die Straße aus dem hochwassergefährdeten Augelände weiter hinaus verlegt hatte, daß sie nicht mehr an den verzettelten Häusern des Dorfes vorbeiführte, sondern als die Dorfstraße mittendurch.

Den Weg der alten Straße ging Sebastian. Er dachte eine Zeit noch an die Schande im Dorf, weil sein Bub ein Mädel geworden war.
Dann kamen andere Gedanken zu ihm, von dem brillenäugigen Lehrer, der den Buben vor zwanzig Jahren einmal klargelegt hatte, wie die Klosterherren von Sankt Veit ihre Salzfuhrwerke gehen ließen auf der winkelzügigen Straße, die in altem Schreibwerk fuselnder Kanzlisten als die Salzstraße bezeichnet wurde.
Sebastian bekam vor der Straße eine ganz stille Angst, weil sein Bub, der Simon, hinter jagenden Rössern her davongefegt war auf diesem Stück verwachsener Bergbahn. Kindbettfieber, hatte der Doktor gesagt. Die Frau, Lidwina, ja. Bei ihr war es Kindbettfieber gewesen.
Er, Sebastian, hatte auch einmal so ein tolles Fieber gehabt.
An dem Abend, als die Mörn an den dünnen Eisbrücken klinkerte.
Er duckte sich, daß die Pferde nicht wieder seine Schultern streiften. Ein Geruch von Stall und Schweiß stand in der Luft für einen Augenblick, und schlenkernde Gurten streiften an seinem Rücken.
»Das war ein blödsinniger Traum«, stampfte Sebastian vor sich hin. Es läutete im Dorf mit den kleinen Bimmelglocken der alten Schloßkapelle zum Mittag.
Was vom alten Spuk noch in der Luft gestanden war, flog im Glockenbimmern davon. Der Fischer Sebastian Unützer, der Gott und Teufel geflucht hatte eine Nacht und einen halben Tag lang, nahm den Hut vom Kopf und betete, wie sein Vater und sein Großvater und hundert alte Väter aus der Reihe der Unützer gebetet hatten.
»Der Engel des Herrn brachte Maria die Botschaft, und sie empfing vom heiligen Geist.«
Die Tritte des Fischers fielen in den grasig vernarbten Boden, sie stampften bloß in den Mann hinein den Takt, nach dem er beten konnte.

Auf einer Esche schlug eine Krähe unvorsichtig etliche Male mit den Flügeln an das Astwerk. Sebastian erschrak, und er schaute hinauf. Als die Krähe mit einem häßlich georgelten Schrei abglitt, lachte Sebastian mit einem engen Mund, und er versuchte weiterzubeten, wo er aufgehört hatte, »bitt für uns arme Sünder jetzt und in der Stunde unseres Absterbens. Amen.« – – –

Am Abend des gleichen Tages kamen zwei Gendarmen aus der Hofmark herüber und nahmen den Fischerwastl geschlossen mit sich.

Lidwina wurde noch viel schmäler in ihrem Bett, das zu ebener Erde in der Stube stand. Sie hatte die Augen einer Kalbin, die mit wüstem Prügel zum Markt getrieben wird und dem Schmerz der hageldichten Striemen am Geschlöß keinen anderen Ausdruck geben kann als den bittend blöden Blick runder Augen.

Mit einer furchtbaren Kraft warf Sebastian die zwei Gendarmen nacheinander durch die ganze Länge des Hausganges hin an die Wand, er schrie und wütete, weil ein »grüner Hund« ihm den Weg verstellte zur Stube, wo das Messer lässig und ohne Sinn auf der Bank lag. In einer glatten Bahn riß er aus dem grünen Tuch einer Uniformjoppe das ganze Rückenstück heraus. Er biß und kratzte, aber kein Wort brach durch die Zähne, bis er die Zange geschlossen über den beiden Handgelenken spürte.

Da sackte er still und grau in sich zusammen. Der kleine schwarze Strich seines Bartes war ein großer roter Strich Blut geworden, unter dem es mit einer harten, gellenden Stimme hervorbrach:

»Hunde, Hunde seid ihr! Ich hab ihn nicht umgebracht! Er ist in sein eigenes Messer gestürzt!«

Er schwieg einen Augenblick. Vielleicht hatte er ihn mit solcher Wucht hingeschleudert, daß er in das Messer rennen mußte.

Dann blätterte es ganz still und ganz ohne Farbe herunter aus dem blutgeränderten Mund, was er noch sagen wollte: »Gott, nein, ich bin es nicht gewesen. Der Kerl ist tot, er sagt nichts mehr, aber er wird mir nachspotten von der Ewigkeit herüber. Weil sie mich einsperren. – Warum habe ich ihn nicht unter die Zille hineingedrückt – jetzt grinst er, am Biertisch hat er auch immer gegrinst – – –«
Ein Gendarm sagte »Weiter!«, und Sebastian ging weiter. Er gab seiner Frau nichts mehr auf, wollte das größere und das kleinere Mädel nicht sehen. Die Leute machten besorgte Gesichter, als der Fischer, rechts und links in einen Achter geschlossen, unter dem lockeren Druck der grünen Begleiter wegging aus dem Haus.
»Auf einen Unützer ist es nicht viel«, knurrte eine weibliche Stimme.
Ein Mannsbild wußte zu erzählen, daß der Vater und der Großvater auch schon so in Begleitung fortgegangen seien aus dem Fischerhaus. Dann wurde das Gespräch lauter und heftiger, die Meinungen wurden sehr deutlich gesagt. Und sie waren so ziemlich alle gegen den Fischer gerichtet. Von den Unützern war man es gewohnt, daß sie leicht mit dem Messer spielten.
Resl, der am Abend vorher der Fischer noch beigebracht hatte, daß sie die Frau im Wochenbett auswarte, sprang mit scheuen Augen durch die Menge. Sie wollte so gern fort von dem Platz, aber der Lidwina durfte sie es nicht antun. So schlängelte sie sich durch den Haufen Leute und brachte der Kranken etwas.
Im Feuerhaus lag der tote Bauer, der Stieler, und wartete auf den Schragenbrettern, bis die Kommission kam.
Leute standen davor. Der Gemeindediener machte den Neugierigen die grünen Flügeltüren einen Spalt weit auf und ließ sie hineinschauen.
»Uuuuh!« machten die Weiber. Die Männer sagten: »Sakra, der steht nimmer auf!«

Das war ein scheibenrunder, künstlich einmal aufgeschütteter Hügel, auf dem wie ein großer Kiosk mit Türen nach den vier Windseiten das Feuerhaus stand. Die Gaffer bekamen wenig zu sehen, und die Schwätzer wußten desto mehr zu erzählen.

Um den scheibenrunden Hügel drehte sich das Denken des ganzen Dorfes. Die Menschen sagten sich gegenseitig Bescheid, wie der Fall stand. An der Mörn war der Fischerwastl mit dem Stieler in Streit gekommen, niemand wußte recht, warum. Der Wastl hatte nach Fischerart den Kneifer gezogen – und eine Viertelstunde später hatte es vom Wastl selber das ganze Dorf gewußt, was geschehen war.

»Solche Leute muß man fürchten« – »Die haben nicht umsonst so abgedrehte Augenschlitze« – »Ein ganz gaches Blut haben die kleinen Teufeln« – »Ist ja der Christof auch schon gesessen wegen so etwas« – –

Mit diesen Bemerkungen ging es an in den dunklen Stuben. Weiber hockten an den langen Bänken hin und hielten die Hände ganz eng an den Busen. Keine Dirn hatte dem Knecht etwas zu sagen, sie gruselten sich ängstlich an dem Gerede vom Fischer und seiner fürchterlichen Geschichte. Der engschulterige Stieler mit seinem blondkranken Gesicht war auch so unschön im Feuerhaus gelegen.

Es kroch in der Nacht durch das Dorf.

Vom Anlegeplatz an der Mörn, wo das Bergwasser schmatzend wie ungezogene Kinder an den altfaulen Brettern der Zille schleckte, rann irgendwohin eine Lacke Blut. Es war krankes Blut, und die Leute sagten, der Stieler sei schwindsüchtig gewesen.

Wo der dunkle, schwarz durch die Straßen kriechende Strom des häßlichen Geschehens an einen Eckstein rann, klebrig und angstverbreitend, wurde das Gespräch um den Fischer und seine grobe Tat lauter und böser.

»Sie werden ihn halt köpfen«, murmelte beim Frohnauer, oben an der Fahrstraße vor der Stundsäule, ein Knecht in die

Stube. Da machte es das Licht der Petroleumlampe so: Es ruckte einmal hell und totenfarbig empor und hockte dann auf dem Docht zusammen zu einem oben zugerundeten Haufen von fahlrotem Schein. Die Leute um den Herrgottswinkel gingen mit erschrockenen Köpfen dem Flattern des Lichtes nach. Sie wurden dann sehr klein und grau auf ihren Plätzen, als das Licht klein wurde und rot. Wie Bahrkerzen am Gründonnerstag bei der Pumpermette.

Beim Rotten, der war ganz drunten im Dorf, daß man kaum noch bei den letzten Häusern das Wiehern der Jährlinge hörte, schaute ein breites, eckiges Gesicht von der Zeitung auf. Es schaute mit bauernschlauen und bauernklugen Augen die Köpfe der umsitzenden Knechte ab. Eine grobe Meinung war gefallen, darauf sagte der Rott mit seiner abgequetschten Orgelstimme: »Zwei Jahre werden sie dem Wastl hinaufhauen. Er hat im Gachzorn den Stieler niedergestoßen. Die Fischer haben so ein gaches Blut, da geht es immer schlecht hinaus.«

Dann sickerte der schwarze, schleimig warme Strom auf der Straße wieder hinauf durch das Dorf, machte vor jedem Eckstein einer Toreinfahrt ein kleines Gerinnsel nach der Seite und blieb nicht mehr still in dieser ganzen Nacht.

Die Maderlechnerkrämerin hatte die Unruhe in den Leib hineingefressen. Sie sollte doch dem Kaspar bald einmal ein Kind bringen, das stampfte schon mit großen Füßen in ihr, und der Blick der Mutter auf den Menschenhaufen am Feuerhaus hatte das Kind unruhig gemacht.

»Von dem getupften Fabriksschürzenstoff ist nicht mehr viel im Laden«, meinte sie. Der Krämer knurrte etwas darauf hin. Vom recht vielen Reden war er nie einer gewesen. Er machte den Schloßhaken vorne an seiner Hose auf, daß er leichter schnaufen konnte, wenn er in der Stube auf und ab ging. »Ein saudummer Hund ist er, der Wastl. Macht solche Geschichten, und – – was steht denn noch an der Tafel vom Wastl?«

»Nichts mehr«, log die Krämerin.

Es kam ihr nicht so ganz leicht an.

»Die Lidwina hat neulich die etlichen dreißig Mark bezahlt.«
»Ist ja gut, daß die Lidwina hausen mag. No, jetzt wird es auch nicht mehr viel helfen, das Sparen.« Damit machte Kaspar den Schloßhaken wieder zu.
Und Justine meinte, daß es schon sehr tief in der Nacht sei, aber den Fabriksstoff müsse sie noch holen, weil am nächsten Morgen die Weiber alle kämen zum Reden und Unterhalten über den Fischer.
Darum ging sie mit der Sturmlaterne über den Anger hinterm Haus. Mit einer fieberigen Hand schob sie das Lauftor des Salzstadels zurück und duckte sich scheu in die finster aufgerissene Öffnung, daß der böse Feind nicht in der Nacht an sie herankam, sie am Rockzipfel faßte oder den toten Stieler ihr schickte zum Spuken in der Finsternis des Angers.
Die Laufräder des Tores winselten. Die Maderlechnerin zitterte und begann zu beten für die armen Seelen im Fegfeuer, daß der Herr ihnen die ewige Ruhe schenken wollte. Insbesondere dem Stieler, der eines unvorhergesehenen Todes gestorben war.
Sie wollte die Tuchballen nicht, die vom Lodererfuhrwerk abgeladen worden waren in dem ausgemauerten hinteren Teil des Stadels. Die Tuchballen reckten flachrunde Seiten in den Raum heraus, die finster aussahen wie alte Anschnitte von geräuchertem Fleisch.
»Von allem Übel«, begann Justine zu beten. Sie sagte mit einer kleineren Stimme die Bitte der Litanei nach.
»Erlöse uns, o Herr!«
»Von aller Sünde – erlöse uns, o Herr!«
»Von allen Nachstellungen des bösen Feindes – –«
Da lag der Kalk, wie der Fischer ihn gebrannt und die Lidwina ihn angeradelt hatte. Da hinten erst, durch zwei Türen mußte man gehen, lagen die Stoffe in hohen Gestellen. Hier lag der Kalk. Leicht gelb, Staub hatte sich ringsum breitgemacht. In langen Nächten hatte Sebastian das Feuer gehütet.
Nach einer Stunde kam die Maderlechnerin wieder in die

Stube. Sie war froh, daß der Krämer nicht mehr hin und herging auf dem Läufer von zusammengenähten Fleckeln. Die Frau trug ein paar Ballen Stoff auf dem Arm daher, leuchtete sich noch spät in der Nacht zu einer Arbeit im Laden und trug am nächsten Morgen hintenherum, daß ihr Kaspar es nicht merkte, eine mächtige Schürze voll notwendiger Dinge zu der Vierwochenfrau ins Fischerhaus hinüber.

Damit hatte sie das Krabbeln eines dunklen Stromes in den Gassen zum Stillstehen gebracht, weil nach einem halben Tag es die Leute im Dorf sich erzählten, was die Krämerin alles in das gelbverklexte Haus getragen hatte, damit die Mutter gesund werde und die Kinder des eingesperrten Fischerwastl nicht zu hungern brauchten.

Um das Feuerhaus standen am hellichten Mittag wieder die Leute. Eine Stimme, die gütig sein konnte und schneidend bös zugleich, stellte Dinge fest, die sich auf einem raschelnden Papier festgruben.

»Es kann sein –«, zuckte der Herr vom Gericht mit den Schultern.

»Wir nehmen bloß zu Protokoll, was wir gesehen haben«, sagte ein zweiter. Der war Arzt und hatte einen Franz-Joseph-Bart. Der Tag stand mit einer kleinen Sonne, die von dunstigem Wolkennebel umhangen war, über dem Bild schauender und schwatzender Menschen.

Dann und wann ging eine Frau zur Fischerin. Dies und das brachten die Leute ihr. Die einen sagten wenig zu der Frau im Bett, andere wieder sagten viel, zählten auf, was sie gebracht und legten es breit auseinander, damit es nach mehr aussah. Wenn sie mitleidsvoll mit der kranken Frau redeten, betonten sie ihr christliches Mitleiden und Mitfühlen und brachen an der rauhen Kante des selbstgezimmerten Bettes krachend den Urteilsstab über den Taugenichts, der einen Mitmenschen erstochen hatte.

Das Weinen hatte Lidwina sich abgewöhnt. Von den Weibern am Hof hatte sie nichts als Härte und ein ganz klein wenig Können um Dinge des Allernötigsten mitbekommen. Mit der Härte verurteilte sie die Frauen an ihrem Bett und den leichtfertigen Mann, der in München oder sonst irgendwo saß im Gefängnis.

Die Frauen sagten es ihr, und sie wußte es: Der Fischer, ihr Mann war ein Mörder.

Ein Kind ruckte lachend am Boden herum, ein kleineres schrie alle vier oder fünf Stunden und bekam etwas Welkes, Unwesentliches angeboten, bis es wieder still war. Vom Weiberhof führte kein Weg mehr zum Haus vor der Mörn, seit der Fischer über die verfahrene Jungfräulichkeit der Weiberhofleute in Wut geraten war.

Dann kam es so, daß Lidwina, von Not und Schande ausgemergelt, ein hageres Gerippe allzu männlicher Knochen, mit der Zille hinausfuhr auf die Mörn. Das Schaukeln des Bootes brachte das Wickelkind im Bauch der Zille zum Schlafen, die Frau führte mit einer harten Kraft die Ruderstange, und eine Stimme, die nicht gut war und nicht böse, sagte dem größeren Kind ab und zu, daß es still bleiben solle.

Die Zille neigte sich nach der Seite, an der Lidwina gerade den Dauper an einer langen, durchbiegenden Stange aufzog. Äschen schnalzten unter der Verspannung des hölzernen Korbringes durch, ein Hecht riß mit einer Kraft an dem Geschnüre, daß Lidwina nachgab und zu einem neuen Zug die Stange nachließ. Was sich in der seichten Wölbung des Netzzeuges im Dauper gefangen hatte, rieselte wieder weg, fand die Freiheit nach allen Seiten.

Als der Abend kam, wischte die Frau mit einer verbitterten Mißachtung dieser fruchtlosen Arbeit ein wenig kleines Fischzeug zur Seite, rechnete aus allem zusammen knappe drei Mark Geld aus und gab den Kindern, was sie brauchten.

Der Herr von Ruederer sagte nein, die Bauern sagten zu einem Fisch während des ganzen Jahres nein. Nur in den Tagen vor Ostern mochten sie das grätige Zeug essen.

Am späten Abend nickte der Pfarrvikar wenigstens einmal

eine gute Antwort. Er wollte ein paar von den kleinen Fischen nehmen. Was überblieb, aß die Frau selber in den nächsten Tagen hin. Nachher wollte sie nicht mehr fischen gehen, weil sie angeekelt war von dem moosigen Geruch der alten Zille. Weil der Herr Vikar ein paar Fische genommen hatte, ging Lidwina nun alle Tage in die Kirche.
Sie kniete groß und hölzern in ihrer Bank, daheim gab inzwischen die sommersprossige Resl auf die Kinder acht. Die war immer halbwegs gut zur Lidwina, wenngleich sie als Bezahlung kaum noch ab und zu einen Fisch bekam. Lidwina kniete in der Kirche, sie betete halblaut, wie Bauern beten, vor sich hin, und dachte allzuviel an den Menschen, den Sebastian erstochen hatte.
Weil es nicht anders ging, machte Lidwina ihre Arbeit weiter. Sie hatte es von Sebastian gesehen, wie man das Garn zieht. Mit einer Schnur band sie den langen Rock hoch und stand mit blanken Füßen, heftig frierend, im Uferwasser. In einem schlechten Bogen war das Garn gezogen, aber es mochte halten an den Pfahlstöcken. Und Fische kamen auch. Sie rissen am Netz, als Lidwina mit einer astigen Stange in die Uferlöcher stocherte, wo vielleicht Fische sitzen konnten.
Die Frau hantelte ungeschickt aus dem Netz, was sich verfangen hatte. Es war gewiß eine Menge Fischzeug schon wieder durchgeschlüpft, wo die Verspannung schlecht gewesen. Aber was sich zeigte, griff sich fest an, es waren mächtig schöne Burschen drin, die auch dem Herrn von Ruederer angenehm sein mochten.
In der Küche der Gutsherrnvilla gab Lidwina ein Lagel ab. Die Köchin schickte sie wieder weg. »Wir lassen uns doch nicht den Hund totschießen von dem Mordbuben und kaufen euch hernach euren Krempel ab!« So sagte die Köchin. Frau Lidwina machte ihr allerhärtestes Gesicht, weil sie um Bettelbrokken gehen mußte. So, wie sie vor dem Herrn von Ruederer stand, sah sie bös und häßlich aus. Sie sagte unterwürfig und mit einer schmächtigen Stimme dem Herrn selber, er solle Fi-

sche kaufen, er möge Fische kaufen. Sie bitte ihn darum, daß er die paar Fische doch nehme.
Die Köchin, die eben noch vom erschossenen Hund gesprochen hatte, nahm hernach die Fische aus dem Lagel und schlug sie tot am Wassergrand in der Küche. Lidwina hatte ein Lagel leer und hatte daheim noch etwas Großes, Schönes.
Ein mächtiger Huchen war heute hängengeblieben. Der war schön breit den Rücken hinunter und wog so seine achtzehn Pfund. Größere hatte Sebastian nicht gefangen. Doch, größere schon, aber Lidwina war doch eine Frau.
Hinter dem verblaßten Spiegel, der schon fünf Generationen gelbhäutiger Gesichter widergezeigt hatte, staken noch die Karten, die man den Fischen auf den Leib hängen mußte. Der Hörtkorn, der Fischhändler in München, nahm von den Unützern alle Fische, die man so als gute Ware wirklich auf den Markt bringen konnte. Lidwina nähte den Fisch in Rupfen und drähtelte die vorgeschriebene Adresse daran.
Sie hatte es eilig. Bis zur Hofmark hinüber waren es anderthalb Stunden, anderthalb Stunden waren es zurück hernach. Der sommersprossigen Resl sagte sie: »Paß mir auf die Kinder auf!« und stapfte los.
Der Weg war kalt.
Auf dem Weg hatten die Gendarmen den Mann weggeführt, der ihr Mann war und schuld war an den zwei Kindern.
Christof war auch einmal da gegangen.
Das war schon länger her, aber es stand dem Denken näher. Wo der Weg sich weiß in den hohen Wuchs von Föhren verliert, hatte sie ihn zum letztenmal gesehen.
Ob ich nicht doch – –?
Die Frau dachte etwas. Sie war barfuß und stieß sich die Zehen blutig an den Steinen, weil sie manchmal im Dahingehen stolperte.
Ob ich nicht doch – – –
Sebastian hatte auch Huchen gefangen. Schöne Kerle oft, die für den Hörtkorn in München ein Prunkstück waren.

Dem Fischhändler war es nichts Neues, schöne Huchen bekam er von anderen Leuten auch.
Der Weg dunkelte sich ein, er soff die Schritte der eiligen Frau mit einem leisen Nachglucksen ein und gab nichts wieder. Auch das Denken nicht, das Abwege gegangen war. Lidwina horchte auf ihre Tritte hin und bemühte sich, an gar nichts mehr zu denken.
Wie sie dann in der Hofmark war, wie sie dem Posthalter über einen Tisch zwischen zwei Gittern den angebluteten Rupfensack zuschob, sagte sie mit einer heiseren Stimme: »Den Fisch möchte ich meinem Mann schicken, der kann ihn besser brauchen.«
»Wem?« fragte der Posthalter durch den Gitterspalt heraus.
»Meinem Mann, der im Gefängnis sitzt.«
Der Mann drinnen räusperte sich.
»So, du bist die Unützerin? Soso! – Ja – und nachher, weißt du denn, wo der Kerl ist? Genau mußt du die Adresse wissen.«
Lidwina wurde still.
»In München, meine ich.«
Ein sticheliger Seehundsbart hing zwischen den Gittern nieder und drückte ganz großes, ganz tiefes Mitleid aus, das mit Neugier gemischt war. »In München ist er doch nicht. Der Christof ist in München einmal gesessen –« Der Mann trat mit jedem Wort der Frau plump vor den Leib, aber er meinte es dabei gut. »Der Wastl ist doch in Traunstein, der wird ja übermorgen schon am Landgericht verhandelt.«
Darum gingen die Leute ihr seit Tagen schon so scheu aus dem Weg, weil die Ladungen vom Gericht bereits in alle Häuser geflattert waren. Sie wurde blaß, die Gitter mit den Bleiknöpfen in den Scherenwinkeln begannen zu gehen, sie drehten sich in einem trägen Krampf, der die Frau zusammenschnürte.
»Posthalter – nachher schicken wir den Huchen nach Traunstein. Wenn der Wastl in Traunstein sitzt.«

Der Seehundsbart wackelte. So ein Huchen trug immer einen schönen Haufen Geld ein. Eine Mark zwanzig das Pfund, der Hörtkorn hatte auch schon anderthalb Mark bezahlt. Der Posthalter wußte die Dinge, weil die Postsendungen alle durch seine Hände gehen mußten.
Lidwina hatte wieder ihr hartes knocheneckiges Bauerngesicht, als sie barfuß den Weg zurückstolperte. Sebastian bekam jetzt den Huchen. Größere und schönere hatte er selber noch nicht oft gefangen. Daheim würden die Kinder schreien –
Sie schrien nicht. Die rote Resl saß bei ihnen, gab der Kleinen Milch aus der Flasche und der Großen löffelweise Mus, das beim schnellen Kochen angebrannt war.
»Ich hab den Huchen dem Wastl geschickt, nach Traunstein.«
»Recht hast du gehabt«, sagte die Resl, und gab den Kindern, nach was sie gerade schrien.
Der Tag von übermorgen war ein Freitag.
Weil vom Dorf bis Traunstein gutding sieben Wegstunden waren – Traunstein ist doch schon im Gebirge drin, das man vom Dorf aus nur an ganz lichten Tagen sehen kann –, schnackelten in der Frühe um zwei Uhr schon Pferde über steinverlegte Hofplätze. Still und verdrückt machten alle die Vorbereitungen, bis einmal ein erstes Wägel die Dorfstraße hinaufrappelte. Dann taten die anderen nicht mehr vorsichtig, sie schirrten laut und mit Hüh und Hott ihre Pferde, und so rollte um zweie in der Frühe schon Wagen um Wagen auf der Straße über die fürstbischöflich-salzburgische Meile hinaus, Traunstein zu, wo der Fischer Sebastian Unützer verhandelt wurde wegen Totschlags.
Der Posthalter hatte es der Fischerin sagen lassen, er fuhr mit dem Gäuwägerl um die gleiche Zeit durch das Dorf und nahm aus einem finsteren Winkel eine Gestalt auf den Wagen, die in dunklem, langem Gewand steckte. Das war die Lidwina.
»Der läuft euch nicht davon«, knurrte von den Dörflern ei-

ner, als die Saaltür sich aufmachte und zwischen zwei Gendarmen der Fischer hereintrat. Sebastian war noch kleiner geworden in der Untersuchungshaft. In Segeltuchschuhen tappte er herein, mit seinem gleichen Schritt, den man im Dorf sonst hörte in der Richtung auf den Anlegplatz hin.
Lidwina, die Frau des Angeklagten, bekam ganz große, eckige Augen. Sie sah die gelbe Haut, die fahl geworden war. Dann sah sie lange nichts mehr als die beiden grün uniformierten Männer, die neben ihm Platz nahmen. Hinter hohen Stehpultreihen irgendwo, fast ertrinkend unter soviel respektfordernd hohen Bänken, stand ein junger Mann mit einem vollen Gesicht.
Die Leute stießen sich an und sagten: »Das ist sein Advokat.« Leute kamen und gingen, Lidwina hörte sie kommen und gehen, hörte manchmal, daß die anderen herum alle aufstanden, wenn der Richter zum Eid etwas vorsagte. Es waren nicht viel Leute nötig, um das Urteil finden zu lassen.
Der Staatsanwalt, den Sebastian immer vor sich haben mußte, machte aus dem Fall Unützer zu drei Vierteln einen grauslichen Mord. Die Sachverständigen aber hatten mit den Schultern gewackelt, wie damals vor dem Feuerhaus. Bei diesem Schulterwackeln hakte der Advokat ein, der mit Geschick den Fall rekonstruierte, wie der Fischer ihn darstellte. Die Sachverständigen hatten ja gesagt, daß es so gewesen sein konnte: Der Stieler war ins Messer gestürzt in der Rauferei. Freilich, wenn Sebastian das Messer nicht gezogen hätte, wäre dieser Zufall nicht möglich gewesen.
Das Gericht mochte nicht nach dem Willen des Staatsanwaltes und nicht nach dem Willen des Advokaten. Sie gingen hinaus und kamen wieder herein. Dann sagte der in der Mitte, was sie alle zusammen wußten: Der Angeklagte sei schuldig zu sprechen gewesen eines Verbrechens nach Paragraph zweihundertunddreizehn, und es sei deshalb erkannt worden auf eine Gefängnisstrafe von anderthalb Jahren.
Es wurde im Weiteren erklärt, daß Totschlag im Sinne des

Gesetzes vorliege, daß aber der heute Angeklagte von dem bei dieser Gelegenheit erstochenen Stielerbauern derart gereizt worden sei durch gröbliche Beleidigungen, daß man diesen Paragraphen in Anwendung habe bringen müssen. Denn es mußte dem Stieler auch bekannt sein, daß die Unützer als jähzornig und heißblütig in Ruf standen. Als straferschwerend sei in Betracht zu ziehen die Roheit der Tat, die schweren Folgen für verschiedene Familien und die Tatsache, daß Unützer wegen Körperverletzung bereits vorbestraft war in drei Fällen. Als strafmildernd die gute Beleumundung von seiten des Herrn Vikars, des Bürgermeisters und des Maurermeisters Scharrenstein, bei dem er in Dienst gestanden war sommersüber, außerdem die Tatsache, daß – – und so weiter. Deshalb sei zu erkennen gewesen wie geschehen.

»Gegen das Urteil steht das Rechtsmittel der Berufung zu. Die Berufung müßte innerhalb acht Tagen schriftlich bei der Gerichtsschreiberei oder mündlich zu Protokoll – – –«

Mit einem Fluch sackte Sebastian zusammen. Sie hatten nicht nach Recht und Gerechtigkeit gehandelt, weil er nicht dem Stieler das Messer in den Leib gestoßen hatte. Das Ganze war ein Zufall gewesen.

»Ich mag nicht!« schrie er auf einmal laut. Sie fragten ihn halb barsch und halb mitleidig, was er nicht recht finde. Da knurrte er bloß noch und ließ sich mit einem faulen Händewinken abführen.

Die Dörfler standen alle noch im Saal. Sie meinten etwas zueinander, jetzt waren sie ziemlich alle der Ansicht, daß eigentlich der Fischer nicht schuld gewesen sei. Aber das Gericht hatte so gesagt und hatte wohl recht.

Nur eine war zufrieden: die Fischerin. Anderthalb Jahre, auf die eine lange Untersuchungshaft angerechnet wurde. Die Leute hatten von langem, sehr langem Zuchthaus gesprochen. Sie trug ihr Bauerngesicht zur Schau, sie war um die Mitte herum nur unordentlich verschnürt, sie hatte Tränensäcke unter den Augen. Nicht Sebastians wegen hatte sie ge-

weint, bloß weil man Schande ins Haus bekommen hatte. Sie war zufrieden. Darum ging sie zu dem Advokaten hin und gab ihm die Hand. »Es ist nicht anders gegangen«, sagte der, »ich persönlich glaube ja auch, daß Ihr Mann soweit unschuldig ist. Er hat mir das auf die Hand gesagt.«
Das war nicht mehr zu ändern, auch mit einer Berufung war nicht viel auszurichten.
Der Posthalter von der Hofmark fragte im Wegfahren, was der Fischer, der Wastl, ihr Mann sage zu dem Urteil. »Nichts«, antwortete die Frau bloß. Das Gäuwägerl trollte sich aus der Stadt langsam hinaus, das Pferd hielt einen schönen Trab eine lange Weile, daß man den Weg vielleicht in sechs Stunden Fahrt machen konnte.
»Nichts«, sagte die Lidwina. Die Dörfler fuhren jetzt alle heim, vor ihnen, als kleiner Punkt manchmal sichtbar, ging das Wägerl vom Rotten. Hinterher kamen andere. Das ganze Dorf kam allmählich wieder auf den Heimweg, nachdem ein großes Ereignis heute die Häuser leer gemacht hatte.
»Nichts«, brummelte Lidwina noch einmal halblaut.
Das verschwieg sie, daß sie gar nicht erst versucht hatte, mit ihm zu reden. Sie war müde in der Stadt herumgegangen, hatte nachgedacht über die blutige Tat und das gelinde ausgefallene Urteil.
Weil sie nicht ins Gefängnis gegangen war zum Sebastian, wußte sie nichts um die Sünde des Posthalters, der den Fisch an den Hörtkorn in München weitergeschickt hatte und nicht an den Gefangenen in Traunstein. Mit dem Geld, meinte er, wäre mehr geholfen.
Es war auch eine ganz närrische Idee gewesen, das mit dem Fisch.
Das Gäuwägerl machte laut seinen Weg, der Tag wurde Abend und Nacht, es fiel vom Erinnern manches langsam wieder ab, als der Wind kühl um die Köpfe der späten Straßengäste wehte.
In der Stube des Fischerhauses, unter einem schlechten Licht,

saß die sommersprossige Resl, trat mit einem Fuß die Wiege und stützte auf dem anderen Knie die Ellbogen auf, weil sie strickte. »Lange bist aber ausgeblieben.«
»Ja, es hat lang gedauert.«
»Der Obere Wirt ist vor einer halben Stunde gekommen, der hat gesagt, daß der Wastl anderthalb Jahre eingesperrt wird. Das ist lang.«
»Nun, so lang ist es nicht, Resl.«
Das Kind plärrte. Fischerkinder haben eine wasserfrische Stimme, darum brach die Unterhaltung ab. Resl hatte daheim noch etwas zu tun, also ging sie, daß Lidwina im Kummer um die Schande sich selber frei gehenlassen konnte. Als sie spät in der Nacht aus einem seichten, traumdurchgaukelten Schlaf aufwachte, war ihr erster Gedanke an den Huchen, der sie gar nicht mehr in Ruhe lassen wollte.
Später dann, bei irgendeiner Gelegenheit, konnte der Posthalter in der Hofmark ihr das Geld geben, er machte ihr etwas vor, und die Frau in der Sucht nach Geld glaubte es.
Über den blutigen Dingen ging die Zeit weg, sie streifte manchmal einen Menschen, daß er wegblieb. Beim Frohnauer starb ein altes Mutterl weg, von den Bauern oben am Kirchberg starb einer auf dem Feld, als er gerade beim Säen war. Sie brachten ihm die Hand nicht mehr auf, in der er den Saatweizen verkrampft festhielt. Einen jungen Burschen schlug das Wasser tot, als er ein Rad baute, das ihm Kraft liefern sollte. In den Nächten rappelte es auf den Tennen der Bauern, einmal hier und einmal dort.
Die Leute wußten, daß es die Seele des erstochenen Stieler war. Die anderen, die etwas von Ratten erzählten, wurden lächerlich gemacht. Wenn die Maderlechnerin von solchen Dingen hörte, dachte sie immer an die Igelfamilie, die sie im Salzstadel angetroffen hatte, klein, wuzzelig, aber trappend wie Schwere Reiter.
Es war vielleicht etwas anderes, aber den Menschen im Dorf konnte niemand den Glauben ausreden: Der Stieler ging um,

krankblond und hängeschulterig, er mußte alle Wirtshäuser abgehen in den Nächten, wo er einmal die Leute geärgert hatte bis zu einem unheiligen Sakramenter und Himmelherrgott.
Darüber lernte das größere Mädel des Fischers reden und trug von der Gasse heim, was die anderen Kinder johlten. Sie hieß Marianne und brachte den Spott mit nach Hause: »Marianne, dein Vater ist eingesperrt, er hat einen Menschen umgebracht.«
Für Wochen hielt Lidwina sich eng im Haus und war erst wegzubringen, als in der Nacht einmal – – – es ging sehr laut her, und an der Straße fiel ins Dorf von der unteren Seite, dem Hart zu, ein großer Feuerschein.
Lidwina wickelte die Kinder fester ein in ihre Decken. Es war um den Sonntag Judika, um diese Tage ist es noch kalt.
Die Menschen draußen schrien. Oben, am Berg, bimmelten die Glocken der Kirche laut und belfernd in die aufgehellte Finsternis hinein. Ihr mühseliges Getue wurde, scheints, jedesmal abgerissen, wenn ein Bündel rasender Funken sich den Weg suchte bis da hinauf und durch die Fensterluken an den Glockenseilen leckte.
»Im Gutshof brennts!« schrie eine Stimme.
Drei andere schrillten es nach.
Auf dem runden Hügel flogen die Bogentüren krachend auseinander. Ehe man Pferde an die Stelle brachte, rissen schon etliche sieben Leute die Spritze und den Schlauchwagen heraus und schoben alles mit einem heftigen Gepolter auf der Straße fort, zum Gutshof hinunter.
Es krachte und schrie und läutete eine Nacht lang im Dorf. Die Hofmark drüben war sogar lebendig geworden, als das Feuer schon über die Föhren hinausragte. Es schrie um zwei lange brennende Firste. Was das Dorf an Menschen hatte, stand herum und gaffte. Zwischen ledernen Helmen und wackelnden Kinnriemen brüllten Kommandos heraus, dann griffen wieder einige Leute an die Pumpstangen, und der

Strahl Wasser fiel in die Höhle von Glut, so klein und armselig, als pisse ein Knabe in die ewige Hölle.

Nach der Nacht kam ein sonderbarer Tag, an dem die Menschen nicht so klar ihre Gedanken beisammen hatten. Die Feuerwache hockte um das schwelende Trümmerwerk, die Feuerwehrmänner tranken, wie sie in der Nacht schon getrunken hatten, ihre Frauen brachten das Essen zu Mittag auf die Brandstatt. Es war auch schlecht und schlampig gekocht zumeist. Man hatte doch zu reden über die Dinge, man schrie sich im Rausch die Ansichten zu.

Über allem vergaß das Dorf die Arbeit, und die Leute übersahen den einschichtigen Menschen, der von der Hofmark herüberkam. Er war klein und fahl geworden. Sebastian sah den Rauch, der ihn schon den halben Tag her in der Nase gekitzelt hatte. Der Gutshof war abgebrannt.

»Ist deine Zeit schon aus?«

Lidwina hatte kein anderes Wort für den Fischer. Er kam müde zur Tür herein und schaute sich nach den Kindern um.

»Einmal hättest du mir aber wenigstens schreiben dürfen.«

Das war seine törichte Antwort auf ihre sehr törichte Frage. Die Zeit war nicht aus, zwei Monate hatten ihm die Leute geschenkt, weil er sich gut geführt hatte.

»Die geben immer eine höhere Strafe her, damit sie nachher etwas zu schenken haben. Ich bin unschuldig eingesperrt worden, das weißt du doch.«

Gott, na, sie wußte nichts. Er hatte nie ein Wort hören lassen, trotzdem sie ihm damals den Huchen geschickt hatte. Sie hatte daraufhin auch nicht mehr geschrieben.

Lidwina erwähnte vom Huchen nichts, er schwieg sich über das Gefängnis aus. So konnte man also wieder weiterleben, arbeitsam, wortkarg, ein wenig immer aneinander vorbei. Und manchmal beim Wirt.

Der große Brand vom Gutshof war eine lautere Sache als die Rückkehr des Zuchthäuslers. Die bäuerliche Sprache sagt Zuchthäusler zu dem, der einmal gesessen ist.

Man sah den Fischer manchmal. Die Weiber streckten die Köpfe durch kleine Fensteröffnungen, wenn Sebastian am Morgen vorbeitappte, schnellfüßig und still. Die waren es auch, die am ersten die Feststellung machten, daß Sebastian Segeltuchschuhe trug.

»Damit man den Zuchthäusler kennt«, sagten die Boshaften. Die weniger Bösen zuckten mit den Achseln. Sicher war das ein praktischer Schuh für das frühe Handwerk, damit nicht jeder schon so zeitig geweckt wurde im Dorf.

Man redete aber mehr vom Brand. Nebenher rückte man in einen trennenden Abstand von dem etwas verrufenen Fischer, man redete mit ihm, wenn es sich nicht gerade vermeiden ließ. Sonst tat Sebastian auch nicht viel, um sich an die Leute wieder heranzumachen, die einmal ganz gerne aus seinem ewig überfließenden Krug getrunken hatten.

Der Scharrenstein, der Maurermeister von der Hofmark, der sich immer noch Baumeister nannte, kam auf der Suche nach Maurern auch ins Fischerhaus. Das Fischen war nur für den Anfang etwas gewesen, Sebastian konnte eine Arbeit jetzt gut brauchen und sagte ja, er werde schon hinuntergehen in den Gutshof und mitarbeiten.

Man brauchte im Gutshof eine Menge Arbeiter. In der Menge verschwand schließlich der eine, den man lieber nicht dort gesehen hätte.

Es ging so halbwegs.

Sebastian trug auch hier seine Segeltuchschuhe, mit denen er leise überall auftauchen konnte. Auffällig wollte er sich schon gar nicht machen, aber auch nicht an der allerletzten Ecke stehen, weil er doch ein Maurer war, der eine saubere Arbeit leistete.

Der Herr von Ruederer stieg auf den Grundfesten herum und untersuchte immer, ob sein neuer Gutshof auch gut gebaut werde. Sebastian arbeitete gerade am Ansetzen eines Eckpfeilers, der dem Bau nach dieser Seite einmal Gesicht und Festigkeit geben mußte. Scharrenstein wußte, daß der Fischer

eine gute Arbeit machen würde, darum ließ er ihn allein ansetzen.
Beim Probieren und Auswägen kam der Herr von Ruederer an die Ecke der Grundfeste. Er kannte den Maurer von hinten her nicht und schaute ihm eine Weile zu, wie er mit Lot und Wasserwaage seine Ecke langsam etliche fünfzehn Steine hoch aufsetzte. Sebastian hatte das Gesicht von ihm abgekehrt. Als er auf einmal, des Schattens an seiner Seite ansichtig werdend, aufblickte, erkannte ihn der Gutsherr erst.
»Grüß Gott, Herr von Ruederer!« Das ganze Dorf grüßte den Gutsherrn in dieser Form, man sagte immer »Herr von Ruederer«, weil in der vollen Aussprache der Respekt vor dem Namen einen kleinen Ausdruck fand. Warum sollte Sebastian den nicht auch so grüßen? Trotz Hund und Feindschaft.
»Ah, Grüß Gott, Wastl! So so so, schau – schau –«, er wollte sagen: »Bist du auch wieder da?« und überlegte während der vielen Soso und Schauschau, daß man diese dumme Frage auch bleibenlassen könne. »Den Eckpfeiler hast du aber sauber angesetzt, Respekt, Wastl!«
Jetzt mußten die Taglöhner auch schon aufblicken. Sie hatten den Gutsherrn stehen sehen und ganz richtig geschätzt, daß er den Maurer noch nicht erkannt habe. Jetzt war es anders. Sebastian wog über den Ansatz nach beiden Seiten weg – »Ist ja eine gute Grundfeste drin, da kann man schön aufsetzen.« Mit lauter Nebeneinanderreden wurden die Worte flüssiger, man sagte sich einige Kleinigkeiten, verschwieg die Geschichte von dem Hund, der gefischt hatte, und war gegenseitig zufrieden.
Der Herr von Ruederer hatte einmal schöne Äschen gekauft von der Lidwina und im Herbst ganz saubere Forellen. Von denen redete er. »Gelt, sag der Lidwina, sie soll mir einmal wieder ein paar schöne Fische heraufbringen.«
Sebastian knurrte »Ja«, und wog weiter. Er trug dem Gutsherrn die Sache mit dem Hund heftiger nach, weil er in der Schuld saß und damals mit den Gendarmen zusammenge-

kommen war. »Ja, ja, die Lidwina bringt schon Fische. Ist schon recht.«
Als der Herr von Ruederer weggegangen war, setzte Sebastian wieder Stein an Stein vorsichtig auf, schnitt mit der Kelle den Mörtel sauber in die Fugen, daß es hernach keine so tiefen Mörtelbänder gab in der Front hin. Und es kam so, daß die Maurer, die zwischen den Pfeilern die Mauer aufsetzten, von beiden Seiten an seinen Pfeiler kamen, wieder weg und wieder hin. Sie unterhielten sich anfänglich etwas verschüchtert mit dem Pfeilermaurer, machten es später lauter, und in ein paar Tagen klammerte sich die Unterhaltung genau so fest ineinander, wie die Mörtelbänder zwischen den Steinen.
Wenn der, der Herr von der Villa oben, dem mehr gehörte ringsum, als das ganze Dorf an Fläche zudeckte, mit dem Zuchthäusler reden durfte, hatten sie keinen Grund mehr zum Abrücken.
Es wurde alles nicht mehr so laut wie früher einmal. Sebastian trug mit den Segeltuchschuhen, die er immer wieder erneuern ließ, die Zeit des Gefängnisses an sich herum. Er sagte es bei der und der Gelegenheit, daß man ihn bloß wegen des Messerziehens hätte einsperren dürfen auf ein paar Tage. Umgebracht habe er den Stieler nicht, wenn es auch so aussah.
Manchmal, ganz selten bloß, versuchte Sebastian es beim Bräu oder beim Oberen Wirt. Lidwina hatte Verdruß genug mit ihm, daß er am Morgen vor dem Arbeitgehen jedesmal seinen Gelten Kräuter trinken mußte.
Das hatte er auch im Gefängnis nicht verlernt.

V

Das Dorf stand in der Windrichtung, die bestimmt war durch den geraden Zug von der Villa der Ruederer und dem Gutshof.
Bei Graupappeln an der Straße ist es ähnlich: Sie beugen sich im Heranwachsen dem immer gleichen Zug von West nach Ost, sie setzen den Astwuchs einseitig an und krümmen sich leicht. So fast wie Frauen, die zur Kirche gehen und das Gebetbuch mit beiden Händen vor sich auf der abgesaugten Brust tragen.
Nach der gutsherrlichen Windrichtung wehte es den Fischer an. Er stand fast immer an einem Eckpfeiler, er tat ein Jahr lang so hin und schrieb dann seinem Bruder, dem Christof, daß man tüchtige Putzmaurer brauchen könne. Die Windrichtung war gut. Christof hatte große Arbeit in München, er kam nicht. Aber Sebastian brachte selber den Mut auf, den vielfach durchbrochenen Außenputz am Verwalterhaus anzufangen. Die Windrichtung wurde noch klarer.
Der Hund, das edle Tier mit den kostbaren Haaren, geriet ganz und gar in Vergessenheit. Lidwina brachte wieder ein Kind, und die Leute hatten darüber einiges zu reden. Vom Stieler, der einmal gespottet hatte, von der Verhandlung in Traunstein und den Segeltuchschuhen. Es war natürlich wieder ein Mädel, und manchmal, ganz selten, rieselte ein ganz dünner Spott an den Mörtelbändern der neuen Gutshofgebäude nieder.
Der Maderlechner-Krämerin zu Ehren nannten sie das Mädel Justine. Das war das einzige, worum Sebastian sich selbst bekümmerte. Zu dritt ging es nun lauter her, wenn die Mutter

nach ihnen allen dreien zu rufen hatte: Marianne, Walpurg und Justine.
Der Herr von Ruederer brachte von irgendwo einen Maler bei, einen mächtigen Menschen, der dreifach lebensgroße Christoforen an die Häuser malte und betrunkene Szenen aus der Bibel. Dieser Maler nahm sich den Fischer vor:
»Da haben wir eine große Fläche Wand, lauter glatte Wand ohne Fenster. Verstehen Sie was, Herr Unützer – gelt, Sie heißen Unützer. Das ist ein toller Name – wenn Sie auch so unnütz sind – –«
Sebastian bekam das böse Zittern in den rund abfallenden Schnurrbart.
»Ich hab gemeint, wir reden von der Wand da?«
»Freilich, ja, von der Wand. Ist ganz richtig, ganz richtig! Wissen Sie, die Wand da anwerfen, zuerst ganz dunkelbraun, dann gelb, schreiend gelb, und obenauf wieder braun, zwischenhell. Jede Schicht vielleicht vier oder fünf Millimeter stark.«
»Ob es nicht unnütz sein wird?« gestattete sich Sebastian sehr grob zu fragen.
»Nein«, sagte der Maler. Er sang das Nein in drei Tönen. Nein, es würde nicht unnütz sein.
Der Mann mit seinen ausgereiften zwei Metern natürlicher Größe war mit gar keinem Mittel aus der Ruhe zu werfen. Dem Fischer blieb nichts anderes übrig, als die große Wandfläche anzuwerfen: auf den Rauhputz zuerst ganz dunkelbraun, dann giftig gelb, zum Ende wieder ein unreines Braun, das nun alles deckte.
Kenntnisse schätzte Sebastian immer, er verlor seinen boshaften Ton, als der Maler ihm zuredete im Arbeiten, wie er ganz genau den Putzmörtel anzurichten habe.
Das Dorf hatte unruhige Tage.
Auf einem schwachen Gerüst, das zum Spazierenfahren an der Wand eingerichtet war, stand der Fischer im weißverspritzten Maurergewand. Immer neben ihm der Maler, der

Narr. Mit Kohle zeichnete der Maler einen großen heiligen Christofer an die Wand. Der trug einen knorrigen Stock und trat mit einem weiten Fußtritt von einer Seite der Wand zur anderen.

Der Maler kratzte die eingezeichneten Ränder an, Sebastian klopfte mit der Spachtel die ganzen Flächen heraus, die jetzt abgehoben werden mußten. Und das Dorf hatte unruhige Tage.

In drei Brauntönen stieg das kräftige Bild des Christofer aus der Wand heraus, Leute standen davor und redeten laut, viele wünschten sich auch so einen Heiligen an das Haus hin, wenn er nur erschwinglich wäre – und Sebastian hielt den Kopf weiter in die Höhe jetzt, weil er ganz deutlich das leise Streicheln einer angenehmen Luft in seiner allerbesten Windrichtung spürte.

Mit dem ausgekratzten Mörtel zu einem großen Heiligen hatte der Fischer auch einen großen Flecken aus seiner arg verschmutzten Vergangenheit herausgekratzt.

In Segeltuchschuhen kam der Mann auf den Bau jeden Morgen. Als der Bau zu Ende und im Dorf herum auch keine Arbeit mehr war, tappten die Segeltuchschuhe wieder jeden Morgen auf den Anlegplatz zu. Die Zille bekam einen neuen Boden, sie roch jetzt nicht mehr so aufdringlich nach ausgetrocknetem Moos und alten Fischen.

Einmal hatte Sebastian einen Ausleger bauen wollen – er konnte lachen darüber.

Christof hatte damals auch gelacht.

Der Herr von Ruederer legte eine lange Reihe Geld auf den Tisch hin, er ließ den Fischer alles nachzählen, ob es stimmte. Die lange Reihe gelber Stücke, das war sein Geld für den Kalk.

Lidwina sagte: »Das ist eine Heidenmenge Geld.« Er sagte es auch, aber mit einem unfreundlichen Gesicht. Ja, die Lidwina hatte mitgearbeitet anderthalb Sommer lang, hatte die Steine ausgesucht aus der Mörn, war in den Brandnächten immer beim Ofen gehockt und hatte einstweilen den Platz am Bett der Kinder der brandgesichtigen Resl überlassen.

Viel Geld, es war sehr viel Geld.

Als kurz darauf der Fischer einen Tag lang spurlos verschwunden war, dachte kein Mensch auch nur entfernt an die Wirklichkeit. Sebastian ging zu Fuß nach Traunstein, ließ sich am Landgericht eine Abrechnung über den ganzen Fall »Unützer, wegen Totschlags« geben und zahlte auf den Tisch des Herrn Gerichtsschreibers alles hin, was der Mann da errechnet hatte. Die gelben runden Stücke blieben zu drei Vierteln in Traunstein, dafür nahm der Unützer die Berechtigung mit, den Leuten wieder offener ins Gesicht schauen zu dürfen.

Der Gerichtsschreiber schüttelte den Kopf. Er suchte den Akt heraus, da waren die Angaben der Frau Unützer, es lägen auf dem Fischwasser und dem Fischerhaus so viel Schulden, daß von einer Bereinigung der Gerichtskosten gar keine Rede sein konnte. Lidwina hatte all das zusammengerechnet, was vom Weiberhof aus in den Betrieb hineingesteckt worden war. Schulden – nein, das waren keine Schulden, das war zu Recht ihr Heiratsgut.

Im Nachdenken schaute der Gerichtsschreiber in den Hof hinunter, wo der Fischer von der Mörn eben eilig wegging. Eine eigenartige Bande, diese Leute von der Salzstraße, wo jeder Kopf anders war und jedes Haus mit seinen Inwohnern eine andere Geschichte erzählte.

Ein Landrichter hatte ihm einmal die Verhältnisse erklären wollen, wenn von der ganzen Strecke der alten Salzstraße sich Familiengeschichten sammelten in der Registratur: gute und böse Dinge, Besitzstreitigkeiten und wackelnde Eide, Käufe und Verkäufe – es wurde selten volle Ruhe unter den Leuten neben der Straße. Und wenn nicht andere Dinge geschahen, dann wurde wenigstens im Besitz immerzu gewechselt, die Straßenlänge hinauf und hinunter, dem Gebirge zu und ein andermal ins Flachland hinaus.

Der Unützer war auch so einer.
Auf die große Kostenrechnung des Aktes Unützer kam ein Stempelvermerk, der die Einzahlung der sämtlichen Gerichts- und Vollstreckungskosten auch hier bestätigte, dann wurde die dünne weißblaue Schnur der Erledigung im Kreuz darüber geschnürt.
»Warum hast du das Geld hinausgeschmissen fürs Gericht?« fragte Lidwina bös. Sie stellte sich in weitspuriger bäuerlicher Art vor ihn hin und verlangte Rechenschaft. Die Tat hatte sie verwunden, sie hatte Blasbalgfalten dabei um die Schläfen bekommen, und das Kind aus dieser Zeit war engbrüstig.
Lidwina rechnete, wie sie in Wochen und Monaten sich abgerackert um die Steine, daß der Mann nie einen Tag lang auszusetzen brauchte bei der Arbeit im Gutshof.
»Hast dich in der Nacht an den Ofen gestellt und das Gewölbe eingelegt, und Hunger hast du gelitten. Jetzt trägst du alles aufs Gericht und spielst den Großen, der leicht zahlen kann.«
»Ich kann mir doch nicht die Sache nachlaufen lassen bis zum Ende? Die Schande, meine ich, ist alleweil noch genug.« Er fuchtelte mit den beiden Händen. Seit dem Gefängnis hatte er nicht mehr seine große Sicherheit der Frau gegenüber, er fuchtelte unsicher herum. »Das ist jetzt einmal bezahlt – was wär es denn, wenn der Herr von Ruederer seinen Kalk von der Fabrik bezogen hätte? Dann hättest du nicht arbeiten müssen, und wir hätten nicht einmal das Geld, das uns so übrigbleibt. Überhaupt –«, jetzt begann er noch wütender zu fuchteln – »Das ganze Geld zahle ich denen im Weiberhof droben noch heim. Ich brauch von denen nichts, aber schon gleich gar nichts. So, das kannst du ihnen sagen, deinen Weiberleuten übereinander!«
Er machte Ernst mit seinem Vorsatz.
Drei Mädel liefen um das Fischerhaus herum, die hatten nicht viel am Körper als einen dürftigen Fetzen. Wenn die Maderlechnerin etwas hergab, wenn ein Ballen Stoff im Staub gelegen war oder in der Sonne, fiel ein verstaubter Anschnitt ab

für die Fischerkinder. Die Mutter sagte es ihnen tausendmal vor: »Ihr müßt Vergelt's Gott sagen!«, und die Kinder bebberten bloß mit dem Gesicht, weil der Vater in Wut kam, wenn er einen schönen Dank sagen sollte oder ihn auch nur hören mußte.

»Den Schlüssel brauch ich zum Salzstadel« – so kam der Fischer ein paarmal jeden Tag durch den Fletz des Krämerhauses. Der Kaspar kannte ihn schon am leisen Gehen der Segeltuchschuhe, die Justine war immer bereit, ihm den Schlüssel selbst zu geben, weil sie ihm verdammt oft etwas sagen mußte, was nicht nach seinem Denken war.

Im Salzstadel faßte sie ihn einmal auf, wie er seinen Haufen Kalk betrachtete und errechnete, was der Haufen Kalk da Geld ausmachen könne. Sie tupfte ihm auf die Schulter – spürte mit einem kleinen Schrecken, daß der Finger auf blanke braune Haut stieß. »Mensch – Wastl – –« Er blieb seelenruhig dabei. Die Predigten kannte er schon, sie häuften sich in der letzten Zeit. »Du hast wieder keinen ganzen Fetzen mehr an dir!«

»Es könnte ja anders sein.«

»Anders sein?«

»No, Justine, wenn du das nicht weißt – du kannst mir leid tun.«

Justine durfte in der letzten Zeit ordentlich zornig werden. Sie hatte das besser nach außen hin gebracht, seit um ihre Rockschöße plärrend zwei Kinder liefen. Sie war zornig über den Dickschädel von Mann, der ewig unzufrieden blieb mit seinem eigenen Ergehen. »Ich muß mich auch abschinden, deswegen bleibt für die Kinder auch noch etwas über, und mit einem ganzen Gewand geh ich doch das ganze Jahr herum –«

»Bin ich früher auch. Jetzt langt's nicht mehr, auf kein Stück mehr.«

Auf der Straße vor dem Maderlechnerhaus liefen die Kinder vorbei, zwei von den Fischerkindern waren dabei, schreiend,

braungesengt im Gesicht, mit ein paar zerlöcherten Fetzen um die hageren Körper.
»Da, schau sie dir an!«
»Laß mich mit den Kindern von der Lidwina in Ruh! Ich sag dirs noch einmal, Justin, laß mich in Ruh und red nimmer drein! Das Geld von den Weibern da oben muß weg, eher hab ich keine Ruhe. Jeder Pfennig brennt auf der Hand, wenn ich am Tag hundertmal Vergelts Gott sagen müßte für das, was einer Tochter aus einem solchen Haus doch zusteht.«
Hernach, als der Fischer aus dem Haus war, schaute Justine mit glasigen Augen eine lange Weile dem Wackeln des Schlüssels zu. Sie wollte sich gerne hineindenken in die eckigen Vorstellungen, die sich der Mann da machte von seiner Zukunft. Der Märzen war kalt geworden, und aus dem Mann sprach ein ganz frostiger Hohn, wenn er zu sprechen anfing in der Wehr gegen irgendeine Beeinflussung.
An dem Wandhaken pendelte der Schlüssel und zählte die Sekunden ab, die Stunden werden sollten und aus den Stunden lange Reihen Tage, bis der kleine ruhelose Mann wenigstens so viel Ruhe fand, daß er seine Familie aufschnaufen ließ.
Er ging zum Oberen Wirt hinauf und trank. Eine halbe Nacht trank er, dann waren es vielleicht fünf Krüge Bier, was er getrunken hatte. Er selber sagte sich vor: »Du saufst«, der Wirt sagte: »Nun, langt es jetzt nicht mehr zu einem ordentlichen Rausch?« Das war bös gesagt.
Weshalb Sebastian es beim Bräu versuchte. Er brachte einen Rausch zusammen und hatte am Ende doch nur vier Maß getrunken, weniger noch als beim Oberen Wirt, wo er strohnüchtern hinter dem Tisch gesessen war.
Lidwina drehte sich weg, als sie ihn betrunken auf das Bett fallen sah. In der Ecke schrie ein Kind, das auch mitgenommen war von der Unruhe.
In der Nacht packte Sebastian eine Decke und warf sich in der Stube auf das Ledersofa. Die Nacht ritt über ihm, lange Hängegurten, die sich losgeschnallt hatten von beißend riechen-

den Pferdeleibern, streiften über ihn weg. Die Gurten peitschten die letzte Ruhe der Nacht von seinen Schläfen weg, es lag in der Stube der Geruch von Leder und Schweiß und Ammoniak.

Er griff mit einem rohen Reißen danach.

Heute war er nicht mehr feig wie damals. Die Reiter schrien »awaah«, aber was schrie, war nur das Kind oben in der Kammer, das mit dem blanken Fuß am Mittag in einen Nagel getreten war.

Die Gurten schleiften über sein Gesicht hin.

Was er als steife Ledergurten fühlte, waren die Bänderträger von kleinen Wäschestücken der Kinder. Auf einer Schnur, kreuz und quer durch die Stube gespannt vom Ofen aus, wie ein unregelmäßiger, ein böser Stern, baumelten die Bänder auf und nieder.

Als der Fischer gegen Morgen ganz tief wegschlief von seinen wilden Träumen, blieb auf seinem Gesicht die Spannung einer verhaltenen Angst.

Ein Herbst trieb ihn hinaus.

In einer müden Ausbuchtung der Mörn, an der die Wasser still vorbeileckten, senkte er das Spiegelgarn ein. Er trieb mit Stangen und Steinen die Fische heraus. Schweiß stand auf der Stirn, und die Unruhe stieß mit einer spitzen Pfahlstange auf ihn ein.

Das Netz – es war mit schweren Steinen abgesenkt, daß es nicht von dem leise schwemmenden Wasser mitgenommen wurde – stand quer über dem ausgewinkelten Bogen der Mörn, es sperrte allen Fischen den Weg, den sie zu nehmen gewohnt waren. Manchmal schlenkerte es laut auf, es zitterte im Wasser, und der Faden des Garns machte unsichere Kreise. Dann fiel ein leises Lächeln über das Gesicht des Fischers, weil er wußte, daß wieder ein schwerer Fisch mit dem dünnmaschigen Netz in die weiten Schlingen des Spiegelgrundes gerannt war.

Gestern hatte er so hart geträumt von Pferden. Er war nicht

klar im Denken, die Fische stießen an den Spiegel, Lidwina war daheim und wartete die Kinder.
Ein Huchen rannte an das enge Netz, die Wellen darüber schlugen laut und glucksend auf, es wurde eine lange Weile keine Ruhe mehr, weil sogar die Pfahlstangen zu gehen anfingen. Lidwina war daheim und hatte drei Kinder zu betreuen. Es war keine Ruhe mehr in dem Ziehen und Wasserplatschen, seit der Fischer sich selber und seinen Leuten die Not aufgezwungen hatte.
Im letzten Schein des Tages griff Sebastian die Säcke alle aus, die von den Fischen in ihrem Wehren eingestoßen worden waren. Der kleine Mensch machte das handwerksmäßig und sicher, die Augen schätzten über den Haufen hin, der im Wasser des Kalters wuselte, und während die Hände alle Muskeln spielen ließen bis zum Schultergelenk hinauf in einem gedachten Auswägen der Menge, rechnete sich hinter den schmalen Augenbrauen die Summe zusammen, die der Fischhändler Hörtkorn in München dafür zahlen würde.
Am Pfahl ließ er den Kalter hängen, daß die Fische nicht aus ihrem gewohnten Wasser heraus mußten, ehe sie in Rupfen eingenäht wurden.
Das eckige, wieder rot und gesund aussehende Bauerngesicht der Frau schaute ihn an, als wäre er ein Fremder. Das graue Braun ihrer Augen hatte etwas von Augusthimmel in sich: Wenn ein Tag zu laut war mit der Hitze und er wölbt sich gegen den Abend aus, dann wird die Farbe in seinem Blau unsicher, es legt sich etwas Bleifarbenes darauf, und in den Nächten fuhrwerkt unsicher das Wetterleuchten ohne ein rechtes Ziel durch die Nacht.
Sie war nicht ungut, seine Lidwina. Gut freilich war sie auch nicht, das hatte sie nie gelernt, wo sie ohne Liebe erzogen worden war, nur im fürchtigen Glauben an den Herrgott, dem die Weiber am Hof nachsagten, daß er mehr straft, als er lohnt, und in einem seltsam sich gebärdenden Glauben an Be-

sitz und Geld. Die Fischerart des Großtuns in der Not war ihr fremd und mußte ihr fremd bleiben.
»Der Scharrenstein ist dagewesen.« Vom Scharrenstein, dem Baumeister aus der Hofmark, sagte sie es, vom Posthalter, der mit ihm gewesen war, verschwieg sie es.
»Du, Wastl, der Scharrenstein ist dagewesen!«
»Ja – ja!« gab der Mann darauf. Man war so verdammt wortkarg geworden in der letzten Zeit. Drei Mädel liefen für gewöhnlich im Haus herum und waren laut, und der Gram im Haus war auch laut, weil Sebastian sich abrackerte für die Schulden, die er bei den Leuten im Weiberhof zu haben meinte. Da sprach man nicht viel.
Da tat man sich nicht viel schön, sonst kam am Ende wieder ein Mädel in die Familie.
Was der Mann gewollt, konnte Lidwina nicht sagen. Er war bloß dagewesen. Der Posthalter war auch dagewesen, aber der und sein Schaltergitter und sein Wägerl zur Fahrt nach Traunstein, der Huchen von damals und alles, das war eine zum Geheimnis abgewürgte Geschichte, von der Sebastian nie sprach, weil er nie einen Huchen bekommen hatte, von der auch Lidwina schwieg, weil sie sonst ihren Mann undankbar nennen mußte.
Im Spiegelgarn hatten sich die Fische heute müd gestoßen, sie waren gegen eine unsichere Wand gerannt die ganze Zeit, hatten die Wand nicht gesehen, bloß gefühlt in der Umklammerung. Über dem Kampf war das Wasser in vorsichtigen Kreisen gegangen.
Sebastian dachte an die Fische und an sein eigenes Herumirren. Altwasserkarpfen, deren Dasein Schlamm war und Wühlen und Herumstoßen in engen Grenzen, die sich im weiteren Austrocknen immer mehr verengten, Altwasserkarpfen bekamen im Irren und Stoßen wunde Mäuler und Rißlöcher in den Flanken von spitzem Steinwerk.
Daß der Maurermeister heute kam, wo es nirgends mehr allzuviel Arbeit gab auf Bauten, das mußte seine besondere Bewandtnis haben. Darum mußte Lidwina in der Nacht noch

die schweren Fische in Rupfen vernähen. Sebastian schaute ihr zu, wie sie mit roten, dicken Fingern die ungefüge Nadel hantierte. Ihr Gesicht über dem unsicheren Licht der Öllampe floh in die Dunkelheit des übrigen Raumes zurück, nur die scharfen Winkelzüge der Backenseiten, an der Nase und um den Mund her gegen das Kinn blieben in doppelter Schärfe stehen.

In einer Zigarrenschachtel lärmte ein ausgeleiertes Schwarzwälder Werk und gab lückenhaft die Stunden an, die schon vorbei waren. Das Krächzen der Räder riß den Fischer aus seinem gaffenden Hindösen.

»Die Begleitzettel für die Post mache ich morgen früh auf die Säcke. Das mußt du nicht mehr tun. Bist auch schon müd.«

In der eigenen Müdigkeit schleppte sich Wastl bloß noch bis an die Wand, wo das Ledersofa stand, und schlief unter einer Roßdecke ein, während die Frau an den Rupfenhüllen noch die Adressen eindrähtelte. Sie tat es selbstverständlich. Er nahm ein kleines Leiterwägerl aus der Schupfe, als es Morgen zu werden begann, und fuhr seine Fracht in die Hofmark hinüber.

Zu anderer Zeit hätte die Frau das tun müssen. Nur weil der Scharrenstein gestern nach ihm gefragt hatte, machte er selber heute mit den Fischen diesen Weg und bekam beim Posthalter gleich die nötige Auskunft.

»Weißt du, Fischer, da ist einer bei mir in der Wirtschaft gesessen, von der Mühldorfer Gegend einer. Hat vielleicht einmal einen Bauernhof gehabt oder so etwas. Ich weiß es nicht, will es auch nicht wissen. Der hat mich gefragt, ob er nicht da an einem schönen Plätzerl sich ein Haus bauen könnte. Grund um das Haus herum bräuchte er bloß für ein paar Kühe, mehr schon gar nicht. Da hat der Scharrenstein dich halt auch fragen wollen.«

Der Scharrenstein wollte noch etwas bauen im Herbst?

»Ja, die Fische, ist schon recht, das gehört alles dem Hörtkorn. Weißt es schon, alles freimachen, der Hörtkorn zahlt gut, wenn er saubere Fische bekommt.« – Mit dem Suchen seines Denkens war er schon anderswo. Beim Verdienen, beim Hausbauen, im Akkord, vierzehn Stunden in einem hin, daß er acht und zehn Mark auf einmal in die »Weiberhofschachtel« legen konnte. Kalk brauchte man auch wieder, eine Fuhre nach der anderen, daß sogar die Maderlechnerin ihre Freude haben mußte, wenn der Schlüssel kaum mehr richtig an seinen Nagel gehängt wurde. – »Freilich, Inhalt tote Fische. Die Adresse ist nicht zu lesen? Die Lidwina schreibt so schlecht. Aber, du, mit der Frühpost müssen sie noch weggehen.«

In einer Kellergrube fand er den Baumeister. »Du bist gestern bei mir drüben gewesen?«

Vom Posthalter wußte er die Sache ja schon, aber wenn man etwas zweimal hört, sitzt es besser. Scharrenstein sagte das gleiche. Er müsse ein Haus bauen, müsse Grund bekommen, vier Tagwerk vielleicht.

»Da müßte ich halt mit dem Herrn von Ruederer ein Wort reden. Der hat Grund genug, an der Mörn hin, unten im Dorf gibt er schon etwas ab, wenn man ihm schöntut.«

Der Herr von Ruederer lachte. Er schlug sich auf die Schenkel, daß es mit gleicher Fröhlichkeit knallte. »Willst du mir vielleicht mein Gut abkaufen? Zweitausendsiebenhundert Tagwerk, ja, Wastl, du bist ja nicht mehr bei Trost! Ich geb doch kein Dezimal her.«

Natürlich, er brauchte das Geld nicht. Von der Feuerversicherung war übriggeblieben, sonst war der Gutsbetrieb auch nicht schlecht. Ein Herr von Ruederer kam nicht in die Lage, um bares Geld ein Stück Boden weggeben zu müssen.

»Dann ist es also nichts?«

»Nein«, sagte der Herr von Ruederer.

Der Fischer ging zum Bräu und suchte den faden Handel zu vergessen. Die Bauern rückten immer noch seitab, wenn der Zuchthäusler kam. Aber ein bissel von oben herab redeten sie doch mit ihm, der von den Alten her im Geradschiff der

Schloßkirche seinen Betstuhl hatte. Wenn er da oben unter ihnen knien durfte, hatte er schließlich hier auch seinen Platz bei den gleichen Leuten.
»Der Posthalter sagt – –«
So wollte er anfangen.
»Der Scharrenstein ist ein verrückter Kerl – –«
Das war auch nicht viel vernünftiger.
»Frohnauer, paß einmal auf! Du hast einen morastigen Grund an der Mörn hin. Ist gutding sumpfig, das Gras ist sauer.« Ganz vorsichtig legte er aus und schaute dabei dem Frohnauer ins Gesicht.
Der ließ sich ein Loch ins Gesicht schauen, ehe er angab: »Ja, was wär's nachher schon?«
Sebastian wiegte sich ins Gleichgewicht. Er war nicht ganz sicher mit dem neuen Wagnis. Wäre es nicht um einen großen Brocken Geld gegangen dabei, dann hätte er geschwiegen. »Einen Käufer hätt ich dafür. Der bar auf den Tisch hin zahlt. Laß dir sagen: Ein Haus möchte sich einer bauen, ein alter Austrägler mit einem gerüttelten Metzen Geld.«
Beim Frohnauer lagen recht ansehnliche Schulden auf dem Haus, das war dorfbekannt, und in der Hofmark drüben wußte man es auch noch. Aber der Frohnauer sagte nein. Ein schlechter Grund sei immer noch besser als gutes Geld. Gegen diesen bäuerlichen Grundsatz war nicht anzureiten. Fürs erste wenigstens nicht. Ein Unützer konnte auch nicht der Mann sein, dem man so über den Tisch hin eine Fläche Boden verkaufte, auch wenn er mit einem dicken Hintergrund auftrumpfen konnte.
Unützer – Gott, die Leute kannte man!
Also, der Frohnauer verkaufte nicht.
Da mußte schon der Scharrenstein kommen, mußte das Geld aus der Joppentasche schauen lassen und sich gleich zum Frohnauer aufs Wägerl setzen, daß er nicht mehr auskniff, wenn man zum Notar fahren wollte.
Acht Tage später wurde es im Dorf bekannt, daß der Fischer

Sebastian Unützer vom Frohnauer knappe sechs Tagwerk Grund gekauft habe. Die Leute wußten, daß es ein Scheinkauf war, hinter dem irgendein vermögender Mann aus der Mühldorfer Gegend stand.
Sebastian mußte im Gut einen Schweinestall ausmauern mit einer Isolierwand. Da stieß der Herr von Ruederer ihn mit dem Spazierstock in den Rücken: »Wastl, das hättest du mir auch sagen können. Der Grund vom Frohnauer ist gar nicht so schön, moosig ist er und hochwassergefährdet. Was ist es denn? Lauter Au, schlechter Boden, auf dem kein Gras wachsen will. Du bist ein dummer Kerl.«
Ja, Sebastian war ein dummer Kerl. Andere Leute, die auch gerne einen schlechten Grund für gutes Geld losgeschlagen hätten, sagten ihm das gleiche. Er war ein dummer Kerl, daß er gerade vom Frohnauer etwas kaufte. Moosig, Sauergras wuchs darauf.
Der Mann mit dem vielen Geld kam ins Dorf. Weil der Baumeister ihn Adam nannte, sagten die Leute im Dorf auch: »Der Adam ist gekommen, der Adam ist da, der Adam läßt vom Scharrenstein den Platz ausmessen, wo er sein Haus haben will.«
Der Grund lag, von der Straße an der Brücke auseinandergeteilt, längshin an der Mörn. Als der Baumeister die Grundmauern auspflockte, ging durch das Dorf ein böses Kichern. »Man wird nichts sehen von dem Haus, mitten in dem Weidenzeug wird es stehen, und das erste Hochwasser nimmt es mit.« Die Leute kicherten so laut, daß es den Männern am neuen Bauplatz in die Ohren fiel.
Sebastian hörte das alle Tage, wenn er nun, ganz spät im Herbst, mit etlichen sieben Leuten die Grundfesten aufmauerte, wenn er mit frierenden Fingern die Ecken aufsetzte und die Bögen einwölbte über die Öffnungen der Fensterstöcke.
Ehe der erste Frost sich an dem neuen Mauerwerk verbiß, war das Mauerwerk bereits unter Dach.
Abscheulich! Das rote Dach schaute zur Not aus dem Wei-

dengewächs heraus, sonst war die Sicht weggedeckt vom kahlen Stummelwuchs wasserhungriger Pflanzen. Der Adam kam und sagte: »Das steht nicht schön da drinnen. Wir müssen im Frühjahr die Weiden aushauen.«

»Nein«, sagte Sebastian. »Das Wassergesetz hat eine Schwäche für solchen wilden Wuchs. Hochwasserauen dürfen nicht ausgeholzt werden.«

Adam schaute blöd auf den Neubau. Nachdem er einen halben Tag lang beim Bräu gesessen war, gab er Auftrag, die Fensteröffnungen mit Abfallbrettern zuzuschlagen, Rupfen dahinter zu spannen und den Bau im Winter halbwegs austrocknen zu lassen.

Es war so schnell gegangen mit dem Bauen, daß der Fischer ganz verdutzt am Ende seine Silberlinge anschaute, die er im Laufen verdient hatte. Es klimperte in der Schachtel, das Geld für den Weiberhof war wieder angewachsen. In ein paar Jahren gehörte das Fischwasser und das Haus ihm, nicht mehr dem Geld der zitronenfarbenen Weiber.

Sebastian hatte an langen Abenden, wenn er die Netze ausbesserte in der Stube, Zeit, über die Fischzüge des Frühjahrs und die anfallenden Maurerarbeiten sich bereits etwas vorzurechnen.

»Schlafen die Kinder schon?«

Ja, die Kinder schliefen schon. Die zwei größeren Mädel in der Kammer gleich nebenan, das Kleinste oben in der Schlafkammer des Ehepaares.

Manchmal, wenn es ganz still wurde in der Stube und nur die Schnur einen kleinen ziehenden Ton von sich gab, sooft sie zweifach geschlungen wurde zu einem Weberknoten, kam von draußen ein Ton herein. Ein traumhaftes Lachen, ein halb geplappertes Wort, Dinge, in denen der Tag noch einmal auflebte. Dann sah der Fischer auf von seiner Arbeit, ein schmales Lächeln um die Mundwinkel. Er suchte Lidwinens Augen, ihr Gesicht: Ob es auch lachen könne? Es lachte nicht. Darum ging die Schnur von Knopf zu Knopf weiter

und Sebastian war nicht kränker darüber als über tausend andere Dinge.
»Tu aber nach dem Neubau manchmal schauen!«
War das Lidwina?
Er lernte daran glauben, daß Lidwina so sprach, weil ein ähnliches Wort öfter aus dem Flickplatz der Frau herausbrach. An einem hellen Abend, der vor Kälte schrie bei jedem Tritt vor dem Haus, hatte das angefangen, mit einem schüchternen Wort zuerst, ob er gar nie in den Neubau hinuntergehen wolle.
»Du mußt nach dem Rechten sehen, es ist kalt, und die schuhdicken Wände halten das nicht so aus.«
»Meinst du, wir sollen den Bau ausheizen?«
Darauf sagte sie gar nichts. Bloß nachsehen solle er hie und da. Mit der Zeit brachte sie es ihm bei, daß er sich um den Neubau sorgen müsse, weil es der erste Bau sei, den er ganz allein ausgeführt habe.
Das war ihr Gedanke nicht, sie kam damit nur leichter an Sebastian heran, der im Fischen, Holzschleppen, Steinesuchen und Netzeflicken seine Tage verbrachte. In ihr war vielmehr der Glaube an das Haus erwacht.
Das Fischerhaus hatte ihr noch nie das zu sein vermocht, was die drei Firste des Weiberhofes gewesen. Sie war bergab gegangen; vom ansehnlichen Bauernhaus, das trotz Dürftigkeit, Freudlosigkeit und Alter ansehnlich blieb, war sie in das Hüttenwerk des Fischers gekommen. Das Fischerhaus konnte den von den Vätern her geheiligten und übererbten Glauben ans Haus nie aufkommen lassen.
Als Lidwina am Vorabend vor Heiligdreikönig von der Schloßkirche heimkam, machte sie ihrem Mann ein Zeichen. Sie war nicht anders als sonst, dachte sich unter all ihr Tun den starren Begriff von Arbeit und hatte ihr altes Gesicht, das einer zugeschlagenen Hausfront ähnlich war. In der glanzfleckigen Schürze trug sie den Weihrauch, die geweihte Kreide; schräg an ihrer Seite schwankte eine große Krugel mit dem Dreikönigswasser.

Mitten in der Arbeit setzte der Fischer aus, weil er in der Küche einen alten, bodenlöcherigen Hafen suchen mußte, dem er mit der Spitze einer Feile noch ein paar Dutzend neuer Löcher stieß. Was von ausgeglühten Kohlen noch in der Schüre des Kalkofens lag, brachte er bei, und es war ein ganzes Schaff voller Kohlen. Im Herd der Küche wurden sie angeglüht. Sebastian trug an einem Ring von Draht den Hafen, Lidwina hatte wahrend die Hand an der Schürze, nebenher schwankte wieder die Krugel mit dem geweihten Wasser.
Das Dreikönigsrauchen im Haus wollte Sebastian verstehen.
Aber Lidwina machte gleich hernach wieder ein Zeichen. Sie legte die Hand fester an die Schürze, denn es war kalt draußen, und mit dem späten Nachmittag war ein ostseitiger Wind aufgestanden.
Da hatten die Leute nun einen ganzen Haufen zu schauen. Der Frost winselte von Ost herauf, wo das Adamhaus aufgebaut worden war im Herbst. »Geh nur mit!« schaffte sie den Mann von der Stelle, und der bemühte sich, zu verstehen, während er mit dem durchlöcherten Hafen neben ihr herging, ins Adamhaus hinunter. Die Glut im Räucherhafen wurde unruhig und leckte manchmal bis zu der tragenden Hand herauf.
»Das muß man eben so tun an Heiligdreikönig, damit der Segen Gottes in das Haus kommt.« Sie machte den Daumen über dem engen Hals des Krugels lang, dann spritzte sie im Schlenkern dick und fleckig das Weihwasser an die Tür des Adamhauses; die war noch, weil der Winter sie kaum einzufärben vermocht hatte, hell, rohhölzern und neu, wie frischgeschnittenes Holz ist, das nach der Säge riecht. Sebastian machte einen großen Rauch, von dem es außen aufstieg und drinnen sich ausbreitete, das Wasser spritzte überall einen Flecken, es schluckte sich mit einem kirchendunklen Gurgeln in das Behältnis zurück, wenn Lidwina stehenblieb an jeder Tür. Sie mußte stehenbleiben, denn Sebastian schrieb jedes-

mal in den Füllrahmen den Jahrgang und die drei heiligen Namen Kaspar + Melchior + Balthasar.
»Kaspar und Melchior und Balthasar«, sagte er sich beim erstenmal laut vor.
Lidwina schnabelte: »Das ist kein ›und‹, das ist jedesmal ein heiliges Kreuz.«
Das nahm Sebastian sich zu Herzen, er sprach es künftig nur noch still in sich hinein und betrachtete zum Ende sein Schreibwerk: »Kaspar und Melchior und Balthasar.« So hieß es. Hernach fragte er sie, während sein Denken schon halbwegs wieder bei der Arbeit war: »Wird der Adam dir den Weihrauch und den zerlöcherten Hafen recht gut bezahlen?«
»Diese Frage«, biß Lidwina auf ihn ein, »zahlt er dir das Wirtshaushocken?«
Sie wußte es ja selber nicht, warum sie an dem Haus sich krankgeschaut. Es blieb deswegen alles in ihr unklar, verschwommen und süchtig wie eine inwendige Krankheit, welche bleiben mußte; es war um ihren Hals ja alles zugebunden. Wenn der Fischer dieses Haus gehabt hätte – –
Dieses Haus –
Es war neu und roch nach sägefallenden Brettern. Heute und morgen und noch so drei Tage fragte sie den Mann, warum der Adam und woher der Adam und wann der Adam.
»Adam«, sagte sie in ihren halben Sätzen, und »Haus« meinte sie. Ein Glühofen stand unter dem Stiegenaufgang des Adamhauses, der machte Tag und Nacht warm in den Räumen. Die Spur der Frau, viel plumper ausgetreten als des Mannes Fährte, stand einen Winter lang im Schnee zwischen den Apfelbäumen des Fischers und dem Adamhaus. Sie erzählte, wenn sie lautlos in neuen, weichen Schnee gefallen war, von einer Liebe, die rohe, rote Steine streichelte. Ihre Liebe wurde weich sodann wie die Tritte im Schnee.
Lidwina, die Frau des Unützer, führte drei Kinder durch die Kälte. Sie blieb stehen, und drei Mädchen blieben stehen, obgleich sie froren in den sommerzeugenen Gewändern. Das

Fischwasser mit seiner Kälte hatte die Finger der Frau schrundig und krumm gemacht, mit diesen kaum zum Deuten geeigneten Fingern zeigte Lidwina der Wegrichtung nach. »Das Rote da vorne, seht ihr, es stehen Weiden davor und verkrüppelte Eschen, das Rote da vorne ist dem Adam sein Haus. Das haben wir gebaut!«

Sie gingen hinein in das Rote, und sie machten frisches Feuer, wenn das alte ausgegangen war. »Walpurg, laß deine Hände weg von der Mauer! Das haben wir gebaut. Du wirst doch bloß dreckig davon.« In der Wirklichkeit jedoch war ihr um die Mauer leid, denn Walpurg hatte schmierige Hände vom Hustensirup und von ausgenommenen Fischblasen.

An Lichtmeß, als die Kinder ihre drei Rosenkränze herunterleierten zu Ehren Unserer Lieben Frauen Reinigung und für die armen Seelen im Fegfeuer, klebte die Mutter vierzehn Kerzen auf einen hölzernen Teller, denn das Adamhaus hatte vierzehn Fenster. Jedem Fenster soll ein Licht leuchten, sagte sie. Da schüttelte Sebastian den Kopf ganz heftig, und er betete ohne viel Gedanken das nach, was seine Mutter vorgebetet hatte vor langen Jahren. Lidwina betete jetzt das gleiche vor. Er dachte an ganz andere Dinge als an das eintönige Beten. »Sie war schon oft mürrisch und grob zu mir, aber von der abscheulichen Geschichte hat sie nie viel gesagt. Sie hat mir nie vorgehalten, daß ich im Gefängnis gesessen bin.«

Das Frühjahr wehte warm über das Dorf hin und machte pludernd alle Türen auf. In den Bergen kletterte der Föhn alle nordseitigen Hänge ab, daß man es auch an der Salzstraße noch spürte. Die Nächte brüllten, aber sie taten nicht weh. Der Mautner stand in einem weiten Kittel Nacht für Nacht an der Brücke, damit er gleich Feurio schreien konnte, wenn das Schmelzwasser seine Kraft versuchen wollte an dem hochspreizigen Bau der Brücke.

Sebastian schaute ein paar Tage das Wetter an. In dem Anschauen wurden seine Augen wasserblau, sie standen dann fremd in dem gelbbraunen Gesicht, während die Hände alles

Netzzeug in der Schupfe bargen, der Zille einen neuen Anlegepfosten schlugen und die Brückenständer abtasteten: »Haltet ihr es heuer aus? Heuer wird es ganz grob und ganz laut. Heiliger Sankt Christof, dein Kindl war schwer, aber damals ist nicht der Föhn gegangen in den Bergen.«

»Was kann man jetzt tun?« fragte er Lidwina. Lidwina rückte eine Pfanne auf dem Herd zurecht und klapperte sehr laut. Was man jetzt tun konnte? »Jedes anständige Handwerk hat seine Beschäftigung. Aber – Fischer – ist das auch ein Geschäft? Gar nichts!«

»Ja, hörst du denn nicht, wie der Wind geht?« Er bullerte in den Bergen und machte Unruhe an jedem Wasserlauf, weil er Wasser ins Land hinaustrug. »Die Mörn ist gelb und überständig, ich kann den Föhn und das Wasser nicht aufhalten. Heute schleckt es schon über die Ufer, morgen fällt es vielleicht in die Auen. Das wird schon recht nachher, Altwasser ausfischen und die Kerle mit blanken Händen in den Kalter schmeißen. Jetzt geht es nicht!«

»Weil du eben kein gescheites Handwerk gelernt hast!« rasselte Lidwina mit der Pfanne. Sebastian verstand sie nicht. Er brummelte etwas. Bei Föhn und Neumond waren die Frauen gar nicht umgängig, Lidwina schon am allerwenigsten.

Aber verstehen brauchte er nicht. Es reichte aus, wenn er sich an den bloßen Geruch hielt, wenn er den Vorwurf als eine Mahnung zur Arbeit hinnahm. Er tappte die alte Winterspur ab und begann am dritten lauten Föhnmorgen die Fensterschalungen abzuschlagen, damit der warme Wind einen rechten Weg fand durch das Gemäuer. In den Mauerfugen hingen Spinneweben voller Staub und Spritzmörtel, das Adamhaus wartete im Poltern des Windes auf den Mann, der es ausbauen sollte.

Ohne Auftrag begann Sebastian die Arbeit. Rührte Mörtel in der großen Pfanne, die für fünf Maurer gereicht hätte, nagelte Rohrmatten auf und begann den ersten rauhen Mörtelwurf an den Weißdecken. Als er verspritzt und müde heimkam, schaute er wieder nach der rasselnden Pfanne am Herd. Sie stand noch dort, Lidwina stand wieder davor, die Pfanne wurde nach Notwendigkeit hin und her geschoben, aber sie rasselte nicht mehr. Schwarz, fettglanzig und außenhin dick verrußt, so blieb sie; das war immer so gewesen, seit Lidwina regierte in dieser Küche.

Der Föhn tat weiterhin laut. Es blies um den Unützer, sein Gewand aufpludernd, seinen jungen Verputz trocknend. »Das gefällt mir nicht«, murmelte Sebastian. An den Bau hin sagte er das, und am Abend sagte er es wieder, zu seiner Frau diesmal. »Das gefällt mir nicht.« Das konnte einem handwerkstüchtigen Menschen nicht gefallen, einem Fischer noch viel weniger. Wozu war man denn mit der Natur aufgewachsen, das ehrliche Wasser unter sich, den Wind aller Tage neben sich und den Wetterhimmel aller Tage über sich?

»Nein, das gefällt mir schon gar nicht!«

»Wenn ich jetzt wieder einen Strafzettel riskieren würde?« fragte er seine Frau. Das dumme Wort machte Lidwina störrisch. Sie war immer leicht schreckig seit der Geschichte mit dem erstochenen Stieler. Mit dem Strafzettel dachte sie an die grünen Gendarmen und mit den Gendarmen an die trübe Zeit, in der sie einen Huchen nach Traunstein geschickt hatte.

»Hast du wieder was Dummes angefangen?«

»Nein, das tu ich erst. Ich hänge wieder einen großen Rechen quer durch die Mörn, weißt du, Lidwina, mit einem Heuseil zusammengebunden, daß der größte Wind und das lauteste Wasser nicht durchreiten kann.«

»Und du willst deswegen das Adamhaus lassen, wie es ist? Ich meine schon, die Arbeit geht vor.«

Lidwina war ungut zu ihm. Dann sagte er zu ihr: »Mach du die Geschichte mit dem Holz, nachher bleibt mir die Zeit zum Bau.« Er wußte, daß sie mit dem Holz keinesfalls zurechtkam, aber Frauen soll man in solchen Dingen, besonders wenn sie sich recht wichtig fühlen, ihren Glauben nicht nehmen. »Das Holz kommt, kannst es alle Tage sehen. Beim Adamhaus hat es heute schon einen schweren Stamm angeschwemmt.« Etwas verschwieg er: Der Stamm war auf der Mörn angeschwommen, Sebastian hatte ihn gesehen und hatte den Bau im Stich gelassen auf etliche Stunden, um den Stamm einzufangen. Angeschwemmt hatte das Wasser ihn nicht.

Also wurden die Tage noch lauter.

Sie schrien dem Unützer ein wildes Lied in die Ohren durch die offenen Fensterluken. Am Anlegplatz stand Lidwina. Ihre Röcke waren mit einer hanfenen Schnur hochgebunden, ihr Gesicht verzerrte sich zu einer trotzverbissenen Männlichkeit, als das Wasser höher und gelber zu gehen anfing. Ihr Tun war grausam. In der Stube waren die Kinder eingesperrt, weil die Resl, das sommersprossige Weibsstück, nicht Zeit fand für die Fischerfamilie. Sie ging mit dem Rechen irgendwo in den Wiesenbreiten herum und werkelte den Mist in den Boden; andere Menschen zum Betreuen der Kinder hatte man nicht. Darum war die kleine Ware in der Stube eingesperrt.

Das Wasser ging.

Es brachte nur wenig Holz. Noch lag ja der Schnee in den Bergen mannshoch, der Föhn mußte ihn noch stark zusammenlecken, um einmal viel Holz freizumachen zur abenteuerlichen Wasserfahrt. Lidwina fuhr mit der Zille quer durch den Fluß, das gespannte Seil zu prüfen. Ob es aushalten würde. Ob es dem Wasserdruck standhielt, der wütend gegen die eingespannten Leitern ansprang.

Die Tage machten ihr breites Gesicht scheckig und patzten Sommersprossen auf die rot unterfärbten Backen. Das war sonst der Resl vorbehalten. Sie schleppte Holz heraus, die Lidwina.

Das Wasser tat laut und rumorte, weil der Fangrechen ihm den Weg versperrte. Der Herr von Ruederer kam, in ängstlicher Heftigkeit wippte der Gemsbart auf seinem Jägerhut.

»Fischerin, wenn euch zweien nichts Gescheiteres einfällt, dann schicke ich meine Knechte herunter, daß sie die Leitern da aus dem Wasser herausreißen.«
Wirklich, das Wasser war wieder gestiegen. Der Wind schrie jetzt mit dem Gutsherrn um die Wette. Die Zweige der schwarzästigen Eschen wedelten in der Unruhe, die Hände des aufgeregten Menschen machten den ruhelosen Takt mit.
»Herausreißen, sag ich! Gleich, sofort herausreißen!« Er war ganz gütig zu der armen Fischerin, als er sie auf die Schultern klopfte: »Ich schick dir ein paar Knechte, die sollen dir helfen.« Dann, als er nach dem Wastl fragte, den er irgendwo in der Hofmark drüben vermutet hatte, als er hören mußte, das der Fischer nur etliche hundert Meter davon ruhig im Adamhaus arbeitete, lief er weg, zornig und hustend.
In den Auen stand das Wasser bereits. Der Flußlauf konnte es nicht in einem hin bewältigen, was da herankam, vom Föhn getrieben, braun, aufgurgelnd an den Kehrwirbeln. Zwei Knechte kamen. Aber das Wasser war schon bös geworden inzwischen. Es ging allemal schnell, wenn nur die gelben Wellen einmal das Ufer lecken konnten von oben. Die Knechte liefen hin und liefen her. Ja Herrgott, die Zille sollten sie nehmen, das Heuseil in der Mitte trennen.
»Da fahre ich nicht hinaus«, brummte der eine. »Ich auch nicht«, der andere.
Gelb und kräuselnd sprang es über das Seil.
Dabei stand es noch hell am Himmel, die Sonne versteckte sich ab und zu hinter zwiefarbenen Wolken. »Packt keiner an?« stieß Lidwina heraus. Dann nahm sie die Stange, stieg barfuß ins Boot und gab mit den krampfig verspreizten Füßen Gegendruck flußaufwärts, während die Arme über dem Kopf wie die Heuschere an einer Laderampe stillstanden, sich stemmten, knackten – sie waren nackt, die Arme, und soweit sie nackt waren, hatte die Sonne sie rot gebrannt –, es zog sich alles hoch an der Frau, die ganze Kraft stieg nach oben, rann durch die nackten Arme vor, in die frostbeuligen Hände. Jetzt

machten die Finger den Schluß um die Stange noch härter, die Stange bog sich durch, noch ein klein wenig durch –
Die Knechte hätten vielleicht anstoßen können an der Zille. Nein, sie hatten offene Mäuler und schauten auf die verschlossenen Hände, lange, auch dann noch, als die Zille den Druck des Wassers überwunden hatte und in Fahrt kam.
Immer noch die Hände, die Arme, der Körper herunter, der aus so astigen Stangen gefügt schien, immer noch die gaffenden Augen auf dem verwachsenen Gebilde von Stange und Frau – dann klirrte es hölzern, die Zille streifte flach an der Handseite gegen die Leitern im Wasser, Lidwina war in der Mitte, wo die Seile verknotet waren. Eine ganze Weile scharrte Holz an Holz; was unter dem Knarren und Scharren geschah, verdeckte der Kittel der Fischerin.
Es wurde still auf einmal, das Wasser war nicht mehr gefesselt, es trieb Leitern, Seile, Holz und Zille durch das aufklaffende Tor. Lidwina schleppte mit der Zille ein schweres Stück Holz ans Ufer, ziemlich weit ab vom Anlegplatz.
Danach konnten die Knechte des Herrn von Ruederer heimgehen, und sie erzählten im Dorf, wie die Fischerin sich angestemmt habe gegen das Wasser der Mörn. Es wuchs anderes Gerede darüber, schon ehe es Abend wurde. Denn die Mörn gab nicht mehr Ruhe.
Sie ging und schob Holz vor sich her. Am Tag darauf bügelten die schweren Schwemmhölzer schon über die Weiden der Au. In der ganzen Aubreite war die Mörn aus den Ufern gegangen, sie machte gelb und trotzig ihren Weg, einem ungezogenen Kinde gleich, das im Bewußtsein des Bösen und Unsinnigen immer weiter wegstapft vom Daheim, ziellos, nur dem Trieb gehorchend, irgendwen zu ärgern mit dem trotzigen Gehen.
Sebastian war zu keiner Arbeit zu haben. Gefahr war nicht für das Dorf, die Gründe des Herrn von Ruederer wurden so oder so überschwemmt, man schaute dem wildgewordenen Fluß zu und redete davon, daß der Föhn wieder einmal aufhö-

ren werde. Man redet so in einem Dorf, wenn die Tage lang sind. Über Sebastian Unützer begannen die Leute erst langsam zu reden, als man sein dummes Tun beobachtete.
Der war verrückt. Trug tagaus und tagein Wasser aus den Kellern des Adamhauses, weil seine Frau es so wollte. Trug später alles, was vom Wasser abgeschwemmt werden konnte, über die Uferränder der Au hinaus, weil er kommen sah, was nicht aufzuhalten war.
Am zweiten Hochwassertag, als gerade der höchste Stand erreicht sein mochte, waren die unteren Hölzer der Fensterstöcke vom Wasser umspült, und in der Stube zu ebener Erde schwamm gelangweilt ein Mörtelschaff herum. Der frische Mauerputz bröckelte ab, hie und da prasselte ein Stück in das schmutzige Wasser, daß es dem Unützer entgegenplatschte, wenn er mit scheuem Gesicht die Zerstörung ansah durch die Fensteröffnungen. Lidwina verlangte nichts mehr von ihm, Sebastian tat nichts mehr, um die Flut aufzuhalten, weil er machtlos blieb. Stand ja vor dem Türgeschwell des Fischerhauses auch schon, dünn und schmutzig, das Wasser, Einlaß begehrend zum Vernichten.
Nichts blieb übrig von dem Traum der Fischerin. Sie hatte müde Arme, und ihr Körper war zusammengerackert auf krumm und steif. Das Dreikönigswasser hatte keinen Dienst getan, vom Weihrauch war nichts geblieben. In den rauh verputzten Räumen des Adamhauses lag ein fauler Geruch von Wasser, das durch grundwassersaure Wiesen geflossen war. Sebastian schaute wie ein Irrer durch die Fensterlöcher, er sah es nicht mehr, wie das Wasser langsam absank, daß nur ein nasser, schmutzgeränderter Strich noch anzeigte, wie weit es hochgekommen war an den Wänden.
In ihm hatte die Überschwemmung nicht den Glauben ans Haus zerschlagen. Der konnte nicht zerschlagen werden in einem Menschen, dessen braunes, hängebärtiges Dasein ebensogut irgendwo vielleicht im Holzloch des Kalkofens herangewachsen sein konnte. Lidwina stieß bockig nach den

Kindern, schaffte sie mit schriller Stimme an ihre Plätze. Dort mußten sie sitzen im Herrgottswinkel und der Mutter zusehen in ihrem Arbeiten, das Sinn und Glauben verloren hatte.
Der Fischer kam.
Lidwina beachtete es nicht, daß er Lederschuhe trug, seine alten Wasserstiefel. Innen waren sie mit Hundsleder ausgelegt, damit das Wasser nicht durchsickern konnte bis zu den Füßen. Er tappte so müde heute, der Fischer.
Am Gutshof war ein heiliger Christofer, den hatte der verrückte Maler herausgekratzt aus dem dreifachen Putz. Zu dem, gerade dem heiligen Christofer, der an der Wand des Verwalterhauses weitgespreitet von Fensterkante zu Fensterkante stieg, betete Sebastian. Daß er das Hochwasser abwenden möge und das Haus des Adam in Schutz nehmen – –
»Himmelherrgott! Was denn, heiliger Christofer! Nichts kannst du! Freilich, die Lidwina trenzt in der Stube, wirft den flachen Hafen mit dem Mus der Kinder auf den heißen Ringen herum. Sie wird mir auch ein Stück an den Kopf werfen, heiliger Christofer, gib dem Adam einen Tritt auf seinen Faulenzerkopf, daß er nicht merkt, wie der Frohnauer mich und ihn hinters Licht geführt hat – – Ich habe es ja wissen müssen!«
Am Adamhaus meinte er zu sein, darum breitete er die Arme vor und spreizte sie weitscharig auf am Fensterbrett. Das Fenster war zu, die Scheiben spiegelten sein Gesicht. Da drinnen stand doch das Wasser nicht, das war drunten, im neuen Haus. »Das ist alles so blöd«, sagte sich Sebastian.
Die Kinder begannen zu schreien. Sie sahen ihren Vater durch die Scheiben, er hatte ein fahles Gesicht von der ewigen Arbeit ohne Essen und Wärme. Sie fürchteten ihn, der sonst dreie in einem Ritt auf die Knie nahm, sie schaukelte, halbwegs lachte, um dann mit dem dummen Erinnern an einen Buben, der nie kam, alle dreie wegzuschieben. Da war er düster, heute aber war er zu fürchten. Das Gesicht drückte sich

breit an einer Scheibe. Noch breiter, noch häßlicher wurde es.
Sebastian wankte. Er wunderte sich auf einmal, daß an dem Haus die Fenster schon eingekittet waren. Dann dachte er eine Weile ganz ins Leere, während seine Augen verschwimmend das alte, durch zwei Tage gewohnte Bild spiegelten: ein Viereck eines halbfertigen Zimmers, roh beworfene Wände und Wasser darin, das nach saurem Gras roch. Ein Mörtelschaff trieb müde darauf herum.
Der Obere Wirt war weit weg, fürchterlich weit.
Es war ganz Nacht, und ganz allnächtlich schaute sich das Bild an in der Wirtstube: gesprächige Bauern, aus denen das Bier redete oder ein Ereignis, das sie in Bewegung hielt, unter den Bauern der Fischer, sein Glas vor sich. Es roch nach Handwerksburschenschnaps –
Wie hatten die Kinder doch geschrien! Wer war am Fenster gestanden, hatte hineingesehen – – der Adam hatte aber keine Kinder, keine so kleinen Bamsen mehr?
Sebastian trank.
»Freilich, der Herr von Ruederer wird nicht arm davon! Ein paar Tagwerk dürfen bei dem ersaufen, das tut den Wiesen gerade gut, jetzt, um Georgi.«
Die Menschen da redeten vom Herrn von Ruederer, denen mußte Sebastian seine Meinung in die Ohren schreien. Sein Holz hatten sie vielleicht nicht davonschwimmen sehen?
Sebastian trank.
Er beugte sich in den Tisch hinein, wie er sich im Adamhaus in das Fenster gebeugt hatte. Da hockte der Wirt, der Rott daneben, einer von dem gelben Wiesenland dahinter, der Reisinger, der Kutscher des Herrn von Ruederer, ein einschichtiges Knechtel, der Freidhofer, alt und grau der Mörnrecht, etliche kleine Fretter auch, zwischen denen verstaubt der Mehlmüller daß. Der war immer verstaubt.
Das Bild der hockenden, dösenden, trinkenden und murrenden Menschen war jeden Abend gleich so, nur die Gesichter

waren zu einem Teil andere. Und ihr Sprechen war an anderen Tagen eintöniger noch als heute. Langsam begann das Bild vor dem Fischer zu gehen, der lange Tisch wurde am Gegenende breiter, höher, bog sich auf, die Gesichter verzogen sich wie auf dem Jahrmarkt in einer Spiegelbude.
Sebastian griff nach der Tischplatte, daß er Halt fand. Im Tappen fand er den Stiel seines Glases. Er trank wieder.
Und bald wieder.
Er war doch bei der Lidwina gewesen, daheim – wo er so ins Fenster gestarrt hatte. Kinder hatten geschrien.
Jetzt schrie er. Über den Herrn von Ruederer, über den Scharrenstein von der Hofmark, den Frohnauer, den Adam – »Betrogen und beschwindelt haben sie mich, einer wie der andere. Haben mir den Grundkauf aufgehängt, jetzt wird der Adam kommen und dem Fischer die Gurgel abdrehen. Ein Hund ist er, der Adam –«
Es gefiel den Leuten nicht. Der Mörnrecht trank seinen Hafen aus und ging. Der Wirt bot Ruhe, aber es war nur für kurze Zeit von Erfolg. Von dem schreienden Menschen rückten die anderen ab; die Bierkrüge schoben sich langsam alle auf die untere Hälfte des Tisches zusammen, ohne daß der Kerl in seinem Toben es merkte. Bis auf einmal, ganz leise, ganz spitz und ohne Bosheit fast, nur des Wortes selber willen gesagt, eine Bemerkung aufspritzte an der Ofenseite. Von Ruhegeben. Er sei doch »bloß der Fischer«, sagte eine Stimme.
Der Mehlmüller verlangte wieder Ruhe, aber in dem Augenblick brach es heraus, polterte es von einem stoppelbärtigen Kinn nieder, was nie laut werden durfte in solcher Lage.
»Hast – – hm chm – hast du's wirklich schon ganz vergessen, daß du im Zuchthaus gesessen bist, du – – –?«
Der kleine, eingeduckte Hauten Fischerkraft schnellte auf, ein paar Krüge fielen nach einigem Überlegen um, während die verknoteten Finger zweier Fäuste nach vorne stießen, ins Leere.
Sebastian erfuhr nie, wer ihm den Schimpf ins Gesicht ge-

worfen hatte. Zehn, zwölf Fäuste packten ihn, sie wollten gar nicht grob sein, aber sie wollten Bürgerabstand wahren, die zehn oder zwölf Fäuste schoben den kleinen Kerl hinaus, auf den Gang zuerst, dann durch die Hoftür in die föhnige Nacht. Das Reden drin wurde laut nach einiger Zeit, man wurde sich nicht klar über Recht und Unrecht, man stritt und redete vom Hochwasser, während der Fischer durch den Schloßpark auf dem kürzesten Weg hinuntertorkelte ins Dorf.

Ein Licht schaute noch auf zu ihm, im Hart drunten schauten zwei blinkende Punkte aus der Nacht. Es war leidig hell zwischen den Rotbuchen und den Ahornbäumen, der Fischer glitt auf seiner steilen Bahn dahin, verlor die Gesichter aus dem Erinnern, vergaß die drei Lichter in der Nacht und sah nur noch das grobe, abscheuliche Wort, wie es aus dem Tisch herausbrach.

»Hast du's wirklich schon ganz vergessen – –?«

An dem Steilhang, wo die Bauern Kies ausfuhren im Frühjahr, stürzte der kleine Körper mit einem Mal ins Nichts hinab. Sebastian fluchte verbissen in sich hinein, dann betete er zum heiligen Simon und zum Christofer und zum heiligen Sebastian, den sie mit Pfeilen zu Tode geschossen haben. Dann fluchte er wieder, weil keiner von allen dreien ihm half, denn er war nach dem Sturz ins Leere liegengeblieben im Sand. Das Wasser und das abscheuliche Wort – – – er konnte nicht aufstehen.

»Heiliger Sebastian, du bist ein römischer Soldat gewesen, darum haben sie dich ehrsamer zusammengeschossen als mich. Bei mir nehmen sie Gift auch her. Und die Weiber kriegen nichts mehr – – Christofer, trag das Adamhaus weg aus dem Wasserloch! Der Adam bringt mich um!« An etwas anderes wollte er denken, da blieb er stehen bei den Erinnerungen an die anderthalb Jahre Untersuchungshaft und Gefängnis.

Es war schön gewesen, still wenigstens.

Kein Mensch hatte kommen dürfen, »Zuchthäusler« sagen.

Der heilige Sebastian ist ehrsamer weggekommen.

»Kinder – seit wann hast du denn Kinder, Adam? – – fang einmal das Schaff ein, sonst geifert es noch ein paar Tage in deiner Stube herum. Stube, hahahaha – – Adam! Da herinnen sollst du wohnen! Schwimmen?«
Auf die andere Seite legte sich Sebastian.
Irgendwo in den Knochen tat es weh. Der Schnaps vielleicht, beim Oberen Wirt gab es immer einen kräftigen Schnaps, der schon seinen Mann niederrannte. »Frohnauer, du hast auch mitgedreht an dem Strick! Ihr Hunde alle miteinander! Der Fischer muß betteln gehen jetzt zu den alten Mähren im Weiberhof, sonst sperren sie ihn auch noch ein, weil er den Adam hintergangen hat – –«
Von dem sandigen Hang rieselte es leise nieder und überrauschte für eine Weile das Stöhnen des Fischers.
In der Frühe des dritten Hochwassertages trugen ein paar Leute den Unützer von der Sandgrube ins Haus. Lidwina dachte, während sie mit einem Span in den Zähnen stocherte, an sein verstörtes Gesicht von gestern. Sie dachte an das ruhelose Werken des Mannes um das Haus, an den Kampf gegen das Wasser. Von den Sorgen des Mannes hatte sie noch ein kleines Teil abbekommen.
»Marianne!« Ihr Gesicht war nicht warm und nicht kalt, wenn sie dem größeren Mädel so zurief. »Marianne, du weißt in die Hofmark hinüber den Weg schon. Geh hinüber, drüben mußt du nach dem Doktor fragen, die Leute zeigen dir sein Haus schon. Dann sagst du dem Doktor, er soll bald herüberkommen, der Fischer ist abgestürzt in der Kiesgrube, er hat sich einen Fuß gebrochen. Das sagst du dem Doktor!«
Das sagte das Mädel dem Doktor. »So, so«, äugte der Doktor, »hat der Unützer schon solche Kinder. Du bist nicht ungeschickt, Kleine. Drum kannst du jetzt gleich zum Posthalter gehen, dem sagst du, er soll einschirren lassen. Der Doktor muß ins Dorf hinüberfahren.«
Plappernd saß Marianne auf dem Wägerl und erzählte lang

und breit, daß sie mit dem Vater schon oft zum Fischen gegangen sei und daß der Vater für den Adam ein Haus gebaut habe. Ein schönes Haus, aber das Wasser sei gekommen, und jetzt sei der Vater krank. »Einen Fuß abgebrochen, ja, mhm. Und gestern hat er so furchtbar in die Stube hereingeschaut. Da war das Wasser schuld und das Haus, sagt die Mutter. Das ist bei uns, Herr Doktor, das Haus da bei den Apfelbäumen –«
»Das Häusel meinst du?«
Darauf sagte Marianne nichts mehr. Als sie durch den knappen Türstock traten, der Doktor und das barfüßige Mädel, zupfte Marianne den großen Mann noch einmal bei der Joppe: »Du, Herr Doktor, das Haus da unten an der Mörn, das gehört uns schon auch noch.«
»Selbstverständlich, die Stiefel herunterschneiden«, sagte der Arzt.
»Nein«, sagte Lidwina. »Man schneidet nicht einfach, man macht nicht kurzweg alles kaputt. Die Stiefel haben fünfundvierzig Mark gekostet, das ist ein Heidengeld.«
Da schüttelte der Doktor den Kopf, er mußte sich eine Zigarre anzünden, weil es in der Kammer so stark nach Schweiß roch. Lidwina würde gesagt haben, der Geruch komme von dem Hundsleder in den Stiefelbälgen.
Noch lange schüttelte der Doktor den Kopf, denn er mußte es mitansehen, wie dem Fischer von dem gesunden Fuß zuerst, der nur gequetscht war, dann von dem gebrochenen der Stiefel abgemartert wurde. Was muß denn so ein plumpes, kistenmäßig gebautes Stück Weib einem Arzt in die Gänge treten? Solche Stiefel, noch dazu in nassem Zustand, konnte man einem Verletzten nicht abziehen. Aber gelt, die Fischerin, so hölzern sie zugriff, war nicht ungeschickt. Die Hände griffen tappig zu, faßten einmal da und einmal dort an, unsicher und überlegend.
Es ging bei dem gesunden Fuß, ein wenig zart und ein wenig grob. Der gebrochene Fuß wurde langsam herübergelegt, ganz langsam hochgehoben. Sebastian stöhnte schon. Das

tun Männer immer, bei jeder Kleinigkeit. Lidwina griff darunter, packte oben wieder an. Sie hatte auf einmal nicht mehr die plumpen Hände, die für eine Ruderstange oder die Mistgabel schon im Mutterleib geformt und in kalten Wintern krüppelig zurechtgefroren waren. Die Finger spielten krumm an den Schäften auf und ab, sie lockerten den pappigen Sitz an der Ferse, sie faßten am Stöckel an. »Sei nicht gar so wehleidig, man möchte schon meinen ...« Das sagte sie hart und griff dabei noch sachter zu. Freilich, das tat doch weh. Unter schiebenden, drückenden Händen lockerte sich der Vorfuß im doppelten Leder.

In den Kissenzipfel biß der Mann. Der Doktor scharrte mit den Zähnen ganz laut. Dann war es vorbei. Lidwina hatte den Stiefel in der Hand, sie hielt ihn noch, immer noch so locker, zart, nachgebend. Bis ihr das klar wurde: Der Stiefel ist nicht mehr eingezwängt, der Fuß spürt nichts mehr davon. Da griff die Hand klar und heftig wieder zu, umkrampfte den Schaft, stellte das Paar hart und laut in die Ecke. Das Gesicht sagte dem Arzt: Fünfundvierzig Mark, siehst du! Wir finden das Geld nicht auf der Straße, darum machen wir es so.

Der Fuß wurde geschient und gestreckt.

»Ein paar Monate dauert es schon, meine liebe Frau.« Soso, ein paar Monate.

In drei Tagen war das Wasser in den Ufern, nach wieder drei Tagen waren die Altwasserbecken klar genug, daß man die Hechte stehen sehen konnte beim Laichen.

»So«, nickte die Fischerin im halben Hinhören.

So!

»Es wird eben so sein müssen.«

Am Mittag betete sie mit den drei Kindern einen Rosenkranz. Marianne schrie sehr laut. Walpurg spielte auf der Bank mit abgestoßenen Schussern und freute sich auf das Ende des Betens, und Justine schrie lachend durch die Fenster zu den Gassenbuben hinaus.

VI

Der Mann, den das ganze Dorf Adam nannte, hatte wohl auch den warmen Wind in die Nase bekommen. Denn ehe die Altwasser sich gut genug geklärt hatten, daß man die Fische sehen konnte beim Laichen, kam der Mann aus der Mühldorfer Gegend mit einem bösen Gesicht. Ganz klein ging der Maurermeister Scharrenstein an seiner Seite. Er hatte Grund zum Kleinsein, weil der Mann in eine ganz heftige Art verfiel und immer mit den Händen redete.

»Ihr habt mich angeschwindelt, du hast mich angeschwindelt, der Posthalter hat mich betrogen, der Fischer ist erst noch der allerschlechteste. Der hat das Haus fast fertig ausgebaut, weil er mich in das Wasserloch hineinsetzen wollte, bevor die Überschwemmung kam. Ja, ihr seid eine ganz unsaubere Bande!«

In solchen Tönen sagte der Mann seine Meinung, der vorher bloß nach einem ruhigen Altersplätzchen gefragt hatte. Mit Grund darum für zwei Kühe. Der Scharrenstein sagte ihm, er habe unrecht. Hätte er ganz von innen heraus gesprochen, dann hätte er ihn einen Lumpen genannt.

Das wußte Sebastian alles, das hatte er mit seinen stieren Augen heranschwimmen sehen, damals. Die zwei Männer kamen zu ihm ans Bett. Da, vor dem Menschen, der sich nicht helfen konnte, kam dem Scharrenstein auch das Herz wieder hoch. Er wurde laut und machte dem Fischer Vorwürfe, daß er einen Baugrund vermittelt habe, der kein Baugrund war. »Noch dazu einen solchen Fleck, so groß!« schimpfte der Adam. Das Haus könne er nicht brauchen, er könne es nicht bewohnen, eine Menge Geld sei kaputt.

»Aber gelt«, fragte er lauernd ins Bett hinein, »der Kauf ist nicht auf meinen Namen verbrieft?«
»Ich weiß es nicht mehr«, log Sebastian und versuchte sich auf die andere Seite zu drehen.
»Dafür weiß ich es um so besser.« Es mußte schon so sein, wenn der es besser wußte. Vor diesem Augenblick hatte Sebastian gebangt, damals, beim Wasserausschöpfen im Adamhaus. Der Kerl kniete sich auf den Vertrag und überließ ihm alles, er mußte das Geld herbringen und war dann verschuldet, so tief verschuldet, daß er in seinem Leben nicht mehr herauskommen konnte.
Drei Tage kam der Adam ins Fischerhaus, am dritten Tag sagte der Fischer die ganze Geschichte der Frau. Lidwina hatte ein giftiges Zittern um die Nase, ihr Gesicht war fahl von der vielen Arbeit, von dem Schrecken damals.
Aber!
Das Haus – es ging noch einmal um das Haus.
Sebastian war gleichgültig geworden, seit ihm das Wort vom Zuchthaus ins Gesicht gerannt worden war. Das Wort starb nie. Ein Dorf ist so groß, wenn es etwas Böses zu bewahren hat. Aus den hundert Häusern wird eine Stadt, in jedem Haus stehen zwanzig Blumenscherben, in jedem Scherben wird, dunkel gehalten, die Pflanze heraufgezogen eine Generation weit, vielleicht noch weiter. Wenn der Mensch mit seinem Schandfleck auf der Vergangenheit durch die Straßen geht und laut zu sein wagt, dann stellen die Leute ihr Gewächs ans Fenster. Er soll es sehen, er soll es nicht vergessen, daß er im Zuchthaus gesessen ist.
Er wollte etwas sagen und machte mit dem Finger ein Zeichen zu Lidwina hin. Die rührte sich nicht. Ihre starren Augen bohrten in die Bettdecke – »Paß auf, Sebastian! Ich schreib dem Christof, daß er kommt.«
Was hatte eigentlich er selber sagen wollen? Ja – dem Christof eine Karte schreiben. Christof Unützer, Fassadenmaurer, München, am Lehel. Lieber Bruder! Mit dem Adam sind

wir schön hereingefallen. Du mußt kommen, sonst läßt uns der Adam das Haus versteigern. Lieber Bruder, das ist eine dumme Geschichte geworden. Komm in den nächsten Tagen. Es grüßt Dich Dein Bruder Sebastian und Schwägerin.
»Schreibst eben dem Christof, wie es steht. Der kommt nachher gewiß.«
Lidwina schrieb dem Christof, noch unbeholfener und einfältiger, als der Mann sich die Karte ausgedacht hatte. Aber in ihrer Art zu schreiben lag etwas Bittendes, Kniefälliges, dem sich der Vagabund Christof nicht verschließen konnte. Er kam, er setzte sich zu seinem Bruder ans Bett und sagte leichtfertig ein paar ungeschickte Worte vom Leidsein um diesen Unfall.
Sebastian winkte mit der Hand ab. »Mach dir nicht zuviel krumme Gedanken, das Reden in dem Ton liegt dir auch nicht. Ich möchte bloß wissen, was wir tun sollen?«
»So einfach wie nur etwas! Das Fischerhüttl verkaufen, es ist keinen halben Tag drum schade. Vielleicht findest du einen Dummen. Dann ziehst du mit der Lidwina und den drei Kindern – dreie hast du, gelt? – ins Adamhaus hinunter. Die Schulden kannst du auch noch tragen. Wenn man schon einmal dumm gewesen ist, muß man es auch ausbaden.«
»Und wo das Geld hernehmen?«
Christof wackelte mit den Schultern. »Schuldig bleiben! Der Adam oder wie er heißt kann dich nicht wegjagen.« Das mochte Sebastian nun wieder nicht. Er tupfte bei seinem Bruder an. »Du hast dreitausend Mark bekommen von mir – ist gar nichts mehr da?«
Jetzt war Christof in seinem Element. »Hast du schon einen Unützer gesehen, dem dreitausend Mark schimmelig geworden sind? Dreitausend, das langt ja gar nicht, ich hab schon mehr durchgebracht. Ich bin allerhand Jahre in München, gut verdient hab ich auch. Zum Fiakerfahren hätte der Verdienst noch gereicht. Schau nicht dumm – ein richtiger Fassadenmaurer fährt mit dem Fiaker zur Arbeit. Na, aber das ver-

stehst du nicht. Auf jeden Fall, mit dem Geld bin ich fertig geworden, ein paar liebe Leute haben mir geholfen.«
Sebastian wurde von seines Bruders Redseligkeit nicht klüger.
Mit einem zornigen Tappen der linken Hand gab er Lidwina ein Zeichen. Gehen solle sie, endlich einmal weggehen da vom Bett, wenn sie zweie etwas auszureden hatten. Also ging Lidwina. Sie hatte eine unsichere, schmalfüßige Art heute, seit der Luderkerl aus der Stadt im Haus war. Dem Christof gegenüber war sie immer ein wenig machtlos, darum meinte sie, daß sie ihn eigentlich hassen solle.
Auf der Stiege wischte der Rock der Frau, Christof dachte sich etwas Unschönes, als er den Rock von Stufe zu Stufe wischen hörte, dann drehte er sich fest auf den Bruder zu und begann zu erzählen. Wie er es gehalten habe in der Stadt. Je nun, es war mit viel Leichtsinn hergegangen, das hätte Sebastian auch so gewußt. Wo wären sonst die dreitausend Mark geblieben?
»Was ist nachher mit dem Adamhaus? Du redest und redest, aber für mich weißt du eben auch keinen guten Rat.« Sebastian wurde mürrisch von dem vielen Gerede um lustigere Zeiten. »Der Adam dreht zu, wenn ich nicht den ganzen Vertrag auf mich nehme. Ein Lump war er vorher schon, jetzt zeigt er es bloß, was er für ein Bursche ist.« Christof hörte darüber hinweg. Er schlug auf die Bettdecke, daß der Mann darunter zusammenzuckte – »ach, das mit dem Fuß vergeht schon wieder. Du bist auch nicht der erste Unützer, der von einer Wirtshausunterhaltung auf *dem* Weg heimgegangen ist – –«
Auf einmal wurde er ernst. Er zog die Karte heraus, die ihm Lidwina geschrieben hatte, und zeichnete mit einem Bleistift unsichere Zahlen darauf. Das dauerte eine halbe Stunde, dann schlug Christof noch einmal, diesmal noch heftiger, auf die Bettdecke. Fragte Lidwina beim Abendessen die Kinder, ob sie den Onkel nicht gesehen hätten. Nein, sagte die Wal-

purg. Die anderen wackelten mit den aufgeflochtenen Zöpfen, die wie die Henkel eines irdenen Hafens beidseitig vom Kopf abstanden.
Christof war weggegangen, hatte dem alten Mautner ein grobes Wort gesagt und den Schlagbaum selber aufgemacht, ohne die Taxe zu zahlen. Seitdem wußte niemand mehr etwas von ihm. Sebastian sagte nur, sie hätten sich nicht im geringsten überworfen. Aber Lidwina blieb nun einmal bei der Ansicht, ihr Mann habe den Bruder nicht so behandelt, wie man einen Mann behandeln muß, dessen Hilfe man vielleicht braucht.
Als Christof am übernächsten Tag wieder auftauchte, beachtete Lidwina sein Kommen gar nicht. Erst eine Stunde später sah sie den Hut des Schwagers am Rechen im Gang hängen, da erinnerte sie sich, daß von der Krankenstube schon seit einiger Zeit so ein halblautes Brummen zu ihr gekommen sei. Ja ja, freilich, Sebastian hatte doch gesagt, daß er sich mit dem Bruder nicht überworfen habe. Sie ging hinein und fragte: »Hm?« Da hatte Christof einen langen Wisch Papier vor sich auf den Knien. Sein Gesicht schnappte von den Kiefern weg auseinander, wie bei Kindern, die sich auf die Zunge beißen und schnell die Zähne locker lassen, um gleich darauf das Beißen noch einmal zu versuchen. Sie schaute in seine Augen – so war ihr Sebastian nie gewesen, so voller Übermut wie der Schwager jetzt, der sich kindlich über irgend etwas freute und diese Freude auch dem Bruder klarzumachen versuchte.
»Zuerst hat er mir die Tür gezeigt, dieser saubere Adam. Nachher ist er sitzengeblieben und hat bloß noch in den Tisch hineingehauen. Schließlich ist der Wisch da übergeblieben, er läßt tausend Mark nach und verzichtet auf die Zinsen für die ersten drei Jahre. Man muß so einem Burschen bloß mit dem Gefängnis einen kleinen Schrecken machen –« Sebastian machte bei dem Wort ein träges Gesicht, so, als ginge ihn das gar nichts an, wenn einer von Gefängnis sprach – »na ja, daß weiß ich selber, daß der Vertrag zu Recht besteht. Ich hab

ihm deswegen doch gesagt, er sei ein Schwindler – dann sind wir handelseins geworden.«
»Und das Haus – das Fischerhaus?« fragte Lidwina hastig, und sie wollte gar nicht hastig tun dabei.
»Das müßt ihr verkaufen«, meinte Christof.
Da saß Lidwina eine Stunde noch am Bett und dachte darüber nach, wie Christof das so harmlos erzählt hatte. Sebastian lag krank im Bett und hatte wenig klare Freude an dem sonderbaren Erfolg. Die Resl, rothaarig und sommersprossig wie sie immer schon gewesen, ging mit patschenden nackten Füßen drunten am Haus vorbei. Mhm, dachte der Fischer für sich, da hat's etwas. Die Resl schnurrte sich an den Bruder des Fischers heran wie ein brummender Kater, der unbedingt herausfordern möchte zu einem gedankenlosen Streicheln.
»Wann ziehen wir denn nachher schon hinunter?« fragte Lidwina. Sie hatte auf eine Antwort nicht gerechnet, sie schaute mit einem etwas leeren Gesicht die Männer an, die so verschiedene Dinge dachten. Christof hatte die Augen wie zufällig immerzu im Fensterstock hängen – ein hartes, sehniges Weibstück war das! Waden, daß jede Bewegung sich straff und wie böse durchzeichnete, und eine Beweglichkeit!
Am Morgen nahm Lidwina das rußige Kreuz von der Wand, sie hatte eine Seifenlauge zurechtgemacht und bürstete darin den steingutenen Herrgott, bis der Korpus ganz weiß wurde und das Holz auch den letzten Schimmer von Lack noch verlor. Einen Schürzenzipfel darüber geschlagen, so trug sie das Kreuz ins Adamhaus hinunter, sie machte die Tür laut auf und zog sie mit einem ganz kräftigen Ruck hinter sich zu, als ob sie damit den Besitz bekräftigen wollte. Es wurde unruhig im Dorf. Das Gerede spritzte durch die verstreuten Häuser, es kletterte zum Oberen Wirt hinauf und kam verzerrt von dort wieder zurück. Man schaute zu den Unützern mit einem eigenartigen Gesicht hinüber.
»Das Zuchthaus haben sie dir vorgeworfen!« pochte Lidwina mit einem besonderen Nachdruck auf den schmutzigen

Tisch. Und sie brauchte nicht mehr zu sagen. Sebastian wurde langsam wieder ganz gesund, aber er ging nicht zum Wirt hinauf, weil man ihn mit dem abscheulichen Wort damals über den abgebauten Hang heruntergestoßen hatte.
So begann Lidwina jetzt zu reden: Sie setzte die Klopfknöchel einer ganzen Hand an der Tischplatte auf, sagte mit etwas hochgehobener Hand ihre Meinung und schlug dann die Hand mit einer hörbaren Betonung nieder. Ihre Röcke waren früher lang gewesen, und ihre Länge war unschön über die Straße gewedelt. Jetzt verstanden es die Röcke auch, nach der Kirche am Sonntag stehenzubleiben, an einem einzigen Platz ein paar Minuten über dem Staub herumzufächeln mit dem Nahtschluß, um den unsauber ein Kreuzerband genäht war. Wenn Lidwina ging, dann ging sie nicht mehr so eingeduckt, aber ihr Gesicht war ganz zu Holz geworden. Holz und mit überlebendigen Farben aufgestrichen, wie eine gotische Madonna mit dicken Backen in farbenlustigem Gold und Rot.
Man kam in den ersten Sommer hinein, dann aber war alles aus dem Fischerhaus weggeräumt und in dem größeren Adamhaus untergestellt. Sie schafften den Herd hinunter, Sebastian strich die Wände einmal öfter als sonst, weil das Wasser an ihnen geleckt hatte, und Lidwina putzte wütend an den Böden herum, wo alte weiße Spritzer sich für eine kleine Ewigkeit eingefressen hatten.
Es hallte im Haus, wenn jemand zur Tür hereintrat. Es war leer, auch wenn die drei Kinder schrien. Auf dem Pflaster im Hausgang stand der Wassereimer, eine kleine Lacke Wasser kränzte ihn stets ein. Weiter hinten lehnte wie krank ein wurmstichiger Kasten an der Wand, ein Reiserbesen stand davor, und am Boden ringelte sich ein Putzhadern um den Stiel des Besens wie ein Dackelschwanz um die edleren Teile seines Daseins. Lidwina hatte eine Freude dran, daß sie zu jeder Handreichung so weit hin und her laufen durfte im Hausgang. Die Küche war größer als im Fischerhaus, und die Stube war immerhin so, daß das alte Ledersofa darin ertrank.

In den großen Dingen kam sich Sebastian jetzt auf einmal klein vor. Mit dem gebrochenen Fuß ging er immer noch recht krank daher, er mußte sich zusammenkrümmen bei jedem Tritt. Aber das war es nicht. Das Große um ihn her drückte. Und etwas anderes drückte noch mehr. Herrgott ja, sie hatten eine Menge Schulden beim Adam, aber in der Kiste, die für den Weiberhof gedacht gewesen, war schon auch ein nettes Häuferl Geld gelegen, und doch hatte alles zusammen nicht auf ein Stück hingereicht. Jetzt war das alte Fischerhaus verkauft, und noch reichte nichts. Der Bruder hatte den Fischer am allerkleinsten gemacht. Er war so gegangen, wie er gekommen, ohne Lärm und viel Reden. In den Wirtshäusern hatte man wieder auf Monate etwas nachzuerzählen von dem, was Christof erzählt hatte. Dann aber –

Zuerst war ein Brief gekommen, in dem Christof hundert Mark schickte, einen Monat darauf wieder, und das gleiche noch einmal. Einmal kamen hernach noch sechzig Mark, dann vertrocknete diese Quelle. Sebastian schaute die Briefe scheu an, seit er wußte, daß Geld darin stak. Lidwina packte mit dem Brief gleichzeitig immer schon ihren wollenen Schlips und ging fort, um dem unsauberen Herrn Adam, der ihnen das neue Haus mit allem Drum und Dran angedreht hatte, das Geld zu schicken. Sebastian konnte es nicht verbeißen, daß er mit dem gebrochenen Fuß und mit den Sorgen um das Betteln müssen damals so erbärmlich ausgesehen haben sollte – – so jämmerlich, daß der Bruder ihm Geld schickte.

Er nahm es unfreundlich an.

Weil es weiter nicht fehlte bei den Fischerleuten, torkelte das Dorf auch langsam wieder in seine Ruhe zurück. Sebastian tat, was die Jahreszeit von ihm verlangte. Die Fische waren aus den Altwassern längst von Buben abgefischt worden, die ihr diebisches Handwerk ohne alle Geräte ausübten. Der alte, frische Zug war von dem Mann weggeblasen, seit er mit dem groben Wort vom Zuchthaus angerannt worden war. Er tat seine Arbeit, die er früher verbissen getan hatte, in einer faden Gleichgültigkeit. Kam schlechtes Wetter, dann ging das Gesicht des Fischers zu einer schmerzlichen Grimasse auseinander, weil der gebrochene Fuß sich vom Krankenbett her die Wetterempfindlichkeit bewahrt hatte. Und bei schönem Wetter spiegelte sich alles in einer eigenartigen Gleichmäßigkeit im Wasser der Mörn.

Was hatte denn die Resl?

Man redete so im Dorf, so spitz, daß auch die dicke Gelbhaut eines Unützer angeritzt wurde davon. Seit dem Sturz von der Kieswand war Sebastian besonders empfindlich, und doch war er blind an der sommersprossigen Dirn vorbeigegangen, die jeden Tag zu sehen war im Adamhaus, die ohne viel Entlohnung mitarbeitete zu jeder Zeit. Die Resl war jetzt mit großen, patzigen Flecken eingedeckt im ganzen Gesicht, die Sommersprossen von früher waren zusammengeronnen zu brandigen Stellen, die das gleiche sagten, was der unschön nach vorne durchgedrückte Körper der Dirn schon lange sagte.

Christof wußte ganz augenscheinlich um diese Sache, denn er schickte auch der Resl ab und zu einen solchen Brief, der von Geld dick war. Und schließlich kam er selber, sagte der Lidwina, daß mit der Resl etwas losgeworden sei damals. »No, du weißt es ja selber. Die ist dagestanden und hat mich angesehen. Jetzt zahle ich halt für das Kind und will der Resl ein bissel helfen.«

Schade, dachte Lidwina, um das Geld, das jetzt an dieses Weibsbild hingehängt werden muß. Seitdem hatte sie einen kleinen Zorn auf die rothaarige Dirn. Sie dachte sich das alles so zusammen, wie sie der Versuchung nicht habe widerstehen können, wie sie dem gewaltsamen Drängen des Mannes nachgegeben habe. Bis zu diesem Tage hatte sie jedes Weib bedauert, das sich einem Mann gebeugt, weil ihr immer ein Bild von ganz unschöner, roher Mannesgewalt vorgeschwebt war. Aber sie dachte auch an die gleichen sehnigen Waden, an denen sich auch der Münchener Fassadenmaurer verkrampft hatte, und mit den sehnigen Füßen war es fast nicht vereinbar, daß dem, dem Luderkerl aus München, sein Gewaltstreich glücken konnte. Lidwina war der Dirn bös, weil sie sich nicht heftiger gewehrt hatte. Denn für Lidwina war Liebe und ihre Erfüllung nichts anderes als ein unwilliges Weichen des Weibes unter der Gewalt und dem geschriebenen Recht des Mannes.

Christof dachte auch an die Beine der Resl. Nur war es bei dem anders, wenn die Gedanken zwischen Knöcheln und Knie hängen blieben. Er lachte, weil diese Erinnerung etwas an sich hatte, so wenig schön vielleicht das Weibsbild selber war.

Die ganze Geschichte um die Resl ging Sebastian nicht recht in den Kopf, aber die Gründe gegen dieses Vorkommnis und seine Auswirkungen lagen ganz anderswo. Sebastian dachte manchmal daran, daß man einem solchen Haus eigentlich schon einen besseren Ruf der Inwohner schuldig sei als dem alten Fischerhaus. Er hatte selber seinen Schmutzflecken in der Vergangenheit – – hm.

»Ich bleibe da«, sagte Christof, als er drei Tage sich herumgedrückt hatte ohne ein recht vernünftiges Wort. Resl hatte Leberflecken im ganzen Gesicht, und Christof hatte offensichtlich obenauf einen Schlag bekommen. »Ich bleibe da und – – na ja, das mit der Resl wißt ihr ja schon lange.« Diesmal dauerte es zwei Tage, bis er sich an die böse Öffentlichkeit des Dorfes durchraufte. In Lidwina wurde langsam etwas klar, was sie tausendmal am Weg neben sich her gesehen und sich selber dennoch abgeleugnet hatte. Als Resl so sündig wurde, ging Lidwina öfter in die Kirche. Das alte Gestühl, vom Wurm durchlöchert und von den wischenden Ärmeln der Zeit blankgescheuert – Wachstropfen standen darauf von alten roten Kerzen, die vielleicht schon zwanzig Generationen in die Ewigkeit beten geholfen hatten –, das alte Gestühl in der Kirche knackte jedesmal laut und verstehend, wenn Lidwina dort niederkniete. Der Altar in seiner bauernbarocken Verschlungenheit von derber Ornamentik ging wie ein Bild der Welt, die nicht mehr Welt ist, weil man sie Ewigkeit nennt, einen Tag lang dann mit der Fischerin und ihrem Dasein, das in lauter scharfen Kanten ausgeschliffen war.

Sebastian fragte den Bruder um etwas. Im Hausgang trafen sie gerade allein zusammen, und hernach standen auf den gelben Fliesen zwei Paar feuchter Fußtappen. Es war also ganz leise heruntergegangen, ganz ohne ein verlegenes Treten der Füße.

»Was willst du denn mit der Resl machen, wenn sie jetzt – – weißt schon?«

»Bleibt nichts übrig, als eben heiraten. Mit Kindern kann sie umgehen, das Arbeiten hat sie auch gelernt.«

»Und nachher – nimmst du sie nach München mit?«

Darauf hatte Christof etwas gesagt, was dem Bruder einen wirren Kopf machte. Er hatte gespart, um den Weibern droben ihr Geld endlich einmal hinwerfen zu können, der Adam hatte einen Strich dazwischen gemacht, und jetzt sagte Christof ihm, daß er verhungern müsse weiterhin. »Du, hast du es schon ganz vergessen? – Gehst noch krumm wie ein ausgedienter Remontehäuter und weißt die Wassersuppen nicht mehr, die dir deine Lidwina alle Tage zweimal an den Bettrand hingestellt hat?« – Ja, natürlich, die wußte er schon noch. Sie waren sehr dünn gewesen und hatten nach Not geschmeckt. »Dann meinst du – –, daß – –«

»Gar nichts mein ich. Ich bleib jetzt draußen, in der Stadt ist auch nicht mehr alles so scheibenrund. Im Wirtshaus kann man doch lügen, und dich kann ich auch eine Weile anlügen. Ich bin wirklich schon lange nicht mehr mit dem Fiaker zur Arbeit gefahren, und auch sonst, gelt – –«

Von da an ging Sebastian. Sein Fuß war immer noch nicht ganz recht, für die Arbeit war der ganze Mensch noch nicht fest genug, darum ging er den ganzen Tag. Zur Maderlechnerin zuerst. Er kaufte große farbige Schneuztücher und ließ sie

zu guter Letzt auf der Ladenbudel liegen. »Justine, was sagst jetzt du?« fing er seine Unterhaltung an, als die Schneuztücher schon ausgesucht auf der Budel lagen. Justine fragte nach und zeigte dem Fischer, daß sie mit ihren zwei Kindern noch lange die großen Sommerlippen nicht verloren hatte. Aber sie stand jenseits der Budel, sie regte keine Hand, um an den Fischer heranzukommen. Sebastian dachte das von den Lippen auch nur so in der Eile. Was er wollte von Justine, war ein guter Rat nach der ernsten Unterhaltung mit Christof.
»Die Forellen müssen doch so schön drin stehen jetzt. Die Dienstbuben vom Mehlmüller fischen alle Tage mit der Hand eine Portion aus.« Sebastian sagte: »Das ist es nicht.« Er wolle schon wieder fischen, aber der Fuß sei noch nicht ganz in seiner Ordnung, und – –
»Der Christof ist eigentlich ein ehrlicher Kerl. Das freut mich, von einem solchen Burschen muß es mich freuen.« Die Maderlechnerin sagte etwas, und der Fischer sagte etwas, und sie redeten aneinander mit lauten Worten vorbei. In der Wirklichkeit fanden sie schon zusammen. Es dauerte eine ziemliche Weile, Kundschaften kamen in den Laden und gingen wieder, von hinten schrie Kaspar einmal nach seiner Frau. Die aber sagte ihm, sie habe mit dem Fischer etwas Vernünftiges zu reden. Kaspar brummte halblaut, denn er dachte an den Hochzeitstag.
Nein, schön war der Laden beim Maderlechner wirklich nicht mehr zu nennen. Die Leute gingen aus und ein, weil ihre Eltern auch schon beim Maderlechner eingekauft hatten. Vor den Fenstern, den alten kleinen Stubenfenstern, standen Gitter, die standen in anderen Häusern auch, Nein, ein üppiger Stolz war es nicht von den Maderlechnerischen, wenn sie an ein neues Haus dachten, bei dem guten Geschäft.
So ging Sebastian mit einem kleinen Lachen in den schmalen Augenwinkeln weg vom Krämerhaus, Christof suchte auch einmal in den Tagen hernach eine Ausrede, daß er zu der Krämerin kommen konnte. Dem sagte Justine: »Du bist ein

schlechter Kerl, Christof. Weißt du, jede Dirn solltest du doch nicht – – –«

»Na ja!« knurrte Christof. Justine wollte offensichtlich den andern lieber um sich haben, wenn man von einem neuen Krämerhaus redete. Inzwischen lief die Zille mörnauf und mörnab, in den Uferlöchern faßte an den Abenden Sebastian selber mit den Händen zu, wie es die Buben machten. Findige Buben zogen manchmal eine Legangel aus, aber das nahm Sebastian so hin, wie man jedes unvermeidbare Ereignis hinnehmen muß. Christof sagte nichts mehr vom Teilen. Er war mit dem Kauf wegbezahlt und mußte sich schon andere Lebensmöglichkeiten suchen, wenn er nicht lieber wieder in die Stadt zurückging.

Als die Forellenzeit auslief und das gewöhnliche, langweilige Sommerfischen anfing, flickte Sebastian an einem Abend den beschädigten Dauper, gab ihn Lidwina, daß sie ihn aufhängen sollte in der Schupfe, und lief am nächsten Morgen mit dem Krämer im Dorf herum, ein Stück Baugrund zu kaufen, schön an der Straße, für ein Geschäft passend und nicht zu teuer. Kaspar Maderlechner hatte eine ganz enge Hand, aus der es nicht so leicht herauströpfelte, wenn der Gegenwert nicht dem Geld gerecht wurde.

»Guten Morgen, Herr von Ruederer!« Der Jägerhut des Königs rutschte eine Handbreit zurück am Kopf. Es war immerhin der Maderlechner. Und eigentlich so besonders obenhinaus war Herr Theobald von Ruederer gar nie gewesen. Er gab dem Krämer die Hand und dem Fischer auch, beim Fischer lachte er ganz schüchtern, weil er mit einem gewissen Behagen an die Hundegeschichte von damals dachte.

»Der Maderlechner bräuchte einen Baugrund – teuer darf er nicht sein. Soll bloß ein Lager gebaut werden, weil der Salzstadel nicht mehr viel taugt.«

»Oho!« sagte der Gutsherr. Erstens weil der Stalzstadel noch recht gut war im Bau, zweitens wegen der deutlichen Anfrage. Sie gingen nach einer kleinen Unterhaltung von der Villa weg, der Herr von Ruederer stach mit dem Spazierstock im Boden herum: »Da ginge es doch auch, der Grund da gehört dem Mehlmüller, an der Straße liegt er, ein guter Baugrund ist es auch.«

»Ja«, sagte Sebastian, und sie gingen weiter.

»Und da«, knurrte der Krämer, »wäre von Ihnen ein Fleck Grund.«

»Den brauche ich doch selber!« Das war die ganze Antwort.

Die Maderlechnerin hatte es nicht eilig, als man ihr am Abend das magere Resultat erzählte. Vom Gutsherrn war man es so gewohnt, der gab nichts auf den ersten Angriff her. Und gelt, der Grund lag gar nicht so schön. An der Mörn ging es an, das Stück grenzte an das verfluchte Grundstück, das dem Fischer mit der Adamgeschichte geblieben war. Auf etliche hundert Meter lief der Streifen am Wasser hin, sauergrasbewachsen und schlecht. Nur ein spitzer Vorstoß reichte bis an die Straße, eben noch so breit an der Straße, daß man ein sauberes Haus mit einem richtigen Garten darum noch hinsetzen konnte. Weil aber Sebastian sich die Sache in den Kopf setzte, begann er an den Abenden, wenn er nun tagtäglich bei den gleichen Leuten am Biertisch hockte, seinen eigenen Grund recht schlecht zu machen.

»Gar nichts ist er, und das Haus ist immer bis halb herauf naß. Ich gäbe etwas her, wenn ich wieder in meiner alten Hütte sein könnte. Pfui Teufel! Dem Herrn von Ruederer sein Grundstück ist nicht besser. Ich weiß gar nicht, was der Maderlechner hat, gerade den Streifen möchte er haben, wo er so hundsschlecht ist.«

Lidwina murrte am späten Abend, wenn ihr Mann mit einem leisen Nebel heimkam von der Sitzerei im Wirtshaus. Da wurde der Frohnauer zuerst warm, dann kam der Rott hinterher. Sie kauften etwas beim Maderlechner, um so im Gespräch ihren Baugrund anzubieten. »So, so –«, schnaufte der Herr von Ruederer, »schlecht ist mein Grund! So? Der Fischerwastl möchte meinen Grund schlecht heißen? Mir ist er gut genug.« Dann hörte er etwas läuten von den Absichten des Rotten. Übrigens, der Frohnauer sei auch schon beim Maderlechner gewesen und hätte sich so angestellt, als wolle er ihm ein Stück abgeben.

»Was ist, Wastl, willst du jetzt für den Maderlechner den Baugrund haben oder nicht?« So kam er ins Adamhaus. Sebastian löffelte seine Suppe, er hatte schon einen Fischzug hinter sich und machte sich mit knurrendem Magen an die Suppe. »Er ist halt gar nicht schön – wir haben bloß bei Ihnen zuerst gefragt, damit wir keine Unehre aufheben. Dem Kaspar wird es nie ernst gewesen sein damit. Jetzt hängt, glaub ich, der Frohnauer schon fest dran.« Herr von Ruederer wurde leutselig, er setzte sich auf die Bank an der Straßenwand. »Mir ist es dann auch gleichgültig. Ich hab bloß so gemeint – Herrgott, Wastl, der letzte Huchen war aber ein sauberer Kerl! Es gibt nicht leicht wieder ein Fischwasser wie das unsere –«

»Das meinige, haben Sie gemeint?«

»Ja, das deinige, natürlich. Das sind tatsächlich Huchen, daß man eine Freude haben kann. Da war grad ein Herr aus München auf Besuch bei mir, weißt schon! Der möchte auch einmal so einen Huchen.«

»Jetzt gibt es nicht mehr viel, und mit dem Hörtkorn habe ich auch schon meinen Vertrag. Vielleicht fange ich einmal einen schönen –«

Nach einer Stunde kam der Maderlechner. Die Größere vom Fischer hatte ihn geholt, und in der Fischerstube wurde alles ausgeredet über den Grund, der von der Mörn bis an die Straße reichte. »Den ganzen Streifen mußt du nehmen«, verlangte der Verkäufer. Sebastian dachte daran, wie er auch einmal so einen Kauf abgeschlossen habe, Lidwina dachte auch daran, sie sprach manchmal ein Wort in die Unterhaltung und setzte sogar den Kräuter auf den Tisch, den sie sonst keinem Gast anbot.

Am nächsten Tag erst traf Sebastian seinen Bruder.

»Du!« sagte er. Das sagte er halblaut, halb gelacht. Und er tupfte dem Fassadenmaurer dabei vorsichtig auf die Brust. Dann machte er es mit der Hand so: Er zeigte mit gekrümmtem Finger über die Schulter nach rückwärts, stieß die Bewegung hastig noch einmal nach und ließ dann die Hand wieder fallen. Dann stand ein dünnes Lachen auf seinem Gesicht, das vielleicht Glück sein konnte.
Christof verstand die Sprache des »Du«, des gekrümmten Daumens, aber nur einen Teil von der Sprache des Lächelns, das in einem gelben Gesicht stehenblieb, als Sebastian schon die Pflöcke setzte und die Zufahrt zu dem Grundstück aussteckte. Er zeichnete. Den Maderlechner fragte er eine Weile aus, wie er das Haus haben wolle. Und der Kaspar hatte furchtbar plumpe Ansichten von einem Haus. Darum redete Sebastian weiterhin mit der Krämerin: Sie stand hinter der Budel und er davor, sie erklärte und er zeichnete. Dann standen sie einmal in der Stube beisammen, es war kein Tisch und keine Budel zwischen ihnen, aber der Maurer Sebastian Unützer dachte an nichts als an den Bau, er zeichnete in einem fort und hörte zwischendrein die klare Stimme der Maderlechnerin, die einen Erker wollte; auf die Straße, wo man obenhinauf sehen konnte fast bis zu der fürstbischöflichen Stundsäule, wollte sie freie Blickrichtung haben.
Ja, dachte Sebastian, ein Erker ist auch noch so etwas wie die großen Lippen. Pfingstrosen sind vielleicht noch gleich auffallend. Einen Erker, der über die zwei Stockwerke gehen sollte. Und vorne auf die Straße hinaus zwei ganz mächtige Fenster, die Eingangstür zwischen den beiden gläsernen Augen, mit denen das Haus in die Welt schauen wollte. Der Krämer kam dazu, als der Plan schon ein sauberes Gesicht hatte. Breit und urteilsbereit stellte er sich vor das Geschmier, das der Fischer auf das Papier gesetzt hatte und nun erklärte. Das fertig Entworfene wurde beurteilt, Kaspar hatte Wünsche, Justine gab ihm nach, der Unützer zeichnete an seinem Plan noch mehr herum, als er vorher schon geändert hatte.

»Was bist denn du eigentlich, ein Fischer? Sonst nichts?« fragte der Krämer. Sebastian sagte ihm, daß er ganz ordentlich das Maurerhandwerk gelernt habe, und er wolle nach diesem Bau die Polierprüfung machen. »Mit dem Steinzeug hab ich ja immer schon – – recht gut umgehen können. Gelt, Kaspar –!« Er schaute dabei den Krämer so deutlich an, daß der glaubte, die Lampe im Hochzeitssaal noch einmal klappern zu hören. Gut konnte er umgehen mit den Steinen, sehr gut. Ja, sehr gut.

Der Scharrenstein in der Hofmark bekam die große Wut. Er hatte den Maurer Unützer von jung auf hergezogen, daß er etwas lernte. Er hatte ihm jedesmal den Plan gegeben, daß er die anderen Maurer anleitete. Jetzt hatte der Bursche genug Weisheit beisammen, um gleich selber das Geschäft in die Hand zu nehmen. Sebastian fuhr nicht zu ihm hinüber. Er bekam ein Wägel auf Kosten des Krämers und fuhr nach Mühldorf, zu einem Baumeister, der sich verstand aufs Planzeichnen. Drei Tage später ging auf dem eben gebrieften Baugrund die Arbeit an.

Sebastian war jetzt Maurerpolier. Die Meisterprüfung wollte er erst im Herbst machen, wenn der Maderlechnerbau schön geraten war. Aber er hatte nichts dagegen, wenn die Maurer ihn jetzt schon »Polier« anriefen. In der Arbeitsleitung tat er schon ganz so wie ein richtiger Meister. Klein und finster tauchte er überall auf, wo eine Schaufel für einen Augenblick nur stillstand, er war überall und war doch immer an einem Platz. Wenn er von den Arbeitern Arbeit verlangte, konnten sie nicht störrisch werden, weil er selber für dreie schaffte. Der kleine Haufen Sehnen stand in der Grundaushub, er bog sich und schnellte flink wieder empor: Eine schwere Schaufel voll Erde von dem Aushub streifte nieder zu dem Haufen, die Schaufel ging wieder, und der Berg häufte sich an. Aber nirgends auf dem braunen Körper, der sich jetzt lossagte von jedem Stück Oberkleidung, stand ein Tropfen Schweiß auf. Nur ein ganz harter Geruch von Mühe und schwerer körper-

licher Arbeit mischte sich in den frischen, kalten Geruch von aufgerissener Erde.
»Das ist eigentlich keine Arbeit für einen Fassadenmaurer«, schnaufte Christof. Er tat seine Arbeit, und er hatte auch in der Arbeit so eine federnde Art wie sein Bruder. Aber für ihn waren die zehn Stunden Arbeit des Tages nur die Wartezeit auf den Abend. Da saßen Bauern und kleine Handwerker, Fretter von der oberen Gegend, die den ganzen Sommer über gelb zu sein schien, um die Tische beim Bräu oder beim Oberen Wirt. Sie nahmen den Sprüchemacher, wie man eben jeden Unützer nahm: einen großen Abstand dazwischen, und immer die klare Scheidung zwischen eingesessenen Bauernleuten und dem Zudringling, der mit seinem Bruder aus einem kleinen Haus in ein größeres aufgerückt war und den ebenbürtigen Platz verlangte unter den Leuten.
Nein, das war eigentlich keine Arbeit für ihn. Er hatte in der Stadt eine echte Kunst betrieben. Das, was ein Fassadenmaurer herausbringt, ist immer ein Kunstwerk. Große Fronten in der Ludwigstraße in München hatte er wieder auffrischen helfen. Neue Häuser hatten sie eingepaßt in die Fluchten regenverwitterter Häuser. In der Leopoldstraße hatte Christof seine höchste Blüte treiben lassen. Da wurden Häuser gebaut, die sich dem Volk zeigen konnten, auf vier Seiten waren die Fassadenmaurer an den Gerüsten herumgeturnt und hatten etwas herausgezaubert aus den nackten Ziegelvorsprüngen, was dann die Leute auf der Straße aufforderte zum Stehenbleiben und zum andächtigen Hinaufschauen.
»Laßt nur erst den Bau herauskriechen aus dem Boden! Nachher, wenn das Dach darüber ist und der Erker in die Straße hineinsteht wie eine Nase, komme ich daran. Was ist der Wastl gegen mich schon –?« Einer am andern Tisch meinte, Sebastian habe es zu etwas gebracht, das Fischwasser sei gut instand und ein schönes Haus habe er. »Das meine ich doch nicht so«, fiel Christof darein, »mein Bruder treibt ein Handwerk und ich eine Kunst.«

Bei dem großmaulig gesprochenen Worten von der Kunst lachte jemand. Das Lachen trug sich weiter im Dorf, es galt dem Fassadenmaurer, den seine sommersprossige Resl mit einem Kind beschenkt hatte. Zuerst machte Christof ein saures Gesicht, bis er auch mitmachte und mitlachte.
»So«, fragte Sebastian, »nachher hast du einen Buben?«
Christof tat mhm. So, einen Buben. Die Leute hatten etwas zu lachen darüber, weil man nicht gerade sehr viel hielt von dem sommersprossigen Mädel. »Peter wird er getauft«, konstatierte Christof. Peter ist ein schöner Name, Petrus war ein großer Fischer vor dem Herrn, nicht? Der Peter mußte eine gesunde Rasse vererben.
»Du sollst nicht so leichtfertig daherreden!« murrte Lidwina, »dein Peter ist ein sündiger Bankert, laß ihn schleunigst taufen! Und der Resl sagst du, sie soll sich schämen und nicht jetzt schon laut schreien, daß sie den Buben Peter nennt!«
»Ja, eigentlich ist das nicht die Resl, die ihn Peter nennt. Das will ich haben.«
Es blieb im Dorf als Tatsache, und man mußte sich auch im Leutgerede damit abfinden, daß die sommersprossige Resl einen Buben hatte.
Lidwina konnte das sündige Geschwätz um den Buben, um dieses Sündenkind, nicht ertragen. Sie band das Kopftuch um und tat, was sie alle Tage tat vom Morgen bis in die Nacht hinein. Sie radelte Steine zusammen vor dem Brennofen, daß der Kalk für den Bau nie ausging. Christof mußte einen Rückgriff ins Handwerkliche machen, wenn er im Ofen stand und alle Wochen das Gewölbe auslegte. Da hatte er Zeit, an seinen Buben zu denken und an die ganze Geschichte um die rote Resl. Er dachte so hin, und nach ein paar Wochen sagte er sich, daß er sie wohl nicht heiraten werde. Er schob Lidwina die Arbeit zu und träumte von der »Kunst«.
Dann stand Lidwina wieder an den Steinufern herum und trug den Brand von der Sonne heißer Tage ins Haus. Die Sonne, die scheinen wollte, brachte sie nicht herein. Aber die

Sonne brannte, und Lidwina ging so fest und so gerad im Haus herum, wie sie draußen stand und ging: am Wasser hin auf der Suche nach Steinen, in der Zille auf der Fahrt mit dem Zuggarn, an den Altwassern beim Ausgreifen der Forellen mit der Hand. Der Tag der Unützerin hatte zwanzig Stunden. Der Tag fraß an den Händen, daß sie schrundig wurden. Und obgleich es Sommer war, begann das Wasser in den Armen der Fischerin zu reißen. Nach und nach ging das Zerren weiter hinauf an den Armen und sprang mit einem Schlag auf die Hüften über, wo vielleicht einmal das Sinnen um ein neues Kind, das ein Bub werden sollte, seinen Ausgang genommen hatte. Von da an übersah Lidwina das leberfleckige Mädchen mit den Sonnschecken im Gesicht, das ein Kind aufzog von dem Landfahrer Christof, der sich unter den Leuten hinterm Bierkrug Fassadenmaurer nannte. Hatte sie es schon früher nicht verstanden, wie ein Mädchen sich mit nackten Waden an die Straße stellen konnte und den Männern zeigen, was zu holen war hinter dem sommerscheckigen Gesicht, so wurde sie jetzt mit dem zielgerechten Arbeiten immer stiller und kälter in ihrem Denken, je länger die Stunden heranwuchsen, in denen es nur Arbeit gab.
Aber die Fischerin war braun, und die Leute sagten, sie sei groß. Sie nahmen das Bild so mit, wenn die Frau mit langen Röcken in der Zille stand und in hochgespreizten Armen die Ruderstange führte. Wenn es Nacht wurde über dem Adamhaus, fiel irgendwann jeden Tag das Licht der Öllampe in sich zusammen. Eine Hand, die rauh und schrundig war, hatte eben noch die Kraft, das flackernde Ding herabzudrehen, daß der Tag endgültig in sich selbst verfiel. Dann lag vier oder fünf Stunden ein Stück reglosen Körpers neben dem Fischer im Bett. Während der ganzen Nacht knarrte kein Brett der alten Bettstatt, die Kinder waren groß genug, daß sie in der Nacht nicht mehr nach der Mutter rufen mußten, und der Mann hatte nicht Lust, mit einer Hand nur ins andere Bett hinüber zu suchen.

Sie hätte stöhnen müssen, und sie hätte stöhnen dürfen. Aber sie schob ohne einen wirklichen Laut am Morgen den Körper aus dem Bett, und wenn der neue Maurerpolier an seine Arbeit ging, war Lidwina vielleicht schon vier Stunden an der Arbeit. Neben der Mörn stieg irgendwo ein gerader Pinsel Rauch auf, der Fischer sah hinüber und gab am Ende der Woche dem Bruder etliche Mark über seinen Wochenlohn, weil er die Nachtwachen im Kalkofen gehalten hatte. Es war ja von dem Geld, das Christof damals geschickt hatte. Der Bruder mußte es wieder zurückbekommen, auch wenn er sich diese Rückzahlung erst verdienen mußte.

»Drum bringe ich zuerst ein Hoch aus für die gesamten Maurer zu Ehren unseres Bauherrn und seiner Frau – –«
Gleichmütig saß der Unützer auf seinem Balken und brachte die Sprüche aus. Das war im August, und die Sonne brannte zu der späten Stunde aus dem schrägen Blickfeld noch in aller Heftigkeit herauf. Herrgott, Sebastian, was hast du denn! Sebastian – warum kannst du den Vers nicht mehr sagen, den der Scharrenstein auch mit dir schon hundertmal von einem First heruntergeleiert hat? Was ist denn los mit dir?
Das Haus hätte einen alten Meister ehren können, so, wie es dastand. Die Sonne gab ein scharfes Licht darauf, da wurden die Dachsparren in der Höhe oben ganz dünn, und das Haus zog sich in der eigenen Form schlank in die Höhe. Breit war es an der Straße hin, und tief war es gegen die Mörn zu, und wirklich, an der Straße, wo man fast bis zur Stundsäule hinaufblicken konnte, ragte ein ziegelroter Erker in die weiße Linie der Straße hinein.
Der Polier wankte ein wenig. Er fragte sich vielleicht auch nach dem Grund, warum er den alten Maurerspruch nicht aufsagen könne. Seine Augen wurden im Denken noch kleiner – dann lief der Faden des Spruches ab in einer wüsten Eile, die sich immer vor dem Wiedervergessen fürchtete.
Um zehne war an dem Tag der Fischer schon daheim. Es war

nicht das Rechte gewesen mit dem Firstbier, man war nicht so in die Stimmung gekommen wie früher. Das erstemal hatte Sebastian die Sprüche aufsagen dürfen als selbständiger Meister – –

Bei dem Wort an den Bauherrn und seine Frau war er steckengeblieben.

Lidwina kam vom Kalkofen herein. »Heut Nacht muß ich auf den Ofen aufpassen, der Christof hat nicht Zeit, weil das Firstbier beim Maderlechner doch bis in die Frühe hinaus dauern wird. – Überhaupt, warum bist denn du schon daheim?« Der Mann blieb still, weil er es selber nicht wußte. Er redete eine Zeitlang träg auf seine Frau ein. Die Arbeit sei schwer gewesen, er sei jeden Tag hundemüd heimgekommen – aber jetzt werde es ein schönes Haus beim Maderlechner. Die Justine habe ihm versprochen, daß er im Salzstadel immer seinen Kalk lagern dürfe – ein Maderlechner braucht doch deswegen ein Haus nicht zu verkaufen, weil er sich ein neues gebaut hat.

Als Lidwina langsam in die Kammer hinüberging, fiel von der Straße her, wo weit im Dorf oben das neu aufgestellte Krämerhaus stand, eben ein dünner Fetzen Licht durch das Türfenster im Gang in das Gesicht der Frau. Lidwina schluckte den hellen Flecken weg.

Und sie dachte hernach auf der rauhen Liegestatt noch ein wenig darüber nach, wie sie einen Buben heißen würde. Vielleicht wurde es diesmal ein Bub, weil der Mann gar so wild über sie hergefallen war.

Die Tage wurden danach nicht anders.

Christof hatte recht behalten mit allerhand Sachen. Er brachte es fertig, seinen Bruder langsam an die Wand zu drängen und am Bau die Oberherrschaft zu bekommen. Sebastian hatte eine dumme Stille jetzt in sich. Er sah zu, wenn die Männer ihr Gerüst an die große Straßenseite des Hauses klebten, er wurde nicht bös, wenn Christof ihn abseits liegen ließ und selber anschaffte, was geschehen sollte. Es war doch

irgend etwas zwischen den Zeiten dieses Sommers geschehen, was auf den Fischer und sein Tun abfärbte.
Mittendrin fiel es dem Fischer ein, daß er eigentlich ein Fischer sei und trotz des gelungenen Baues nie ein Maurer werden wollte. Er schaute in der Schupfe nach dem Spiegelgarn, legte die Zille auseinander und schloß jede kleine Fuge zwischen den Brettern mit dem korkigen Spitzblättern der Mooskolben. Die Binder machten es auch so, wenn sie die Dauben eines Fasses ganz dicht aneinanderschließen wollen, und von denen hatte Sebastian es gesehen. Er schlenkerte mit dem leichten Fahrzeug am Ufer der Mörn auf und nieder, suchte die Stehplätze, wo die Buben die meisten Fische stahlen, spannte das Spiegelgarn durch den schimmernden Wassergrund, wo alles still war und der feste Lauf nicht vor dem Fischfang schon die Netze auseinandertrieb.
Da hatte er Zeit, sein Haus anzuschauen, und das Haus der Maderlechnerin. Christof kletterte auf und nieder, er hatte es übernommen, die ganzen Verputzarbeiten zu leiten, und Sebastian war nicht gekränkt gewesen darüber. Sonst wäre vielleicht ein Messer aus der Scheide gefallen. Man sah so frei hinüber, die Dinge dieses trüben Jahres fielen weg, und keiner mehr schrie ihm »Zuchthäusler« entgegen, das Wasser blieb sauber, auch wenn von der Arbeitsjoppe manchmal ein hartgestockter Spritzer Mörtel auf den Rand der Zille sprang und von dort zersplittert ins Wasser schoß.
Auf einmal riß alles auseinander.
Christof sagte es dem Bruder so hin, wie er sich alles dachte. Vom Kalk, den man brauchte für die Fassade –
»Glaubst denn du, wenn wir in München mit dem schlechten Brandkalk aus so einem Ofen angefangen hätten – wenn – –, ich sag dir, das geht nicht, wir müssen halt auch ein bissel modern sein.« Darauf schlug Sebastian ein Mörtelschaff mit einer solchen Kraft an die neue Wand, daß die Dauben wie kleines Rieselzeug über das Geländer des Gerüstes wegkollerten. Mit dem Schlag hatte er eigentlich seinen Bruder gemeint,

der so viel Weisheiten mitgebracht aus der Stadt. »Willst du hernach keine gesunden Hände mehr haben? Ha?«
Es war auf einmal alles verloren im Denken, was erinnert hatte an den anderen Christof, den sogar die Maderlechner Justin einen guten Kerl genannt hatte. Der hatte um sein verlogenes Maul noch einen goldenen Kranz, und sein Herz hatte nicht von dreckiger Gesinnung einen Sprung bekommen. Aber Sebastian dachte nicht mehr an solche Dinge. Er schrie, aber Christof wurde im Reden immer leiser. Er hatte Respekt davor und arbeitete am Tag darauf wirklich mit dem Brandkalk von seinem Bruder weiter.
Als dann Sebastian wieder neben ihm auf dem Gerüst stand, machte Christof einen deutlichen Ruck mit dem Ellbogen. Sebastian wackelte, er schaute auf – »He, Wastl! Hast du den Ofen da droben vom Brandlex noch gar nie gesehen? Und den beim Ötzbauern? Ich sag dir, auf zwei Stunden im Umkreis sind mindestens acht solche Öfen jetzt, das Geschäft hat Geld getragen, drum hat jeder angefangen. In zwei Jahren ist es ganz aus mit dem Geschäft.«
Das dumme Wort von den Kalköfen blieb auf dem Gerüst stehen. Am Mittag, als niemand ihn beobachtete, hielt Sebastian von der Höhe des Gerüstes aus Rundblick über die Gegend. Der Ofen vom Brandlex und der vom Ötzbauern standen wie weiße Kleckse in grünen Gärten, und weiter draußen, am halben Weg auf die Hofmark zu, saß noch einmal so ein Fleck neben dem Weg bei den Föhren. Vor zehn Jahren war auf drei Stunden Weg der Unützer-Ofen noch der einzige gewesen.
»Das ist nachher das Sterben«, murmelte Sebastian.
Er brummte es gerade so halblaut heraus, als er in die Stube trat daheim. Lidwina war allein, sie stand am Herd und trug den Leib aus einer alten Gewohnheit heraus ein wenig stark nach vorne. An dem dummen Wort stieß sie sich. Vom Sterben sollte der Mann nichts sagen, wenn sie schwanger war. Sonst schüttelte sich vielleicht der künftige Bub von ihr los.

»Was hast du denn Dummes?« Dabei machte sie ihr ganz hartes Gesicht, das von gar keinem Glauben sprechen konnte. Christof aß beim Bräu zu Mittag, er hatte Geld und war ein nobler Herr, solange er Geld hatte. Da setzte Sebastian sich halbmüd an den Tisch und erzählte mit ein paar eckigen Worten der Lidwina, was gerade der Bruder Schönes gewußt hatte. Eigentlich durften sie das nicht geschehen lassen. Aber Lidwina hatte noch nie so die rechte Freude am Brennofen gefunden. Fischen und Fischerei, ja, das hing mit dem zusammen, was der Bauer auch treibt und was sie am Weiberhof gelernt hatte. Es war eine unsolidere Arbeit, aber wenn einer sie handwerksmäßig verstand wie ihr Mann, der Fischer von Geburt auf und vom Vater her, dann mochte sie nicht viel dagegen einwenden und fing selber zusammen, was ihr ins Garn ging. Der Kalkofen war etwas ganz anderes. Lidwina tat die Arbeit am Ofen, Lidwina suchte Steine aus der Mörn zusammen, weil sie immer hernach blinkendes Geld auf dem Tisch zu sehen bekam. Und diese Arbeit hing zusammen mit dem Wasser wie das Fischen. Aber der Betrieb an sich war ihr immer fremd geblieben.
Die Fischerin klemmte ihre verschmierte Schürze unterm Arm fest und plagte sich mit dem Denken. Dann sagte sie leer und tonlos: »Was meinst du denn dazu? Zum Christof.« Sie erinnerte sich an die Resl, die vom Christof ein Kind hatte. Sebastian schaute die Frau vom Tisch aus an, er suchte einen Sinn der Frage und fand nur deren Leere im Gesicht. Am Nachmittag ging er zum Fischen, und er sah an diesem halben Tag so viel Kalksteine im Wasser, wie er noch nie gesehen hatte. Jedes Frühjahr brachte mit dem Wasser eine Menge Rollsteinzeug aus den Bergen mit, er hatte nicht allein das Recht auf die Steine, man fand weiter oben und weiter unten das gleiche, der Brandlex konnte brennen, wenn er wollte, und alle konnten brennen.
Weil Sebastian sich um nichts mehr kümmerte, seit das Dach über dem neuen Krämerhaus war, schrieb sein Bruder eine

Karte: »Lieber Herr Erhard und Filser! Schicken Sie mir mit der Bahn einen Waggon weißen Stückkalk, zahlbar einen Monat nach Ihrer Rechnung. Sie kennen ja von den Neubauten an der Leopoldstraße meinen Bruder Christof, der dort Fassadenmaurer war, und an den haben Sie schon immer Kalk geliefert, an dem seinen Bauherrn. Mit freundlichem Gruß: Sebastian Unützer. Schicken Sie ihn aber gleich, es pressiert!«

Als der Waggon in der Hofmark eintraf und Sebastian die Fuhrwerke des Krämers anfahren sah, fragte er seinen Bruder mit einem ganz gelben Gesicht, was da los sei. »Da müssen wir jetzt anständig sein, mein Lieber! Da müssen wir pünktlich nach einem Monat die Rechnung bezahlen.« Das war alles, was Christof ihm sagte. Einen Nachmittag lang lief Sebastian noch seinen Fischen nach, die schlecht bissen und ein wenig sommerig rochen. Am Abend stellte er sich aufs Gerüst zu seinem Bruder und sagte, er wolle auch was lernen vom Fassadenwerfen. »Das ist eine Kunst«, wisperte Christof. Sie ließen spät am Abend noch Kalk ein, schwemmten und rührten, spritzten sich weiß bis an die Haare hinauf. Sebastian sagte seinem Bruder noch ordentlich die Meinung, daß er ihm eigentlich den Kopf richtig verhauen solle, aber er wolle das jetzt nicht mehr machen. »Wir sind schon alt – was heißt, alt? – wir sind eben alt genug, daß wir uns vor den Leuten anständig aufführen müssen.«

Dabei ließen sie Kalk ein.

Was innen zu verputzen war, machten sie mit ihren Maurern in ein paar Wochen. Inzwischen war der Kalk vielleicht so geworden, daß er nicht mehr gar zu viele Spatzen aufwarf an der Fassade. Bevor sie mit der Arbeit anfingen, schickten sie an Erhard und Filser, in München wohnhaft und mit dem Geschäft an der Zieblandstraße, das Geld für den Waggon Kalk. Sie waren in allem einig geworden. Sebastian ging zum Kaspar, er solle ihm allmählich den Kalk bezahlen. »Die in München haben auch ihr Geld verlangt.« Ja, fragte der Kaspar,

was denn der Kalk koste, und Sebastian klapperte so mit dem Kinn, wie sein Bruder sonst klapperte, wenn er ganz frech log. »Er ist ein klein bissel teurer als unser Kalk. Weißt, Kaspar, die Fracht ist drauf, und der Kalk ist eben besser als der unsere. Darum haben wir ihn kommen lassen.«
Er rechnete dem Krämer etwas vor, der Kaspar jammerte, daß der Bau ihm viel teurer zu stehen komme, als er je gemeint habe. Aber Sebastian hielt seinen Mund jetzt ganz ruhig, er hatte das Klappern aufgehört, das er sich von Christof zugelegt hatte. Das Geld war schön, aber es roch unsauber. Christof hatte einen Tag lang etwas zu lachen. Er machte lange Augen zu dem Geld hin, das geheim eine Weile auf dem Tisch lag. »Fällt für mich auch etwas ab?«
»Nein«, sagte der Bruder. »Du hast gelogen auf der Karte mit meinem Namen, ich hab jetzt auch einmal gelogen, und das hat sich gut bezahlt gemacht. Wenn du es einmal so gut verstehst wie ich, bekommst du auch was. Man muß sich sein Geld verdienen.«
Da lachte Christof, und nach drei Wochen hatte Sebastian beim Bräu eine Zeche für den Bruder zu begleichen, daß der Gewinn vom Kalk schon redlich geteilt war. »Stimmt's jetzt?« fragte der andere. Mhm, knurrte der Fischer. Er war gerade im Lernen und durfte seinen Lehrmeister nicht vor den Kopf stoßen. Denn es wurde gerade etwas gemacht an dem neuen Krämerhaus, was dem ganzen Dorf einen anderen Kopf machte. Drum standen auch die Leute vor dem Haus herum jeden Abend und diskutierten. Mit den Fingern zeichneten sie von ihrem Standplatz aus die sonderbaren Linien nach, die wie ein bogiges Gitterwerk sich zu einem Ganzen zu verflechten begannen. Christof trieb eine hohe Kunst, er schmiß alles aus dem Ellbogengelenk heraus, er flocht unter die Dachvorsprünge in Rabitz leichte Halbbögen ein und zauberte aus der anfänglich fast glatten Wand eine Fassade heraus, deren plumpes Barock zu leihen genommen war aus den Fronten irgendwelcher Gebäude in München.

Die Leute redeten mit den Händen. »Bei uns in der Kirche ist es auch so, die Bögen auch, gelt! Und das mit den Pfeilern hat er wunderbar gemacht. Ist vorher nichts an der Wand gewesen, und jetzt schaut es aus wie unsere Kirche inwendig –« Christof hörte das von Kirche halbwegs. Da warf er den Kopf zurück, schaute an seiner Fassade hinauf und beschloß, von der Art der Kirche noch mehr unterzubringen an dieser Fassade.

»Das haben wir in München ja jeden Tag gemacht. Aber hier, auf dem Land, bei euch, was soll ich denn da anderes machen! Es muß doch alles halbwegs zusammenpassen, eure dummen Gesichter fallen ja jetzt noch mehr auf, weil endlich einmal ein ordentliches Haus im Dorf steht.« Mein Gott, da müßte man Schnörkel machen, daß ein richtiger Stukkateur vor Neid platzen könnte, und die ganze Wand müßte lebendig sein vor lauter Ornamenten. Er schrie den Leuten seine Kunst ins Gesicht, und sie ließen es sich Abend für Abend gefallen. Sie dachten jetzt nicht mehr an den Fischer, der das Haus aufgemauert hatte, denn das Steineaufeinanderlegen konnte jeder Lehrbub schnell lernen, aber nicht diese Kunst.

»Mußt halt jetzt heraußen bleiben bei uns!« patzte der Rott mit seinem breiten Gesicht auf den Tisch.

»Ich weiß noch nicht«, log Christof ganz leicht hin. »Baut ja keiner was Gescheites, daß man auch wirklich eine Fassade machen könnte, die dem Künstler selber Freude macht. Wenn was los wäre bei euch heraußen – –«

Ganz hinten am Tisch sagte einer: »Ist ja was los – hehehe – – mit der Resl! Hehehe – hast ihr ja eine saubere Fassade gemacht, deiner Resl.« Das war der Brandlex.

»Möchtest blecken, gelt« gab ihm der groß gewordene Fassadenmaurer hin, »möchtest blecken, weil du deinen Kalkofen stillegen mußt, armseliger Schlucker.« Mitlachen durfte jeder, das nahm Christof nicht weiter krumm; denn am nächsten Tag kamen sie doch alle wieder zum Bau und schauten mit andächtigen Gesichtern hinauf.

Aber mit dem Kalk hatte Sebastian den Teufel ins Dorf hereingelassen, den er selbst nicht mehr hinausjagen konnte. Ob nun der Bruder lachte über sein gelungenes Werk oder nicht – der Kalk war da, und es hielt nicht mehr ewig vor, bis der Schwindel mit dem hohen Preis aufkam. Dann stürzte alles über ihm zusammen, der Kalkofen stand für ewig still, und die Bauern kauften den Werkkalk, die schöne Fabrikware, die kaum ein Drittel Geld von dem kostete, was man gerechterweise für den selbstgebrannten Kalk verlangen mußte.
Beim ersten Herbstwind klapperten die Gerüstbretter langsam herunter vom Krämerneubau. Der Maderlechner hatte ein giftiges Geschaue, weil das Geld nicht ausreichen wollte für den Neubau. Christof hatte einen Stundenlohn aufgerechnet für sich und den Bruder, daß die Fassade schier so teuer kam wie die Kosten für den Baugrund. »Das ist zum Haarausreißen, Wastl! Mit dem Bau hast du mich ordentlich hereingelegt.« Das bestritt nun Sebastian in aller Würde. Aber es blieb dabei: Der Krämer hatte ein Haus, wie die Frau es gewollt hatte, das Haus trug ein Gesicht nach der Straße hin wie kaum irgendwo ein Haus auf sechs Stunden im Umkreis, die Maderlechnerischen zogen in das neue Haus um, gerade bevor der Winter kam, und die Justin war ordentlich stolz darauf.
Der Stolz verging mit den Tagen. Es wurde Winter, und mit den rauhen Tagen bekam für die Leute das schöne Haus ein viel weniger schönes Gesicht. Die Bauernköpfe, die einmal unter dem Gerüst gestanden waren und mit einem breiten Lachen die Arbeit des Fassadenmaurers gelobt hatten, schauten ängstlich auf ihre dreckigen Stiefel, wenn sie vor das Haus kamen. Sie musterten die kalte Fassade und die Pfeiler und die Schnörkel, sie blieben stehen vor den zwei Untersberger Antrittsstufen zum Laden – und sie kehrten schließlich um, wenn nicht gerade das bärenmäßige Gesicht des Krämers oder das Lachen seiner Frau mit den Pfingstrosenlippen aus dem Fenster der Türfüllung schaute.

Justine Maderlechner faßte den Fischer einmal, als er um eine Kleinigkeit in den Laden kam: Was er denn eigentlich meine – er habe ja eine schöne Geschichte angerichtet mit dem Hausbau. »Wenn ich das gewußt hätte, nie hätte ich den Kaspar überredet zum Bauen.«
»Das ist noch gar nichts«, stieß der Fischer grob heraus. Die Justin stand vor ihm – Herrgott, da war ja nicht mehr die alles trennende Ladenbudel! Die Krämerin stand frei und mit einem ganz offenen Gesicht knapp vor ihm. »Das ist noch gar nichts! Du weißt ja nicht, wie wir dich ausgeschmiert haben –« Justine fragte mit den Augen, sie sah den kleinen Menschen an, der einen bubenhaften Trotz verbiß: »Was denn – –?«
»Na, frag einmal anderswo, was der Kalk kostet – –« Dann war er weg und schämte sich seiner Feigheit, daß er das ausgeplappert hatte.

VII

Weil Christof den Winter in der alten Unützerart anfing und im Adamhaus soviel wie gar nie mehr zu sehen war, bekam es Lidwina mit der Angst um den Mann. Darum nahm sie aus dem Nachtkasten, der beim Bett ihres Mannes stand, die hölzerne Schachtel, in der einen Sommer lang das viele verdiente Geld abgelegt worden war. Es war wirklich viel. Lidwina besann sich, daß sie so furchtbar wenig zur Kirche hinaufgegangen war den Sommer über, weil Fische und Kalksteine eine Zeitlang vor dem lieben Herrgott gestanden waren.
Und in der Hoffnung war sie auch –
Sie ging an einem Morgen in die Kirche und redete halblaut ihre Gebete vor sich hin. Der Herrgott möge alles wachsen lassen, was in der hölzernen Schachtel so schön angefangen, er möge den Leuten die Gedanken geben und das Geld, daß sie bauen konnten, und er möge den Mann davor bewahren, daß er so ein Luftikus werde, er möge ihn behüten vor Trunk und Raufen – und das mit dem Kalk sei ja redlich verdient gewesen. Falls nicht, dann möge er es auch verzeihen. Einem Armen werde mehr verziehen. Der Meßdiener klingelte, und Lidwina hatte schwere Mühe, ihren schwangeren Körper so zu beugen, wie sie es gewollt hätte. Jesus, sei gnädig! – Jesus, sei mir barmherzig – Jesus, verzeih mir meine Sünden – Es wird schon nicht Sünde sein, das mit dem Kalk.
Es war laut in der Kirche. In den Stühlen, wo fast nur alte Weiber knieten, wurde in einem fort gehustet. Ein Rosenkranz fiel mit einem spitzen Geschepper der Baxkerne auf die Sitzbank, und das Abknacken einer Wachsstockkerze machte Laut. Danach war es wieder still, der Ministrant betete sein

Latein gedankenlos herunter, der Herr Vikar machte einmal eine Kniebeuge, dabei ertappte Lidwina sich, wie wenig andächtig sie war, denn sie hörte genau darauf hin, wie die Schnallenschuhe des Herrn Vikars knarrten.
Lidwina hatte es nie anders verlangt als so: Man ging weg aus der Kirche, ein paar besonders fromme Frauen vielleicht gingen noch vor bis zum Speisgitter, alles andere ging trampelnd aus der Kirche und schwatzte sich noch gegenseitig voll. Die Lidwina hatte man immer schon abseits stehen lassen, weil sie nicht paßte dafür. Man mochte schon Gründe haben! So ging die Fischerin mit ein paar lauten Grüßen, die zur Gewohnheit gehörten, von der Kirche weg, hantelte sich am Geländer auf dem eisigen Weg ins Dorf hinunter und dachte über ein paar verzettelte Gedanken nach. Daheim stand die Schachtel noch an ihrem Platz.
»Marianne!«
Nach einer Weile wieder: »Marianne!«
»Na, mußt du so dreckig herumlaufen?«
Ein sehr verschüchtertes Kind, das nach der Gasse roch, fragte nach dem Wollen der Mutter. Die Frage stand in den Augen, aber die Augen sagten in einem fort mit steter Unruhe die Frage nach dem Begehr wieder, bis die Mutter so nebenhin ihren Willen sagte. »Das Geld da im Papier« – sie schob ihr ein kleines, braunes Paket hinüber – »trägst du in die Hofmark. Dem Posthalter mußt du sagen – also, Marianne, paß doch so viel auf, daß ich dir das sagen kann! – der Posthalter schreibt dir die Postanweisung an den Adam. Das andere weiß er schon.«
»Ist das sehr viel Geld?«
»Tu mir's nicht aus dem Papier heraus, sonst müssen wir morgen zum Betteln gehen, du vorlautes Ding!« Ein anderes Gewand solle sie denn doch schon anziehen. In die Hofmark hinüber läuft man nicht mit dem dreckigen Gewand von der Gasse.
Die Marianne, die ein rotbackiges Bauerngesicht hatte wie

ihre Mutter einmal, schaute den Auftrag, wie er im Gesicht der Mutter noch mit aller Strenge eines harten Befehles zu lesen stand, noch einmal an. Sie tat ein wenig begriffstutzig dabei. Unter dem Weidenzeug der Auen verschwand ihr leuchtender Rock. Aber mit dem Verschwinden aus dem Gesichtskreis der Mutter war auch schon das letzte getan in Befolgung des Befehles.
Unter einer Stumpfweide, deren Besen kahl in den Wind ragte, lehnten mit frostroten Gesichtern ein paar Kinder aus dem Dorf. »Mariandl – da geh her! Das Altwasser ist schon zugefroren!« Das Mädchengesicht drehte sich schnell auf die anderen Kinder zu. Die kleinen Augen, die zwischen einer blokkigen Stirn und heftig angedeuteten Backenknochen zu dem Haufen Ausschau hielten, fingen sich ein paarmal ängstlich an der Schnur des braunen Paketes. »Ich hab nicht Zeit! Ich muß in die Hofmark hinüberlaufen!«
»Geh, Hofmark! Komm her, nachher schleifen wir übers Altwasser. Alles ist spiegelglatt.«
Marianne – die Mutter hat ein hartes Gesicht gemacht, wie sie dich fortgeschickt hat. Marianne, du darfst nicht – – »Wer ist denn schon durchgeschliffen? Niemand? – Mein Gott, seid ihr feig!« Aber nein, sie mußte in die Hofmark hinüber, vielleicht wußte der Posthalter, daß sie schon heute kommen mußte. Wenn das Geld ein Zins war, dann mußte es gerade auf den Tag fortkommen, so viel hatte sie vom Vater gehört.
»Paßt auf! Ich laufe jetzt, so schnell wie ich kann, in die Hofmark hinüber, ich bin gleich wieder da, und nachher kann ich auch mitschleifen. Bhüt euch Gott!«
Es ging nicht ab mit dem Bhüt Gott, die Kinder plagten sie, weil sie nicht den Mut hatten, das Durchschleifen ein erstes Mal zu probieren. Das mußte die Fischermariann machen. No ja – da war schon viel dabei. Sie waren alle schon als Kinder ins Wasser gefallen, der Vater hatte jede einmal hineinplumpsen lassen. Hopp –
Das sang ganz leise, im Eis knackten sich ein paar Fugen ein,

die Schuhe des Mädchens aber hatten es eilig, sie kamen durch, ehe etwas brechen konnte. »Solang es kracht, bricht es nicht«, lachte das Mädel und zwängte das kleine Paket fester unter den Arm. Wenn die Mutter schon einmal gesagt hatte, sie müsse achtgeben, gab sie auch acht.
»Noch einmal, Mariandl, mach's noch einmal! Du kannst am allerbesten schleifen!«
»Nachher ist aber Schluß!« Freilich, sie schliff hin und schliff her, und sechs Kinder hatten rote Backen und rotzige Nasen. Das hatte alles nicht lange gedauert, das Mädel wollte aber jetzt laufen, noch schneller laufen.
»Was hast du denn schon drinnen in deinem dreckigen Packl?« höhnte eine Rotznase.
»Einen Haufen Geld«, gab das eckgesichtige Fischermädel zurück. Da fiel ein solches Lachen über den Dummkopf von Mädel her, daß die kleine Marianne zu beißen anfing und um sich kratzte, wo sich nur eines der kalten Gesichter zeigte. »Was habt ihr denn zu lachen? Meint ihr, der Onkel Christof hat kein Geld verdient mit dem Kramerhaus und der Vater mit dem Fischen und dem Bauen, ha? Hat die Mutter den ganzen Winter den Ofen geschürt, daß wir ein Geld verdienen, und jetzt wollt ihr es besser wissen!«
Ritsch-ratsch – sie riß die Schnur weg, setzte sich mit weinendem Gesicht unter die Besenweide und drehte das braune Papier auseinander. »Ist das nachher kein Geld? ha? Fragt euren Vater, ob er so viel daheim hat, wie mein Vater daheim hat!« Fünf Kindergesichter wurden ganz lang, kalte Hände wischten über die Schrammen, die das rauflustige Fischermädel ihnen gekratzt hatte, aber sie waren alle der wilden Hexe nicht mehr bös, als sie das Geld blinken sahen im Papier: die Goldfüchse, die sich klein und schuchtern zwischen den großen Silberstücken versteckt hielten, aaah, das waren viel Stücker, eine begann laut zu zählen, Marianne hielt ihr noch dazu das Papiergeld unter die Nase und schrie: »Da schau erst her!« – das Zählen hatte keinen Sinn mehr, weil Marianne

rasch das Geld zusammendrückte und das Papier darüberschlug so gut es eben wieder ging.
Ein Jahr Hundeleben hatte das verdient. Es war soviel nicht, aber für den notigen Fischer, der den Kräuterschnaps und das Bier abseits gestellt hatte – na, das Bier, Fragezeichen –, war es ein Haufen Geld. Und noch größer war er für die gaffenden Kinder.
Marianne machte ängstliche Augen, als sie davonlief. Die Schnur war nur locker um das Papier gewickelt – wie leicht konnte da etwas in den Schnee fallen. Sie hätte es doch nicht tun sollen, hätte den Kindern den Inhalt des Papiers nicht zeigen dürfen. Mit fieberrotem Gesicht und fliegendem Atem arbeitete sie sich vorwärts auf dem Weg. Im Wald der große Berghang war glitschig, sie mußte sich an den Stämmen einhalten, die neben dem Weg standen. Heiliger Himmelvater! Ich habe großes Unrecht getan an meiner Mutter – aber die ist oft bös zu uns Kindern, die Maderlechnerin schaut ihre Kinder ganz anders an –, Himmelvater, du mußt gut sein zu mir, du sollst die Straße nicht so rutschig sein lassen! Au! Duu, was habe ich dir denn getan, daß du mich so herumfallen läßt auf deinem Weg?
Weinend lief das Mädel in die Hofmark. »Na, was ist denn, Mariandl? Gelt, du bist vom Unützer eine – die ältere, gelt! Hab mir's ja gleich gedacht. Na ja, was hast du denn?«
»Von der Mutter einen schönen Gruß, und du sollst das Geld da, den ganzen Haufen Geld, dem Adam schicken. Ja, hat sie gesagt.«
»Ja, und weißt du nachher die Adresse von dem Adam?«
Jetzt ging das dumme Weinen wieder an. Der Posthalter machte ein Bernhardinergesicht, ließ die Lefzen hängen auf beiden Seiten wie ein Gaul, den man mit dem ewigen Bißzügel das Maul so geweitet hat. Er tappte in die Fleischbank hinüber und schnitt von der langen Kette eine Wurst herunter – no, ob es wohl langt? Sind ausgehungerte Kinder, die von der Unützerin – –, schneiden wir halt noch eine ab.

»Da, Kleine! Und jetzt wollen wir den Haufen einmal nachzählen.« Er schaute auf den Zettel, schnaufte »oho!« und brummte eine Weile hernach, als Marianne gerade wieder mit dem Bebbern der Lippen anfing: »Stimmt schon, bei den Unützern stimmt's immer. Das sind halt einmal solche Leute. Bei anderen stimmt es nicht.« Er dachte über den Haufen Geld noch die längste Zeit nach, als das Mädel schon wieder auf der Straße dahinlief. Sie mußte doch bald daheim sein, die Mutter rechnete die Zeit immer sehr genau aus. »Ach Gott ja«, knurrte der Bernhardiner. Er schnitt sich auch eine Wurst ab. »Wenn es für die Unützer gut genug ist, wird es für mich auch nicht zu schlecht sein. Aber es ist doch wirklich was mit den Leuten. Die machen drei Jahre so weiter, nachher sind die Schulden beim Adam weg. Ein Teufelskerl ist er, der Wastl, aber gelt, 's Messer halt, 's Messer! Das geht immer noch ein bissel leicht aus der Tasche.«

Daheim, als Marianne schnaufend zur Tür hereinkam, greinte die Mutter, weil sie es immer so tat. Aber sie meinte es nicht so grob, wie sie es herausbrachte. Man soll Kinder lieber zu oft schimpfen, nicht?

Am Tag darauf stahlen alle drei Kinder sich weg, die Schleifbahn auf dem Altwasser ging noch besser heute als gestern. Sie pfiffen durch, daß es eine Freude war für die paar Großen, die ihnen zuschauten und am liebsten auch mitgemacht hätten. Da krachte es auf einmal in die Freude des verbotenen Tuns hinein – »Mariandl! – Mariandl!« Wenn der Vater rief, ließen es die Kinder meistens nicht auf den zweiten Ruf ankommen. Heiliger Himmelva –

Der sah zornig aus. Nichts als die weißen Striche seiner Augen sah das Kind, von dem kleinen beweglichen Körper aus griff etwas auf sie zu – dann schrie sie auf. Und erst dann besann sie sich auf die Strafe, als sie im Keller stak, zwischen Bodenrüben und altem Maurerzeug. Der Vater hatte sie nur einmal gefragt, was sie mit dem Geld gestern getan habe, die Antwort hatte er auch ohne Frage gewußt. Das Mädel hätte keine Antwort herausgebracht, auch wenn er noch fester zugegriffen hätte.

Es roch faul und moderig im Keller. Zwei Tage lang.

Bis die Mutter kam und das Mädel aus dem faulen Geruch befreite. »Du läßt dich jetzt nicht sehen, wenn der Vater wieder heimkommt! Fratz, elendiger, was hast du denn überhaupt gemacht mit dem Geld?« Dabei strich eine Hand, die vielleicht liebkosen wollte, aber nur verdrossen tätschelte, über das schmutzige schwarze Haar des Kindes. Die gleiche Suppe, die Marianne zwei Tage lang im Keller bekommen hatte, wurde ihr wieder vorgesetzt, da roch sie alles wieder moderig an, aber es war irgend etwas zwischen diesem Eingesperrtsein und dem Jetzt, denn die Mutter hatte es so gemacht mit der Hand: Sie hatte über den Kopf des Kindes hin getätschelt. Ein paar Haare hatten sich in den Fingerschrunden verfangen, und es hatte vielleicht gar weh getan.

»Wastl, jetzt laßt du dem Kind seine Ruhe!« sagte Lidwina zu ihrem Mann, als er heimkam. »Ich habe sie jetzt herausgelassen aus dem Keller und ins Bett geschickt.«

»Wo ist –?«

Lidwina hob die gleiche Hand, die vorhin über den wirren Kopf gestreichelt hatte, noch einmal auf. Da blieb Sebastian erschrocken stehen. Was? Die? Lidwina hob die Hand auf gegen ihn, wenn er sich an einem Kind vergreifen wollte? Er schnaufte mit einem gurgelnden Ton den ganzen Zorn in sich zurück, seine Hände fielen am Körper nieder und hingen schlaff weg wie die Beine eines Gehenkten. »Von dir muß ich es mir gefallen lassen? Hab ich im Haus überhaupt nichts mehr zu reden?«

»Na, schon wieder einmal Kirchweih –?« fiel Christof zur Tür herein. Lidwina schaute ihn bös an, Sebastian schämte sich eine Weile vor dem Bruder, der ihn hier antraf in der schwersten Auseinandersetzung – »Halt du dein Maul, wir haben allein was auszumachen!«

Ein anderer hätte sich abwimmeln lassen, aber Christof doch

nicht, der Bruder, der das Geld stets so schön geteilt hatte. Er wollte jetzt auch einmal ein Leid teilen mit dem Bruder und der Schwägerin.
»Was ist denn?«
»Ja, was wird denn schon sein – –« In Brocken erzählten sie, was die dumme Marianne angefangen –
»Ja so! Eure Geschäftsreklame! Das hat die Kleine ja ausgezeichnet gemacht. Die Maderlechnerischen, freilich, die murren schon. Das Geld hat er uns abgeknöpft, sagen sie – –« Sebastian fuhr auf. »Wer sagt's?« – »Geh, sei still, der Kaspar halt.« Er lachte grob, der Christof, weil er um früher wußte. »Es wird ja auch nicht vom Peterspfennig sein, das viele Geld – aber ich sag dir bloß, du hast einen Kredit bei den Leuten, die Leute wissen, daß es nun auch einmal einen Unützer mit Geld gibt, sie werden dich vielleicht noch zum Bürgermeister machen.« Das alles machte nun dem Fischer einen so dummen Kopf, daß er halb weg mit den Gedanken noch einmal fragte, wer denn so dumm daherreden könne. Er hatte das Mädel, die hängezopfige Marianne mit den Hungerbacken, tagelang in den Keller gesperrt. Und jetzt sagten die Leute: Der Unützer ist ein reicher Mann, der schickt dem Adam ein ganzes Schneuztuch voll Goldstücke auf einmal.
Der andere, sein Bruder, hätte es vielleicht mit dem Neid bekommen müssen. Aber er machte ein Gesicht, das nicht Salz und nicht Essig war. »Ich hab ja beim Fassadenmauern viel mehr verdient.«
Justine Maderlechner war auch nicht bös, geschimpft hatte nur der Kaspar. Also fiel es dem Fischer ein, daß er sein Mädel, die Mariandl, an den Henkelzöpfen zu sich heranzog. »Paß auf, Stutz, jetzt gehst du zum Maderlechner hinauf und gibst ihm das Zehnerl, du möchtest was Gutes dafür, mußt du sagen. Wenn sie dich fragen, woher das Geld ist, dann sagst du, das ist vom Bauen übriggeblieben. Aber zu der Maderlechnerin darfst du das nicht sagen, bloß zum Kaspar, wenn er im Laden ist.«

Lidwina schämte sich für ihren Mann, sie wollte gerne das Mädel zurückhalten, aber Christof hatte auch ihr einen dummen Kopf gemacht, daß sie sogar daran glauben wollte, es würde bei den Fischern auch einmal nach Geld stinken. Marianne ging, Marianne kam wieder – »Hast du dir was gekauft? Was denn? – Ja, und wer ist denn im Laden gewesen?« »Die Krämerin«, sagte das Mädel. Da stellte sich Lidwina an den Herd, um dem Schwager ein paar lappige Pfannkuchen herauszubacken.
Christof Unützer ging ein paar Tage später mit der sommersprossigen Maid aufs Gericht, er gab dem Gerichtsschreiber und dem Vormundschaftsrichter an, daß er der Vater des Kindes von der Resl sei und daß er für dessen Unterhalt aufkommen wolle. In gütlicher Verhandlung mit dem Richter und der Resl brachte er es dahin, daß er im Sommer achtzehn Mark pro Monat und im Winter zehn Mark pro Monat zahlen müsse. Ja, sagte er sich, das Fassadenmauern trägt Geld, sogar das Häuserbauen in einem Dorf trägt Geld. Da geht es schon heraus. Heiraten wird er die Resl nicht.
Das Dorf an der Mörn bekam ein anderes Gesicht. Nach außen einmal, seit die Nase des Maderlechnerhauses in den Himmel ragte mit dem unsinnigen Zierat daran. Weil das Land kahlgeblasen war und nur manchmal ein Rauhreif ein Kränzlein von weißen Blättern um alle Dinge trug, wollte sich das Bild des neuen Hauses nicht in das andere Bild des Dorfes hineinfinden. Zudem – es stank in der ganzen Umgebung des Hauses nach Geld. Den Unützer sah man auch so ähnlich an wie das fremde Haus. Er hatte Geld verdient, hatte Schulden wegbezahlt, saß mit vielleicht wenig Schulden im Adamhaus und hatte erst das Leben in der Aufwärtsrichtung vor sich. Seit ein paar Wochen hing der Meisterbrief der Handwerksinnung in der Stube über dem abgeschleiften Ledersofa, der Herr von Ruederer grüßte ihn schon seit langen Tagen nur mehr als »Herr Polier«. Und der Bierkrug kam in ganz alte Gewohnheiten zurück, er stand wieder halbe Näch-

te lang vor dem Fischer und seinem Bruder. Aber wenn Sebastian verkehrt zu den Menschen stand und ihnen nicht so ins Gesicht zu schauen vermochte, dann maßen sie den kleinen Kerl immer noch mit lauen Blicken: Den Stieler hat er erstochen, dafür ist er eingesperrt worden. Eigentlich, wenn er auch ein bissel was hat jetzt, er ist doch ein Zuchthäusler.
Mhm, seine Frau hatte er auch wieder in die Hoffnung gebracht. Man möchte meinen, bei denen reicht es schon, drei Kinder! Buben kriegen sie doch keinen. Wenn man von der Lidwina sprach und von der Ehe des Fischers, standen jedesmal auch Fragen des Weiberhofes zur Debatte. Die Alten da hinten im Weiberhof rackerten noch mehr als früher, seit die Unützerischen sich vollständig von ihnen getrennt hatten. Die Moarl vergaß es dem Fischer nie, daß er sie hinausgeworfen hatte bei der dritten Kindstaufe, und sie hatte doch bloß der Wöchnerin in Dingen der Sitte und Heiligkeit des Ehestandes gute Mahnungen geben wollen. Die Ereignisse hatten den Weg zum Weiberhof und umgekehrt den zum Fischerhaus in den Mörnauen zertrampelt.
Vielleicht mußte eine der dreie sterben in ein paar Jahren schon. Und zwar sterben, ohne das neue Fischerhaus von innen gesehen zu haben. Der Wastl, der Dickkopf, sagte ihnen kein gutes Wort mehr, so mußten sie wahrscheinlich abschnüren in die Ewigkeit mit schleichenden Gesichtern der Erwartung und Enttäuschung.
Mit dem Haus war es wie mit dem Himmel: Man hörte überall sprechen von der Schönheit da drinnen, aber sehen durfte man es nicht. Das lockerte bei der Vev eine Menge Haare, daß die Kühe am Morgen den Klee anbrüllten, wenn er so rauh nach Haar und Haut roch.
Der Balthasar, der Bruder der Herrinnen vom Weiberhof, hatte immer noch vor seinen Weibsbildern eine knieweiche Angst. Darum mußte er sich auch, als er das Ende seines kleinen, zwitterstimmigen Daseins nahen spürte, ganz leise wegschleichen aus dem Leben. Er konnte doch nicht in aller Be-

stimmtheit wissen, ob nicht die Koarl, die Moarl oder die Vev ihn aus der Ruhe bringen würden. Zweie hatten Arbeit abseits vom Hof, die dritte brauchte einen besonderen Auftrag, damit sie verschwand. Balthasar gab ihr eine Handvoll Geld: »Das trägst du in die Hofmark hinüber und läßt es gut aufheben. Wenn ich nicht mehr bin, nachher gehört es dir allein!« Gut, da ging auch die Vev aus dem Haus, damit Balthasar Zeit hatte und Ruhe zum Sterben.

Es war schon lange so kalt fieberig in ihm. Zwischen den ausgemergelten Schultern fiel der Schweiß kalt und naß durch die Haut, die Gelenke am Körper gingen nicht mehr so selbstverständlich, sie rollten heiß, wie ungeschmierte Räderachsen. Er bereute alles, was er in seinem Leben danebengetan. Er hustete und schwitzte kühl und machte es nach seinem Verstehen recht. Nur eine Sünde behielt er sich, weil er sie für keine Sünde hielt: daß er seiner Lebtage nie ein Mann gewesen war, entgegen allem Willen des Herrgotts und der Schöpfung. Auf klappernden Füßen trug er sich in die Kammer und drehte sich in dem harten Bett sogleich auf die Wand zu, damit er nichts mehr zu sehen brauchte von dieser Welt, mit der er eben sauber und ehrlich abgeschlossen hatte.

Kalt war es, und den Balthasar fror. Als er schon lange tot war, fror ihn noch immer, weil die Seele sich lange nicht von dem kaltwerdenden Körper trennen konnte. Es war Weiberhofbrauch so.

Zum Fischer kam der Leichenbitter wie in jedes andere Haus auch. Man war ja gar verwandt. Sebastian hatte ein fades Gesicht, er hätte gerne in den Altwassern Löcher ins Eis geschlagen und Strohwische gesteckt, aber Lidwina hielt doch nach außenhin etwas auf ihre reiche Verwandtschaft und verlangte von ihm wenigstens den kleinen Respekt. Am Grab stand die Koarl mit den Schwestern, sie machten ein böses Gesicht, weil ihnen der Knecht weggestorben war; jetzt mußte es mit drei Leuten gehen und der einen, der Jüngeren, die überblieb und auch schon ganz nett altjüngferlich wurde. Die Moarl

rückte heran ans Grab, nicht des Grabes und des lieben Bruders wegen. Drüben stand der Fischer, der sie aus dem alten Haus hinausgeschmissen hatte und in das neue nicht hineinließ. »Und das ewige Licht leuchte ihm!« Sebastian kannte diese Stimme schon. Die sollte leiser beten, nicht auch am Grab so plärren wie damals am Wochenbett von der Lidwina. Sebastian bekam es schon mit der Angst, als der Platz am Grab frei wurde. Die Moarl bewegte sich unmerklich vorwärts, sie kam immer näher, aber das Beten war früher zu Ende, so daß Sebastian in die Kirche kam und endlich der Verfolgerin gänzlich entfliehen konnte nach dem Gottesdienst.
Er lief gleich den Fischen nach, sah in der Mörn die hellen Flecken alle ab, in denen die Forellen abgelaicht hatten, steckte in den Altwassern Strohwische für seine Schützlinge. An den Balthasar vom Weiberhof mußte er denken und an sich selber. Hatte die Lidwina denn aus ihm auch so einen Waschlappen gemacht? Na – die Lidwina war anders, besonders jetzt, seit man im neuen Haus daheim war und die Schulden weniger wurden.
Kalksteine lagen drin, die ganzen Uferränder waren Kalksteine, kaum einmal war ein anderer darunter. Der Christof hatte seinem Kalkofen das Leben abgedreht, weil er den Industriekalk aus der Stadt brachte. Jetzt war es auch mit dem frechen Überfordern schon zu Ende, und es gab keine Einnahme mehr als die vom Fischwasser und von den Bauarbeiten. Dann mußte eben viel gebaut werden, um noch mehr Geld zu machen, als sich mit dem Kalkbrennen machen ließ. Am Abend sagte er das alles dem Bruder noch viel nachdrücklicher. »Du hast in der Stadt nichts mehr zu suchen. Zuerst hast du mich mit dem Kalk ans Messer geliefert, hernach darfst du auch nicht davonlaufen, sondern mußt schauen, daß du irgendwen zum Bauen aufhetzen kannst. Mit deinen Fassadenschnörkeln werden sie sowieso noch alle dappig.«
Manchmal juckte es den Fassadenmaurer schon wieder, nach München zu gehen und dort das Geld schneller zu verdienen

und zu verputzen als hier. Aber Lidwina hielt ihn fast immer ein wenig fest, sie machte dem leichtfertigen Burschen, den sie eigentlich hassen sollte, immer ein gutes Gesicht, weil er doch zum Sebastian gut war. Und weil er der Christof war.
»Ich kann schon lange nicht mehr recht am Platz sitzen, mein lieber Wastl. Wenn die Stare kommen, müssen die ersten Mörtelspritzer auch schon auf der Joppe sitzen. Aber wer hat denn schon gleich was zum Bauen? Der Herr von Ruederer vielleicht, und der Rasso, der Binder, möglicherweise auch drüben einer, auf der anderen Seite vom Wasser. Das sind lauter kleine Sachen, ich kann schon gar nichts anfangen, weil es da keine Fassaden gibt, nichts für die Kunst.«
Balthasar warf nirgends in das Leben der Mitmenschen einen Schatten. Lidwina sollte sich dunkel tragen, aber in der Schwangerschaft paßte ihr das alte schwarze Gewand nicht mehr. Also blieb der Weiberhofknecht unbetrauert. Bloß der Fischer mußte oft an den Menschen denken, der ohne jede Lebenskraft neben den Weibern hergezottelt war, denkfaul und wühlend in der Arbeit, von dem Weibszeug am Boden gehalten. Trauer fand er nicht in sich, aber ein sonderbares Denken um das Schicksal dieses Menschen, der einmal ein Bub gewesen. So wie der Bub, den die Lidwina ihm jetzt bringen mußte. Wenn die Mädel im Haus Teufel sein wollten, dann würde er aber den Buben aufhetzen und heranziehen zu alter wehrhafter Fischerart, die ohne Ellbogengrobheiten nicht durchs Leben kam.
Während Christof mit dem Herrn von Ruederer, dem eigentlichen König des Dorfes, verhandelte, suchte Sebastian vergeblich neue Sommerpläne vorzubereiten. Der Gutsherr konnte vielleicht einen Keller bauen in den Berg hinein, da gab es keine stolze Fassade. Aber der Bräu! – In die Pläne hinein fiel der Bub – Herrgott, ja, es war wirklich einer!
Sebastian mußte ordentlich zornig werden. Die Leute spöttelten über den letzten Buben noch, die Geschichte vom Stieler wachte in den Gassen auf, und auf einmal begann man

wieder abzurücken von ihm wie damals. Alles Alte wurde wieder neu auf ein paar Wochen, weil Lidwina dem Fischer einen Buben zur Welt gebracht hatte.

»Als wenn die Wilden ihn auf der Durchreise verloren hätten!« sagte die Nachbarin. »Die alten Fischerbuben, der Wastl und der Christof, sind auch so braun gewesen, genauso mit den engen Augen«, erklärte der alte Schmied seiner Frau, wenn sie sich wunderte, daß die Weiberhof-Lidwina lauter so gelbhäutige Zigeunerkinder zur Welt bringe. Der alte weißhaarige Schmied hatte an der Straße siebenundachtzig Jahre vorbeiziehen sehen, der alte Mann redete immer noch so gerne von den Salzfuhrwerken, die vorbeigegangen waren. Das Salz war hoch überspannt mit Wagenplanen, und die Fuhrknechte hatten ihre immer gleichen Salzfahrersprüche. Und er, der Schmied, war auch bei seinem alten Vers geblieben: Diese Menschen sind eben andere Menschen.

Die Schmiedin mußte sich niedersetzen auf die Schraubstockbank, während der Weißbart sein Brot durch die Lippen schob und auf der anderen Seite seine Ansichten herauskaute. Über die Schulter weg deutete er nach dem Bund Hufeisen an der verrauchten Wand. Darüber hing ein ganz altes Eisen aus dem Dreißigjährigen Krieg, und ganz weit oben war noch eins. »Das ist schon ein alter Patzen«, knurrte der Schmied im Erzählen. »So breite Eisen hat man einmal gehabt«, erklärte er und stach mit einer Stange das Eisen von der Wand, das aussah wie ein doppeltes Ochseneisen. Die Frau kannte ihn, sie wußte, daß er im Erzählen immer weitschweifig wurde, sie hörte ihm zu und kaute ebenfalls ihr Brot.

»Das ist noch ein Eisen – aber die Vatern von dem, von dem kleinen zigeunerfarbigen Kerl, haben den Pferden überhaupt noch keine Eisen aufgeschlagen, wie sie zu uns ins Land gekommen sind. An der Straße sind die Spritzer geblieben, und die Leute sind so: Die gewöhnen sich erst schön langsam an die Eisen, wenn wir schon alt genug sind, daß man uns die Eisen abreißt.«

Da wurde die Schmiedin nachdenklich. Sie ging mit einem Korb zu der Wochenfrau und fragte so rundherum an die kranke Frau hin, wo denn ihr Mann, der Fischerwastl, eigentlich abstamme. Geradeaus wollte sie nicht fragen, und die Wöchnerin hätte ihr die richtige Antwort ja doch nicht geben können. So blieb auch dieser Fall unausgesprochen. Nur hatte die Schmiedin eine Geschichte mehr zu erzählen im Dorf. Daß die Rösser, mit denen der Vater von den Unützern ins Land gekommen ist, gar keine Hufeisen gehabt haben.
Lidwina dachte lange Zeit an den heiligen Simon mit der Säge. Zu dem war sie an einem Sonntag, wie die Marianne unterwegs war, wallfahrten gegangen. Es war dann kein Bub geworden. Aber jetzt, wo wirklich einer in den Kissen lag und beim Trinken mit einem frechen Kopf sich an die Mutter heranmachte, jetzt wollte sie den braunen Kerl da mit den schmalen Augen am liebsten Simon taufen lassen. Das paßte dem Fischer nicht so ganz. Er legte sich auf das Ledersofa in der Stube und schickte die drei Mädel zum Wirt um einen festen Schluck Bier. Der Krug stand neben dem Sofa, eine Hand machte ab und zu in Gedanken einen fangenden Griff danach, und als der Krug leergetrunken war, schickte Sebastian zum Vikar hinauf, er solle herrichten, weil er seinen Buben taufen lassen wolle. Zur Lidwina sagte er erst als er nach einem halben Tag von der Taufe zurückkam, daß der Bub Wolfgang getauft worden sei. Mit dem Namen hatte er sich sehr lange befaßt, und es gefiel ihm, daß der Bub jetzt nach seinem Willen Wolfgang getauft worden war.
Weil die Leute beim Oberen Wirt so deutlich von ihm abgerückt waren, ließ der Fischer für ein paar Wochen jeden Gang da hinauf bleiben. Er spürte es selber, daß die Geschichte mit dem Stieler wieder warm geworden war unter den Leuten, aber er wollte es sich nicht von den Leuten in ihrer trockenen Art immer wieder vorkauen lassen. Christof ging alle Tage zum Bräu. Er aß jetzt bei der Lidwina, aber hernach konnte man ihn zu jeder Stunde im Bräustübl finden. Das machte

Sebastian ihm nach, weil er seinen guten Wind in die Nase bekommen hatte.
Irgend etwas wurde locker beim Bräu. Lauter altes Bauwerk stand auf dem schönen Platz, so daß die ganze Straßenseite verschandelt war. Mit diesen Anspielungen hatte Christof den Bräu schon lang in der Arbeit. Aber der machte ihm so ein Gesicht, aus dem man gar keine Zustimmung entnehmen konnte. Bis Christof an der Wand eine Zeichnung anfing und dem brummigen Menschen klarmachte, daß das eine wunderbare Fassade geben müsse nach der Straße hin. So – er zeichnete mit dem schwarzen Stift die Fensterreihen ein. »Ich kann doch keine Bogenfenster brauchen«, sagte der Bräu. Da schaute ihn der Christof so verzeihend an, daß der Mann in der weißen Schürze sich ganz klein schämte.
Das konnte er so niederträchtig, mit einem engen Blick aus den geschlitzten Augen den Menschen anderer Meinung seine Geringschätzung ausdrücken. Der Bräu räusperte sich laut und vernehmlich. Er ging hinaus und rüffelte das Schankmädchen, dann sagte er seiner Frau, daß sie viel zuwenig verstehe vom Geschäft, sonst müsse sie schon lange gemerkt haben, wie notwendig das Bauen sei. Seine Frau raschelte mit der Geldtasche, und diesen Wink verstand man im ganzen Dorf. »Laß jetzt dein dummes Scheppern, Staserl! Das ist bei uns nicht so im Brauch, dem Mann immer das Geld vorwerfen, das man mitgebracht hat, nicht wahr, Staserl!«
Halb süß und halb verärgert faßte er das Gespräch wieder auf. Er konnte sie für nichts begeistern. Da fing er an, das nachzuzeichnen, was Christof an der Wand im Bräustüberl vorgezeichnet hatte. »Das werden die Fenster – weißt du, da muß man eigentlich Bogenfenster hermachen, wenn das ein Saal werden soll. Lauter Bogenfenster, ganz hohe!«
Da schepperte die Frau ganz leise noch einmal mit der Geldtasche, und sie fragte spöttisch nach, ob er ins Sudhaus auch Bogenfenster machen wolle. Der Mann hatte gelernt von dem gerissenen Unützerburschen. Er schaute auch so nach

der Seite, wie es vorhin Christof gemacht hatte. Aber der Erfolg hier war ein ganz anderer. Staserl hatte auf diesen Blick nichts übrig als ein recht lautes Lachen, das den Fassadenmaurer von draußen hereinlockte.
Und bis vier Wochen richtig herum waren, hatte der Bräu einen fertigen Plan in der Hand. Da waren auf der Straßenseite lauter Bogenfenster eingezeichnet. Ganz hohe für das Sudhaus, und niedrigere, breite für die Gaststube und das Nebenzimmer.
»Der Bau vom Maderlechner ist gar nichts gegen das neue Bräuhaus«, meinte Christof. Sein Bruder war ehrlich, der gestand es zu, daß mindestens der andere auch so groß sei. So, das wäre recht, dachte die Bräuin für sich. Sie hatte das Geld mitgebracht und konnte es ihrem Mann leicht beibringen, daß man auch eine große Fremdenstallung haben müsse an der Straße hin. Sebastian fuhr wieder einmal nach Mühldorf, er legte den abgeänderten Plan einem Baumeister auf den Tisch und ließ für ein paar klingende Markstücke von einem Zeichner den ganzen Plan fertigmachen nach dem Wunsch der resoluten Frau.
»Wir haben einen Erker, nachher kann der Bräu ruhig Bogenfenster haben«, lachte die Krämerin. Das kam der Bräuin zu Ohren, die sofort den Maurerpolier keilte, er müsse noch einen Erker auch hinbauen an das neue Haus. Es dauerte eine Weile, bis Sebastian den Grund dieses Wunsches verstand. Ja, er wolle es schon machen, aber der Plan müsse vorgelegt werden beim Bezirksamt, sonst gäbe es unangenehme Geschichten.
Er ging für einen Tag mit der Angelgerte ganz weit droben an der Mörn auf und ab, dem Herrn von Ruederer brachte er drei schöne Forellen an dem Abend, und die zwei älteren Mädel mußte gleich in die Hofmark hinüberlaufen, weil ein Bund Fische aufzugeben war an den Herrn Hörtkorn in München. Ganz spät am Abend sagte Sebastian der Frau in der alten Gaststube, daß er am Bezirksamt nichts ausgerichtet habe.

Einen Erker oder Bogenfenster hätten die Leute ihm gesagt. »Beides zusammen, das geht nicht.« Das war eine dünne Nachricht für die eitle Frau. Sie wolle zuerst gegen das Gesetz verstoßen und einen Erker bauen lassen, aber Sebastian erzählte ihr, daß die Maderlechnerin jedesmal, sooft sie ihn treffe, über den unpraktischen Erker zu schimpfen habe.
So blieb es beim alten Plan mit den großen Bogenfenstern. Der Bräu stöhnte manchmal, wenn die Arbeiter an den Samstagen kamen um das Geld. Dann blieb Christof für die halbe Nacht bei ihm sitzen und trank mit ihm auf gutes Geschäft im neuen Haus. Manchmal kam es vor, daß sein Bruder zur gleichen Zeit beim Maderlechner in der Stube saß und der Frau erzählte, wie er das Bräuhaus und die Wirtschaft herbauen werde: bei weitem nicht so schön, wie sein Meisterstück, das Krämerhaus mit dem Erker. Er hatte wirklich den besten Willen, dem Bräu ein ganz schönes Haus hinzustellen, aber schöner als das Krämerhaus durfte es unter gar keinen Umständen werden. So hatte er es vor, und so erzählte er es auch der Wahrheit gemäß oft der Maderlechnerin und dem Kaspar, der ihn jetzt noch manchesmal hänselte mit dem Schneuztuch voll Geld von damals.
Warum sollte er sich nicht hänseln lassen? Er war still bei der Sache. Er war es auch nicht, der dem Scharrenstein in der Hofmark Post tat, er möge doch einmal ins Dorf herüberkommen und schauen, was da für ein Neubau aufgeführt werde.
Das machte der Gauner, der Christof. Sebastian war ihm ordentlich bös, als er von der Sache erfuhr. Scharrenstein war schon manchesmal in der Nacht herübergekommen und hatte sich den Bau angesehen, aber er sagte nichts und hätte auch nie etwas gesagt, wenn nicht Christof ihn einmal gefragt hätte, ob er je schon so viel Arbeiter auf einmal beschäftigt habe.
Damit kam es zu offenem Bruch zwischen den Unützern und dem Baumeister. Das hielt aber die Arbeit nicht weiter auf, es blieb bei einer groben Auseinandersetzung, über die man im

Dorf allerhand redete. Der neugebackene Polier hatte über dreißig Leute am Bau, er nahm die Arbeit in Akkord, als einmal die Grundfesten herausgemauert waren. Dabei blieb mit jeder Woche mehr übrig. Wenigstens wäre von Woche zu Woche übriggeblieben, wenn nicht Christof wieder ganz leise in seine alte Gewohnheit gekommen wäre mit dem Teilen auf halb und halb. Für einige Zeit ließ man sich das gefallen. Dann sagte Lidwina dem Schwager, er solle sich ganz gehörig schämen. Und es kam zu einer neuen Regelung, daß Christof jede Woche den anderthalbfachen Wochenlohn eines Maurers bekommen sollte.

Darüber ging der Sommer hin, die Arbeit ging wohl frisch von der Hand, aber es reichte nicht, um das große Gebäude auch nur halbwegs fertigzubringen. Das Dach war darüber, die Fehlböden wurden eingefüllt, und aus dem hohen Bau ragten die Kamine schon in die Höhe – da kam der Winter und schlug mit schmalen Schalbrettern alle Fensterluken zu. Man konnte nicht mehr weiterarbeiten, als die Kälte hereinbrach. Sebastian rechnete den Bau bis zu diesem Stadium ab und ließ sich vom Bräu ein schönes Stück Geld auf die Hand geben. Der Kalk war schon eingerechnet, den man während des Sommers von Erhard und Filser bezogen hatte. Zu dem Kalkgeld bekam Christof ein kleines Aufgeld, daß der Winter bei ihm nicht gar so trocken wurde. Dann packte Sebastian alles zusammen, was übriggeblieben war, und schickte es dem Adam.

»Was hast du denn mit dem Fischen verdient heuer im ganzen Jahr?« fragte er seine Frau. Die wickelte den Buben und rechnete überschlägig schnell alles zusammen, was sie ausgegeben hatte für den kleinen Buben da und für das Essen und die paar Fetzen Gewand der Kinder. Es war nicht sehr viel, was sie eingenommen und wieder weggegeben hatte. »Vielleicht um zweihundertachtzig Mark werden es gewesen sein das ganze Jahr. Mehr nicht. Man müßte halt von euch Männern auch einmal einen haben können bei der Fischerei, dann

ginge schon mehr herein.« Das war doch eine Summe zum Lachen!
Sebastian dachte sich die achtundzwanzig Goldstücke nebeneinander. Das war gar kein großer Haufen gegen den Stapel Geld, den er vom Bräu weggetragen hatte in der Zeit eines einzigen Sommers. Darum lachte er. Zuerst lachte er nur in sich hinein. Weil aber Lidwina ein so bekümmertes Gesicht machte in der ehrlichen Sorge um den schlechten Geschäftsgang in der Fischerei, fing Sebastian ganz laut zu lachen an.
Es war nicht viel in der großen Stube, die sich seinerzeit der Adam hatte bauen lassen. Der Raum stand zu drei Vierteln leer, drum hallte es ganz laut von allen Wänden zurück, als der Fischer sein wildes, unbändiges Lachen herausstieß. Zweihundertachtzig Mark – »und um den Pappendeckel hast du dich den ganzen Sommer geplagt, hast dir krämpfige Füße geholt bei der Arbeit und den Kindern nicht einmal einen ordentlichen Fetzen Gewand kaufen können?« Er wurde wieder stiller nach einiger Zeit. »Sag's wenigstens den Leuten nicht, sonst lachen sie auch noch über uns. Das ist ja ein Bettel, das bisserl Geld!«
Freilich, der Herr von Ruederer hatte gestern schon geschickt um ihn, es gab wieder Arbeit im Sommer für eine Menge Maurer. Der Gutsherr ließ einen Anbau machen an seiner Villa. Einen großen, hellen Bau wollte er haben mit großen Fenstern nach der Sonnseite, eine Terrasse darauf, daß die Familie abends ungestört im Freien sitzen konnte.
Auf dem Weg zur Villa klang mit dem Fischer immer noch das laute, das erbarmungslose Lachen, das eben der Frau durch ihre Sorgen geschnitten hatte. »Grüß Gott, Herr Polier!« Der Gutsherr lachte auch, aber sein Lachen klang anders, klang nicht so hölzern wie das scheppernde Losbrullen des Fischerwildlings. Vor der Villa führte der Gutsherr ihn herum.
Groß wollte er es haben, der Herr von Ruederer! Da blieb von der alten Villa nicht viel mehr übrig, wenn die Pläne einmal

verwirklicht wurden. Sebastian rechnete lustig irgendeine Summe aus. Herrgott, in einer Viertelstunde konnte man doch nicht die Kosten für einen solchen Bau aussprechen. Das konnte ein alter Baumeister nicht und der Fischer noch viel weniger. Was er meinte, sagte er dem Gutsherrn so halblaut hin. In die große Zahl hinein fiel ganz hell und deutlich wieder die Stimme der Lidwina: »Zweihundertachtzig Mark den ganzen Sommer –.« Das beleidigte ihn, das war eigentlich gegen sein Denken. Darum lachte er noch einmal. Aber das Lachen klang so, daß der Gutsherr ihn fragte, warum er so weinerlich zu jammern habe.

»Weil Sie jetzt heiraten müssen, Herr von Ruederer«, platzte der Fischer dumm und gedankenlos heraus. Fürchterlich – was hatte er denn jetzt gemacht? Der Mann vor ihm bekam ganz kleine Augen – noch nie hatte ein Mensch aus dem Dorf so plump und kindisch ihm eine Wahrheit gesagt. Aber der Herr von Ruederer war wegen dieser Anzapfung gar nicht bös. Er machte kleine Augen, weil er ganz genau wußte, daß er heiraten mußte. Ein schöner Besitz, das wunderbare Schloß da oben, Wald in ganzen Zügen da drinnen auf dem Flachland, aber was warf denn der ganze Krempel noch ab im Jahr! Das Geld fehlte, um den Betrieb richtig umzugestalten, daß auch wirklich ein kleiner Gewinn herauskam.

Theobald von Ruederer wurde klein vor dem Fischer. Der Hut fiel aus dem Gesicht zurück, einen Ruck weit, dann noch einen Ruck. »Jung sind wir auch gerade nimmer, mein lieber Wastl.« Das sah Wastl selber an den Schläfen des Mannes. Und Herr Theobald schaute zurück auf die Schläfen seines Gegenübers, die noch pechschwarz glänzten wie der dünne Hängebart. Sebastian war um ein schönes Stück jünger.

»Über die Sache reden wir später dann weiter«, sagte der Gutsherr übermäßig laut und heftig. Er mußte etwas wegstoßen von sich, was ihn vor dem kleinen behenden Mann da bloßgestellt hatte. »Und an die Lidwina auch einen schönen Gruß – halt! Wastl, geh noch mit mir ins Haus, da hab ich was

für die Kinder.« Er führte den Fischer in den Gang mit den Wandbildern, wo nackte Engel an den Wänden herumschwirrten. »Ist immer noch ganz schön, ich schau's gerne an«, machte er im Vorbeigehen, hernach drückte er dem Fischer irgend etwas in die Hand. Es mochten ein paar Pakete Lebzelten sein oder so etwas.
Was der Mann nur hatte, daß er heute so ganz anders sich an den Fischer heranmachte als sonst? Sebastian hatte an anderes zu denken, er wollte nicht mehr rasten im Sommer, immer wollte er an einem Bau stehen und das Dorf umkrempeln von oben bis unten.
An Lidwina dachte er und an das wenige Geld, das aus der Fischerei hereingegangen war im ganzen Jahr. Da ging er an der Küche vorbei, in die Au hinaus und pfiff draußen durch die Finger, daß im Hasenspurt die Kinder anflitzten. »Niedersetzen«, sagte er, und er machte das Paket des Gutsherrn auf. »Kriegt jedes genau seinen gerechten Teil!« Das war ein bunter Mischmasch in dem Paket. Lebzelten und Nußstangen, süße Brezeln und schokoladene Häuserl – alles nach Art und Zahl verteilen war eine Kunst. Die Kinder schauten dumm nach ihrem Vater. So etwas hatte er noch nie im Leben getan. Stecken hatte er schon nach ihnen geworfen und sie alle des öfteren bereits in den Keller gesperrt, aber gute Sachen verteilt – nein!
Die Justin machte einen Satz um die zwei Schwestern herum, sie durfte als die Kleinste es wagen, mit der ganzen Hand in die Fülle der gutsherrlichen Sachen hineinzulangen und der Walpurga, die gleich hastig auf diesen Sturm reagierte, die Zöpfe wegzureißen. »Noo! – Ich hab den Haufen gekriegt! – Ich hab den großen Zelten da vom Vater eigens bekommen!«
He he – die Marianne! Was die schon für ein fades Gesicht machte! Blaß war sie, ja, und ihre Augen hatten eine sonderbare Unruhe. Sie sagte nein zu den süßen Dingen und seilte die zwei Ziegen ab, um, ihnen nach, in die Auen hinaufzugehen. Sebastian hielt an sich, weil ihn das Denken um sonst

ungewohnte Dinge plagte. Hatte noch so ein dotschiges Jungengesicht, gar kein Gesicht eigentlich noch, nur zwei Augen und eine kindlich lange Nase mitten in dem hellen Flecken Kopf. Und war schon so alt? Machte schon die Einsiedlerin? Das sind immer sonderbare Geschichten, wenn ein junger Mensch in die tollen Jahre kommt; bei keinem weiß man, welche Dummheiten er gerade zu der Zeit anstellen wird. Marianne war klug, die machte nicht viel Dummheiten. Sie verschmähte bloß die süßen Sachen des Gutsherrn und trieb mit weiten Augen den Himmel einer schwimmenden Zukunft vor sich her.

Führte weiße Ziegen vor sich her durch die Wiesen und dachte an alles andere, nur nicht an die Ziegen. Vor zwei Jahren hatte sie noch mit anderen Mädeln die Schuhe auf dem Eis durchgeschliffen, hatte das Geld hergezeigt, das dem Adam gehörte. Sebastian machte dieser Sache Schluß mit der Feststellung: »Das muß eben auch kommen. Immer Kind bleiben, das geht nicht!«

Auf der Straße flitzten die zwei anderen davon und schrien laut in den Tag hinein, als Sebastian auf der Suche nach seinem Bruder durch die Straßen ging, an alle Plätze, wo er den anderen vermuten konnte. Beim Maderlechner traf er ihn, und auf der Ladenbudel stand die Flasche, aus der Justine manchmal an einen Stehgast ausschenkte.

»Christof!«

Dieses »Christof!« sagte er nur mit der Hand. Das war ein ganz leichter Stoß von der Seite. Mhm. – Nein, er wollte keinen Schnaps, er habe keine Zeit. Justine wischte die Budel ab. Sebastian sagte zu sich, daß die Krämerin überhaupt sich nicht verändert habe in den Jahren. Er schaute ihr ins Gesicht und tappte sie mit den Augen ab. Da wurde sie ganz kalt und still und sagte ihm mit einem abweisenden Blick, daß er Vater von vier Kindern sei.

»Was ist denn?« fragte Christof draußen.

»Was wird denn los sein – der Herr von Ruederer braucht eine Frau, dann baut er auch.«

»Ich kann ihm doch keine zubringen«, sagte Christof. Da überlegten sie beide, wieviel Geld eine künftige Frau von Ruederer mitbringen müsse.
Man stand in der Stille der leeren Straße eine Stunde beisammen und sagte nichts Rechtes mehr. Nur ab und zu ein Wort, das aus einem weitschichtigen Überlegen stammte. Der Fall wurde fürs erste in dem Sinn erledigt, daß Sebastian sich in der Hauptsache um den Bau annahm. Christof mußte dafür sorgen, daß beim Gutsherrn der Wille zum Bauen nicht mehr einschlief. Ja, so ließ er sich schon antreiben.
Die Mörn nahm in der Zeit hin ihr Eis wieder ab, es grollte für ein paar Wochen auf dem Fluß sehr laut talwärts, und das Adamhaus wurde ein paar Tage lang so heftig vom Wasser angeleckt, daß sogar Lidwina es ein wenig mit der Reue bekam. Aber als der Fluß all seine Ungezogenheiten wieder ablegte, kletterte beim Bräu das Gerüst wieder hoch, und die zwei Brüder hatten einen Sommer lang schwer zu tun, daß alles fertig wurde.
Sebastian mußte den Bau fertigmachen, und Christof durfte ihn vollenden, auf den äußeren Glanz zurichten, dem Auge gefällig machen. Vielleicht waren die Bogenfenster doch nicht ganz so schön, wie man gemeint hatte. Aber Christof hatte dafür ein Pflaster. Der Schlüsselbund der Bräuin schepperte noch einmal sehr laut und vernehmlich, und dann wurde dem Fassadenmaurer Christof Unützer die Erlaubnis gegeben, ein paar Fachleute aus der Stadt beizubringen, um die ganze Straßenfront in Terranova zu machen.
Das kostete Geld.
Aber es trug Leben ins Dorf. Die Menschen sahen den zartgrünen Ton der langen Front herauswachsen aus den Händen der vier Leute, sie standen unter dem Mittelgerüst, als Christof über der großen Einfahrt in zweifacher Mannshöhe die Embleme des Brauerhandwerks in Terranova zu formen begann: einen riesengroßen Maischbottich mit den gekreuzten

Malzschaufeln darüber, und zu beiden Seiten ein sattes Gehänge von Gerstenähren.
Terranova, sagte Christof. Terranova, sagten die zwei Facharbeiter aus München. Terranova, sagten die Bauern, und sie konnten es nicht gut aussprechen, das Wort, das diesen zartgrünen Wänden ihren richtigen Namen gab.
Unter dem heraldisierten Bottich stand der Gutsbesitzer Theobald von Ruederer. Der Fassadenmaurer grüßte hinunter zu ihm und zeigte ihm mit der streichenden Hand die ganze schöne Front.
Jaja, es ging wohl nimmer anders. Wenn der Bräu seinen Neubau in Terranova bewerfen ließ, dann wollte er es vielleicht ein klein wenig einfacher machen lassen, dafür aber noch kunstvoller, noch klarer in den ganzen Linien, daß die Leute wußten: So sahen Bräuhäuser aus und so schaute eine gutsherrliche Villa aus.
Nur – die Hand mußte er vorher noch ausstrecken nach etwas ganz Bestimmtem. Er hatte einen Brief in der Tasche, zu dessen gar nicht unerfreulicher Regelung er nach München fahren wollte.
Gleich in den nächsten Tagen.

VIII

War das Dorf in seiner Abgelegenheit bislang immer im sauberen Abstand geblieben zu den Schrittspuren, die eine beweglichere Zeit vortrat, so ging man jetzt auf einmal in der Reihe mit – »Wie es sich gehört für ein solches Dorf«, pflegte Christof zu sagen.

In der Villa halb am Berg wohnte jetzt eine Frau. Sie war groß, und die Bauern sagten am Biertisch, sie ist ein prachtvolles Weib. Gerne hätten sie ihr das landläufige Prädikat ›wie Milch und Blut‹ gegeben, aber das war sie nicht. Nach den dörflichen Begriffen war sie nicht schön, und dennoch begeisterte sich eine ganze Gemeinde für die zwei Dinge, die Frau Adele von Ruederer in das Dorf und in zweiter Linie erst in die Ehe mitgebracht hatte: die große Menge Geld, die im ganzen Leben des Dorfes zu pulsieren begann von der rotumrankten Doppeltür der Villa aus, und das zweite: die Größe und Fülle eines stattlichen und doch ebenmäßigen Körpers.

Geld kann Sympathien gewinnen bei unehrlichen Menschen, wohl auch bei anderen. Solch vollblütige Fraulichkeit aber gewinnt unter den Menschen dieser Art rückhaltlos die Zuneigung, die man einer nach den landläufigen Begriffen nicht gleich vollwertigen Frau versagt hätte.

Als Frau von Ruederer die reiche Zimmerflucht des großen Villenanbaues bezog, sagten die Leute darunter und darüber, jetzt kommt eine ganz neue Zeit ins Dorf. Sie kam wirklich, diese neue Zeit. Und als man alles sich ändern sah, als alles anders wurde in dem Bild der verzettelten Häuser, blieb um die neue Frau des Dorfes der Schein, als seien die neuen Dinge mit ihr gekommen in den großen Möbelwagen.

War doch sie es gewesen, die von München einen Stukkateur ins Dorf brachte, einen tüchtigen Außenmaurer dazu, schwarze Leute auch noch, die im Haus Wunderdinge einrichteten. Dabei vergaß man den Fassadenmaurer Christof Unützer nicht, den ausgewechselten Fischerbuben, der mitten in der Arbeit davongegangen war, um in München wieder dem alten Gewohnten nachzulaufen. Der neue Mann aus München sagte den Leuten, daß das am Krämerhaus und an der Straßenseite der Brauerei ein tüchtiger Mann gemacht haben müsse. Besser könne er es auch nicht machen. Damit stieg der Abwesende in der Achtung. Man hörte zwar von der Resl, daß er nach drei Monaten schon nichts mehr bezahlt habe für das Kind. Aber gelt ja, die Resl, das war so eine. – Man mußte es ja nicht unbedingt glauben, was sie sagte.

Vom Fischerwastl wußte man, daß er sich wieder neue Schulden aufgeladen hatte. Irgendwie und -wann, aus Dankbarkeit vielleicht, hatte der Herr von Ruederer dem Fischer ein großes Augrundstück verkauft, um ganz billiges Geld verkauft. Aber für den Fischer war es auch so noch teuer. Davon redete man im Dorf, und man verstand Sebastian nicht, der auf solche Weise von einer dummen Geschichte in die andere torkelte. Sebastian jedenfalls hatte seine großen Gedanken dabei.

Ihn konnte es nicht grämen, daß man im Dorf gar so viel der neuen Frau danken zu müssen glaubte. Die Leute schauten zu Frau Adele von Ruederer so voller Anerkennung auf, daß Sebastian damit zufrieden sein konnte, wenn die Menschen es vergaßen, daß doch er und Christof mit dem Umkrempeln des ganzen Dorfes den Anfang gemacht hatten.

Es war gut so.

Und im Dorf sah man Geld unter den Leuten.

Geld hatte es gegeben mit der Entwicklung der letzten Jahre, ob jedoch alles das zum Besten der Gemeinde gewesen? Sebastian duckte den Kopf in irgendeiner unbestimmten Angst ein, wenn er die Jahre zusammendachte. Der Bub, der schon lange sich auf der Straße herumtrieb, der mehr beim Maderlechner drüben war als daheim, stammte aus der Zeit des Anfangs.

»Wolfgang!«

Sebastian ging die große Straße herunter mit zwei Forellen im Lagel, und der Bub kollerte ihm gerade über den Weg. Zwei, drei, vier Kinder schrien dem Vater in die Ohren, was sein Kleinster für ein Grobian sei. Immer müsse er raufen, alle Kinder habe er schon blutig geschlagen.

»Mich hat er über die Stiege hinuntergeworfen.«

»Mit den großen Steinen von der Straße schmeißt er nach uns!«

»Schau meinen Zopf an, da hat er sich angehängt und geschrien wie ein wildes Viech.« So fielen sie über den Vater her, der den Buben fest an die Hand nahm und schweigsam mit seinen Gedanken an die neuen Dinge weiterging.

Daß auch die Lidwina sich gar nicht mehr um die Kinder annahm? Er hatte gelacht einmal, wegen der wenigen Fische. Das hatte sie so trotzig gestimmt.

»Lidwina!«

Die hörte nicht. Die hatte schon oft nicht gehört.

Nana – jetzt war sie wirklich nicht im Haus. »Lidwina!« Wie lang war es denn her, daß sie schon keinen Huchen mehr heimgebracht hatte? Mochte sein, daß es keine Huchen mehr gab. Was brauchte man schließlich auch das Fischwasser, wo das ganze Jahr gebaut wurde im Dorf. »Wolfgang, das sag ich dir: Wenn ich dich noch einmal erwische bei den anderen Kindern, wenn ich dich einmal noch raufen sehe, dann gnad dir Gott!« Den Vater, wenn er an ihn heranrückte, fürchtete auch Wolfgang. Er rieb sich die Backen, die eben etwas abbekommen hatten, und versprach zeitweise Besserung.

Lidwina war nicht da. Das war jetzt eigentlich immer so. Nur fiel nichts mehr auf im Adamhaus, seit das ganze Dorf den Rappel mit dem Bauen bekommen hatte.

Und die Zille war auch nicht am Platz.

»Lidwi-i-ina!« schrie er über die Mörn hinauf und hinunter. Es war umsonst. Erst spät am Abend kam die Frau heim. Sie sagte etwas und sagte nichts. Daß von Mühldorf einer dagewesen sei und nach ihm gefragt habe. Ja, ein mittelstarker Mann mit einem sehr langen Schnurrbart sei es gewesen. Der Justin gab sie die gute Lehre, sie solle ordentlich schlafen, nicht immer noch zum Fenster hinausschauen bis spät in die Nacht.

Wie es mit den Fischen gehe, fragte der Mann. Darauf nahm Lidwina die Schuhe unter der Vorderbank, er solle doch besser auf seine Sachen achtgeben, schon wieder habe er einen großen Schaufelstich im Oberleder. Der kleine Wolfgang, der schon mit den Buben der Gasse raufte, lag auf dem Sofa und trank aus der blechernen Flasche seine Milch wie ein ganz kleines Kind. Lidwina meinte nebenhin, sie habe noch eine Kleinigkeit zu tun.

Was sie tat, konnte Sebastian selber sehen. Das Fischlagel knarrte am Boden, mit kundiger Hand schlug Lidwina die Forellen tot am Wassergrand. Dann suchte die Hand im Grand herum, fischte etwas Großes heraus und schlug es an den Beton. Das war auch eine Forelle. Wegen seiner zwei Fische allein war es also nicht, denn die Hand brachte immer wieder ein Stück aus dem Wasser, lauter schöne Kerle. Hoopp! Das war ja ein Huchen! Sie konnte ihn nicht herausbringen, weil er jedesmal über die Handwurzel wegglitt. Als er helfen wollte, schob die Frau ihren ganzen Körper zwischen ihn und den Grand. So, die ließ ihn abfahren.

Die schrundigen Hände arbeiteten unter dem Schein eines dürftigen Lichts an Fischen und blutigem Rupfenzeug herum. Zwanzig Pfund der Huchen, die Forellen zusammen an die dreißig Pfund, so rechnete sie. Währenddessen kam ihr der Gedanke, sie solle die Forellen –

Das tat sie erst am nächsten Morgen. Schickte die zwei Forellen, die Sebastian gefangen, zum Bräu. Das Geld solle ihm ausbezahlt werden oder von der Zeche abgezogen. Jetzt hatte

sie etwas anderes zu tun. Die zwei Fische abseits legen, das andere in drei Rupfenpakete verstauen und noch forttragen spät in der Nacht. Um fünf Uhr ging der erste Zug nach Mühldorf, da war mittags die ganze Fracht in München.
Ihre Tritte tappten davon, der Schatten ihres eckigen Körpers verlor sich in der Dunkelheit, nur die Tritte kamen noch halblaut ins Haus zurück, wo Sebastian nach ihr ausschaute.
Als sie heimkam, lag er im Bett und schlief. Sie schob raschelnd ihre Kleider vom Körper. An den Hüften behinderte sie etwas, da machte sie alles weiter auf. So, wie sie ins Bett fiel, blieb sie liegen. Zur Kalkbrennerzeit war es nicht anders gewesen. Dem Kalkbrennen hatte Christof ein Ende gemacht, und Christof war der Mensch, der alles anders machte im Dorf. Sie sollte ihn eigentlich hassen.
Ihre Arbeit war hart. Und Sebastian hatte einmal gelacht darüber.
Man ging leer nebeneinander, man hatte den Buben gezeugt und geboren, dann war man auseinandergefallen in Arbeit und Neuerung und Sachgier. Die andere Seite war das Haus, zu dem heute die Frau noch betete wie vielleicht zum heiligen Simon. Gott war anders, zu Gott betete sie anders. Darum sagte sie nie »Herrgott«, sondern »Gott«. Und ihr Gebet war so: »Vater unser, der du bist in dem Himmel, geheiliget werde dein Name, zukomme uns dein Reich, dein Wille geschehe wie im Himmel also auch auf Erden.« Und dann sehr laut und sehr nachdrücklich, viel nachdrücklicher als »Dein Wille geschehe!« das andere: »Gib uns heute unser tägliches Brot!«
Fast immer fürchtete sie sich ein wenig vor dem Herrgott, zu dem sie Gott sagte. Aber sie war vertraut mit dem heiligen Simon, den die Heiden mit einer Säge auseinandergeschnitten haben von oben bis unten. Wenn sie an den heiligen Simon dachte, spürte sie immer die Säge. Ihr eckiger Leib schrumpfte zusammen unter dem Deckbett. Dann schlief sie weg.
Als ein spätes Fuhrwerk langsam auf der Straße vorbeifuhr, als es anhielt beim Schlagbaum, wo der Mautner den Brük-

kenzoll nahm, und mit einem lauten Poltern auf den Brükkenhölzern wieder weiterrollte, krümmte sich der Körper im Schlaf noch ein wenig nach. Das Laute, das Aufdringliche, was von der Straße hereinklang, tat ihr weh. Vielleicht, weil die Kiesel schrien, wenn sie von den Rädern zermahlen wurden. Vielleicht, weil man auf diese Straße, die jetzt schrie in der Nacht, vom Weiberhof mit einem verächtlichen Daumen nur hinabgedeutet hatte.
»Die Salzstraße«, hatten die drei Weiber bloß gesagt, und sie hatten einen harten Spott gemeint mit dem Wort. »Die Salzstraße«, hatte Balthasar – tröst ihn der liebe Gott! – gesagt, weil er immer das Echo der drei anderen war.
Und der Sinn ihres verächtlichen Wortes war gewesen: Was brauchen wir die Straße, wenn es Wege gibt, die von den Feldern zum Hoftor führen? Was brauchen wir eine Straße, auf der die Planwagen gehen mit fluchenden Fuhrknechten?
Wem dient die Straße, die keinen Anfang und kein Ende hat, wenn sie nicht uns dienen kann? – Aber gesprochen hatte man nie von der Straße, weil sie in dem ausgewinkelten Lebengsgang dieser Leute keinen Sinn und keine Bedeutung hatte. Was geschah auf der Straße, blieb den Menschen fremd, und gegen das Fremde schließt das Bodenstehende sich ab in einem Mißtrauen, das so spottet: »Die Salzstraße!«
Lidwina schlief, die Nacht durch, die Zeit durch. Lidwina schlief, weil der nächste Tag schon wieder mit der Arbeit wartete, mit der ganz gleichen Arbeit wie jeder andere Tag. In der Nacht knarrte kein Fuhrwerk mehr seinen Lärm durch das offene Fenster der Schlafkammer. Das Dorf stand still, es stand ruhig in seinem Leben und seinen Menschen und seiner Arbeit, daß die Hände der Arbeit, die der Frost verbeult hatte, am Morgen blind dort eingreifen konnten, wo sie aufgehört hatten am Abend und wo sie gewohnt waren, jeden Tag einzugreifen.
Die Salzstraße, die immer Bewegung war und immer neu und

anders jeden Tag mit dem, was sie brachte und wegtrug, lärmte nicht mehr mit einem Fuhrwerk in den Schlaf der Fischerin hinein. Da konnte Lidwina tief schlafen, und sie horchte am Morgen nicht mehr nach dem Knarren eines Fuhrwerks, das am späten Abend vielleicht noch gekommen und verschwunden war wie alle Dinge auf der Salzstraße. Darum ging die Frau am Morgen an die gewohnte Arbeit, und sie dachte nicht mit einem leisen Gedanken an die Straße, über deren weißen Strich die Leute auf dem Weiberhof in ihrer Bäuerlichkeit den Daumen zückten: »Die Salzstraße!«
Wenn aber – – –
Sebastian ging auch mit dem Morgen an seine Arbeit, er machte es auch in alter Gewohnheit, er werkte seine zehn oder zwölf Stunden, daß Geld und Brot ins Haus kam –
Wenn aber das Tun des Mannes etwas ganz anderes war als ein bloßes Weitermachen an der Stelle, wo der letzte Tag aufgehört hatte?
Von den Menschen, die auf dem großen, fremden, weißen Strich der Straße kamen und das Dorf verlachten, das an ihrem Weg stand und stehend an seinem Platz lebendig und sich gleich blieb, hatten die Weiberhofleute und die Bauern verächtlich gesagt: »Die Salzstraße.«
Wenn aber nun das Dorf nicht mehr Dorf blieb? Nicht mehr der verzettelte Haufen Häuser mit dem kleinen Wohlstand darin – weil Sebastian und Christof, von denen der Beschlagschmied sagte, sie seien andere Menschen, zu bauen angefangen hatten?
Es wurde nicht mehr gebaut.
Darum war Sebastian draußen irgendwo untertags und werkte dahin, aber er war nicht zufrieden, denn dieses Zimmern und Flicken war nicht eine Arbeit, wie er sie wollte, eine neue Arbeit, die man sah hernach.
Lidwina glaubte, sie habe von der Salzstraße geträumt in der Nacht. Irgend etwas Unbestimmtes. Räder hatten geknarrt, sie hatte einen üblen Kopf. Vielleicht hatte sie vergessen,

zum heiligen Simon zu beten. Die vier Kinder mußten ein Vaterunser mehr beten, während Lidwina den Buben wusch und den Mädchen die Henkelzöpfe auskämmte.
Am Anlegplatz schlenkerte die Zille grau und wetterfarben auf dem Wasser. Sie roch nach Binsen und nach schleimigem Algenzeug. Ehe die Sonne auf der Höhe stand und die Zille auswärmte, daß der fade Geruch sich verlor, saß das bauernknöchige Weib schon auf der Ruderbank und drehte das Fahrzeug hinaus auf die Mörn, an die Plätze, wo Huchen anbeißen konnten.
Warum haben die zweie eigentlich gebaut?
Sebastian fragte sich daheim das gleiche: Für wen haben wir die Häuser an die Straße gestellt, die in eine Stadt gehören mit ihren sonntäglichen Fassaden? Das Bauen war still geworden, niemand griff mehr zu, keiner hatte mehr den Mut dazu.
Das war auf einmal gekommen, eigentlich recht plötzlich. Vorher hatte man noch gebaut, man hätte auf eine dünne Wolke ein Haus, eine neue Sache gestellt, und jetzt blieb den Leuten der Mut weg. Er, Sebastian Unützer, hatte doch nicht getrieben.
Nein, er wollte es gar nicht gewesen sein, jetzt schon gar nicht, wo die Leute schon fragten nach dem, der das Dorf so in einen tollen Wirbel gebracht hatte. Man murrte über den Fassadenmaurer und meinte vielleicht ihn damit, den Fischer.
Über den war leicht murren. Der war in der Stadt wieder untergegangen, aus der er gekommen war mit den neuen Dingen und mit den glänzenden Reden von herrlichen Fassaden. An ihm konnten die Menschen sich nicht reiben, darum kritisierten sie an seinen stolzen Straßenfronten und meinten nebenher den Fischer, der das alles gebaut hatte.
Es murmelte und murrte unter den Leuten. Sie stießen an den Bräu hin, ob jetzt alles gut sei, ob sein Bier besser schmecken solle, weil er Bogenfenster in seinem neuen Bräu-

haus hatte auf der ganzen Straßenseite. Das wollte Sebastian nicht mehr lang anhören. Er nahm an einem Morgen wieder selber die Ruderstange der Zille in die Hand und schaute nach dem Garn, das Lidwina am Abend vorher ausgelegt hatte. Einmal mußte er doch wieder das tun, was Lidwina ihm als Arbeitskreis zuschob.

Oder?

»Hast du es ganz vergessen, Sebastian, wie dir deine Frau, die Lidwina, damals den Stiefel vom Fuß gelöst hat? Weißt du denn gar nichts mehr von dem Schinden und Rackern für die drei ersten Kinder und die Gelder vom Weiberhof? Gar nichts hast du wegbezahlt, du hast bloß Grund zugekauft und hast dir die Dinge weggelogen, deren du dich einmal geschämt hast.«

Das Dorf stellte sich mit einem bösen Gesicht gegen ihn.

»Es geht nicht mehr, mit allen Kindern zusammen«, sagte Lidwina. Mehr brauchte sie nicht zu sagen, dann ging Sebastian zum Bräu und fragte den kugelbauchigen Mann, was er zahlen wolle, wenn er die Marianne bekomme, an die Schenke hin zum Krüge waschen und zu derlei Arbeiten. Der Bräu dachte zuerst an die Schulden, die er sich aufgetan mit dem Bauen, seine Frau schepperte nicht mehr mit der Geldtasche, und das ging ihm wirklich ab, nachdem er sich in einem langen Leben an dieses Klimpern so schön gewöhnt hatte.

Was er zahlen wolle? Nichts wolle er zahlen, er brauche die Tochter von dem Mann nicht, der Unglück über ihn gebracht habe mit dem Bauen. Wenn er wolle, könne er sein Bier anderswo trinken jetzt nach dieser Abfuhr.

Also blieb Marianne daheim, und der Fischer trank sein Bier hinfort beim Oberen Wirt. Lidwina jammerte nicht viel darüber. Sie packte mit der alten Kraft die Arbeit an und spannte das Mädchen ein. Mußten ja die anderen auch schon mitarbeiten, seit sie zu brauchen waren für irgendeine kleine Beschäftigung.

Sie wuchsen her und wurden groß, trotz Arbeit und karger

Kost. Es ging nicht mehr so laut her im Adamhaus, seit der Fischer wieder ein Fischer war und mit dem Zuggarn die Mörn auf und ab fuhr. Das Netz stand in den Uferausbuchtungen, und die Altwasser wurden ausgefischt nach jedem Hochwasser. Als zwei Jahre herum waren, rechnete Sebastian den Ertrag seiner Fischerei zusammen, und er kam auf keine vollen tausend Mark mit seiner Rechnung. Da fiel es Lidwina ein, daß sie einmal lachen sollte. Und sie lachte ganz laut und bös heraus, dem Mann zum Trotz, der einmal über die zweihundertachtzig Mark so klein gelacht hatte.

Die Leute sagten wieder ›Fischerwastl‹ zu ihm, der Herr von Ruederer allein nannte ihn noch den Herrn Polier. Sonst schwieg man von seinem großen Tun, das dem Dorf ein anderes Gesicht gegeben hatte, und kaum fand er zur Not noch jeden Sommer Arbeit als Maurer in der Umgebung.

Da stand auf einmal etwas auf an der Mörn.

Die Mädel hatten alle dreie nun schon ihre Hängezöpfe aufgebunden und waren ganz ordentlich zu Jungfrauen herangereift, die an Fronleichnam mit dem Myrtenkranz gehen durften und ihre engen Augen an die Gasse stellten zur Suche nach dem Mann.

Der Peter von der sommerscheckigen Resl war jeden Tag im Adamhaus und brachte dem Buben der Fischerleute das Fahren auf der Zille und die Kunst des Handfischens bei. Sie schleppten alle beide die schönsten Forellen, die träg und dumm in den Uferlöchern stehenblieben, ans Land und verkauften sie. Wenn der Vater über die Sache kam, gab es für Wolfgang schwere Schläge, weil die Buben ihre Fische in der Hofmark verkauften um wenig Geld.

Da brachte Peter die Neuigkeit heim, die das Dorf aufwühlte. Beim Fischen hatte er Männer gesehen, die am Ufer entlanggingen und mit weißroten Stäben allen Dingen das Maß nahmen. »Gib mir eine Mark am Tag, dann trage ich dir deine Stecken«, hatte Peter zu dem größten Mann gesagt. Mit einer Mark am Tag kam man nicht weit, also bekam Peter seine

Mark, er handelte für seinen Begleiter Wolfgang auch noch fünfzig Pfennige heraus. Der mußte mit weniger Geld zufrieden sein, weil er kleiner war und bei aller Frechheit ein wenig dumm geblieben war.

Bis zwei Wochen ordentlich herum waren, hatte Peter den ganzen Sums heraus. Er kam heim, bekam vom Onkel Sebastian Schläge, weil er den Kleinen auch mitzog zu solchen Dingen, und erhielt hernach einen baren blanken Groschen in die Hand gedrückt, nachdem er große Weisheiten angekündigt hatte.

Sebastian hätte sich nicht allzu sehr gewundert, wenn der Junge vom Bruder für seine Mitteilung den halben Gewinn verlangt hätte. Das war einmal so Art bei den Unützern im Zweig des Bruders Christof.

»Onkel Wastl, weißt du denn gar nicht, was die ausmessen?«

Nein, das wußte er gar nicht, aber er hatte gute Witterung.

»Die Mörn wird da oben, ich weiß nicht wo, in einen Kanal geleitet, das gibt ein großes Gefälle, die Kraft wird ausgebaut im Hart unten, und von der Kraft machen sie etwas. Das weiß der Teufel, was sie machen wollen von der Wasserkraft.«

Der langohrige Bub des Bruders bekam einen onkelhaften Schlag auf die Schultern. »Das hast du aber gut gemacht, Peter. Du wirst noch einmal ein tüchtiger Kerl, Peter, wenn du erst das Handfischen bleiben lassen wirst.« Jaha, dachte Peter, das lasse ich bleiben, solange ich meinen festen Verdienst habe bei den Ingenieuren. Er hatte schon furchtbare Sprüche zusammengelesen von der Straße und von den Ingenieuren.

Sebastian war ganz still bei der Sache. Man fragte ihn, wenn er beim Oberen Wirt saß, was denn die Leute da eigentlich machen wollten. Weil Lidwina ein vielleicht berechtigtes Mißtrauen hatte, wagte Sebastian keine bestimmte Äußerung. Mit Lidwina war es nicht mehr das ganz Rechte, seit der Maderlechner gebaut hatte, die Maderlechnerin vielmehr. Über dieses Haus dachte Sebastian stets nur in der weiblichen Person.

Auf einmal nahm der Bräu die ältere Tochter vom Wastl. Sie sei ganz anstellig, meinte er. So ein Mädel solle nicht immer zu Hause sitzen und Strümpfe stopfen. Da wollte Sebastian auch nicht undankbar sein. Er trank einen Teil seines Bierverbrauches wieder beim Bräu und beglich seine Schuldigkeit in der Form, daß er in der neuen Gaststube sein ganzes Wissen losließ, das er bisher im verborgenen mit sich getragen hatte.
Er deutete die Dinge nur an und tat geheimnisvoll um das, was er zu wissen vorgab. Ob man denn gar nichts ahne im Dorf? Es seien ja immer schon allerhand Esel an der Spitze gewesen, und nur ein paar hätten sich zu einer modernen Ansicht durchgerauft. Was habe man ihm denn alles in den Weg gestellt, seit die Bauten im Ort entstanden seien. Nicht?
Ein Wasserkraftwerk werden sie bauen, die Mörn wird ihnen schon ihre Dienste tun. Solche Leute haben studiert fünfzehn Jahre lang, länger als ein Pfarrer, darum wissen sie auch vieles, was ein armer Fretter im Dorf nicht wissen kann. Selbstverständlich, ein großes Kraftwerk wird es werden. Sie sollten sich doch einmal das Gefälle der Mörn anschauen, wie das Wasser trieb und drängte. Da lasse sich allerhand machen aus der Mörn. Und dann seien alle Dinge nicht umsonst gewesen, die sich ereignet hätten.
Der Bräu stand in der hintersten Ecke der Gaststube. Ein anderer hätte vielleicht zugehorcht, aber dieser kugelbäuchige Geschäftsmann, dessen Frau einmal so laut mit der Geldtasche gescheppert hatte, blieb ganz still und tat als hätte er schon heftigen Schlaf. Sebastian sagte seiner Tochter, sie solle nichts vernachlässigen, was ihr zu tun aufgetragen werde. Aber Marianne hatte schon dumme Gedanken im Kopf und schaute sich die Männer in der Stube nach ihrem Alter an und nach anderen Dingen. Das sah der Fischer nicht. Er ging um zweie am Morgen heim und freute sich der Dinge, die sich da von selber einfädelten. Was sollte denn er gar viel dazu tun, wenn Peter schon die Dinge ausgeforscht hatte?

Die neue Wissenschaft hielt schon wieder ein Jahr vor.
Aber drei Jahre wollte sie nicht vorhalten. Gar zu tief saß der Glaube an die Meinungsäußerungen eines Unützer nicht in den Köpfen der Leute. Marianne hatte das Weibsein vor die Schürze gehängt und blieb bei allem eine Unützerin. Darum durfte die Erfüllung der Versprechungen sich vielleicht auch ein wenig weiter hinausziehen, als es ursprünglich vorgesehen war.
Was Sebastian gesagt hatte, blieb in den Leuten wach, wenn sie das Mädel sahen in der Schenke. Sie stand zwischen den halbhohen Schanktischen, sie sog am tiefen Abend, wenn der Rauch von allen Tischen wie eine unzerschneidbare Wolke in der Gaststube lag, auf einmal ganz unvermittelt die Luft der Stube ein, weil sie ihre Zeit des Frühlings darin zu wittern begann.
Was Unützer heißt, und wenn es hundertmal im schwersten Vollblüterschlag des Bauerntums gezeugt wurde, bleibt klein und hexenhaft beweglich. Es bleibt fürs Leben etwas an diesen Menschen, was von anderer Art ist.
So war Marianne, die kleine, schmale Marianne mit den Weibsgedanken und der scharfen Frühlingsluft der neuen Dinge um sich. Da wurden ihre Augen manchmal groß, um erstaunt und erschreckt zugleich in die Welt verrauchter Tische zu schauen. Wenn der Schrecken des jungen Gärens dann wieder dem Denken an die Arbeit Platz machte, wurden auch die Augen an den Schanktischen wieder klein und schmal und finster.
An diesem Mädel hielt sich der Zorn der Dörfler auf, wenn man in der Stube zu fluchen begann auf den Fischer, der ein Maurer geworden war, um das Dorf ins Unglück zu rennen. Als er suchend nach einem Ausweg aus dem Groll der Menschen auf die Idee von einem Wasserkraftwerk kam, waren die Menschen dumm genug, das alles zu glauben und sich über Jahre hin vertrösten zu lassen. Wüst und schamlos brach einer am Tisch einmal die Geschichte vom Zaun, die im

Gefängnis geendet hatte. Er sagte das Wort vom Mörder laut, aber das Mädel stand an der Schenke und mußte es hören; also drehte einer dem Schreier die Hand unterm Tisch zu, daß er schweigen solle.
Sie fluchten auf den Unützer und hielten sich gegenseitig auf, wenn Marianne an der Schenke stand. Es wurde so mit der Zeit, daß die Männer überall den kleinen mahnenden Schatten der Unützertochter zu sehen glaubten, dann wurde es stiller, und die Hände sanken unmutig nieder, die schon die Brocken aufgehoben hatten zur Steinigung.
Sebastian durchsetzte das Dorf mit seiner eigenen Familie, um nicht auf einen einzigen Berührungspunkt angewiesen zu sein in seiner abgesonderten Stellung.
Der Schmied brauchte ein kleines Mädel, das neben der alten Frau her die kleine Lapperl- und Papperlarbeit zu machen hatte. Es war nicht viel verlangt, für die Justin war es gerade genug. Man handelte sich zurecht, der Schmied schaute beim Handel ein paarmal kopfschüttelnd zu seinem alten Hufeisen aus dem Dreißigjährigen Krieg hinauf, er suchte weiter oben noch eins. Mhm, diese Unützerischen! Justine machte die Sache schön, sie hatte noch etwas Schmiegsames von Katzerl an sich, sie bog sich um den rauhastigen Schmied herum, machte der wunderlichen Schmiedin ein wenig den Mund und zeigte im übrigen, daß sie auch schon um die Zusammenhänge wußte im Leben.
Das war kein schlechter Punkt im Dorf, das Schmiedhaus und die Beschlagbruck, wo die Bauern von weitum zusammenkommen mußten. Nicht des Horchens wegen hatte Sebastian das Mädel an den Platz gebracht, er trug ihr auch nichts auf, aber wenn die Justin am Sonntag heimkam, bröckelte in der Unterhaltung von selber genug heraus, was der Frohnauer gesprochen oder der Brandlex, der Rott, wie es am Weiberhof zugehe mit den alten Dinginnen übereinander, und was man sage über den künftigen Bau des Kraftwerkes.
Für die Walpurg fand man keinen passenden Platz im Dorf.

Da nahm der Herr von Ruederer den Fischer beiseite: »Meine Frau könnte wirklich so ein Mädchen brauchen.« Warum denn nicht? Dann war die Familie Unützer auch beim Adel des Dorfes vertreten. Sebastian schlug ein, und er hatte nun zu Hause niemand mehr als den kleinen Wolfgang, der schon viel zu tief in den Händen des Christof-Abkömmlings Peter steckte. Den konnte man jetzt auch besser bei der Hand behalten.

»Ausgeräumt mit diesem Weibsvolk«, lachte der Vater. Die Mutter meinte, es sei nicht recht gewesen so, aber grundsätzlich war sie für strenge Arbeit und erklärte sich aus diesem Grund mit den Abmachungen des Mannes einverstanden. Man war jetzt nicht mehr gar so allein, überall stieß man schon auf Menschen, die Unützer hießen.

Es drängte und drückte auf den Mann. Früher hatte man Steine gesucht und Kalk gebrannt in den arbeitsärmeren Zeiten, jetzt mußte man den Kalkofen zusammenreißen, weil der Industriekalk halb so teuer und viel besser war. Das war vom Christof ein unsauberes Werk!

Die Zille streifte die vier Wegstunden Fischwasser auf und ab, den ganzen Tag war der Fischer unterwegs, er quälte das Wasser aus, daß es für das Haus und die Kinder hergab, was es nur irgendwie in sich barg. Man ließ jetzt den Unützer nicht einmal mehr kommen, wenn es an einem Haus etwas zu richten gab. Da nahm man andere. Einen Polier durfte man doch nicht beleidigen, nicht? Und andere, einfache Maurer hatte Sebastian genug herangezogen, daß er jetzt selber feiern mußte.

Zuerst las Marianne die große Sache auf, die neue, die große Sache.

Herrgott, es waren weit über drei Jahre seit damals. Und jetzt sollte es auf einmal doch werden?

Sebastian ging an einem hellichten Werktag in die Kirche hinauf. Er betete, wie die Heiden vielleicht beten: »Lieber Gott, das mußt du machen mit der Mörn, daß die Ingenieure jetzt endlich einmal das Bauen anfangen. Schau mich doch an, und die Lidwina hat auch bloß mehr alte rupfene Gewänder, die Kinder brauchen viel. Lieber Gott, ich betrüge keinen mehr mit dem Kalk – – jaja, das geht schon nicht mehr, die wissen den Preis selber bald besser als ich. Das ist mein Versprechen, lieber Gott. Aber mach bald, daß es was wird, ich kann es nicht mehr recht lang aushalten, schau doch die zerrissenen Ärmel an!«

Ein altes Weib räusperte sich. Sebastian dachte daran, daß er beobachtet wurde von allen Kirchenbesuchern, die an solche Gestalten in der Kirche nicht gewöhnt waren. »Einen Totenjahrtag habe ich heute, ja, der Großvater ist an dem Tag gestorben, und weil die Lidwina es halt gern sieht, bin ich in die Kirche gegangen.« So flunkerte er im Heimgehen, an den Totenjahrtag glaubten die Leute schon, was hätte auch sonst den Fischer bewegen können zu einem richtigen frommen Kirchgang? Auch das wurde laut, daß Sebastian in der Kirche gewesen war.

Das andere wurde ja nicht so laut, das blieb viel stiller als die Geschichte vom Kirchengehen.

In dem kleinen Nebenzimmer beim Bräu, wo die Reisenden saßen am Abend, war von einem Tisch ein halblautes Wort aufgestiegen. Marianne hatte bedient. »Marianne, trag den Herren das Bier hinein!« Marianne trug den Herren das Bier hinein. Sie hatte eigentlich ja an der Schenke Arbeit. »Marianne, der eine Herr will ein Schweinskotelett, decken Sie auf bei dem Herrn!« Marianne deckte auf bei dem Herrn. Dahinter schepperte die Geldtasche der Bräuin. »Marianne, frag den Herrn, ob er das Zimmer ansehen will!« Da fragte Marianne den Herrn, ob er das Zimmer anschauen wollte. Das war alles noch eine selbstverständliche, eine ganz alltägliche Geschichte.

Bis dorthin, wo die Tür des angeschauten Zimmers von innen zufiel. Marianne war ganz bleich. Das Herz schlug am Hals und pluderte das Spitzenkrägelchen auf. Marianne meinte wenigstens, sie spüre es so. Der Mensch da war so bös zu ihr, und sie hatte es sich doch immer ganz anders ausgedacht, wenn einmal ein Mann zu ihr kommen würde und sie fragen, ob – –

»Haben Sie jetzt das Zimmer schon angesehen?« fragte Marianne. Er hatte ja nicht das Zimmer sehen wollen, sondern das ängstliche Mädel da in die Enge treiben. Hu, der Abstand wurde so klein, seine Augen waren grau, die waren nicht schön. Ihr Vater hatte blaue Augen, und die waren geschlitzt. Der Mann da war ein anderer Mann.

»Wenn ich jetzt schreie, Sie, Sie Herr!«

»Nein, du wirst doch nicht schreien. Ich tu dir nichts zuleid.« Er tat gar nicht mehr so großäugig, und er ging ruhig im Zimmer auf und ab. »Du mußt nur nett sein zu mir, Kleine, dann kommen wir zu allerbest aus miteinander. Ist ja Zeit genug, daß wir uns aneinander gewöhnen.«

Das Unützerblut fragte in dem Augenblick aus Marianne: »Warum, wegen was Zeit genug?« Am Tisch war vorhin ein ganz dünnes Wort nur aufgeflattert, jetzt wurde es dichter in dem Kopf des Mädchens. Warum Zeit genug, blieb der Herr vielleicht ganz im Dorf?

No, nicht gerade ganz, aber bleiben wollte er schon für eine recht lange Zeit. Da drunten würde doch etwas gebaut – »aber das verstehst du nicht, kleine Hexe. Das ist auch gar nicht wichtig. Jetzt gehst du schön brav hinunter, so, das Spitzenkrägerl wollen wir schön zurechtlegen, daß wir sittsam aussehen. Hast gemeint, du mußt Angst haben vor mir, dummes Kind. Ich will schon nett sein zu dir, wenn ich recht lange einmal in dem Haus wohne.«

Von dem ganzen Ereignis wußte Sebastian nichts. Ihm trug Marianne den bewußten Satz zu, der von dem Bau des Kraftwerkes sprach. Da ging Sebastian in die Kirche, um hernach eine Sache anzufangen, die den Wind im Dorf wieder vollständig nach der anderen Richtung drehte.

Er baute. Er mauerte in dem Streifen Boden, den ihm der

Herr von Ruederer verkauft hatte, weit voneinander entfernt große Sockel heraus. Die Stellung dieser Sockel sah nach dem Grundriß eines Hauses aus, dem Sebastian recht bald schon anständige Formen gab, als er mit Holz den ganzen übrigen Bau aufstellen ließ. Lang und leicht und windfängig. Ein paar Zimmerer hatten Arbeit, in acht Tagen stand das Haus auf den Sockeln, roh hölzern, eine richtige Baracke, sonst nichts. Was sollte er denn tun?

Die Menschen hatten nicht die Lebenskraft in sich, um dem Ereignis kalt genug entgegenzusehen. Er mußte ihnen Mut machen mit seiner Baracke. »Das gehört für die Arbeiter, die den Kanal und das Kraftwerk bauen. Die können nicht alle in den Wirtshäusern untergebracht werden.« Selbstverständlich, das war ja gut, für die Arbeiter brauchte man eine Baracke. Da brauchte man schließlich noch mehr Baracken. Nicht? Mit hundert Arbeitern sei es kaum getan. Ja, meinte Sebastian, er habe nur Auftrag zu einer Baracke in dieser Größe bekommen. Von wem den Auftrag? Das dürfe er nicht sagen. Wenn jetzt nicht bald etwas geschah in der Sache, brachten sie ihn noch vom Haus mit diesen neuen Schulden. Er hatte schon manchmal vor sich selber Angst, dabei log er den Leuten die schönsten Dinge vor, er war schon fast so lustig im Lügen wie sein Bruder Christof, der früher das Dorf in Aufruhr gebracht hatte mit der hohen Qualität seiner Aufschneidereien aus den Münchener Zeiten.

Es begann lebendig zu werden.

Die weißroten Stangen tauchten wieder auf, Peter ging als Sachverständiger mit, er verlangte zwei Mark am Tag und für seinen Freund Wolfgang eine Mark. Handeln lassen wir nicht, stellte er gleich fest. Die Geometer und Nivelleure bissen fest auf dieser Forderung herum, aber sie zahlten drei Mark am Tag für die zwei Burschen, und sie brauchten es nie zu bereuen. Mit dem Stangentragen allein war es nicht getan, man hatte komplizierte Dinge zu machen, man mußte an Plätzen die Instrumente aufstellen, die für die würdigen Herren nicht ersteigbar waren. Dann sprang einer von den beiden Unützerteufeln ein, sie krabbelten in der Landschaft herum und kamen wochenlang nicht mehr heim, wenn die Vermessungsreise weiter hinaufführte an der Mörn. Die Buben behielten das Geld und schliefen im Heu. Sie sahen den ganzen Werkplan in einem Haus, wo man die Messungsergebnisse zusammentrug. Davon verstanden sie nichts, aber weil die Herren von einem großen Werk redeten, glaubten auch sie daran.

»Was ist denn das? Und das? Der lange Strich da mit den Zakken?« Peter hatte eine bewundernswerte Ausdauer im Fragen. Sein Fragen war nicht so leer und unvernünftig, er hatte schon irgendein festes Ziel dabei: zu wissen wenigstens, was man da bauen wollte, wohin der Kanal führen würde, was für das Dorf herausspringen konnte. Der Onkel hatte ihn so angelernt.

Die Nachrichten im Dorf wurden dichter, aber nur Sebastian wußte genau, wo der Kanal projektiert war. Die anderen konnten nur in der blauen Luft herumraten. Wenn man die Unützerbuben fragte nach irgend etwas, stellten sie sich mit halboffenem Maul wie leicht blöd vor den Frager hin und sagten, sie wüßten nur, daß sie immer mit den Stecken herumlaufen müßten.

Ho!

Daß es jetzt so mit einem Schlag losgehen würde, hatte niemand erwartet. Dreißig Arbeiter fürs erste, die Gleise legten und die ausgepflockten Kanalseiten abstachen. Der Kanal nahm einen sonderbaren Weg, die Pflöcke zeigten in eine leere Richtung hinein und fanden sich nur annähernd auf den Flußlauf hin, weil im Hart unten alles wieder vereinigt werden mußte. Der neue Wasserlauf kletterte aber oben am Berg vorüber, eine schöne Strecke ab vom oberen Dorf.

»Tut nichts«, sagte Sebastian. Es dauerte ja nur noch ein paar Wochen, dann hatte er seine Baracke um schönes Geld an die Baufirma verkauft. Die Arbeiter wurden mehr, und Sebastian konnte auf einmal wieder mit der offenen Joppe durchs Dorf gehen, weil die Menschen nicht mehr nach Steinigung schrien.

Wenn man in einen Ameisenhaufen sticht und denen alles durcheinander wirbelt, kann man ihr Laufen und Hasten sehen. Sie schuften alle und schleppen alle, aber ohne Richtung, hin und her und ziellos, wie man meinen möchte. Ist ein halber Tag darüber vergangen, dann steht die Burg wieder, es hat doch alles an der Lauferei seinen Sinn gehabt.

So war es bei dem Bau. Tröpfelnd setzte der Arbeiterzustrom ein, dann kamen sie in ganzen Schüben, gossen sich wie ziellos über das Dorf und die weite Umgebung hin. Man zählte Hunderte, man sah die langen Reihen Rollwagen hinter der Feldbahnlokomotive, man bestaunte die Erdhaufen, die sich türmten von dem Aushub. Nichts schien auf Zweck und Ziel gestellt zu sein, die Entwicklung der Arbeit schuf auch nicht mehr Klarheit.

Wer verlangte da auch viel Klarheit, wo das Ersehnte so oder so eingetreten war! Menschen waren übers Dorf gekommen wie die Heuschrecken, die neuen Häuser an der Salzstraße hin wurden angestaunt, die großen Fronten verlangten Respekt von den Arbeitern, die zu einem wesentlichen Teil aus der Stadt kamen, die Türen wurden von außen aufgemacht jetzt, nicht bloß noch innenseitig von den Leuten, die etwas feilzubieten hatten. Wie ein krabbelndes Heer von Grünfressern ergossen sich die Scharen der Arbeiter ins Dorf, der Obere Wirt wurde vollständig überrannt, beim Bräu saßen die Leute im Sudhaus sogar, bis auf Sebastians Rat in den zwei Wirtschaften ein Salett angebaut wurde. Was getröpfelt hatte bisher, das floß jetzt.

Justine wurde dieser Sache kaum mehr Herr. Sie lachte mit den Pfingstrosenlippen, wenn Sebastian in den Laden kam, sie hatte für den ganzen Tag ein rosiges Lachen aufgesetzt und schaute mit einem fröhlichen Augenzwinkern ihren Kaspar an, der schmaler wurde unter soviel Geschäft und Hasterei. Wenn Sebastian in die Wirtschaft kam, wurde ihm auch beim größten Gedränge noch Platz gemacht. Er war der Herr Polier, er wurde als der Mann gewertet, der überhaupt das alles geschoben hatte. Seine Baracke sprach doch dafür, daß er lange vor dem übrigen Dorf alles gewußt hatte.

Es wäre doch ein Wunder gewesen, wenn nicht vom Christof irgendwann ein Lebenszeichen sich gerührt hätte. Menschen wie der Christof bekamen solche Dinge unfehlbar in die Nase. Das wunderte niemand sonderlich, als er auf einmal auftauchte und den Leuten seine wichtige Person auch in diesen drängenden Zeiten zur Verfügung stellte.

So? Nicht mehr Fassadenmaurer? Nein, nicht mehr, das sei nicht mehr modern, damit sei nicht mehr soviel Geld zu verdienen. Die Stadt habe sich auch zugebaut, daß der Bedarf kleiner wurde. Man brauchte keinen Fassadenmaurer mehr. Aber mager war er, der Christof. Furchtbar mager. Die Arbeit war anstrengend, sagte er. Daß er lange Zeit schlecht verdient hatte, verschwieg er.

Und immer muß man Ehrenmann sein, sagte er laut zu den Leuten. Da gab er der Resl, die ihm den Buben zur Welt gebracht, zweihundert Mark. Das alte Mädel schaute ihn so an. Gott, mager war er, hatte wahrscheinlich selber schlechte Zeiten gehabt, und brachte jetzt zweihundert Mark. Sie packte ihn beim Hals, drehte sein Gesicht herum und küßte ihn ab, weil er ein so guter Kerl war. Wo war nachher der Bub, der Sohn, der *filius*, der *garçon*, der Abkömmling aus Schlitzäugig und Sommerscheckig? Fort, mit den Ingenieuren unterwegs, Stangen tragend. Der Wolfgang vom Fischerwastl sei auch dabei. Soso. Den mußte man suchen. Christof suchte ihn. So war ausgesteckt, so mußte einmal der Kanal verlaufen, er brauchte nur dem ausgepflockten Weg nachzugehen. Und doch waren zwei Tage Marsch ziemlich lang für einen ausgehungerten Kerl von der Güte eines Christof. Die letzten zweihundert Mark hatte er der Resl gegeben, zweitausend wäre er ihr wahrscheinlich schuldig gewesen.

Am dritten Tag hatte er sich so weit durchgefragt, daß er nur noch in eine Baubaracke zu gehen brauchte, um alles Wissenswerte über seinen Sohn zu erfahren.
»Den Herrn Unützer wollen Sie? Ja, im Baubüro, ganz vorne ist er bei den Ingenieuren, das heißt, wenn er da ist. Man kann ihn nur selten finden, den besseren Herrn, der von der Straße weg zu uns hereingefallen ist. Einen Narren haben sie gefressen an dem Kerl.«
»Danke«, sagte Christof. Der Lümmel da von der Schreiberstube hatte »Herr Unützer« gesagt. Man wurde alt, ganz offensichtlich alt.
Es war nicht gerade freudig und lustig, dieses Wiedersehen. Christof tat väterlich und mahnend, Peter meinte, er habe eigentlich von seinem Vater bisher sehr wenig gewußt und Gutes erfahren. Am Nachmittag müsse er hinaus mit den Ingenieuren zum Vermessen. Überhaupt, der Wolfgang sei auch da, als Laufbursche werde er von den Herren herumgejagt. Das alles erfuhr Christof innerhalb von fünf Minuten. Dann konnte er wieder gehen und nachdenken, wie weit sein Sohn mit der Vorstellung übereinstimmte, die er sich gemacht hatte davon. Selbständig wie jeder Unützer, äußerlich schon genau wie ein Unützer, mit der kleinen Statur und den blauen Augen in einem backenknochigen Gesicht. Er ging allein seinen Weg, er zog ein paar Jahre auch den Wolfgang mit sich, bis der ganz flügge war und frech abhauen konnte vom Nest.
Den großen Herren trug Christof sich als Bauleiter zu Betonierungsarbeiten an. Die lachten zuerst über den Mann, der so zufällig des Wegs gekommen. Sie fragten ihn, wo er zu Hause sei, und als er sein Dorf nannte, lachten sie ganz laut heraus. Wo sollte denn da ein richtiger Betonfachmann sein können – der Unützer vielleicht, wenn der eine gute Anleitung hätte, ja. Aber sonst – – Schon, schon, meinte Christof, er heiße ja nebenbei auch Unützer, und er sei der Mann, der mit dem anderen Unützer die Häuser gebaut habe. Die Fassaden habe er allein gemacht.

Jetzt erst zog Christof seine Papiere heraus, die er sich in den letzten zehn Jahren verschafft hatte. Diese Etappe war dem Tiefbau gewidmet, die Papiere sagten von dem alten Lehrling ganz gute Dinge aus. Also!

Man werde sehen. Das große Wasserschloß im Hart sei ja schon vergeben. So etwas könne man nur mit einer Großfirma machen. Aber es gäbe noch massenhaft Arbeit hernach.

In dem oberen Land, wo das Gras während des ganzen Jahres gelb aussah, murrten ein paar Bauern über die Grundenteignung. Sebastian machte sie still. Mit Gutem ging es eben nicht immer, darum mußte die Regierung eingreifen und alle Überforderungen mit der Zwangsenteignung in solchen Fällen wirkungslos machen. Wann hatten die Bauern schon so lustiges Geld bekommen? Schön gelb, gleich auf den Tisch beim Notar, erhielten sie ihr Sach ausbezahlt für die vierzig, fuchzig Meter Breite. Das Gras wuchs nie recht auf diesem Boden, mit Getreide war man auch immer leicht gefährlich dran. Es hagelte gerne in dem Strich. Weil keine Wetterglokke geläutet wird, sagten die Bauern.

»Macht ihr öfter so dumme Geschichten, ihr eigensinnigen Burschen?« fragte Christof die Dickköpfe. Weil der aus der Stadt so fragte, blieben die Bauern still. Sie jammerten nur um den Graswuchs oder um den Klee, der zertreten und niedergefahren wurde, ohne daß dafür eine förmliche Entschädigung gegeben wurde.

Ein klein wenig bewunderte Christof diese starren Leute, die in keinem Punkt wandelbar waren, die jetzt das Geld wegstrichen für ihren zerschnittenen Boden und mit dem schönen Geld in der Hand jammerten über den Verlust. Andere wechselten dutzendemale im Leben ihr Ziel und waren nicht wählerisch dabei in den Mitteln. Hier gab es nur ein Ziel, das war die Ernte, und wer den Blick auf das Ziel trübte, wurde als Feind angesehen.

Sie schnitten die Böden der Fruchtbarkeit auseinander und schufen ein ganz neues Werk, das die Menschen in dem en-

gen Raum ihrer Alltäglichkeit sich gar nicht vorzustellen vermochten.
Über die Menschen kam ein großer Rausch, der Rausch abgearbeiteter Gesichter, der Taumel eines ewigen Kommens und Gehens im Dorf, die Trunkenheit des Geldes, das auseinanderrann in alle Häuser. In dem Licht der Sommersonne stand das Dorf wie eine Lagerburg mitten in der Landschaft. Die Lagerburg war hell und weiß, und die Straße war weiß, die von unten kam und jahrhundertelang die Salzfuhrwerke getragen hatte für bischöfliche Zollnehmer, aber was rings den Tag dieser weißen Lagerstätte einschloß, war grün und blieb grün, wenn auch ein dunkler, ein unruhiger brauner Strich sich oben neben dem Geschehen des Dorfes her zog. Der Rausch von weißer Taghelligkeit in allen Dingen, das Brüten eines heißen Sommers machte die Menschen trunken und toll.
Die Trockenheit dauerte weiter.
Und die Menschen blieben bei ihrem fieberigen Phantasieren, das kein Bild mehr anders sehen konnte als so: wimmelnd von Menschen, weißglühend in Sonne, von grabenden Händen zerwühlt und gewaltsam in der Unruhe gehalten.
Den Fischer hatte die Hast längst wieder eingestellt, und auf der Mörn fuhr Lidwina ganz allein mit Dauper und Garn herum. Wolfgang war von Peter vollständig ins Schlepp genommen worden und konnte sich nicht mehr freimachen für die Mutter, die ihn gebraucht hätte beim Fischen. Was war er auch noch für ein Knirps, noch viel schmächtiger als ein Unützer sonst war! Er blieb beim Kanal, weil sein Patron dort war, der Peter von der roten Resl.
Es war ein böses Geschick, daß Christof, der doch die Hast und das Werkeln dieser neuen Dinge mit hereingeschleppt hatte ins Dorf, der sein Leben lang in der Rastlosigkeit und Geschwindigkeit der Entwicklung gestanden war, an den neuen Dingen zugrunde gehen sollte.
Die Leute schauten zu ihm auf, weil er mit den Ingenieuren

reden durfte, wie sie untereinander zu reden pflegten. Das Wasserschloß hatte seine Kraft auch noch brauchen können, die Münchener Baufirma stellte ihn ein und war zufrieden mit seinen Leistungen als Aufseher über die Schalarbeiten.
Diesmal respektierte ihn alles, kein Mensch wagte gegen ihn zu spucken, denn er stand auf dem hohen Gerüst, das sich im Schatten der Tage gespenstisch emporreckte wie eine riesengroße Filigranarbeit, die mit dünnen Nadeln weit über die Föhrenbestände im Hart hinausragte.
Christof hatte so seine Ahnungen.
Er ließ einen Sommer herumgehen, ohne sich auf andere Dinge zu besinnen als auf seine Arbeit und die Hast einer neuen Zeit. Er werkte mit wenigen Arbeitern einen leichten Winter durch und brachte das Schalwerk hoch hinauf und tief hinunter, daß der Frühling nur die Tonnenlast des Betons in die dünne Hülle zu schütten brauchte, wenn einmal die Fröste wegblieben.
Zu der Zeit des Hinüberwechselns sah man den Fischer-Christof an einem Morgen in der Kirche. Wenn Glück über den neuen Dingen sein soll, muß man es mit seinem Herrgott recht machen, dachte er. Es war allerhand hinter ihm, was weggewischt werden mußte, daß es ihn nicht belaste im Sterben. Es war viel Unschönes geschehen, nüchtern und im Rausch. Peter war ein Kind der Sünde, darum vielleicht hatte er seinen Vater fast verleugnet bei dem Besuch damals. Das Messer war locker gesessen bisher, das wollte er auch anders machen, wenn ihm noch ein langes Leben geschenkt war. Die Leute sagten ihm, er sähe schlecht aus, er habe ein ausgehungertes Gesicht.
Zu zweit mit dem Vikar machte er alles recht, wie er es für recht hielt. Uber Sünden und ihre Schwere hatte er sich von jeher eigene Begriffe gebildet, die ihm der Vikar umstieß. Ein mächtiges Werk habe er da mitgeschaffen, aber das dürfe ihn nicht erheben über Gott und seine Gesetze. Alles sei nur menschliches Werk, das an einer Kleinigkeit zerbrechen kön-

ne – – an einer Kleinigkeit zerbrechen. – So hatte der Herr Vikar gesagt.
Das machte ihn schweigsam, und an diesem Tag sah man den pfiffigen Kopf des Christof Unützer nicht auf der Straße, man hörte ihn nicht reden im Wirtshaus von den großen, den neuen Dingen. Allein saß er in der Kammer vom Fischerhaus, die ihm Lidwina überlassen hatte. Er legte sich am Abend auf seine Matratze hin. Da holten sie ihn, er solle zum Bräu hinübergehen und Frieden stiften. Ein paar Arbeiter seien sich in die Haare geraten.
Nein, er mochte heute ganz gerne daheimbleiben. Unter tausend Menschen mußte doch nicht gerade er es sein, der Frieden stiftete.
Um neun Uhr ging er, weil das Betteln nicht aufhörte.
Fünf Minuten später war er tot. Die Joppe war rot geworden, den dünnen Einschnitt überklebte schon das Blut. Ein Messerstich hatte das Herz getroffen, als er zur Türe hineingegangen war.
Mit dem Augenblick war Frieden gestiftet in der großen Stube. Unter den Flügeltüren des Windfangs stand eine große Lache Blut.
Sebastian hörte die Menschen auf den Straßen schreien, er sah die sechs Männer, die den schmächtigen Körper seines Bruders trugen.
»Wer hat – – wer hat – –«
Sebastian schrie noch etwas hinter der leeren Frage her, sein Denken kletterte die Stiege hinauf, an der Wand im Gang hing ein Jagdzwilling vom Vater her noch.
Er stand vor dem Haus hernach, er schlug mit dem Kolben um sich, zwanzig Hände faßten nach ihm, trotzdem raufte er sich durch bis an die Straße. Da konnte die Gruppe Männer ihn endlich festhalten, gerade in dem Augenblick, als man den fremden Arbeiter vorbeiführte. Sebastian schaute mit stieren Augen in sein blutleeres Gesicht, er schrie nach dem Zwilling.

Und er schrie noch lange, als der traurige Zug mit dem Messerstecher längst am Feuerhaus angekommen war. Die Leute erzählten wochenlang jede Einzelheit dieser furchtbaren Szene. Es blieb bei dem Wort, das die Umstehenden sich eingeprägt hatten aus dem wilden Geschrei des Fischers, der endlich zusammengebrochen war, immer noch knurrend wie ein wieniger Hund.

»Awaaah.«

Immer wieder: »Awaaah, awaaah«, bis sie ihn heimtrugen zu dem toten Bruder, den sie auf das Pflaster im Hausgang gelegt hatten.

»Awaaah«, schrien die Kinder in den Wochen hernach, wenn sie den Schrei einer furchtbaren Wut und einer weinenden Angst zugleich ausdrücken wollten.

Peter Unützer kam in der Morgenfrühe des nächsten Tages. Wolfgang stand neben ihm vor dem Bahrtuch.

»Eigentlich müßten wir ihn mitnehmen«, stöhnte Peter. Ganz wirr redete er, vom Mitnehmen. Er war ein großer Bub geworden und trug um das Kinn einen mongolischen Bartflaum, der ihn häßlich machte wie ein Kind der Nacht. Hernach weinten die zwei Buben vor dem Sarg. Sie weinten alle zweie zusammen nicht so bitter wie Lidwina, die nebenher ein Stück seines Weges gegangen war.

Zweitausend Menschen gingen in dem riesenhaften Zug.

Der Vikar hatte noch nie einen solchen Riesenzug gesehen, auf der Wiese vor dem Freithof am Berg standen die Leute noch zu dichten Hunderten. Er erschrak darüber und sprach von dem Weg der Ruhelosigkeit, wo das Menschenherz ruhelos ist, bis es Ruhe findet in Gott. Und während die Seelnonne nebenan betete, traten ernste Männer an das Grab, um Kränze niederzulegen: für die Mörn-Kraftwerke-AG, deren ganze Arbeiterschaft aus diesem Abschnitt an der Beerdigung teilnahm, für die Bauunion, für die Bauleiter des Abschnitts, für die ganze Arbeiterschaft. Herr von Ruederer legte einen Kranz an den Hügel und nannte Christof einen Pionier der neuen Zeit, die Maderlechnerin hatte den Grabstein ganz in Blumen eingebaut, und die drei Mädel vom Fischer warfen große Büsche in das Grab.

Lidwina war jetzt still, sie weinte nur noch in sich hinein. Dafür schluchzten die Mädel laut und haltlos ihren Blumen nach.

Einer war nicht da –

Sebastian?

Da und dort suchte ihn einer mit den Augen. Die zwei Buben, die mit trotzigen Gesichtern in die Erde starrten, wußten es, daß er nicht kommen konnte. Sebastian fuhr zur gleichen Zeit mit der Zille die Mörn hinauf bis zu der Biegung, die am nächsten an die Straße bei der bischöflichen Stundsäule führte. Von dort schaute er manchmal mit kalten Augen auf den Berg hinüber. Als die Glocken das Ende der Trauerfeier am Grab ankündigten, band er die Zille am Ufer fest und ging müde die Strecke Weg zur Kirche hinauf.

Auf dem Weg war er einmal gegangen –

Das war schon lang her. Ganz lang. Das hernach, in der Koppel beim Rott, war ein toller Traum gewesen mit dem Reiten und Schreien und mit dem fürchterlichen »Awaah«.

Wie er als erster vorging an den Altar und seine Kupferstücke in die Teller legte beim Gottesdienst, schauten die Leute andachtslos auf, und man sagte sich leise etwas in die Ohren.

Sebastian hatte verschwollene Augen. Deswegen redete man. Diese Art weinte sonst nur die Kindertränen und schluckte später das Bittere hinunter. Aber der Fischerwastl hatte wirklich geweint, das stand in seinen engen Augen.

Alt war er doch schon. War nicht mehr so knochenfest. Ja, seine Kinder waren bald groß, der Wolfgang hatte schon ganz den Kopf aller Unützer. Wolfgang ging als zweiter hinter seinem Vater und Peter um den Altar und legte Pfennige hinein, die er selber verdient hatte. Als der Fischer hinter dem Altar wieder hervortrat, stießen sich in dem neuen Kirchenbau ein paar Bauern gegenseitig in die Rippen.

»Irgendwo schlägt die Gerechtigkeit Gottes hin«, sagte eine brümmelnde Stimme. Ein Kopf nickte Antwort, in der ganzen Stuhlreihe nickten die Köpfe: »Dem war es vom Herrgott gesetzt, daß er durch das Messer sterben mußte, weil der Wastl mit dem Messer den Stieler umgebracht hat«, so meinte einer ziemlich laut. Und dem gab die hintere Reihe mit einem gebrummten Wort die Antwort: »Es ist eine furchtbare Geschichte mit dem Christof, und mit dem Wastl war es auch eine furchtbare Sache. Es wird schon so sein müssen, daß der Christof gebüßt hat, was der andere gesündigt hat mit dem lockeren Messer.«

Dann waren die Leute wieder still. Sie dachten für sich über den Herrgott nach, der ein Strafgericht gesetzt hat über die Menschen, daß sie nicht tun und lassen können, was ihr Denken und ihr Zorn für gerecht befinden.

Die Männer gingen um den Altar und warfen die Kupfermünzen in die Teller. Was die Arbeiter waren, die man eingelassen hatte in die kleine Kirche, die gingen schon nach dem Opfern. Sie meinten, diese Zeit in der Kirche sei lang genug gewesen für sie. Aber andere kamen wieder, und acht Feuerwehrmänner in messingenen Helmen standen in dem alten Schiff, daß die Hinausgehenden nicht aufgehalten wurden und die Wartenden draußen freien Weg hatten, um hineinzugehen.

Als es über das Dorf hin zum Mittag läutete, stand längst kein Priester mehr am Altar, aber die dunklen Scharen kamen immer noch und gingen immer noch. Der Mesner hatte schon ein dutzendmal die Teller geleert, als das Geld überrann. Es war nur noch ein geringer Haufen Leute, die der Fischerin zuschauten, als endlich sie zum Opfern gehen konnte. Die drei Mädel gingen hinter ihr, und sie hatten schwarze Gewänder.

Dumpf war es in der Kirche, und das Murmeln in den Stuhlbänken kam nicht mehr zur Ruhe. Es wußte von den drei Mädeln zu erzählen, die das Haar nun alle drei schon in leichten Knoten am Hinterkopf aufgeschürzt trugen. Saubere Katzen

sind sie, das muß ihnen der Neid lassen, ließ sich einer schmatzend vernehmen. Die Augen der müden Knienden, die doch den Altar hätten ansehen sollen, tappten an den Gewändern der drei Mädel, und die Mäuler redeten unschön.
Ist das unschön?
Wenn Bauern in der Kirche knien und ein Weib tiefer ansehen, als es sein müßte? Wenn sie das schwarze Gewand nicht gelten lassen wollen, das ihnen alles wegdeckt, worauf sie sehen? Wenn sie dann die Schultern hochnehmen, in einer nachsichtigen Verachtung, weil bei denen alles, was sie ererbt, den Ausdruck der Kleinheit und der geschmälerten Vollwertigkeit an sich hat?
Die Mäuler redeten mit unschönen Worten etwas Großes. Wenn Bauern über satte Felder mähen, dann fluchen sie auch und wollen den Dank sagen, weil sie Segen empfingen. Jetzt reden sie ohne Art von den Mädchen, und ihr Denken geht ganz weit hinten um die Zusammenhänge vom Schöpfen des Herrgotts und dem Werden der Felder und dem roten Mohn, der mit hingeklatschten Flecken in den Halmen steht. Ihre Gedanken reden, daß ein Alter gestorben ist und Junge wieder dem Leib und den Brüsten das Recht lassen werden, das ihre Pflicht ist, damit nichts stirbt, was der Herrgott einmal geschaffen und bestimmt zu seinem Zweck.
Sie werden wieder beten jetzt, sie werden es nie bereuen, daß ihr Mund nicht so rein war wie ihr Denken, das Blüte und Fruchtbarkeit als einziges kennt.
Heiliger Sebastian, tu ihnen eine Fürbitte beim Herrgott, daß die Welt ihr Reden nicht anders deutet und daß das neue Werk, das draußen ihr gewohntes Tun erschüttert, nicht das aus ihnen reißen möge, was sie an sich selber in der Gewohnheit nicht mehr schätzen.
Sie werden weggehen von hier. –
Sie gingen weg.
Sie schauten da und dort an einer Ecke wieder nach den kleinen schmalen Mädeln des Mörnfischers, weil sie jung waren

und gerade im Anknospen standen zum Weibtum. An den Christof dachten sie, und sie redeten von ihm: Er ist überhaupt zu spät gekommen diesmal, er war mit seinen Gedanken vielleicht anderswo, bei seinen stolzen Fassaden wahrscheinlich, gewesen. Und er war weggefallen im Tod, gerade jetzt, wo er besser als je in seine Heimat hineingepaßt hätte. Das Blut, jaja, das Blut, das hatte sich auch gerächt an ihm, an der Lände, wo der Wastl seine Zille anband, war der andere liegengeblieben. Von dem sprach man wieder.

Und vom Zuchthäusler sprach man wieder.

Nur sprach man jetzt viel leiser.

Was hatte man noch zu sagen, wo es dem Herrgott gefallen hatte, in dieser Form mit der gelbhäutigen Fischerrasse abzurechnen?

Die Bauern im Dorf, die Kleinzeugler oben am Berg, wo das Gras immer einen Stich ins Dotterfarbene hatte, schauten wieder nach den Dingen und dachten wieder nach den Dingen. Der Fischer betrachtete mit einem trockenen Schweigen ihr Tun. Er wollte es mit seinem Tun in Einklang bringen, da sah er, daß er ein ganz anderer Mensch war, dessen Blut weiterrann und weitertrieb wie das Wasser im Flußlauf der Mörn.

Kalt wurde er in seinem Tun, wie Lidwina es einmal gewesen. Lidwina wußte, daß sie nicht mehr an ihm rühren durfte, seit Christof tot war. Der Name Christof durfte in der Familie nicht mehr ausgesprochen werden, weil Sebastian das nicht ertrug. Mit einem lauernden Gesicht kam er von der Beerdigung heim, er ging an das Feuerhaus, er spurte um den runden Hügel herum und schnüffelte an den Pfeilern zwischen den Toren wie ein Hund.

Ob er nicht doch eine Spur noch fand? Die Ecken der Pfeiler tastete er ab nach einem Rest von menschlichen Haaren, nach einem Kleiderfaden vielleicht von dem Mann, der seinen Bruder erstochen hatte. Er wußte seinen Namen nicht einmal, man hatte den hohläugigen Menschen schlotternd weggeführt. Da hatte Sebastian durch die Reihen der gaffenden Menschen mit dem hilflos weinenden Blick auf ihn geschaut. Seitdem trug er diesen Blick mit sich herum, klein stand sein Kopf zwischen den aufgezogenen Schultern. Das war die Wut und war eine kleine Angst zugleich, weil die eigene Tat von ehedem noch nicht verwischt war.

Nirgends fand sich eine magere Spur, sie hatten den Menschen fortgebracht, den er selber richten wollte.

Seitdem war Sebastian klein in seinem ganzen Tun. Mit engen Schritten ging er im Haus herum, daß Lidwina die geringe Freude ihres Lebens an dem Adamhaus auch noch verlieren wollte, er ging Dingen nach, die er früher unbeachtet im Haus neben sich gelassen hatte, und seine Stimme verlor die metallene Härte. Es war nur ein bröckelndes Sprechen noch, unklar und seines Zwecks nicht ganz bewußt, wenn er sprach und anordnete.

Der alt gewordene Fischer straffte die Muskeln nur dann immer wieder, wenn das Reden auf den Arbeiter kam, der den Fassadenmaurer erstochen hatte. Sebastian suchte die Gelegenheiten, wo er die harten Worte anderer Leute über den Täter in sich hineinschlürfen konnte. Er saß Abend um Abend am Biertisch. So hatte er es als junger Luderbub nicht einmal gemacht, nur war ein großer Unterschied jetzt: Der gute Geschäftsgang mochte es wohl erleiden, daß Tag um Tag ein rundes Silberstück eine andere Tasche suchte.

»Brrr, das geht nicht«, sagte er, wenn seine Kinder unsauber angezogen waren. »Bleib ein anständiges Mädel«, knurrte er beim Bräu jeden Abend seine Tochter an, wenn er zur Tür hinausging. Er war meistens bei den letzten, sogar die ausgepichtesten Trunkenbolde unter den Arbeitern trank er unter den Tisch. Aber er vergaß nie, wenn er auch um zweie am Morgen erst nach Hause ging, seiner Marianne das zu sagen, was ihm am Herzen lag: »Bleib ein anständiges Mädel, sonst heiratet dich keiner!«

Der Zwilling hing geladen in beiden Läufen über dem Bett der

Fischerleute. Früher war er im Gang gehangen, aber seit der Geschichte mit Christof, seit Sebastian seinen Kopf eingezogen zwischen den schmalen Schultern trug, hing der Zwilling über der Schlafstätte.

»Wir haben es zu etwas gebracht«, erzählte er einmal mit einer lallenden Stimme mitten in der Nacht seiner Frau. Die gab keine Antwort. Mit dem gründigen Rücken ihrer weißlichen Schlafjacke sagte sie ihm ihre Meinung, daß sie nicht gerne etwas hörte über diesen Aufstieg. Am Morgen sagte er sich selber wieder, daß er es zu nichts gebracht habe als zu einem Haus und vielem Leid drum herum.

Wo der Kanal sich in die Erde des gelben Wiesenlandes hineinfraß, konnte man fast jeden Tag den Fischer sehen. Die Zille wurde wieder von Lidwina die Mörn hinauf und hinunter gerudert. Der Fischer hatte anderes zu tun, er stand an dem Platz, den Christof so plötzlich verlassen hatte. Man hatte ihm die Leitung der Betonarbeiten auf einem Abschnitt des Wasserschlosses übertragen. Am Morgen stand er vor irgendeinem Bau im Dorf, am Abend trieb er über die Gerüste an einem anderen Bau einen Vertrauten von seinen Leuten herum. Wenn etwas nicht paßte, hatte er ein grobes Wort dafür.

Aus den zähen Muskeln holte der Mann eine unerschöpfliche Kraft zur Arbeit heraus. An ihm brach die Hast des neuen Werkes ihre gröbsten Wellen, wenn er, klein und unscheinbar wie ein Karnickel, aus einem Schlupfloch dieser Betriebsamkeit auftauchte, über schwankende Gerüste lief, bellend ein paar Befehle von sich stieß, um wieder zu verschwinden. Die Stunden des Tages fanden ihn im Hart am großen Bau, was darüber hinausging, gehörte ihm und seiner vielfachen sonstigen Arbeit.

Der dünne Schnurrbart hing wie ein pechverklebtes Stück Schnur an den beiden Mundseiten nieder, so hart und traurig wie das Stück Tragriemen über dem Hängenagel, woran der Zwilling baumelte.

Da gab es ein mageres Raunen im Dorf.
Den Unützer traf es, als er am Kanal auf der Sohle dahinmaß und seine Gedanken durch den steinigen Boden zu bohren versuchte. Herrgott, es war doch alles noch so unsichtig, was die Zukunft bringen wollte mit dem großen Werk. Da rieselte das Gespräch von den abgeböschten Wänden zu ihm nieder und stieß ihn mit den leisen Worten so hart vor die Brust, daß er bleich wurde und gelb.
Den jungen Unützer, um dessen toten Vater es ging, traf das grausame Wort im Rechnungsbüro der Kraftwerke. Er war am Rechnen, auch so wie der Onkel, der immer in den Boden stierte seitdem, und das Rechnen kam zu keiner Klarheit und keinem Ergebnis mehr, als die Nachricht durch die hölzernen Wände sickerte.
Lidwina riß das jüngste Mädel, das sie sich zur Arbeit wieder heimgeholt hatte, an den Zöpfen an die Waschbank, der Fanghund, den Sebastian in der Zille sonst mitnahm, wenn er überhaupt noch auf Fischfang ausfuhr, schrie laut auf, weil er einen Pantoffeltritt bekam um der harten Nachricht willen.
Die Verhandlung gegen den Arbeiter, der Christof auf dem Gewissen hatte, sollte in ein paar Wochen stattfinden.
Auch in Traunstein.
Wie damals, als sie den Fischer verhandelten wegen des gleichen Delikts.
Lidwina wurde ängstlich in der Zeit. Sie wollte immer die Justin an der Seite haben, wenn der Mann von einer Arbeit heimkam zu einem hastig hinuntergewürgten Essen. Sie sagte es ihm nicht, er blieb auch still, und Lidwina erinnerte sich auf einmal, daß sie noch nicht ein einziges gutes Wort bekommen habe für den Huchen, den sie damals nach Traunstein ins Gefängnis geschickt hatte.
Sebastian schaute den Zwilling nach, ob er auch geladen sei. Dann ließ er ihn aber daheim, er legte sogar das lange Messer in die Schublade, weil er ein mächtiges Vertrauen zur Gerechtigkeit des Gerichtes hatte. Während er auf dem Fuhr-

werk des Gutsherrn bereits unterwegs war nach Traunstein, hatte Lidwina einen kindischen Gedanken. Sie schnappte den Zwilling auf und fingerte die Patronen heraus. Beim Zurückschnappen des Laufes in die gerade Länge war auch ihr Gebet zu Ende, das sie dem Mann nachgeschickt nach Traunstein.

Daß heute das große Werk der Tausende seinen Gang gehen konnte? Daß niemand in die mächtigen Speichen griff, um die ganze Umwelt stumm zu machen? Daß sie aufhorchen mußte nach dem Furchtbaren, dem Entsetzlichen, das den Tag kennzeichnete.

Den Fischer setzten sie in die vorderste Sitzreihe. Als er kam, von einem Gerichtsschreiber über die langen Gänge im ersten Stock abseits von der anderen gaffenden Menge geführt, setzte er sich nieder in der ersten Reihe und ließ die Hände auf den oberen Abschluß des Sperrgitters fallen. Hinter ihm begann auf einmal das Rumoren und Trampeln der wartenden Leute, die Tür schnellte unter dem Druck auf und ließ herein, was Platz hatte.

Das kümmerte Sebastian nicht.

Er hielt seinen Platz, schwieg zu den Püffen, die er rechts und links bekam, und schaute mit wasserblauen Augen nur immer nach vorne.

Was sah der Mensch da totenfarben aus? Mußte er seine Schandtat mit dem Leben büßen? Kein Leben mehr im Gesicht. Er war krank, ganz offensichtlich krank. Der Landgerichtsvorsitzende eröffnete die Sitzung, Sebastian Unützer hing an den Stäben des Sperrgitters.

Und er hing in einer furchtbaren, in sich selbst verbissenen Wut noch an den Stäben, als der Saal nach beendeter Verhandlung sich langsam leerte.

Ein Paar leerer Augen stand über dem Gitter, ohne Glanz und Farbe. Die Unruhe im Saal legte sich, als die Leute verschwanden. Da kam ein Gerichtsdiener, Sebastian möge den Saal verlassen. Das Zerren am Ärmel spürte Sebastian, ins Ohr fiel ihm ein Wort vom Weggehen, darüber stand die

Stimme des Vorsitzenden wieder, der von acht Monaten Gefängnis gesprochen hatte. Sebastian konnte nicht mehr unterscheiden, was recht und gerecht war.
Der Diener griff wieder zu, da riß Sebastian sich auf, klammerte sich fest an den runden Holzspreizen des Geländers und schaute noch einmal nach vorne. Der Körper beugte sich über das Bordholz, und die alte Stimme, die seit Monaten brüchig ihre Alltäglichkeiten geknurrt hatte, brach auf einmal wieder ganz hell und schneidend metallen heraus – der Mund hing nur schlaff vom übrigen Gesicht weg, er formte die Worte nicht, die herausbrachen:
»Awaaah!«
»Awaaah!«
Es roch nach regenfeuchtem Leder in dem großen Saal.
In den Gängen blieben die Leute noch einmal stehen, als der Schrei wie eine frisch gedengelte Sense bös schneidend durch alle Dinge des Klatsches fuhr.
Auf dem Wagen des Herrn von Ruederer lag eine Schütte Stroh, und in dem Stroh hatte man den Fischer eingebettet, der still und zitternd liegenblieb, wohin man ihn gelegt. Die blauen Augen schauten gegen das Wagengestell, die Muskeln schnürten sich wie abgebunden zusammen, und ein steter Fieberschauer ging über den kleinen, zuckenden Körper hin.
So brachten sie den Wilden von der Salzstraße zu seiner Lidwina. Die schaute ihn an, wie er den kranken Mörder angesehen hatte, mitleidig und strafend. Dann legte sie ihn auf den Strohsack mit derben Händen.
Die Nacht blieb laut wie die Winternacht damals. Es geisterte an allen Enden, die Nacht durfte nicht still sein, die Stunden fieberten in den Schlägen, auf den Straßen gingen schwere Fuhrwerke dahin, mit weißen Planen darüber, und von der anderen Seite her kam auf einmal ein Trupp plärrender Reiter auf unbeschlagenen Pferden.
Lidwina war das phantasieloseste Stück Weib, das es geben konnte. Sie träumte nicht und malte nicht in eine sonderbare

Nacht sich selber grausige Bilder hinein. Aber wenn die Reiter draußen hereingriffen zu ihrem Sebastian da auf der Liegestatt, und wenn sie ihn mitnehmen wollten auf ihren blutigen Ritt durch die Nacht, dann wehrte sie sich doch. Ihr war er von Gott und Kirche anvertraut und angetraut, bei ihr hatte er in den Nächten bisher im Bett gelegen, sie hatte jeden kleinen und großen Hunger mit ihm getragen, hatte ihm Kinder geboren zwischen Arbeit und Arbeit, halb im Stehen, weil es immer eilig war. Sie hatte sich so oft geduckt, wenn seine tierhafte Wut durch die Stube stieß.

Nein, die bösen Geister des Spuks durften ihn nicht wegreißen von seiner Liegestatt!

Wastl!

»Du mußt dableiben bei mir! Ja, Wastl, den haben sie verurteilt, weil es gerecht gewesen ist so, er hat im Rausch mit dem Messer die Dummheit gemacht und sitzt dafür. Krank ist er, sagen die Leute. Es wird nicht mehr ewig dauern, dann hat alles seine Sühne gefunden.«

Heute wollte sie es zum ersten Mal vollständig glauben, daß ihr Sebastian nicht schuld war am Tod des Stieler.

»Laßt mir den Sebastian da, reitet weiter auf der Straße, jagt die anderen Menschen, die den Teufel ins Dorf gebracht haben mit dem Kanal und dem Geld, das anders ist als alles Geld von früheren Zeiten. Nehmt die fremden Menschen wieder mit, die das Dorf umkrempeln von oben bis unten, reitet weiter!«

Wer hatte denn das Dorf an die Grenze des jetzigen Treibens geführt?

Auch Lidwina war nicht mehr gerecht. Sie hielt die Hand verteidigend über ihren Mann, der klein war und zermürbt.

Als der Morgen die Gespensterschatten dieser Nacht ausbleichte und Sebastian Unützer endlich einen knappen Schlaf tun durfte, den noch immer die Geister durchschrien mit einem gräßlichen Awaaah, klangen auf der Straße die Tausende von arbeitsuchenden Füßen wieder an in ihrem Takt,

da spritzte es wieder wie ein Heuschreckenschwarm über das obere Land, und die Landschaft wurde so nüchtern im Ansehen, daß jeder Gedanke an nächtliches Reiten und tolles Räubergeschrei in sich selbst erstarb.
Sie suchten den Fischer.
Sie verstanden auch, als man erzählte, der Unützer sei krank seit gestern. Solche Dinge konnten die Arbeit nicht aufhalten, an deren ersten Fäden dieser Fischer Sebastian Unützer so eifrig mitgesponnen hatte.
In den Tagen wurde die Straße wieder ruhig, die Arbeit lief laut und scheppernd über das Dorf und die ganze Gegend hin. Tageweit erstreckte sich der Bau, von dem die Menschen nichts Gewisses wußten.
Irgendwann bemerkte Sebastian, wie der Zwilling anders an der Wand hing jetzt, er war bös auf Lidwina, als er sah, daß die Patronen entfernt waren. Von dem Tag an hing das Gewehr wieder geladen an der Wand über den Betten, und Lidwina hatte ständig Angst vor einem lauten Krach.
Da machte der Winter den Bau zu.
Und ein besonderes Ereignis färbte den Winter beim Fischer noch anders als in Weiß von Schnee.
Im Landgerichtsgefängnis starb der Mann, der den Stich auf Christof geführt hatte. Diese Nachricht fiel wie ein Regentag in die weißverschneite Landschaft. Da stand noch einer von den Kanalmenschen, dort stand wieder einer, sie hatten viel kalte Luft zwischen sich, es war anders jetzt als im Sommer. Damals war der Schweißdampf in einer einzigen Wolke aus einem dichten Knäuel aufgestiegen. Jetzt hatte das Gerücht einen weiten Weg zu tun, bis es von den vereinzelten Spritzern Leben bis zu den kleinen Gruppen sich durchfraß.
Das Gerede schüttelte die Köpfe, ein Fäustling wurde vielleicht fester über die Hand gezogen, ein Pickel ging resignierter auf und nieder, aber sonst fand man es gut so. Der hatte sterben müssen, weil ihm der Fischer keinen Tag Lebens mehr geschenkt hätte. So meinten sie.

Beim Fischer im Adamhaus ging in derselbigen Nacht, in der sie den Mann von der Zelle in die Sterbezelle brachten, der Zwilling in den beiden Läufen los. Es war unheimlich still nachher in allen Zimmern, nur von der Decke rieselte vernehmlich manchmal ein Bröselchen feiner weißer Kalksand nieder, den die Schrote aus den zwei Läufen losgeprellt hatten um die verrauchten Einschußlöcher.

So schaute das große Ereignis aus.

Der Winter stand heuer fleckig über dem schönen Dorf an der Mörn, die Eisbrücken auf dem Wasser bröckelten in singenden Nächten genauso laut und so glockenrein auf die vorbeihastende Fläche nieder wie ehedem.

Und doch war das Dorf nicht mehr das Dorf. Es stand auch im Winter voll fremder Gesichter, und von ganz oben im Land sah man auf dem gelbgrünen Wiesenland eine breite Wunde mit verharschten Rändern.

Im Schlafzimmer der Fischerleute war der Zwilling losgegangen, als der Mörder starb. Dieses Geschehen rüttelte noch ein paar Tage an den Menschen, der doppelte Knall schnitt noch oft über die alten und die schönen neuen Häuser hin.

Dann hängte man sich die Ohrenklappen um die abstehenden Lappen und nickte ein zum Schlaf.

Vielleicht wollte man nichts mehr hören.

IX

Peter Unützer bohrte sich mit den Spitzen seiner weißroten Stangen ein Plätzchen aus, das ihm sicher blieb. In aller Form war er zum Gehilfen für Vermessungen aufgerückt und hatte damals den kleinen, rohhölzernen Tisch bekommen in der Wanderbaracke, an dem sein Vater ihn traf nach der Rückkehr aus der letzten Münchener Episode. Mit einem grauen Überwurf, der bei gutem Willen als Windjoppe angesprochen werden konnte, stocherte er am Kanalprojekt auf und ab. In verbeulten Hosenknien staken die starkmuskeligen Beine, die noch lockerer in den Gelenken hingen als bei den anerkannten Gehilfen, die sich das Recht herausnahmen, ihn zu überwachen.

Peter der Knabe machte sich mit einiger Mühe außenhin zum Mann. Das Erbe der Väter zeichnete aus seinem dürren Gesicht die abgezehrten Konturen eines jungen Mönchs heraus: den Kopf im Keil von Kinn und weit ausgeladenen Backenknochen, die Augen eng und leicht hängend darin, und vor das Ganze hingestellt ein mageres Stück krummer Nase unter blauwässerigen Augen. Als wie zu einem Ring war der schwarze Flecken Bart geschlossen, nur unter der Nase stand ein leerer heller Strich dazwischen, von dessen beiden Seiten die kräuselige Wolle dünn und schmal niederrann. Die gleich dünne Kinnfassung gab dem Kreis das Rund nach unten um den einzigen helleren Fleck des Mundes, der in dem gelbbraunen Gesicht stand.

»Herr Unützer, es ist gewünscht worden, daß Sie nicht so ungepflegt und unrasiert herumlaufen sollen. Das wollte ich Ihnen nur gesagt haben.« Das Wort des Büroleiters fiel an ihn hin und blätterte schnell wieder zu Boden. Weil es so anständiger aussah, ließ Peter sich für ein paar Wochen regelmäßig rasieren und die Haare zurückschneiden auf ein gehöriges Maß. Aber die weißgraue Überjoppe blieb, und sie bleichte in Regen und Sonne des Streckengehens noch heller aus.

Im Winter, als das Werkeln der Tausende eingefroren war und nur vereinzelt ein lautes Glucksen von einem Stück Metall über die Baustrecke hin klang, achtete man nicht auf den Gehilfen in seiner hellen Joppe. Der Schnee in der Landschaft war auch weiß, wie die Joppe weiß war. Und die Arbeit konnte zum größten Teil in der Ingenieurbaracke geschehen, dort oben, wo die Mörn angezapft wurde. Das verdroß Peter, nur eins konnte ihn versöhnen: daß er da oben wenigstens eine Tagereise weit vom Dorf entfernt war, das ihn nicht anerkannte.

Er saß in diesem sogenannten Büro und zeichnete. Wenn ein paar Stunden ihn müde gemacht hatten, fand er schon einen Vorwand, um hinauszugehen und die müde Arbeit des reinen Rechnungsbetriebes abzuwimmeln. Für sein eigenwilliges Tun hatte man wahrscheinlich gar kein Verständnis, aber die vorgesetzten Herren hatten einen Narren gefressen an dem wilden Naturburschen, den ihnen die Straße zugeschwemmt hatte. Überdies war sein Vater irgendwie doch ein Opfer des Betriebes geworden. Darum, glaubte man, müsse für den Buben gesorgt werden.

Mit der Zeit hatte auch der junge Wolfgang die bubenhaften Halbhosen gegen lange Hosen vertauscht. Zu Peter sagten die Leute schon »Herr Unützer«, den Buben schrien sie noch »Wolfgang« an und gaben ihm bei schlechten Leistungen Rippenstöße. Das kümmerte den Buben wenig. Er war nicht für Lebenszeit an die Mörnkraftwerke-AG verkauft, er machte es oft genug so, daß er sich bubenhaft entschuldigte, weil der Vater ihn daheim brauchte oder weil die Fische nicht heimgebracht werden konnten, wenn nicht er auch mithalf. Die Fischerin konnte nicht mehr so fest in der Zille stehen

und die Arbeit ganz allein durcheinanderbringen, da war so eine Entschuldigung glaubhaft.
Dieser laute Winter verjagte noch alle Leute von ihrem wechselnden Platz. In der frisch ausgehobelten Sohle des Kanals stand dünnes Eis, und die abgeböschten Wände, die noch keinen schützenden Rasenbelag hatten, spalteten sich in der Kälte. Überall zeigten sich Risse vom Frost, in denen sich die wenigen Leute emporhantelten, um die Arbeit nun ganz aus der Hand zu geben, bis es wieder wärmer und lockerer wurde im Boden.
Der laute Winter, der über dem Land seine Eisdecke nicht ein einziges Mal lockerte, griff Lidwina an die Hände. So war es früher schon manchmal vorgekommen. Da waren die Hände auch steif geworden von dem Planschen im eisigen Wasser, dann hatte Lidwina sie daheim lang genug in ein Schaff mit handwarmer Lauge gehalten, bis die Steifheit sich löste und nichts mehr blieb von der Kälte als ein bohrendes Stechen und an den Fingern die blauroten Zeichen des Absterbens.
Zu mehr Sorgfalt für die Hände ließ der kurze Tag nicht genügend Zeit. Also mußten sie darunter leiden und schließlich absterben.
Dieses Jahr war anders als alle früheren. Es war mit Maschinen und Menschen gekommen. Drum brachte es jetzt auch einen Winter, der in seiner Heftigkeit nicht in die Ruhe des Dorfes paßte. Der Winter brach die Kraft der Fischerin zum erstenmal.
Was früher steif und hoch die Ruderstange gehalten hatte, was an hölzernem Körper in der Zille gestanden war mit dem einzigen Blick auf die Arbeit, eine Frau ohne Freude und Schönheit, eckig und bäuerlich, das knickte zu geringerer Größe zusammen in dieser Kälte. Lidwina stand im Wasser wie sonst auch. Sie wußte nur nicht, daß der Winter anders war und daß ihre Jahre auch schon längst den Haarschippel grau gespritzt hatten.
Das halbe Jahr Kälte fraß sich in die Frau hinein. Bei den Ar-

men und den blanken Füßen ging es an, es kroch hinauf zum Körper und krümmte das Gerade zusammen.
Ja, Sebastian war wieder besser geworden in der Zeit. Seinen Bruder vergaß er nie, wenn auch der Doppelschuß aus dem Zwilling die ganze grausame Geschichte abgeblasen hatte. Lidwina dachte an ihn, wie er einmal auskommen würde ohne sie.
Die Kinder waren schon groß.
Wolfgang hatte von allen am ersten seinen eigenen Weg gesucht. Um den brauchte sie also keine Sorge zu haben.
Marianne mußte ein anständiges Mädel bleiben. Die anderen waren doch noch nicht groß genug, um überhaupt in Gefahr zu kommen.
Das Wirkliche an den heranwachsenden jungen Menschen leugnete sie sich weg. Sie sah es nicht. Für die Arbeit waren sie alle dreie geschaffen, sie trugen groblinnene Hemden, aber für den Sonntag hatte sie der Vater schon eitel gemacht. Der verlangte immer Sauberkeit nach außen.
Bei ihm war es ja nicht anders. Er hatte getrieben, daß im Dorf schier jedes Haus ein sauberes Gesicht bekam auf die Straße hin. Der war überhaupt ein anderer Mensch als ihre Leute auf dem Weiberhof.
Da kam in die Gedanken der Frost.
Und die Kälte biß sich in den Gliedern fest, daß sie steif und hart wurden und noch unfraulicher, als sie je zur Zeit der Ehe gewesen. An den Händen bog jeder Tag dieses Winters, sie sollten sich bockig einwärts biegen und starr werden. Was brauchten sie noch immer die Ruderstange zu führen und nach großen Huchen auszugreifen im Netz? Das Zuggarn folgte den Händen nimmer so recht.
Wenn daheim Justine jetzt die Fische in den Rupfen nähte, hätte Lidwina Zeit gehabt, den Gewinn auszurechnen, den der Hörtkorn in München dafür durch die Post anweisen ließ. Sie hatte nicht Zeit, denn sie mußte die Hände grad biegen für die gleiche Arbeit des nächsten Tages. Das schmerzte, und es

sah nach Absterben aus, wenn die Finger wie fünf grobe Frostknöchel zur Faust geschlossen blieben. Weil es weh tat, betete Lidwina zum heiligen Simon, dem es auch weh getan hat, als die Heiden ihn mitten im Winter von oben bis unten mit einer Säge durchschnitten. Das Gebet verhallte ungehört in der Kammer. Da wollte die Fischerin weinen. Aber ihr Leben hatte sich nie mit Tränen abgequält, jetzt brauchte es für den Rest der Jahre nicht mehr anders zu werden.

Die Kinder wurden groß.

Und die Hände schmerzten.

An den Füßen quälte das gleiche Reißen.

Es blieb dabei, daß Lidwina am nächsten Tag wieder hinausging und wieder die Zille trieb mit der langen Ruderstange. Was blieb schon im Netz? Ein paar pfündige Äschen, saubere Fische sonst, aber es war nichts Schweres, nicht so etwas, wie der Hörtkorn es wollte. Die krummen Hände hielten den mageren Fang und trugen ihn zum Herrn von Ruederer zuerst; als der ihn nicht nahm, zum Oberen Wirt, zum Bräu dann. Endlich waren sie doch verkauft.

Das anderemal war es hautiges Weißfischzeug. Die Leute in der Hofmark drüben kauften diese billige Ware schon, aber man mußte sie von Haus zu Haus verbetteln um die paar Mark Kleingeld.

»Wozu denn die ganze Schinderei?« fragte Sebastian. »Wir verdienen unser Geld anders auch, wir können schon bessere Fischzeiten abwarten. Nicht? Machst dich kaputt dabei.«

Ja, Lidwina, das war wieder einmal ein gutes Wort. Seit der Geschichte mit Christof gab der Mann nicht mehr oft ein gutes Wort hin. Das jetzt war eine große Ausnahme. Lidwina trug ihre krummgezogenen Finger und den Schmerz im Körper mit sich. Vom Adamhaus zur Zille, dann war es besser, wenn die Füße wenigstens den Körper ablegen konnten auf die Ruderbank. Vom Anlegplatz zur Kirche hinauf, den ganzen hohen Berg mit seinen glatten Bahnen hinauf, weil sie beten mußte, daß die neue Zeit nicht – –

Wenn es sägte an den Hüften herauf, fiel ein Gedanke wieder auf den heiligen Simon.

Das war ein mächtiges Leiden mit der Frau. Aber der Weg wurde nicht kürzer. Nur die Tage wurden wieder wärmer, und es richtete sich alles mit der Lidwina wieder zurecht, so halbwegs zurecht, weißt du. Wenn die Arbeiter einmal anrückten, mußte die Fischerin zur Hand gehen in tausend Dingen, daß nichts ungetan blieb, was Geld ins Haus bringen konnte. Also wurde sie wieder gesund genug, um zuzugreifen, wo man sie brauchte.

Der Fischer sah mit kleinen Augen die Dinge an. Dabei sagte er der Marianne wieder einmal, sie solle ja ein anständiges Mädel bleiben. Und Marianne hatte den Mann vom Werk liebgehabt.

Marianne stellte alles Zimmerlüftige ihres Daseins von der verrauchten Gaststube auf die Straße, als die Leute wieder kamen. Es waren doch andere auch dabei als bloß die einfachen Arbeiter. Den Besseren schaute sie nach, und sie drehte die Augen schnell weg, wenn ein Blick fest ihre Augen suchte. Ihr Lachen klang silbern den Männern entgegen, die weiter nicht viel mit sich brachten als ihr Manntum.

Warum denn so ungeschickt bauen?

Nicht?

Deswegen murrte die Walpurg. Der Vater hatte das Haus in die Auen hineingestellt, an die Mörn hin, möglichst abseits von der Straße. Sie mußte auch ihr aufblühendes Dasein an die Straße stellen, an ihr sollten sie doch auch vorbeigehen und Blumen herüberwerfen oder ein dummes Wort sagen, zehnmal am Tag. Dann schimpfte Justine, die von alldem nichts verstehen wollte und die Füße eines Knaben hatte.

Der Kanal schrie den ganzen Tag sein Lied. Den ganzen Tag lang troff das Lebensblut dieses neuen Wasserlebens durch die Straße des Dorfes. Sollten die Unützermädel da anders sein?

Die Fischerin hielt ihre frostverkrüppelten Hände über die

Mädchen. Wenn sie ausschaute nach den Kindern, dann tat sie es wie in den Windeljahren. Wie man um ganz kleine Kinder, die Plapperzeug schwafeln den ganzen Tag, sich absorgt, so nahm sie sich um die jungen Menschen an, die schon längst den klatschigen Mohn in den Feldern stehen sahen.
An irgendeinem Punkt des Lebens war Lidwina stehengeblieben. Bis zu einer festen Aufwärtsentwicklung war das Körperliche und das Harte von innen her mitgegangen. Dann aber war das Neue gekommen, nach dem wundervollen Geschick mit dem Adamhaus, und mit den verknorpelten Fingern hatte sich auch das Denken der Frau verknorpelt und versteift.
Das Werk fremder Menschen wollte sie nicht sehen.
Sie brachten Geld in das Dorf, Sebastian hatte den Boden gelegt zu all diesen Dingen. Aber sie nahmen mehr mit, als sie brachten. Lidwina dachte nie darüber nach, was an diesen Männern kleben blieb, sie wußte nur, daß das Dorf hernach ein anderes Dorf sein mußte, mit lauter so stolzen Christof-Fassaden, auch an den kleinsten Häusern. Sie dachte sich an jede vordere Hausseite etwas Tolles, Verschnörkeltes hin.
Dann wurde ihr Sein fremd in den lauten, schreienden Dingen des Kanaltages.
»Wie lang wird noch gebaut?« fragte sie den jungen Peter. Den mußte sie fragen, und ihren Buben, den Wolfgang, wollte sie fragen damit. Auf die Frage machte Peter ein Gesicht, das klug und ein wenig fad in die Stube schaute. Drei Jahre am Kanal noch, meinte er. Da sagte Lidwina, sie werde das auf keinen Fall mehr aushalten, sie werde auch schon alt, und das Fischen habe ihr nicht sehr gut getan die letzten Jahre. Ja freilich, sagte gedankenlos der Bub vom Christof darauf.
An dem Tag besichtigte Peter zum erstenmal wieder das Adamhaus. Lidwina hatte ihn schon einmal aufgehalten, jetzt blieb er gleich noch für eine Viertelstunde und ließ sich alles zeigen, was im Haus war an Räumen und Dingen. Dabei dachte Peter daran, daß seine Mutter nur eine einzige halb-

finstere Stube hatte. Darin war er aufgewachsen, und der Vater war in der Zwischenzeit verschollen gewesen. Im Adamhaus war ein großer steingepflasterter Gang, die hintere Gangtür hatte einen buntscheckigen Fenstereinsatz, durch den das Licht sich auffärbte, ehe es auf das Pflaster fiel.
»Ist das immer schon so gewesen?« fragte er Walpurg. Die wußte nicht recht, was sie antworten sollte. Seit sie dachte, standen immer diese Farbflecken auf dem Pflaster.
Dann gingen sie durch alle Zimmer. Peter hatte manchmal eine Frage, mittenhinein erzählte er ein Stückchen vom Bau. Lidwina fragte im Weggehen wieder, wie lange der Bau dauern könne. Und was dann sei. Die Leute bauten das ganze Werk doch nicht für den lieben Gott.
»Das wissen wir auch noch nicht«, lachte Peter. Das klang so, als hätte er in der Aufsichtsratssitzung das Protokoll geführt und sei zu strengem Stillschweigen beauftragt worden. »Im Hart bauen sie irgend etwas«, meinte Peter unheimlich, »es wird ein besonderes Ding werden, und die ganze Welt wird nachher unser Dorf nennen, und die Fabrik im Hart.« Darüber bekam Walpurg auf einmal glänzende Augen, mit denen sie den hungerstämmigen Mönchsbart des Geschwisterkindes anders anschaute als bisher. »Du bist ein gescheiter Kerl, Peter! Andere sind mit dem Alter noch dumm und sitzen daheim, wo sie dem Vater noch den Schüsselrand abfressen. Aber auf dich hören sie schon, wenn du etwas sagst.«
Ein zufälliges Hinfallen der Hand prüfte, wie stark die Muskeln waren an den Armen. Oh, das war ein kräftiger Mann.
»Der Wolfgang weiß immer neue Geschichten von dir, was du treibst am Werkbau bei den Ingenieuren. Du wirst auch einmal ein Ingenieur.«
Auf das dumme Zeug hin machte der Vetter die Hand los, er wollte wieder fortgehen, seiner Arbeit nach. Wer konnte wissen – vielleicht wurde er noch einmal ein Ingenieur. Bloß sollte die dumme Base nicht eine solche Möglichkeit andeuten. War noch so kindisch, das Weibsbild.

Der Lidwina sagte er schön Bhüt Gott, ehe er sich vertrollte. Sein Tun hatte da im Dorf nicht viel Halt, weshalb er wieder dem alten Weg nachging, an den Baustellen und den ausgemarkten Stücken vorbei, zum Werkbüro. – Herrgott, farbgläserne Scheiben waren im Fenster der Gangtür! Davon standen den ganzen Tag scheckige Lichter auf dem Pflasterboden. Sein Vater hätte wahrscheinlich die Scheiben hell gelassen und Ornamente darauf gezeichnet. Der scheckige Geist war der Wille Lidwinens.

Sechs Gruppen Arbeiter waren eingesetzt auf der langen Projektstrecke des neuen Kanals, die größte Gruppe mit allem Maschinenpark saß um das Dorf, über zweitausend Leute waren hier wieder eingesetzt worden mit dem Frühjahr, jetzt kamen noch reichlich dreihundert Leute zu den großen Betonarbeiten, zu den Fundamentierungen des Wasserschlosses, zu dem ungeheuerlichen Aufbau der sechs Wasserdurchlässe.

Peter hatte seine eigene Aufgabe, wenn er mit dem Meßzeug und den empfindlichen Nivellierinstrumenten wochaus und wochein am neuen Wasserlauf ab und auf stieg. Einmal in drei, vier Wochen traf er den Onkel am Wasserschloß. Außer einem nebensächlichen Gruß fiel nicht viel ab für ihn. Wie es an den anderen Baustellen zugehe? Naja, auch ganz lebendig, wenn auch nicht so laut wie an dieser Stelle. Im Oberlauf müsse eine hohe Überführung gemacht werden auf eine Strecke von vierhundert Metern, das müsse eigentlich ein großes Kunststück werden, denn der alte Wasserlauf gehe ungestört unter dieser Hochführung durch.

Soso, meinte Sebastian. Es könne schon einmal etwas Großes werden. Und: »Wenn ich dir schon was sagen darf, Peter, für uns ist es auch nachher lang nicht zu Ende. Die Fabrik bauen sie irgendwo am Hart herum, das ist für lange Jahre etwas. Mach jetzt, daß du wieder an die Arbeit kommst! Man braucht dich nicht so herumstehen zu sehen.«

Der Immenschwarm in Dorf brummte und krabbelte durch-

einander, aus dem steindurchwachsenen Boden schabte sich immer größer und deutlicher die neue Rinne heraus.
Da stand der Schwarm für einen halben Tag in einer dummen Unruhe still.
Es ist schon so, den Lohnkassenboten haben sie überfallen und niedergeschlagen. Jetzt fehlt das Geld, wir bekommen für diese Woche keinen Lohn, wir haben umsonst gearbeitet. Die Leute sagten sich das, auf die Schaufeln gelehnt, so hin, und die Arbeit blieb für einen Tag auf dem alten Fleck stehen. Das Dorf wurde krank darunter, wenn die Leute vom Kanal nicht mehr kauften. Es war ein eigensinniger Tag, an dem alles stillhielt, aus Furcht oder aus Trotz. Die Ingenieure gingen von Schicht zu Schicht: »Zum Teufel doch, der Lohn wird eben dann einen Tag später ausbezahlt, die Geschichte ist nun einmal passiert, und die fünf anderen Abteilungen haben ihr Geld vor dem Überfall noch bekommen. Ihr könnt doch warten, wenn das Werk sowieso schon den ganzen verlorenen Betrag aufbringen muß. Nicht?« Das sagte er doch so gut, der Mann, der sonst immer eine laute Stimme hatte.
Trotzdem wurde nicht gekauft. Das Dorf hatte einen unschönen Tag, den auch noch der Bergregen verwässerte, daß Sebastian um sein Haus fürchtete. »Na, wir wollen nicht ausstehen deswegen, aber morgen müssen wir unser ganzes Geld haben.« Sie standen nicht aus, aber die Arbeit war auch keine Arbeit an diesem Tag.
Am nächsten Mittag bei Schichtschluß lagen die Papiersäcke bereit mit dem Geld. Also hatte es doch seine Richtigkeit gehabt mit dem Reden der Ingenieure. Das Dorf tat wieder einen vernehmbaren Ruck in seinem gewohnten lauten Gang.
Die leitenden Herren gingen über die Palisaden von Schalbrettern am künftigen Wasserschloß. Sebastian wurde angerufen, und er kletterte hinauf. Die Schicht sei doch schon zu Ende? Ja, sie sei schon zu Ende, nur eine kleine Arbeit habe er noch. Mhm, weil ihm die Bauerei im Dorf selber ausgegan-

gen war. Weil niemand mehr baute, solange man ein Mehr als diese zweitausend Mann Arbeiter nicht bestimmt in Aussicht hatte. Eines Jahres wegen baute doch schließlich kein vernünftiger Mensch, darum hatte Sebastian Zeit, auch nach der Schicht noch ein übriges zu tun zur Beschleunigung der Arbeiten.

Man redete so dahin, ohne viel Zweck und Gedanken.

Ja – eine Frage noch! Man müsse einen ganz zuverlässigen Mann finden, damit nicht noch einmal die Lohngelder ›geraubt‹ würden. Das Wort vom Rauben klang so blechern und nichtsig, daß der Fischer verständnisvoll mit dem Kopf nickte. Dieser Raub fand wahrscheinlich auch am Landgericht seine letzte Erledigung.

»Warum nehmen Sie den Peter nicht?«

»Wer ist der Peter? Ahja, der Wildling mit den weißroten Stäben und den Nivellierinstrumenten. Freilich, das ist ein Neffe von Ihnen, Herr Unützer.« Dann sagten sie ihm, ein Mensch müsse doch bürgen für den Burschen, er sei ganz anstellig, gewaschen sogar mit allerhand Wassern, aber auf sein Gesicht hin möchten sie die Sache doch nicht riskieren.

»Was wäre denn nachher mein Haus?«

Es war eine ganze Weile still auf der Baustelle.

Hatte nicht irgendwer bei der Leiche vom Christof halblaut das Wort von der Strafe Gottes herausgestoßen? Wenn schon Sebastian den Fluch auf die Familie geladen hatte, dann wollte er gern den Sohn seines toten Bruders ein wenig unterstützen.

Von dem Tag an wurden die Rundreisewege des Messungsgehilfen Peter Unützer noch unregelmäßiger. Er hatte seine Arbeit wie sonst auch, er ging auch noch jeden Tag irgendwo herum, allein oder mit einem Ingenieur. Bei den einzelnen Abteilungen hatte er immer schon vorsprechen müssen, das tat er weiterhin. Nur sah es anders aus in seinem zweiten Nivellierinstrument. »Das ist eine plumpe Kiste, und ich soll sie überall herumschleppen«, tat Peter unwillig. Nur einer der

leitenden Herren wußte an jedem Bauplatz von der eigentlichen Bestimmung dieses Nivellierinstruments.
Mochte sein, daß der Lohnbote damals wirklich ausgeraubt worden war. Bei Gericht kam nichts heraus, was den Mann belastet hätte. Darum blieb man für die Zukunft vorsichtig, dann kam jeden Freitag das Geld in die rechten Hände. An den Baustellen überfiel niemand den Geldboten, auch wenn man einmal um das Geheimnis des großen Meßinstruments wußte. Sie verschafften ihm eine Pistole und den Schein dazu. »Unützer, Unützer?« fragte sich der Gendarm. Ob es gerade das Beste war, einem Unützer einen Waffenschein auszustellen? Naja, Peter hatte mit dem Messer noch nichts Besonderes geliefert.
Der junge Mensch mit der weißlichen Überjoppe ging seiner eigenen alten Spur nach, jeden Tag an einem anderen Platz, jeden Freitag in einem festen Marsch vom Baubüro zu den sechs Bauabteilungen. Dabei trug er allein die zwei Nivellierinstrumente, das kleine, mit dem es seine Richtigkeit hatte, und das große, das kein Nivellierinstrument war.
Sebastian baute mit achtzig Leuten im späten Herbst den unteren Bau des Wasserschlosses zu. Der Unützer ist ein tüchtiger Kerl, sagten die Ingenieure, und sie schoben ihre zwei Fachmänner von dieser Baustelle ab auf einen wichtigeren Posten.
O Gott, was hatte denn der Fischer, daß er gar so stolz war? Sein Wasserschloß machte ihn toll, daß er gar nicht mehr in Zorn geraten mußte, wenn Lidwina mit der Gerte im Hart an der Mörn stand und die Forellen vor seinen Augen herausschnellte. Besser konnte er es selber nicht. Lidwina hatte wahrlich plumpe Hände, aber sie setzte die Fliege so knapp vor die Forellen hin, daß sie nur selten fehlkam. Aber gelt, was war das schon! Fischen konnte er doch auch, das trug kein Geld mehr zu solcher Zeit, wenn auch die Herren Ingenieure manchmal gern einen Fisch aßen. Die brauchte ihn nicht so anzustarren, wenn sie das alte Geschäft noch langweilig wei-

terbetrieb! Er hatte etwas ganz anderes geschaffen! Er hatte den Unterbau des Wasserschlosses allein fertiggestellt. Na, ganz allein? Eigentlich hatte er bloß mechanisch das ausgeführt, was andere ihm nach genauen Plänen aufgetragen hatten. Trotzdem war er stolz, er vergaß die Geschichte mit Christof beinahe darüber, so furchtbar eitel wurde er auf einmal. Im Frühjahr baute er den Wasserbrecher, dann im Sommer durch vielleicht den kunstvollen Aufbau mit den Durchlässen.

Aber, was war schon so ein Wasserschloß!

Marianne ließ sich beim Bräu von den Bauern etwas vorsagen über das werdende Wasserschloß. Dann wurde sie ein wenig stolz auf ihren Vater, der einen guten Kopf hatte. In den Keller hatte er sie einmal eingesperrt, zwei Tage lang. Aber einen guten Kopf hatte er, sagten die Leute. Die Ingenieure hatten auch gute Köpfe. Viel bessere Köpfe hatten sie.

Mochte der Vater schon einen guten Kopf haben – der Vetter hatte einen viel gescheiteren Kopf. Drum durfte er die großen, wertvollen Instrumente tragen von einer Baustelle zur anderen. Einmal waren die zwei sonderbaren Kästen hinter dem Schanktisch stehengeblieben, da hatte Marianne ihre Neugier nicht verbeißen können. Der große Kasten war leer, aber der kleine zeigte sonderbare Dinge, wenn man den Dekkel abhob.

»Was ist das für ein Ding, Peter?«

»Das ist gar kein Ding. Du wirst in Zukunft deine Augen weglassen von meinen Instrumenten, freche Dingin!« Er war bös. »Was denkst du eigentlich – siebentausend Mark kostet ein solches Instrument. Dein Vater muß vom Haus gehen, wenn du nur ein einziges Instrument kaputtmachst. Das große hat zwölftausend Mark gekostet, verstehst du, Rotznase?«

Der Schrecken dieser großen Zahlen hielt drei Tage lang vor. Dann kam das vernünftige Wissen wieder zurück. Der große Kasten war doch leer gewesen, und ein leerer Kasten war um zwölftausend Mark denn doch zu teuer. Am Samstag konnte sie ihn erst wieder fragen, bis zum Samstag konnte sie ihre Weisheit nicht verbeißen. Sie sagte es im Garten bei der Ruederer-Villa zuerst der Walpurg.

»Weißt du, zwei solche Kästen trägt er mit sich herum. Der eine kostet zwölftausend Mark, und der andere, in dem man gar nichts sieht, kostet gleich siebzehntausend Mark.«

Walpurg glaubte nichts. Und die Geschichte war für Peter nicht mehr sehr angenehm nach einer Woche. Wer konnte nach acht vollen Tagen noch wissen, wie teuer die Instrumente vor diesen acht Tagen gewesen waren! »Jaja, die Dinger haben schon viel Geld gekostet. Es werden so um dreißigtausend Mark sein, alles zusammen.« Jetzt war die Reihe am Augenaufreißen an der jüngeren Schwester. Marianne wußte auch nicht mehr auf den Pfennig genau, was sie für einen Preis angegeben hatte. Aber sie meinte, vor einer Woche hätten sie zusammen noch nicht einmal zwanzigtausend Mark ausgemacht.

»Damals waren diese Instrumente noch billiger. Diese Dinger schlagen oft in einer Woche gleich um das Doppelte auf. Solche Instrumente wie diese zwei da werden jetzt überhaupt nicht mehr gemacht.«

Da platzte Marianne mit ihrem unseligen Wissen heraus: Der eine Kasten sei ja vollständig leer. Das Wort schlug wie ein Blitz in die Unterhaltung.

»Was leer? Der große Kasten soll leer sein? Dann ist mir das große Instrument gestohlen worden. Marianne, was hab ich dir denn gesagt neulich? Aufpassen sollst du, habe ich gesagt. Ordentlich achtgeben auf die Sachen, sonst kommt dein Vater vom Haus. Du hast natürlich nicht aufgepaßt. So, das wird eine schöne Geschichte!«

Den Schrecken machte er gut. Er nahm die zwei Kästen unter den Arm und stellte sie beim Maderlechner ein. Es ist ein altes Gelump, sagte er zur Maderlechnerin. Aber zurückgeben müsse er das Zeug doch wieder, weil alles im Verzeichnis aufgeschrieben sei. Auf diese gleichgültige Belehrung hin schau-

te Justine gar nicht erst in die Kästen hinein. Sie mußte sich um alte Meßinstrumente doch nicht auch noch kümmern, wo den ganzen Tag die Ladenglocke bimmelte.
Während Peter beim Oberen Wirt saß und sich laut mit ein paar Leuten vom Kanal unterhielt, schlichen die drei Unützermädel bleich und ängstlich daheim von Kammer zu Kammer. Marianne schaute alle Zimmer durch, trug da einen Krug Wasser nach und rückte dort die Bettvorlage zurecht. Gar nicht mehr sauber waren die Betten, seit diese rußigen Teufel jede Nacht hier schliefen. Ja, das war so ein dummer Gedanke, in der Wirklichkeit hatte sie an etwas ganz anderes zu denken. Sie war schuld, wenn Peter sein großes Instrument nicht mehr fand. Aber das war doch schon weg gewesen aus dem Kasten, als sie hineinschaute.
Walpurg stieg auf den Zehen herum und schaute sich manchmal im Spiegel verdrossen an. Sie war am allerschwersten getroffen, denn sie hatte nicht einmal einen Blick in die Wunderdinge tun dürfen. Trotzdem sollte sie jetzt mit der neugierigen Schwester büßen müssen. Das sagte sie am späten Abend der Justin. Weil sie sich beide anders nicht mehr helfen konnten, heulten sie ungezogen wie Schulmädel in die Ärmel des Gewandes hinein, eine ganze Weile. Bis Justine mit dem Fuß aufstampfte und den Vetter einen groben Kerl nannte, mit dem man immer Ärger habe. Ein gräßliches Gesicht habe er, und seine schäbige Joppe passe gerade noch zu der dreckigen Arbeit am Kanal. »Mhm«, schluchzte Walpurg nach, »Haare hat er an den Beinen, ganz grobe schwarze Haare.« Wenn er schon so alt wäre wie der Vater, dann dürfte er Haare an den Waden haben, aber jetzt doch nicht. Ein gräßlicher Kerl war er.
Ruhig und unschuldig standen die zwei Kästen inzwischen beim Maderlechner unter der Ladenbudel bei den Nägeln und den Kälberketten, halb zugedeckt von etlichen herabgerutschten Sensen. Peter saß beim Oberen Wirt und war sehr laut. Wenn er bei den Kanalern saß, war er immer laut. An

die Geschichte mit den Mädchen dachte er nur nebenher manchmal.
Warum mußten die auch in einem fort die Nasen in solche Dinge stecken? Es war eine dumme Sache. Mit der Geschichte konnte der bisher geheime Geldtransport ans Tageslicht kommen, denn Weiber brachten es kaum fertig, über eine solche Sache vollständig zu schweigen. Jetzt mußte er den Faden schon fortspinnen, den er einmal aufgenommen hatte.
Diesmal verschwand er schon mit dem Sonntag, er luderte irgendwo herum und schlief im Heu, am Montag nahm er seine Arbeit auf, kam am Freitag wieder bis ans Dorf hin, lieferte dort nur sein Geld ab, um, von seinen Basen ungesehen, noch am gleichen Nachmittag wieder den Rückweg anzutreten.
Im Adamhaus, wo die Fischerkinder daheim waren, blieb von der Geschichte ein großer Schrecken übrig. Acht Tage vergingen, es wurden zwei, drei Wochen. Der Vater war mit seinen Arbeiten am Wasserschloß fertig und packte jetzt selber die Ruderstange der Zille. Na, und der Winter fiel wieder ein, daß auch Sebastian den Wind in den Knochen spürte und mit viel mehr Trotz als Freude beim Handwerk war. Er verstand doch das Gesicht der Lidwina, wenn sie vor seinen Augen im Hart fischte. Das sagte ihm, daß sein Beruf ein anderer war, als große Werke bauen helfen und eine neue Welt ins Land hereinzuschleppen, die aus rußigen Gesichtern und mürrischen Menschen ihnen allen entgegenschaute. Das war die fade Geschichte mit der Lidwina, die, ihm zum Trotz, die grobe Arbeit machte. Es war nicht das erstemal, sie hatte damals auch gearbeitet, als er in Traunstein war.
Von dem sprach eigentlich niemand mehr. Bei der Gräbnis für Christof war das letzte geflüsterte Wort darüber herumgeschwirrt. Sonst nichts mehr darüber seit der traurigen Zeit. Das war eine häßliche Zeit gewesen, ganz häßlich. Der Zwilling in der Kammer war ohne einen Druck losgegangen, weil er überflüssig geworden war.
»Was habt ihr denn? Kann man zu einer rechten Arbeit schon

bald keine mehr brauchen, die andere beim Bräu macht auch ein Gesicht, wie wenn – –« Den Fischer machte es nicht weiter ängstlich, wenn er irgendeine kleine Sorge angeschrieben fand in den halbfertigen Gesichtern. Er fragte, wartete eine wirkliche Antwort nicht ab und ging in die Schupfe, wo die Garne hingen. Noch war die Mörn nirgends stark genug zugefroren, der Winter machte so halb seine Sache, er ließ dem Fischer auch noch sein Recht und stellte damit die Frau des Fischers wieder in das Haus und an den Herd. Aber die Pfannen klirrten beim Aufsetzen und Wegziehen laut wie früher einmal.

Erst der späte Winter, als man schon bald Weihnachten schrieb und die ganze Baustrecke ausgeblasen war, brachte den Buben vom Christof wieder. Er schaute bei den Fischerleuten nach, tat lächerlich groß gegen den Fischerbuben, der schon lang wieder eingemauert war in das kleine Dasein des Adamhauses. »Lern auch etwas Richtiges, dann hast du für den ganzen Winter Arbeit. So hockst du daheim, und der Vater muß dich aufziehen!« Wolfgang blieb klein dabei. Der Vetter hatte schon recht, aber er war schon groß, er hatte ein weites Maul, und die Schule streckte keinen Arm mehr nach ihm aus.

»Grüß Gott«, sagte die Kleinste. Sie hatte ein ängstliches Gesicht dabei, denn Peter sah wieder einmal ausgehungert her. Was wird denn schon sein, Justine, die Leute finden viel Arbeit für einen kleinen Menschen. Da wird man schmal in den Backen.

Justine war aber nicht zufrieden. Fürs erste stellte sie ihm etwas zu essen vor und blieb dann bei ihm. Wolfgang verschwand und brachte seine Schwester mit von der Ruederer-Villa. Als man den Buben abgewimmelt hatte, fragte Walpurg nach dem Meßinstrument. Wie es denn gegangen sei damals? Gar nichts mehr habe er hören lassen.

Ach, daran hatte Peter nur drei Wochen lang gedacht. Er war hernach wirklich abgehalten worden durch viele Arbeit. Jetzt platzte die mit der Frage heraus. Die Fischermädel waren gute Kinder, er lachte in sich hinein und wollte sich mit der Wahrheit aus der Geschichte ziehen. Die verkappte Kasse tat ihren Dienst noch, und die dumme Neugier, die ihm damals einen Streich hätte spielen können, als er so schreckliche Sprüche klopfte, hatte ihren Denkzettel schon bekommen.

Aber er ließ in sich hineinfragen und wurde immer einsilbiger dabei. Ob es gut abgegangen sei? Nein, gar nicht gut. Die ganze Geschichte habe er seinen sauberen Basen zu verdanken. – »Nein, fragt nur nicht soviel! Ich hab es sicher nicht gestohlen und verkauft. Die Kiste ist aufgemacht worden, hernach war das Instrument weg, spurlos weg.

Einsperren lassen wollten sie mich. Das kann man natürlich nicht so einfach, einen ehrenhaften Menschen einsperren. Sie haben beim Herrn Vikar angefragt, was ich für ein Mensch bin, hernach waren sie wenigstens soweit zufrieden, daß sie mich nicht ins Gefängnis gebracht haben. Nicht? Und da darf ich es nicht einmal sagen, daß die eigene Familie mich so ins Unglück gebracht hat.«

Bei dem Wort von der ›eigenen Familie‹ rückte Walpurg einen bedenklichen Strich weit ab. Peter hatte sich schon in einen so schönen Zug hineingeredet, daß er jetzt so weitermachen mußte. Was, die rückt von ihm ab? War ihr vielleicht die Verwandtschaft mit dem Sohn des eigenen Onkels nicht gut genug? »Was hat euch denn mein Vater immer mitgebracht, wenn er heimgekommen ist? Ihr seid doch schuld, sonst wäre für mich auch etwas übriggeblieben. Euch hat er alles angehängt, dann ist für den eigenen Buben nichts mehr geblieben. Mhm.«

Walpurg wurde rot. Sie bereute es, daß sie diese Unvorsichtigkeit gemacht hatte, aber warum lief er denn auch immer mit seinem unsauberen Bart herum und ließ sich von den Arbeitern »Herr Unützer« anreden, als wäre er richtig der Bruder von den drei Mädeln. Diese zaghafte Reue übersah Peter mit Absicht. »Wenn ich das Geld hätte, das mein Vater euch hingehängt hat, könnte ich das Instrument leicht bezahlen. Dann müßte ich mich nicht schief ansehen lassen von den Leuten. Jede Woche ziehen sie mir zehn Mark ab für das Instrument, bis es abbezahlt ist. Das kann noch lang dauern.«

So, sie rückten ab von ihm! Soviel war er doch noch wert in seiner eigenen Schätzung, daß er sich anständig zu der eigenen Verwandtschaft stellen konnte und sich neben ihr sehen lassen durfte.

»Das ist ganz einfach, wenn ihr es mir so macht! Euretwegen hungere ich nicht weiter und laß mir mehr als die Hälfte von meinem Verdienst jede Woche abziehen. Ich hab schon ein Mittel, daß es anders wird.«

Mit der Drohung ging er weg.

Schau, die Puppen hatten es ihm ja ganz schön gezeigt, was sie von ihm hielten. Zu unsauber war er ihnen, den Bart trug er nicht schön genug? Mit der Lüge von dem teuren Meßinstrument war er ihnen ja gerade ins rechte Triebwasser gekommen. Und er hatte es schon vergessen gehabt.

Die Resl war auch nicht zufrieden mit ihm.

»Weißt du, Peter, einmal im Jahr könntest du deiner Mutter auch einen Pfennig heimbringen. Zuerst hat man nicht gewußt, daß man einen Vater hat für den Buben. Der Christof ist eben einmal so gewesen – tröst ihn der liebe Gott! –, aber daß ich jetzt gar nichts weiß von dir, daß du mir überhaupt nie mit einem Pfennig unter die Arme greifst, das ist nicht schön. Ich habe es mir schon einmal anders erwartet.«

Das ging ja ausgezeichnet an. Alles hatte diesmal an ihm zu nörgeln. Die Mutter auch noch.

»Soll ich vielleicht einen Lohnboten niederschlagen und ausrauben, daß ich etwas heimbringen kann? Gelt, das willst du doch auch nicht?«

Jetzt konnte er auf einmal wieder lachen, und er lachte laut und ungezogen, wie ein richtiger Bub – er war doch noch einer – nur lachen kann. Kassenboten – umbringen – ausrauben – hahaha.

Die Mädel taten schon das Ihre, um die Kluft zwischen dem verteufelten Peter und dem Adamhaus wieder langsam zu überbrücken. Peter hatte doch auch sein Interesse daran, daß er mit den Fischerkindern richtig ins Reden kam. Sie mußten ihm schöntun. Marianne kam beim Bräu an seinen Tisch und tupfte die Sache an. Dreißig Mark gutding hatte er heimgebracht als Erfolg des ganzen Sommers. Seine Mutter war zufrieden, als er ihr das Geld in die Hand schob und dabei recht groß tat. Es waren dreißig Mark, die einer ältlichen, alleinstehenden Person, die im Waschen und Putzen für andere Leute ihr weniges Geld verdiente, eine schöne Hilfe waren.
Peter hatte sicher noch Geld, dachte sie. Hätte sie gewußt, wie leer es nach der Entnahme dieser dreißig Mark bei ihm war, dann hätte sie das hingelegte Silbergeld nicht angenommen.
Er hatte gar nichts mehr, und er ließ das seine Base Marianne fühlen, wenn er beim Bräu lange genug hinter einem Glas Bier saß. Die Anbahnung freundlicherer Beziehungen ging nicht recht vonstatten. Marianne konnte den zwei Schwestern nur berichten, daß Peter kein Geld habe und sich mit einem ganz fürchterlichen Plan trage. Dabei trank er Bier um Bier, er machte ein resigniertes Gesicht dazu und zuckte mit keiner Wimper, wenn Marianne das Geld in die Kasse legte für sein Bier.
Davon schwieg Marianne den Schwestern gegenüber. Sie wußte nur immer wieder zu erzählen, daß Peter einen schrecklichen Plan haben müsse. Er fürchte sich jetzt schon vor dem Gefängnis. »Fürchten – pfui!« machte Walpurg böse. Und sie sagte noch einmal pfui.
Der Winter war lang, und die Tage alle konnte Peter doch nicht im Wirtshaus verbringen, wenn es auch gut dem alten Fischerbrauch entsprochen hätte. Die Väter noch hatten es so gehalten, daß der nächste Sommerverdienst immer schon beim Wirt an der Tafel stand. Peter kam ins Adamhaus und wunderte sich wieder über das buntscheckige Licht im Gang-

fenster. Zur Lidwina war er anständig, und über seinen Onkel Sebastian schwieg er. Das Gewissen war nicht ganz sauber an ein paar Flecken, wo der Punkt ›Handfischen‹ und sonstige Dinge notiert waren. Deswegen kaufte der Bräu schon seit Wochen keinen Fisch mehr beim Onkel selber.

Und die Kinder –

»Naja, grüß euch halt auch Gott, wenn es schon sein muß. Schaut mich doch an, wie es mir immer noch schlecht geht, Hunger hab ich, was meint ihr denn sonst.« Darum gab sogar Lidwina ihrem Herzen einen erbarmungslos erbarmenden Stoß. Es mochte zu ihrem Denken so passen, daß die schwarzblecherne Pfanne laut und bös rasselte auf der Herdplatte. Was hatte der, der Fremde, das Kind der Straße, von seiner Mutter im Nebenhergehen verloren, hier zu suchen? Das Haus war still, und seine Mauern waren fest. Sollte der doch nicht kommen und zu rütteln versuchen mit seiner ausgehungerten Bitte um etwas zu essen.

»Was ist nachher mit dem Instrument?«

Die Frage hatte gar keinen Mut, und Peter wußte hernach nicht, wer sie ausgesprochen. Er machte sein betrübtestes Gesicht, von dem nur der Hunger aufrichtig war, und legte sich wieder in die Sache hinein. Das eine oder andere an der sonderbaren Geschichte wurde anders erzählt, der Preis ging diesmal wesentlich herunter, aber es hätte immer noch gereicht, das Adamhaus dafür aufzukaufen.

»Das ist furchtbar, lieber Vetter. Die Marianne hat doch nichts dafür gekonnt. Aufgemacht und nichts mehr darin gefunden – die kann doch nicht schuld sein.«

»Laßt mich in Ruhe, Rotznasen!«

Wer Rotznasen? Walpurg schaute zu der Schwester hinüber, ob die sich nicht gemeint fühle als Rotznase. Aber Justine gab einen Puff ab mit dem Arm, dann rannten sie beide gegen den sauberen Vetter an. Was er überhaupt jetzt meine? Sie wollten ihm ja ganz gerne helfen, aber so auf keinen Fall, wenn er immer mit ›Rotznasen‹ so herumwerfe.

»Nein, und das tun wir nicht! Daß du es weißt, sauberer Patron!«
»Ich werde schon noch viel sauberer, meine lieben Kinder. Noch viel sauberer! Das Geld kann ich so oder so nicht herbringen, aushungern lassen kann ich mich auch nicht für mein ganzes Leben. Das wird anders gemacht. Geht es hinaus, ist es recht, geht es nicht hinaus, dann bin ich ein bekannter Mann, den man wenigstens anschauen wird. Dann habe ich vielleicht euch auch die Waden nicht mehr zu rauh. Nicht wahr?«
Er redete groß und beugte sich weit über den Tisch, den Lidwina ihm ein bissel unsauber gedeckt hatte. Das Fleisch war nicht schlecht, das Fleisch war bloß zäh. Da hatte Peter einen weiteren Schwung, wenn er während des langen Kauens seine Worte genauer setzte.
Zwei Paar Ohren gingen unruhig auf das Gassengesicht des Vetters zu, sie kamen immer näher, wenn Peter ein großes Stück Fleisch mit Sorgfalt kauen mußte. »So kann das nicht mehr weitergehen. Der Peter verhungert einmal, oder er läuft den Ingenieuren davon. Das kann alles leicht sein. Ich habe schon meinen Plan.«
»Weißt du, Peter, das hast du uns vorher auch schon gesagt, daß du einen Plan hast. Was hast du denn für einen, ha? – Peter!«
Oh, nichts, gar nichts hatte er vor. Gescheiter wollte er sein in Zukunft, schlauer wollte er sich durchs Leben bringen. Aber wirklich etwas anfangen – nein!
»Das ist furchtbar einfach. Ich mache etwas. Sie sperren mich ein, wenn die Geschichte ans Licht kommt, aber die Leute sagen doch: ›Das ist der Peter Unützer, der – –‹ nein, das erzähle ich euch nicht.« Es ging das Gespräch wieder über die Wertschätzung der Verwandten untereinander, Peter hatte wieder einen starken Ausdruck für seine Basen, und Walpurg gab flegelhaft heraus. Inzwischen war das Stück Fleisch schon recht klein geworden, und Peter wußte noch nicht, was er sa-

gen sollte. Er wußte etwas, etwas ganz Großes, was er schon lang mit sich herumtrug, aber das war doch zu toll, wirklich zu blöd.
Wer konnte wissen, vielleicht war es für die Basen doch nicht zu blöd. Aber gelt, man konnte es nie voraussehen, denn die Rotznasen da stammten auch nicht von verwässerter Buttermilch ab.
Der letzte Brocken Fleisch verschwand in dem weißen Gebiß, jetzt mußte er etwas losschlagen oder zum Rückzug blasen. Er entschied sich für das Losschlagen.
»Jaha, haha«, tat er verlegen, »Geld muß ich haben! Geht nahe her zu mir, sonst kreuzigt mich eure Mutter, wenn sie etwas hört. Was tue ich denn, wenn ich das Geld nicht herbringe? Ihr seid dumm, ihr versteht nichts, sonst würdet ihr mir schon längst einen guten Rat geben. – He, Justine, du mußt dein Maul halten! Ich schlag doch den Kassenboten von der Firma nieder, wenn er im Frühjahr wieder herumgeht. Jaha, haha, geh, schau nicht so arm drein! Der hat das Geld in einer großen Tasche bei sich, hingelangt um die Tasche, hingehauen, daß er mir nicht gleich nachläuft. Nachher ist mir geholfen.«
Die Mädel wollten losschreien, ganz unklug und laut herausschreien, aber Peter hatte zwei Hände und verschloß mit jeder Hand einen Mund, der lieber etwas anderes gespürt hätte als diese unsauberen Hände.
»Wenn ich sage, daß ich es tue, dann müßt ihr es auch glauben. Schreien braucht ihr deswegen nicht, ich schreie ja auch nicht dabei.«
»Nein, Peter, das ist ausgeschlossen. Wir werden hernach vielleicht alle eingesperrt. Peter, das sag ich dem Vater, nachher ist es gleich aus. Lieber schon, ja!«
Das ließ den Aufschneider kalt. Er mußte den Kindern überhaupt einmal zeigen, was er für einer sein konnte. »Wißt ihr was! Ihr haltet euer dummes Mundwerk, ich halte das meine auch, der Kassenbote – –«

»Wenn aber der Kassenbote tot ist hernach –?«
»So fest werde ich nicht hinschlagen. Nur so, wißt ihr, daß er nicht weiß hernach, wer es gewesen ist. Ich brauche ja nur das Geld.« Justine hatte ein ganz böses Gesicht. Die Mutter kam auch gerade herein und tat so sonderbar, als hätte sie etwas gehört von der abscheulichen Unterhaltung. Jetzt davon weiterzusprechen war nicht gut, weshalb Peter die Anwesenheit Lidwinens ausnützte, um mit einem Gruß zu verschwinden.
»Bleib doch noch da! Wir haben noch gar nichts ausgeredet.« Walpurg fiel hinein: »Wir möchten von dir doch auch etwas hören, wie es dir immer geht, weißt du.«
»Ein andermal vielleicht. Jetzt habe ich noch wichtige Sachen zu machen. Wißt ihr, ich bin nicht für den Winter einfach ausgestellt bei den Kraftwerken. Einen Peter Unützer kann man in so einem Betrieb zu jeder Jahreszeit brauchen.«
Und weg war er. Lidwina wischte mit der rupfenen Schürze über den Tisch, wo Peter sein Fleisch aufgegessen hatte. »Jeden Tag braucht ihr den Burschen von der Resl nicht hereinziehen. So vornehm ist er nicht, euer sauberer Vetter, und kein Mensch langt mehr eine Arbeit an, wenn der Luftikus ins Haus hereinschaut. Walpurg, weißt du deinen Dienstplatz überhaupt nicht mehr?« Also ging Walpurg wieder in die Villa hinauf, irgend etwas nahm sie unter den Arm, als hätte sie notwendig heimgehen müssen. Das war auch nicht so beim Herrn von Ruederer, der murrte nicht gleich, wenn ein Küchenmädel einmal auf eine halbe Stunde weglief. Bei einem Roßknecht wäre es anders gewesen.
Bis der saubere Peter nach einer Stunde zum Bräu hinüberkam, wußte Marianne schon von der Geschichte.
»Na, was hast du denn? Wieder einmal mit der stolzen Frau zusammengestoßen? Ha? Das ist bei der doch nicht so schlimm.«
»Was ich habe? Peter, ich sag dir, das darfst du nie machen. Du bringst uns alle ins Zuchthaus, du ruinierst den Vater.«
»Was? Ruinieren? Weil du nur das auch schon wieder weißt.

Nun, weißt du, Marianne, das ist nicht gleich so schlimm. Das wird überhaupt nicht so toll werden.«
Marianne zischte ihn an. »Wenn er aber tot ist!«
»Wer tot? Ahso, der Kassenbote! Nein, der ist hernach nicht tot. Aber ihr laßt mir jetzt meine Ruhe, ich mache doch, was ich will. Laß das Bier weg! Ich habe bloß nachgesehen, ob man vom Kanalbau gar niemand mehr sieht bei euch. Ich will kein Bier, sage ich dir noch einmal!«
»Weißt du, zahlen mußt du das Bier doch nicht. Ein paar Pfennige hab ich schon, du brauchst das Bier nicht zu bezahlen. Bloß das sollst du nicht machen, das mit dem Kassenboten.«
Nein. Er machte es nicht. Er trank Bier, bis es Nacht war. Dann trank er noch immer Bier, weil die Leute sagten, er habe einen guten Zug, wie jeder Unützer. Marianne war ein bleiches Wesen heute, wenn sie das Geld für Peters Bier immer wieder nach jedem Glas in die Schale legte. Das war viel Geld heute. Das Bier war teuer, und die scheppernde Geldkasse der Bräuin machte, wenn alle Gäste gegangen waren, das lederne Maul nicht eher zu, bis nicht der letzte Pfennig Biergeld darin aufgeklimpert hatte.
Das war ein sonderbarer Winter für den außenseitigen Unützerbuben. Wolfgang schaute nur dumm zu, der war das gute Schaf der Familie und begriff nicht sofort beim ersten Zeichen alle Dinge. Peter hatte Geld. Peter nahm auch ihn mit an den Biertisch, und wenn ein Bauer murren wollte, wenn sonntags auch der Kleine vom Fischer bei ihnen am Tisch saß, dann log Peter ein paar einfältige Sätze zusammen. Wolfgang sei schon alt genug.
Das freute Wolfgang und machte ihn stolz auf den Vetter, der immer Geld hatte. Daß Marianne vor Monaten schon ihr Sparbuch gekündigt hatte, wußte er nicht. Auch das andere nicht, daß Justine den Vater in einem fort anbettelte um ein paar Mark. Das müsse sie kaufen, und ihr Gewand sei alles schlecht beisammen, eine lange Zeit her schon. Sebastian

schaute sich das Gewand an, es war wirklich nicht mehr sehr neu. Aber es wurde nicht neuer, und kein ganz neues kam an seine Stelle, als Sebastian schon mit mancher Mark herausgerückt war. Walpurg war schlauer. Die verschanzte sich hinter dem Gittertor der Ruederervilla, da pochte Peter nicht so oft an wie bei den zwei Schwestern.

Was wollten sie auch tun, wenn schon der Vetter solche Absichten hatte mit dem Kassenboten? Marianne rechnete aus, daß ihr bisher das teure Instrument in dem großen Kasten schon sehr teuer zu stehen gekommen sei. Recht viel mehr, meinte sie, könne auch ein neues nicht kosten.

Das war, als der Winter ausging und am Kanal die ersten Arbeiter wieder auftauchten.

Jetzt mußte auch der Kassenbote bald wieder gehen. Dann kam das Ende, wenn Peter seine Untat wirklich vollführte.

Sebastian war im ersten Frühjahr schon daran, mit ein paar Leuten beim Brandlex einen neuen Stadel aufzuführen. Was war das auch schon für eine Arbeit, so ein Stadel! Zwei Tennen nebeneinander und von der Bergseite her, wo das Anwesen sich schön an die Bruchsteingruben hinlehnte, eine schöne Hochtenne. Ganz so unschön war die Sache nicht, der Maurerpolier Sebastian Unützer konnte eine Kunst zeigen, die ihm der Scharrenstein von der Hofmark nicht schöner vormachte. Aber gelt, im Vergleich zu einem Wasserschloß war das gar nichts.

Darum mußte die Arbeit auch schon im ersten Frühjahr gemacht werden. Und hernach kam vielleicht noch ein böser Frost, daß im nächsten Winter die Mauern abbröckelten. Aber es ging einmal nicht anders, der Kanal brauchte den großen Unützer notwendiger.

Die Stare waren schon da.

»Die Stare sind da«, sagten die Leute im Dorf, wenn man in den Straßen zum erstenmal nach dem Winter wieder die sauberen Anzüge der Ingenieure sah.

Ernste Menschen prüften, was in den letzten Jahren gebaut

worden war. Sie standen zutiefst im Kanal, ihre sauberen Anzüge bekamen Wasserflecken, und ihre Gesichter wurden nicht fröhlicher dabei.
Bauern, die um diese Tage doch mit dem Pflug gehen sollten, standen mit kleinen Gesichtern an den Erdaufwürfen über den Kanalböschungen. Es dauerte so entsetzlich lang heuer, bis die Arbeiter einmal in richtigen Schüben hereinkamen ins Dorf.
Es war früher ganz anders gewesen. Da waren sie mit den ersten warmen Tagen gekommen. Marianne, die Tochter vom Fischer, hatte eine kleine Neuigkeit. Sonderbar war das mit der Marianne, daß sie immer so gut Bescheid wußte. Sie stellte den Leuten das Bier vom Faß auf den Schanktisch, sie reichte den Bierholern, die über die Gasse kamen, ihre Krüge gefüllt durch das Guckloch der Schenke. Sonst kam sie mit den Menschen nicht näher in Fühlung, und doch wußte sie mehr als andere Leute im Dorf.
Es war früher ganz anders gewesen.
Und noch früher war es noch anders gewesen.
Da waren die Bauern noch Bauern gewesen.
Beim Maderlechner hatten sie ein altes Haus gehabt, klein und einstöckig, und durch die niedere Ladentüre, an der ein großer Mann sich anstoßen konnte, war das Gold in einer gesunden, dicken Ader hereingeflossen. Damals war der Kaspar noch ein Krämer gewesen, und die Maderlechnerin hatten die Leute Krämerin genannt. Sebastian hatte Justine zu ihr gesagt.
Der sagte jetzt auch noch Justine. Ihre Haare waren schon grau am Scheitel.
»Wir werden alle zwei schön langsam alt«, meinte sie – immer noch über die Budel hinweg – zum Maurerpolier Sebastian Unützer hinüber. Der biß sich auf den schwarzen, hängenden Schnurrbart. Es war in der Zeit wohl manches anders geworden, sonst hätte er vielleicht graue Haare bekommen und Justine hätte ihre junge Haarfarbe behalten und die

Pfingstrosenlippen für den Kaspar, den die Leute den Herrn Kaufmann Maderlechner nannten.
Vom Geld hatte Marianne etwas gehört.
Das machte die Leute stutzig. Aber was konnte man von so einem Mädel Vernünftiges verlangen? In dem Alter denkt man an alle Tollheiten, man hat die Lippen nicht dafür frei, daß man vernünftige Dinge redet. Wer wird schon viel geben auf das Gerede so eines halbwüchsigen Mädels. Sebastian dachte an den Föhn im Märzen. Er schaute seine Tochter von unten her an, und weil es wieder einmal so fällig war, gab er ihr auf den bierverschwemmten Schanktisch hin die gute Mahnung, sie solle ja immer ein anständiges Mädel bleiben.
Peter Unützer bekam seine Karte von der Bauleitung wie mancher andere auch.
Und er zog los, den Kassenboten auszurauben.

X

Daß der Winter eine träge Zeit ins Dorf brachte, das hatte man ertragen wollen, weil nach einem Winter der Trägheit wieder ein Frühjahr und ein Sommer der bunten Lebendigkeit kommen mußte.

Aber die Menschen im Dorf standen am Kanal und schauten den paar Leuten zu, die vielleicht über das Schicksal des Dorfes entscheiden konnten. Es war etwas krank geworden in dem Betrieb, der zweitausend Menschen auf einmal in die schöne Gegend an der Salzstraße geworfen hatte und jetzt kaum einem Dutzend Arbeiter Beschäftigung gab.

Kling –

Die Maderlechnerin erschrak, wenn die Ladenglocke einmal ging. Seit kein Arbeiter mehr kaufte, blieben die Bauern weg, blieben die Leute vom Dorf weg. Es konnte einer kommen und sagen, bestätigen, wiederholen, daß wirklich das Geld ausgegangen war. Dann durften Maurer kommen und die stolze Fassade des Kaufladens wegreißen.

Sebastian stand vor ihr, auf der anderen Seite der Ladenbudel. »Nun, was wird sein, Sebastian? Werden wieder Leute kommen?«

»Die lassen ihren Kanal doch nicht halbfertig stehen. Es hat nichts, Justine. Man bringt zwar nichts Rechtes heraus, die Leute sind stumm geworden, aber das Geld ist ausgegangen. Marianne hat es gesagt, die weiß es von einem Ingenieur.«

Sebastian kaufte ein Paket Kienschwarz. Der Stadel beim Brandlex sei fertig, jetzt habe er beim Frohnauer auf etliche Tage Arbeit. Die Kammern weißen, und die Farbe brauche er für die Sockel.

Justine hatte eine Frage. Sie schluckte an den Worten.
»Wie ist eigentlich der ganze Tanz hereingekommen? Mich kannst du auf den Folterschragen spannen, dann weiß ich es nicht.«
Darauf wußte Sebastian nichts. Das neue Kramerhaus, den Kaufladen vielmehr, ja, den habe *er* gebaut. Und Christof habe die Gedanken gehabt dazu, wie es schön werden konnte. So war es wohl gewesen. Der Werkkanal sei ja erst viel später gekommen. »Justine, das war gut, daß er kam. Er mußte doch kommen, denk an unsere Leute!«
Justine dachte an die Leute.
»Gelt, einmal, wie du noch so ein Bursche warst, zehn Jahre älter als der Peter jetzt, da hast du einmal ein sonderbares Boot bauen wollen. Ich glaub, damit ist es schon angegangen. Nein, Wastl, nicht der Kanal. Das – überhaupt das, das alles miteinander ist damals angegangen. Ich weiß nicht, Wastl, ich meine bloß so.«
Die Maderlechnerin hatte ein törichtes Geschick, dem Mann seine ersten Zeiten wieder aufzuwärmen. Mhm, sie möge das Pfund Kienschwarz noch in Zeitungspapier einschlagen.
Den halben Tag her regnet es schon.
»Ja Gott, Justine, damals war ich noch ein junger dummer Hirsch. Es ist schon eine lange Zeit her. Das ist alles so gekommen, wie ich die Lidwina geheiratet habe, das Adamhaus ist uns geblieben, und den Leuten vom Weiberhof habe ich ihr Geld selbigerzeit hinwerfen wollen. Daraus ist auch nichts geworden. Jetzt ist der Kanal da, vor zwanzig Jahren wäre das lustiger gewesen mit dem Kanal.« Er redete an das Innenfenster der verschwitzten Auslage hin. Justine stand drüben und hörte ihm zu, wie er so ganz langsam redete.
»Wir hätten ja still auch bleiben können dabei«, meinte die Maderlechnerin, »das Geschäft ist gut gewesen im alten Haus, aber du hast doch das ganze Dorf schon hergerichtet, damals schon, auf irgend etwas Großes. Die Leute hätten dir bald Steine nachgeworfen, wenn nicht der Kanal oder irgend

etwas anderes gekommen wäre. Jetzt werden sie auch bald wieder aufgreifen, was neben ihnen herumliegt, zum Werfen meine ich.«

»Du, Justin – laß das Kienschwarz für den Frohnauer aufschreiben! Der kommt schon herüber zum Zahlen. Nachher – bhüt dich Gott, Justin.«

Dem Fischer sprang die schwarze Katze auf den Buckel, als er sehr klein durch die große Eichentür trat.

Marianne – Marianne – – Er ging zum Bräu.

»Ein anständiges Mädel sollst du bleiben«, sagte er der Marianne, als sie ihm den Mundkrug auf den Tisch stellte. Und Marianne sagte mit einem Kopfnicken ja, mit dem Herzen sagte sie ziemlich heftig nein. Mit dem anständigen Mädel war es schon lange nicht mehr sehr viel.

»Woher weißt du das mit dem Geld? – Daß die kein Geld mehr haben?«

»O Gott«, sagte Marianne, »man hat doch auch seine Ohren und horcht damit hin, wenn es etwas zu erlusen gibt. Nicht? Weißt du, Vater, du wirst es auch getan haben.«

»Und ganz bestimmt weißt du es?«

Jetzt log Marianne. – »Was heißt: ganz bestimmt! Man hört es eben so. Es ist wohl nicht anders.« Nebenher dachte sie nach, wie ihr diese allerbestimmteste Nachricht zwischen Tür und Angel des Schlafzimmers zugeworfen worden war. Darum sagte sie zu ihrem Vater noch, daß es wohl recht sicher so sein müsse.

Sebastian Unützer hatte sein Bier braun und schal vor sich stehen. Das Reden mit seiner Tochter hatte ihn ziemlich aus dem Rahmen geworfen. Jetzt sagte er der Marianne, daß er eben sich mit der Maderlechnerin über frühere Zeiten unterhalten habe. »Damals hat man sich mit euch schlechten Dingern noch nicht absorgen müssen«, gab er seiner Erzählung nach und ging von dem halbgeleerten Krug weg. Von diesem Tag an sagte er seiner Tochter nie mehr, sie solle ein anständiges Mädel bleiben.

In der Sonnenwärme der Straße standen die Leute herum. Solche Arbeiter, die bereits gearbeitet hatten beim Kanal, die Leute vom Dorf, die Wackelzähne bekamen, als das Werk nicht mehr weiterarbeiten ließ, alte Weiber, die Gespenster an den Himmel zeichneten und von der guten alten Zeit sehr viel redeten.
Der Fischer hielt es jetzt anders. Er stieß wie ein Habicht in die Haufen beisammenstehender Leute, er schaute aus geschlitzten Augen sehr geschwind auf, um die Situation mit dem ersten Blick zu erwischen. Dann begann er, weil er ganz bestimmt nun um die Geldnot der Kraftwerk-AG wußte, die Wirklichkeiten zu verdrehen.
»Am Geld – nein, Kinder, da fehlt es nicht. Man ist in Streit geraten darüber, wie das eigentliche Kraftwerk ausgebaut werden soll. Und bis ein paar Wochen herum sind, wird man sich geeinigt haben. Dann geht es wieder los. Kinder, mir braucht ihr da nichts zu erzählen.« Sebastian war manchmal schwer versucht, in Christofs Eigenart zu verfallen und frischweg dahinzulügen, als wäre das ganze Kraftwerk nicht mehr wert als eine Fuhre Kalk.
Man konnte dem Mann glauben oder nicht. Das Dorf machte immer noch ein gleich verdrossenes Gesicht, weil die Arbeiter ausblieben und die dunkel gekleideten Herren stets mit saueren Sorgengesichtern auf den Erdwällen herumstiegen. Aber wenn Sebastian die Dinge in seinem Sinn darzustellen versuchte, fand sich schon wieder einer, der Mariannes gegenteilige Ansicht unter die Leute brachte. Sebastian wollte gerne zornig sein über seine Tochter, aber so ganz laut durfte er das alles nicht tun. Darum sagte er den Leuten, seine Marianne sei ein recht dummes Schaf.
Und einmal bekam er sie zu fassen. Da sagte er ihr die Meinung, er wollte grob werden mit ihr, da wurde das freche Kind laut und hielt ihm vor, daß er eigentlich die Leute schwer belüge.
Herrgott, es war ein Jammer um das Dorf. Der Bräu ging

durch seine Lagerkeller und schaute die aufgesattelten Fässer an. Dreimal soviel hatten sie eingesotten wie in anderen Jahren. Und um eine Kleinigkeit leichter hatten sie das Bier auch gemacht. – – Wenn die Arbeiter ausblieben, dann durfte man im Herbst die Fische in der Mörn mit diesem Bier füttern.
Da kam etwas anderes, und die Leute begannen wieder zu trinken.
Das Bezirksamt schrieb Wahlen aus für die Gemeindekollegien, und das Dorf an der Mörn war herzlich dankbar für das Ereignis. Sie mußten ja zusammenrosten, wenn ihre aufgezwungene Untätigkeit durch gar nichts mehr durchbrochen wurde.
So wurden sie laut und schrien und saßen hinter vollen Krügen, daß die Sattelfässer beim Bräu sich ein ganz klein wenig abbauten. Den alten Kollegiumsmitgliedern sagten sie, daß sie Lumpen gewesen seien, daß sie nichts getan hätten für die Gemeinde, daß sie öffentliche Gelder unterschlagen und sich samt und sonders abschmieren hätten lassen. Ein Fremder hätte gezittert beim bloßen Anhören der Anschuldigungen. Aber die Leute im Dorf und der Gemeinde fanden es selbstverständlich so, zudem es ja nirgends anders ist bei solchen Anlässen.
Unfreundlich umgegangen seien sie mit den Herren vom Kraftwerk, darum habe man einfach die Arbeit eingestellt.
Jeder Mann im Dorf hatte das Recht, das Volk aufzurufen zu einem Biergeschrei. Und jeder dritte Bürger der Gemeinde zumindest machte Gebrauch von diesem seinem Recht. Manchmal saß von der Werksleitung ein Ingenieur in der Gaststube, manchmal setzte sich die Bauernschaft aus dem oberen Land, das gelb war, beim Oberen Wirt zusammen. Dann wurden in der Nacht Steine geworfen auf menschliche Köpfe, und aus Hinterhalten schlugen sie sich gegenseitig in Liebe zum Allgemeinwohl nieder.
Sebastian biß die Zähne aufeinander. Die stritten, und jammerten nur selten noch um die letzten schönen Jahre. Träg

waren sie geworden, seit ein brauner Strich ihr Dasein in der Mitte geteilt hatte. Sie wollten nicht mehr denken, wie es anders zu machen war, und sie taten, was die Menschen immer tun, wenn ihre Tage schlecht geworden sind: Sie schoben allen Haß und Schmutz auf die anderen, diese anderen warfen ihn wieder zurück, und sie sagten alle zusammen, daß sie der Gemeinde dienen wollten.

Unter den Bänken begann es zu gären. Vom Bier und der aufrichtigen Sorge.

Da stellte sich der Fischer Sebastian Unützer der hastenden, brüllenden Menge. Er wolle ins Kollegium gewählt werden. Das habe er sich so verdient dadurch, daß – –

Wa – – was?

Der? – Zuchthaus wegen Totschlags, sonst nicht in allerbestem Ruf, Fischerabkömmling – und ins Kollegium kommen wollen! Sie lachten. Sebastian mußte es hören, wie sie lachten. Es schnitt durch sein geradliniges Denken, wenn die anderen Leute lachten, so beißend und hell, daß er in der gellenden Unterhaltung die Stimme des Gefängnisaufsehers heraushörte, die Schande des ganzen Lebens.

Geh, Sebastian, laß doch von solchen Dingen die Hände weg! Dich können sie in dieser Auswahl der Besten doch nicht brauchen, sie werden Steine nach dir werfen, wenn du es wagst. Er wagte es schon, er fand Leute, die ihn auf ihre Liste setzten. Die kleinen Leute im Dorf schrien sich die Kehlen heiser für den Fischer, der den Kanal und alles Drum und Dran zuwege gebracht hatte. Freilich, jetzt stand es mit dem Kanal auch schlecht. Das schrien die anderen ihnen entgegen. Schwindel ist alles gewesen, Fischer, du hast die Leute bloß angelogen, und die kleinen Leute möchtest du jetzt erst recht noch zum Narren halten.

Der Herr von Ruederer sagte es den Leuten, wie hundsgemein sie eigentlich sich benommen hätten. Pioniere einer neuen Zeit dürfe man nicht so behandeln. Es sei von den Fischerleuten soviel geschaffen worden im Dorf wie kaum von einer anderen Familie, mit Ausnahme der Familie Ruederer. Eigentlich hatte die Frau von Ruederer das so eingefädelt. Die hatte eine ganz besondere Hand zum Auseinanderflechten der im Haß verstrickten Menschlichkeiten. Sie wollte eigentlich dem Fischer beibringen, daß er sich nicht aufstellen lassen solle.

Das gab sich schon einmal so, daß Sebastian Unützer, der Fischer, in die gutsherrliche Villa kam mit dem Lagel. Die Köchin drückte an einen Wandknopf, und gleich nachher stand Frau von Ruederer groß und freundlich vor dem Fischer. Ihre Stimme lachte, sie sprach von den Fischen, von den schlechten Zeiten, vom Kanal – und inzwischen hatte sie ihn glücklich in den Garten geschoben, wo niemand mehr ihre Unterhaltung anhören konnte. Das solle er nicht tun, er möge doch vernünftig sein, und so weiter. Aber weil Frau von Ruederer lachte, verbiß auch er das Fröhliche an der ganzen Sache nicht.

Daß doch immer die Weiber überall die Hand in den Männergeschichten haben mußten! Justine, die Maderlechnerin, machte es dem Fischer nicht anders. »Du bist doch immer wieder ein dummer Kerl, Sebastian. Ein anderer würde seiner Arbeit nachgehen, ja!« Dabei nestelte sie an der Trägerschürze. Und Sebastian schaute ihr eine lange Zeit zu. Zwischen ihnen stand die Ladenbudel, und die Meterware darauf war hoch aufgestapelt. »Ja, das wird nie mehr anders werden, sie wird immer hinter der Meterware stehen, und du wirst hinüberschauen dürfen, wenn sie dir ihre Meinung sagt. Das Recht dazu hat sie doch.«

So um den Bierkrug herum ließ der Fischer vernehmen, daß er weiter nicht mehr Wert darauf lege, von seinen Leuten ins Kollegium gewählt zu werden. Das kam schnell auseinander im Dorf, die Leute zum größeren Teil meinten, das sei ganz vernünftig so. Andere fanden ihn dumm.

Das ließ den Fischer kalt. Er hatte von seiner Tochter Marianne etwas in die Nase bekommen:

Der Geldstrom der Mörn-Kraftwerke AG war wieder flüssig geworden. Marianne wußte es, und Sebastian sagte kein Wort mehr zu ihr, daß sie ein anständiges Mädel bleiben solle. Es betrübte ihn ehrlich, daß er seine ältere Tochter nicht mehr in der früheren Form einschätzen durfte. Aber sie hatte die große Neuigkeit gebracht, von der die ganze Zukunft abhing.

Es war so: Der Geldstrom sickerte aus dem Boden, man konnte ihn feucht anfühlen, wenn man nur wußte, wohin man greifen mußte. Sebastian griff sofort hin, er wußte bald um die neuen Pläne, weil er seinen Neffen Peter zur rechten Zeit abgefaßt hatte: »Was ist denn los, Zigeuner? Geld ist wieder da – geh, red mir nicht dagegen! Ich weiß, daß wieder Geld da ist. Sehr viel Geld sogar. Die Sache stinkt ja schon zum Himmel.«

Davon wußte Peter noch nichts, und Sebastian war auf seinen Vorsprung stolz. Peter kannte dafür die genauen Pläne schon, und ehe die großen Firmen aufgefordert wurden zur Submission, hatte Sebastian bereits ein sauberes Angebot eingereicht, das ziemlich eingehend den neuen Plänen des Fabrikbaues Rechnung trug.

»Herr Unützer – wer hat Ihnen die Pläne ausgehändigt?«

»Mein Neffe Peter natürlich, wer wird sie mir denn gegeben haben!« Ja, das gab nun eine harte Auseinandersetzung. Sebastian mußte fürchten, daß er den Auftrag verlor, zudem fuchtelten die Leute schon mit der Drohung herum, man werde den jungen Herrn, der Betriebsgeheimnisse ausplauderte, hinauswerfen. Aber da sagte er: »So, hinauswerfen wollt ihr ihn! Das ist ja nett von euch! Der letzte Kassenbote hat euch eine Faust voll Geld hinuntergewischt, und den Peter wollt ihr jetzt hinauswerfen? Der Peter hat zu mir gehalten, weil ich für ihn mein Haus verpfändet habe. So, den wollt ihr hinauswerfen!«

Als die Auseinandersetzung zu Ende war, teilte man dem Herrn Unützer mit, daß wohl der junge Peter Unützer im Betrieb behalten würde, daß aber Sebastian auf keinerlei Auftrag mehr zu rechnen habe.

»Soso«, sagte der darauf. Und nach einer Weile noch einmal: »Soso.« Worauf er den hohen Herren die Kehrseite bot und ging.

Man kann es auch anders machen, meinte er bei sich. In dem Augenblick war er froh, daß er um das Kollegium glücklich herumgekommen war. Jetzt durfte er freundlich oder unfreundlich sein zu den Leuten nach Belieben und nach Notwendigkeit. Lidwina fuhr schon seit allerhand Zeit nicht mehr zum Fischen aus, seit ihr Mann übrige Zeit hatte dazu.

»Du kannst schon selber fischen, mein Lieber. Ich weiß mir auch eine andere Arbeit.« Mhm, so redete Lidwina zu ihrem Mann. Der tat seine Arbeit am Wasser und sonst überall. Leute standen um ihn herum, die schauten. Beim Fischen hatte man immer schon gescheite Zuschauer gehabt. Diesen Leuten sagte Sebastian in lockeren Brocken manchmal seine Meinung.

Das konnte er so ganz gut. In der Zille stehen, das Garn langsam auseinanderlegen, mit sicheren Händen nach den gefangenen Fischen tappen und reden nebenher, so stoßweise, wie das Arbeiten vor sich ging. »Hanswursten seid ihr. Jawohl, richtige Hanswursten!« Dazwischen warf er das Garn herum und bückte sich nach irgendeinem Stück Fisch. »Ihr laßt euch vom Werk da den Boden unter den Füßen wegstehlen, ihr wißt nicht, was ihr verlangen dürft. Die Felder weit herum treten sie nieder, keinen Pfennig zahlen sie für den Schaden. Nicht? – Eine Bande sind sie, alle mitsammen.«

Die Leute wußten nicht, was vorgefallen war. Sie erfuhren es auch nie. Sebastian stand in der Zille und stichelte auf die Leute ein. Und wenn sie meinten, er habe doch auch mit das Seine getan, damit das Werk in Schwung kam, dann schüttelte er den Kopf, ohne ja oder nein zu sagen. »Sie kommen noch einmal und sagen: ›Herr Unützer!‹ Dann muß ich es mir schwer überlegen, ob ich noch einen Handstreich mache für solche Leute.« Dieser Sebastian war überall der gleiche. Er sagte nicht: Das Werk muß umgebracht werden. Er meinte nur zu den Leuten hin: »Gar so leicht dürft ihr es denen nicht machen. Denn, wenn schon einmal ein Vogel angeflogen kommt, muß man ihn rupfen, solange man ihn in der Hand behält.«

Langsam und sicher warf er seine Prügel unter die Horchenden, daß diese sie den Herren von der Werksleitung vor die Füße werfen sollten.

Und ganz langsam zeigte es sich auch, daß den Herren Sebastians Treiben unangenehm wurde. Es wurde mit der Zeit so, daß das Werk um jeden schmalen Ranken Boden streiten mußte, Prozesse anstrengen, zur Zwangsenteignung schreiten in ganzen Serien. Sie wollten doch da drunten etwas anfangen, da im Hart, wo ihnen noch kein Bodenstück von der Größe einer Stubentür gehörte. Ganz umsonst hatten sie doch den Peter Unützer nicht im Betrieb gelassen. Der reichte für Sebastian aus, der brachte falsche Nachrichten über diese Pläne unter die Leute und verschaffte dem Onkel, was er brauchte.

Der Onkel wiederum hatte Zeit, mit halbmüßigen Händen auch einen Herrn von Ruederer vor sich her zu schieben, ohne daß dieser selbst es merkte, an wessen Karren er zog.

Da sagte Lidwina dann zu ihrem Mann ins Bett hinüber, ehe sie einschlief am späten Abend: »Weit hast du es gebracht. Wirklich weit. Jetzt bist du der gleiche Kerl, wie der Christof einer war. Ja, das bist du. Ein Lügner, und weiß Gott was sonst noch –«

Nun, war sie da wirklich so bös, wenn sie ihm diesen Vergleich hinwarf? Darüber dachte Sebastian nach, und es war ihm hernach angenehm, daß Lidwina ihn mit Christof verglich – tröst ihn der liebe Gott!

Theobald von Ruederer ging jetzt allzuviel im Hart herum, gegenüber dem Wasserschloß. Wer wollte es dem König des Dorfes wehren, wenn er sich auch einmal einen anderen Be-

sitz anschaute als den seinen, der ja reichlich groß bemessen war? Zudem hatte er ja seine Jagd da drunten.
Als dieses Herumgehen, das den großen Herren unangenehm wurde, schon seine schöne Zeit dauerte, wurde es laut, daß die Mörn-Kraftwerke AG einen schönen Teil vom Hart aus dem Staatsbesitz gekauft hatte. Bald darauf wurde unter Brüdern am Biertisch, auf der Straße über Zäune hinweg, in vornehm eingerichteten Bürobaracken das Gerede laut, der Herr von Ruederer sei eben daran, das anschließende Stück Waldland zu kaufen, das an die Mörn hingrenzte mit einem schmalen Stück.
Warum auch nicht?
Die Frau, die Sebastian den dummen Gedanken von der Wahl ins Kollegium ausgeblasen hatte, mit einem freundlichen Lachen ausgeblasen, die lachte wieder einmal. Denn von ihr hatte Sebastian sich beim Handel um ein paar spottbillige Forellen, auch lachend, die Erlaubnis ausgebeten, daß er so ein klein wenig reden dürfe. Der Herr von Ruederer müsse deswegen nicht gleich etwas kaufen, wirklich kaufen. Aber er dürfe unter den Leuten nicht nein sagen, wenn er, Sebastian, ja sagte.
»Herrgott, Mannsbilder«, schrie Sebastian hernach einmal seinen Leuten zu, »ihr habt ja keinen Dunst davon, was der Herr von Ruederer für eine Frau hat. Ja, Kinder, eine ganz schöne Frau, eine Frau, wie man sie suchen muß.«
Er wurde groß auf einmal, wie er nicht mehr gewesen war seit dem Unglück mit dem Bruder. Er trat eine Spur, daß der Herr von Ruederer weit treten mußte, um mitzukommen. Das war alles nur, weil Frau Adele von Ruederer, die schöne Frau, zu seinen Dummheiten gelacht hatte, die er so ernst nahm. Zweimal hatte sie gelacht: bei der Geschichte vor der Wahl und diesmal bei seiner großen Gaunerei.
Der Waldgrund da drunten, der ein paar großen Bauern gehörte, wurde am Biertisch notiert wie ein ganz gutes Papier auf der Börse. Sebastian war nicht mehr alt, Sebastian wurde

beweglich, er war in seiner Kleinheit der unruhigste Punkt im Dorf und in dem großen Betrieb des Kanalbaues.

Nur nichts aus den Händen lassen, Sebastian! Immer überall sein! Und wenn einer flau machen will, dann gehörst du an den Platz, daß alles sich wieder einrenkt. Nur nicht auslassen, Sebastian! Was würde dein Bruder sagen, der Christof, wenn du dich da kleinkriegen ließest?

Er ließ schon nicht nach, und Lidwina sagte nichts mehr davon, daß er seinem Bruder nun verdammt ähnlich wurde. Peter ging am Freitag mit seinem echten und dem falschen Nivellierinstrument durchs Dorf. Er sprach beim Onkel vor, ließ ein paar Zettel liegen und verschwand wieder.

Schau, schau! Sogar die Pläne waren schon fertig für die Fabrik, zu der sie erst die halbe Bodenfläche hatten. Oooh, das waren Pläne! Der Baumeister in Mühldorf konnte wirklich etwas, der zeichnete wunderbare Pläne. Aber diese Herren verstanden es besser. Die hatten auch etwas anderes vor als so einen einfachen Hausbau, mit einem Erker vielleicht oder mit Bogenfenstern. Ja, das wurde etwas Schönes, das wurde eine Fabrik, die sich sehen lassen konnte.

»Und was ich fragen wollte, Peter, was machen denn die da einmal in dieser Fabrik – die bauen doch nicht einfach mir nichts – dir nichts eine Fabrik – –« Ahja, Peter war schon wieder weg, Peter mußte auch mittun, wenn es einmal um den Namen Unützer überhaupt ging.

»Warum willst du bei denen nicht mehr arbeiten?« fragte ihn Lidwina. Mein Gott ja, er wollte doch arbeiten, aber ausgestellt hatten sie ihn. Lidwina wurde unruhig, und sie fragte ihn. »Was hast du denn? Alles arbeitet, bloß du bleibst daheim, gehst ein wenig zum Fischen und tust die übrige Zeit nichts. Du wirst alt mit deiner Fischerei. Das könnte ich allein auch machen.« Sie war unklug, sie sprach gegen sich selbst, weil sie eine Frau war. Er dürfe so nicht weitermachen, weil man Geld brauchte. Im Taglohn freilich dürfe er sich nicht verdingen wie ein Knecht – –

Sie war wirklich nicht mehr die Lidwina. Aber seit sie damals den Vergleich mit Christof gebracht hatte, war sie überhaupt anders geworden. Christof war bei ihr, trotz allem, stets in einem besonderen Ansehen gestanden.
Jaja, meinte Sebastian, er werde schon nachsehen, was sich machen ließe. Was er tat, war das gleiche wie in der ganzen Zeit bisher. Er mißbrauchte den Namen eines geldkräftigen Mannes, um ein paar Holzbauern außer Rand und Band zu bringen. Sie verlangten von Tag zu Tag mehr für ihr Holz, für den Boden, der wenig trug. Aber sie verlangten in die Luft hinein, denn man fragte bei ihnen nur sehr vorsichtig herum. In der Villa die Frau, von der das ganze Dorf sagte, daß sie schön sei, winkte langsam ab. Man dürfe die Sache nicht allzu weit treiben, ihr Mann wolle das nicht, denn er sei doch der Herr von Ruederer, nicht wahr, und so weiter.
Da holte Sebastian den gelbhäutigen Burschen von seiner Nivellierreise heim: »Peter, Schluß machen müssen wir! Was ist jetzt, was wird gemacht, was gibt es für mich im Betrieb für eine Beschäftigung?«
So und so, es gab Betonarbeiten, Brücken, die Auslegung des ganzen Kanalbeckens mit Betonplatten und einer Bodenschicht. Peter sagte das unaufmerksam her, er zog wieder eine Blaupause heraus: »Onkel Wastl, wenn du den Leuten den Kopf dumm machen willst, dann mußt du ganz frech gleich die halbe Welt verlangen. Die sind alle nicht so groß, wie sie tun. Ich werd es doch wissen, wo ich alle Tage mit ihnen beisammen bin, nicht!«
Sebastian tat wegwerfend. Von so einem jungen Buben werde er sich erst noch Vorschriften machen lassen. »Ich habe es immer schon so im Sinn gehabt, das ist doch klar! Hingehen und sagen: Das will ich!«
»Mir mag es recht sein«, sagte Peter, »aber um mir das zu sagen, hättest du mich nicht holen müssen.«
Nach ein paar Tagen kam Sebastian wie zufällig ins Baubüro. Den Unützer wolle er sprechen, seinen Neffen Peter. Man

machte ihm klar, daß sein Neffe doch nicht hier sei an diesem Tag, den müsse er schon anderswo suchen. »Wo denn?« fragte Sebastian unschuldig. Ach ja, irgendwo oben, im Bauabschnitt eins oder sonstwo. Sie könnten doch nicht wissen, wo dieser junge Herr sich gerade herumtrieb. – Nein, das konnten sie nicht wissen. Das konnten sie freilich nicht wissen, das war doch ganz klar. Also, der war irgendwo weit oben.
»Ja. Mhm.
Weiter oben, nicht?«
Eigentlich war er doch wegen einer ganz anderen Sache gekommen, nicht wegen seines Neffen Peter. Aber er sagte ein paarmal mhm und ja. Dann wurde er unruhig, und zornig, weil er das nicht herausbrachte, was er sich so schön überlegt hatte.
Lidwina dachte etwas recht Ungeschicktes von ihm. Sie verglich ihn wieder mit Christof. Daß er auch so geworden sei, auch so ein Künstler, der eine Geschichte zu drehen verstand, viel besser zu drehen als die Schnörkel seiner Fassaden, von denen er sagte, sie seien Kunst. Aber der Fischer wollte von der Kunst und von Christof und von der ganzen dummen Geschichte nichts mehr wissen, seit er da so kindisch und linkisch vor den Schreibergehilfen gestanden war.
Er war wirklich nicht der Christof, er versagte und fiel zusammen, wenn er mit einer verwegenen Sache bis an den Gipfel gekommen war. Christof wäre hinübergestiegen. Er aber blieb kleben und bekam einen Schwindel beim Hinunterschauen auf die Dinge, die er angerichtet hatte. Die Bauern da drunten mit ihrem Holzboden kamen am Ende auch noch daher und fragten: Wer hat uns für das Tagwerk zwölfhundert Mark angeboten? War es nicht der Herr von Ruederer? Dann mußte er wohl die Wahrheit sagen: Der Herr von Ruederer ist nur deswegen öfter da hinuntergegangen, weil ich ihm von zwei schönen Rehböcken etwas vorgelogen habe. Das andere war auch gelogen, das habe nur ich unter die Leute getragen. Der Gutsherr will euer Holz gar nicht.

Peter kam am Freitag wieder und fragte, ob der Onkel die Blaupause von neulich angesehen habe. Nein, sagte Sebastian. Er habe etwas anderes zu tun gehabt. Das sei doch alles nicht so leicht, mit den hohen Herren fertig zu werden. Peter wackelte mit den Schultern. Da drohte ihm der Onkel, er werde es ihm so besorgen wie vor etlichen Jahren, als er sich beim Handfischen erwischen ließ.

Das wollte Peter nun gerade nicht. Er kannte seinen Onkel so weit, daß er ohne weiteres an die Erfüllung dieses unfreundlichen Versprechens glaubte, wenn Sebastian schon einmal drohte.

Am Abend sahen sie zusammen die Blaupause durch, die einen Detailplan vom Haupttrakt der Fabrik darstellte. Als Peter alles haarklein erklärt hatte, zog Sebastian ein Markstück heraus und gab es dem Buben: »So dumm bist du nicht einmal, wie ich immer geglaubt habe. Ich sehe mir die Sache noch einmal an und gehe dann zu den Herren.«

Die blaue Schattenzeichnung hatte ihm Mut gemacht. Mehr aber noch waren Peters trockene Erläuterungen dazu angetan, daß Sebastian sich nun nicht mehr länger von dem grünen Burschen da schief ansehen lassen wollte. Er schickte den Jungen mit dem Markstück weg, er solle sich ein ordentliches Glas Bier kaufen dafür, daß er auch einmal ein tüchtiger Kerl werde. Bis jetzt sei er ja noch ein junger Dummkopf. Nun, Pläne mitnehmen in Büros, die ihn nichts angingen, das konnte er schon.

Noch am selben Tag, als Peter mit dem Markstück abgezogen war, sprach Sebastian Unützer beim leitenden Ingenieur vor. Die Aufnahme bei dem großen Herrn war gar nicht unfreundlich. Was er wolle? Man sei nicht gewohnt, ihn ohne besonderen Grund hier zu sehen. Ja, meinte Sebastian, er habe schon allerhand Gründe. Im Hart werde doch eine Fabrik gebaut, eine große Fabrik mit etlichen vier großen Schloten –

»Woher wissen Sie – vielmehr, woher wollen Sie wissen –?«

Sebastian redete weiter. Der halbe Sommer sei verstrichen,

ohne daß etwas Richtiges geschehen wäre. Jetzt sei es schon an der Zeit –

Da meinte der leitende Ingenieur, er hätte schon noch eine Weile zugewartet, bis die fraglichen Grundstücke billiger zu haben gewesen wären. Das traf Sebastian an einer empfindlichen Stelle. Diese Leute wurden einfach nicht klein, die gaben nicht nach, und wenn er ihnen die schwersten Dinge hinrollte vor alle Pläne. Sebastian wußte kein rechtes Wort auf diesen Hieb zu sagen. Der Herr kam ihm zuvor:

»Herr Unützer – wir hätten mit dieser dummen Geschichte nicht auseinanderzukommen brauchen, es wäre anders auch gegangen. Mit Ihrem Dickkopf erreichen Sie jedenfalls gar nichts –«

»Noja«, dachte Sebastian, »›gar nichts‹ ist ein bissel wenig gesagt.«

»– erreichen Sie gar nichts. Verstehen Sie! Sie haben früher bei uns gearbeitet, sauber und fachmännisch, man schätzt Ihre Arbeit sehr wohl –«

Sebastian machte seine kleine Statur etwas größer – »Das will ich auch meinen, Herr Oberingenieur. Ein alter Polier, der sein Handwerk versteht!« Der Herr am Tisch redete weiter, ohne sich um die Einwürfe des Poliers Unützer zu kümmern. Einen guten Maurerpolier fand man schließlich überall. »Man setzt voraus, daß Sie auch eine größere Arbeit übernehmen können – darum wird die Werksleitung sich nicht unbedingt ablehnend verhalten, wenn Sie anständig mit uns zusammenarbeiten wollen. Einen Vorschlag – bitte, einen Augenblick, Herr Unützer! Sie erhalten die Gesamtleitung der ganzen Erd- und Betonarbeiten übertragen, also alles Fundament der Fabrik, wenn Sie, das ist immer vorausgesetzt, sich dieser Sache selbst gewachsen fühlen.«

Aber selbstverständlich, das wird doch klar sein müssen, nicht?

»Selbstverständlich stehen Sie unter Oberleitung der Ingenieure, und – dieses Abkommen gilt nur, wenn die Arbeiten in allernächster Zeit beginnen können. Sollte sich der Beginn über diesen Sommer hinaus verzögern, dann wären wir zu unserem Bedauern gezwungen, andere Leute – –« Der Satz brach an dieser Stelle ab, und an dieser Stelle mußte für Sebastian die Umstellung dahin beginnen, daß die Schwierigkeiten beim Grundkauf behoben wurden.

»Nicht wahr, Herr Unützer, wir haben uns somit in allen Punkten vollständig verstanden!« Dieser Satz kam nach einer langen, harten Pause. Hernach war es wieder sehr still im Büro, bis der Ingenieur sich erhob und den Maurerpolier, der einen so bedeutenden Auftrag bekommen hatte, verabschiedete.

Jetzt mußte Sebastian den Wagen auf einem anderen Gleis rückwärts schieben, den er schon allzu weit vorgeschoben hatte.

Nicht wahr, Herr Unützer, wir haben uns verstanden –

Zu gut hatte er verstanden.

Die wilde Biertischnotiz der Grundstücke mußte wieder sinken. Sebastian bekam Arbeit, Lidwina brauchte sich nicht zu ängstigen, daß er sich vielleicht im Taglohn verdinge ans Werk. Er war so ganz richtig als Bauleiter angestellt, wenn – wenn – –

Sebastian blieb daheim an den Abenden, bei Tag bekam man ihn selten zu sehen, weil er weit oben die Mörn ausfischte. Wenn er seine Hände wegnahm unter dem Kunstbau, den er da aufgeführt hatte, dann fiel vielleicht bald alles von selber zusammen. Peter hörte von der Abmachung, Peter blieb auf ein paar Tage im Dorf, er schlich sich schon an eine Arbeit heran, die ihn hier festhielt.

Peter redete weiter auch nicht mit dem Onkel darüber. Seit er eine blanke silberne Mark auf die Hand bekommen hatte von ihm, war er mit offenen Ohren bei der Sache. Mit offenen Ohren und offenem Mund. Bei Gelegenheit kam er wieder zu Sebastian. Er brauche zehn Mark. Wozu? Zum Trinken an den Abenden, selbstverständlich. Wozu denn sonst! Seba-

stian gab sie ihm, wobei er überlaut auf die Jugend schimpfte. Dieses Sündengeld vertrank Peter ganz im Sinne der Familienzusammengehörigkeit. Er durfte es wagen, weil man ihn doch nicht ernst nahm, wo er noch kaum richtig trocken war hinter den Ohren, leichtfertig unter den Leuten über die hochangesehene Familie von Ruederer zu sprechen.
Es sei ja nicht gar so weit her mit dem vielen Geld der noblen Frau. Sie sei schön, das könne niemand ihr absprechen. Aber das sage noch lange nicht, daß ihr Geldhaufen so groß sei, wie die Leute meinten. Man hörte jetzt unter den Leuten so die Meinung im Vorbeigehen: Das Bauen hat Geld gekostet, ins Gut ist viel hineingesteckt worden, damals von dem großen Brand sind Schulden geblieben, weil der Herr von Ruederer gar so nobel aufbaute; zudem war das Heiratsgut der schönen Frau nicht gar so groß. Und so. Das könne doch jeder verstehen, daß nicht mehr allzuviel zu holen sei in der Villa.
Und diese Leute wollten um ein Heidengeld den Holzboden da drunten im Hart kaufen? Na, da kaufte eher der Unützer das ganze Dorf auf.
Schön langsam tat das Gerede schon seine Wirkung. Peter war der Sohn des großmauligen Christof Unützer, von dem Sebastian nur ein schwaches Abbild blieb. Weil Peter es wollte, redete man nicht mehr gar so laut von den glücklichen Holzbauern, nachdem die Kaufkraft des Herrn von Ruederer einmal ernstlich in Zweifel gezogen worden war.
Man hörte im Dorf, ohne daß Peter für dieses Gerede auch nur im geringsten die Verantwortung übernahm, allerhand reden über neue Absichten der Werksleitung. Nachdem die Holzbauern so widerspenstig seien, beabsichtige die Mörn-Kraftwerke-AG, die Fabrik in größerer Entfernung vom Dorf zu bauen. Der Baugrund sei zu teuer, das Werk wolle sogar den vom Staat erworbenen Holzboden wieder abstoßen und weiter unten eine Fabrik bauen, nachdem hier alles auf solche Schwierigkeiten stieß.
So! schnaubte Sebastian. Das wäre recht!

Er ging wieder unter die Leute, als von dieser Sache laut geredet wurde. Das wäre recht! Er schimpfte über diese hohen Herren, die mit den Leuten Schindluder treiben wollten. Nach einer Weile drehte er das Reden auf den tieferen Sinn der falschen Nachricht hin. Dabei knurrte er immer noch wie ein gereizter Hund gegen alles, was Werk hieß. Seine harten Worte trafen dann die Holzbauern, die so ungeheuerlich verlangten für den Grund, den die Fabrik benötigte.
Er stand einmal auf der Bank und schrie auf die Leute ein. Als er wieder zu Atem gekommen war, stieg er zuhöchst auf den Tisch und hielt den Bauern eine Rede, eine wüste Rede, eine Rede vom neuen Geist des Dorfes. Er schrie hinunter, und es freute ihn, daß er einmal in seinem Leben größer war als alle anderen.
»Keiner will, scheint's, mehr an meinen Bruder denken« – ein paar Köpfe entblößten sich –, »der angefangen hat im Dorf mit den Dingen, von denen ihr alle den Segen spürt. Der Christof ist es gewesen, der euch eine andere Zeit gebracht hat. Aber jetzt geht schon bald niemand mehr hinauf zu ihm ans Grab, jetzt habt ihr ihn vergessen, und eure Dickköpfe wollen die neue Zeit wieder umbringen« – die Leute rückten auf den Bänken hin und her, und die Kanalarbeiter in der Ecke hinten unterbrachen das dumme Gerede, weil sie in ihrem Kartenspiel laut schreien und die Karten auf den Tisch hauen mußten.
»Ist das eine Art von diesen Menschen? Von euch? Dritthalbtausend Arbeiter sind jetzt da im Dorf und tragen Geld her. Die machen ein jedes kleine Häusel noch reich, weil sie ihr Geld im Dorf lassen, weil sie es verbrauchen. Und jetzt dann, wenn der Bau fertig ist, wenn die Kanaler wieder wegkommen? Was ist denn nachher mit der neuen Zeit, wenn ihr alle miteinander Hunger habt, weil niemand mehr Geld hereinträgt zu uns? Was ist dann, ha? Denkt aber daran: Wenn wir eine Fabrik haben im Hart, und in der Fabrik arbeiten Tag für Tag so zweitausend oder dritthalbtausend Mann, dann geht

es jahraus und jahrein so zu bei uns wie eben jetzt. Dann trägt immer jemand Geld herein ins Dorf und die Leute im Land draußen werden ›Aha‹ sagen, wenn sie den Namen von unserem Dorf nennen hören. Aber ihr seid so dumm, daß ihr es selber nicht mehr kennt. Ihr treibt ja, daß die ihre Fabrik anderswo bauen, damit unser Dorf schnell wieder vergessen ist! Könnt ihr denn gar nicht ein einziges Mal einen vernünftigen Gedanken haben, einen Gedanken, der nicht raucht vor Dummheit? Mir soll es gleich sein, wenn ihr das Dorf ruinieren wollt, wenn ihr den Holzbauern da drunten im Hart ihre Dummheit nicht austreibt! Das sind die Leute, die uns umbringen, die unser Dorf wieder klein machen wollen – –«

Er stand immer noch auf dem Tisch, und die Kanaler in ihrer Spielecke schlugen immer lauter mit den Fäusten bei jedem Stich auf ihren Tisch. Die Leute murrten, als sie Sebastian so reden hörten. Sie murrten über die Holzbauern, die einen Raub treiben wollten mit ihren teuren Baugründen. Ja, wenn diese Leute nicht gutwillig nachgeben wollten, dann konnte man schon einmal auch mit gröberen Mitteln ihnen an die Hand gehen.

»Mit Gewalt nehmen wir ihnen den Grund«, schrie einer. Und ein zweiter verlangte den Strick für die Holzbauern. Er hatte schon zuviel Bier und wollte alle seine Feinde an den Ästen der Fichten im Hart baumeln sehen.

»Nein, so tun wir es nicht«, vermittelte Sebastian. »Wir tun gar nichts, wir sagen es den Leuten nicht einmal, was wir denken von ihnen. Die vom Werk müssen verhandeln mit den Holzbauern; und wenn die Bauern um ein anständiges Geld ihren Boden nicht abgeben, dann machen wir es ganz anders.« Das war eine schöne Drohung. Denn Sebastian wußte nicht, wie er es ›ganz anders‹ machen wollte. Seine Hoffnung war nur, die Leute würden von der Volksstimmung rechtzeitig mürbe gemacht.

Von dem Tag an schrie das Dorf laut: Der Unützer hätte ins Gemeindekollegium kommen müssen, auf jeden anderen hätten wir verzichten können, bloß auf den nicht. Das wäre der rechte Mann gewesen für alle. Die anderen sind ja unfähige Lappen, die warten und schauen, die haben noch keine Hand gerührt, daß etwas Neues ins Dorf kam, was allen von Nutzen sein konnte. Der einzige Unützer hat etwas getan für die Leute, und besonders für die kleinen Leute.

Das ist wahr, plapperten die Frauen auf der Straße nach, wenn sie den Trubel der Arbeiter sahen und wenn sie ihre Betten überzogen, in denen Leute vom Kanalbau schliefen. Sie schoben die Kopfkissen in die scheckig gestöckelten Bezüge und sagten das große Wort von der Straße nach: Es ist wahr, sie haben dem Unützer Unrecht getan, daß sie ihn übersehen haben, als es zur Wahl ging um ein neues Kollegium.

Das ist wahr, den Unützer hätten sie zum König des Dorfes machen müssen, sagten die jungen Mädchen, die sich jeden Tag vor die Zäune stellten, daß von den vielen vorbeigehenden Männern doch einer wenigstens nach ihnen schaute und nach ihrer Schlafstatt fragte.

Sebastian Unützer trug den Kopf hoch seitdem. Er hatte zwar einigen Grund, den Bergweg zu meiden, der knapp vor dem Rosenspalier der Ruedererville vorbeiführte. Denn vorerst mußte er wohl die Vorwürfe der schönen Frau fürchten, um derentwillen er eine andere Frau, die sonst manches schwierige Stück seines Weges überschreiten geholfen hatte, so sehr zurückgesetzt hatte. Weil er zu oft und zu laut die Frau von Ruederer unter den Leuten genannt hatte, bekam er eine schuldbewußte Scheu vor der Maderlechnerin. Aber was heißt da Schuldbewußtsein, wo es schon lange keinen Märzen mehr gab und die Kater auf den Dächern anders schrien als damals.

Er blieb unter den Augen des Dorfes. Und wenn das Dorf fragte: Was machen die denn? – dann fragte er auch: Was machen die denn? Die bauen eine Fabrik her, ohne daß sie wissen, wozu sie eine Fabrik brauchen. Bloß weil sie die große

Wasserkraft der Mörn haben, wollen sie eine Fabrik bauen. Peter verlangte wieder einmal zehn Mark vom Onkel. Peter hatte sich den günstigsten Tag zu dieser ungezogenen Forderung ausgesucht: An dem Tag verbrieften die Holzbauern ihren schönen Grund um ein schönes, um ein sehr schönes Geld an die Gesellschaft, und Peter bekam statt der Ohrfeige, die er an einem anderen Tag bekommen hätte, die verlangten zehn Mark. Er hatte dieses Geld verdienen müssen.
Seht ihr! sagte Sebastian, als man es hörte im Dorf, daß nun dem Werk die notwendigen Grundstücke gehörten. Seht ihr? Sie hatten alle gesehen, wie die Geschichte sich eingefädelt hatte, und sie lobten den Fischer, der Geld ins Dorf brachte, daß es dann auch blieb, wenn die Fabrik gebaut wurde. Ein paar Leute im Dorf schauten den Fischer verschmitzt von der Seite an. Sie hatten ihn so und so reden gehört, sie glaubten an eine ganz verteufelte Geschichte, aber sie schwiegen dazu, weil das ganze Dorf redete: Der Unützer ist der Mann, den wir im Kollegium gebraucht hätten.
Und jetzt war es so, daß der Unützer den großen Auftrag bekam von der Gesellschaft.
Das weckte die Leute noch ganz auf, die von seiner großen Rede auf dem Tisch gehört hatten. Sie mußten an ihn glauben jetzt, wo die Firma ihm den ganz großen Auftrag gegeben hatte, um den sich ein paar richtige Baumeister beworben hatten. Aus der ganzen Umgebung wurden Leute zusammengezogen, der Wald wurde abgeschlagen, die Stöcke aus dem Boden gewunden mit großen Hebevorrichtungen, wie sie noch kein Bauer gesehen hatte. Mit dem letzten Stück Wurzel wurden die Stöcke aus dem Boden gehoben und weggefahren wie die Bäume, die der Mehlmüller aufschneiden durfte in seiner Säge. Sebastian war da immer schon am Platz, er mußte mit seinen Leuten schon das Gelände planieren lassen, auf dem die langen Hallen wachsen sollten, er trug die Blaupausen offen herum, die er früher geheim in den Taschen getragen hatte.

Aber mit den Leuten sagte er noch: Was für eine Fabrik bauen die denn?
Da kam nach etlichen Wochen Peter wieder hereingeschneit, der leichtsinnige Peter Unützer mit dem Mongolenbart, dem man es ein wenig nachtrug, daß er von der schönen Frau Adele und ihrem Geld so nebensächlich geredet hatte. Aber er trug seine Nivellierinstrumente und war nun auf einige Zeit seinem Onkel beigegeben zum Anfang der großen Arbeit.
Als Peter kam, schleifte er hinter sich immer den Fischerbuben her, der nicht mehr frech und schreimaulig war wie als kleiner Bub, sondern ein wenig klein und ein wenig gutmütig plump sich ausgewachsen hatte. »Wolfgang – hopp!« – »Wolfgang, mach ein bissel schneller!« – »Wolfgang, du bist wirklich ein dummer Kerl, dem man keine richtige Arbeit anschaffen kann!« So hörte man den lebendigen Peter sprechen, der den klugen Kopf auf einem zu mageren Hals drehte und wendete nach dem günstigen Wind. Wenn Sebastian den Neffen so schreien hörte, dachte er an die schlechten Teilungen, die Christof mit ihm stets vorgenommen hatte aus dem Ertrag der Kalkbrennerei, und er schwieg dabei, wie sein Bub stillblieb unter den Befehlen des frechen Vetters.
Peter kam daher wie eine ausgedörrte Darmsaite, die man überspannt hat. Irgend etwas wollte heraus, das spannte und drängte ihn und quälte ihn am Hals, daß der Adamsapfel zornig auf und niederging. Es war so, daß er sich kaum noch ruhig halten konnte, wenn zwanzig, dreißig Augen auf ihn gerichtet waren und ein Dutzend Ohren hinhörte, was er denn Großes zu erzählen habe.
Es platzte doch einmal, und dabei tat es sehr laut.
»Wißt ihr, was die machen wollen mit ihrer Fabrik? Das wißt ihr nicht, gelt! Ich weiß es auch nicht, aber ich weiß, daß sie aus der Luft etwas machen wollen. Kanonen werden es wohl nicht sein, was sie machen, aber sie werden ganz regelrecht die Luft vom Himmel herunterholen und etwas machen dar-

aus.« Ja, so wird es sein, nickte er mit dem Kopf sehr vielsagend nach. Aus der Luft –
Dabei lachte das Dorf.
Der Christof, der hat auch so gelogen, wenn er von München kam und bei uns da im Dorf Fassaden machen wollte. Der hat alle Häuser der Stadt München gebaut, aber aus Luft hat er nichts gemacht. So hat er nie gelogen, wenn er es auch kräftig verstand, – tröst ihn der liebe Gott! – der lockere Kerl.
Da bekam Marianne eckige Backen. Sie hatte sich in der Zeit her daran gewöhnt, daß neue, besondere Nachrichten immer von ihr ausgehen mußten. Sie lachte hölzern, sie zog sich in das schwarze Haar einen Scheitel straff in der Mitte und schaute alt aus in dieser neuen Aufmachung. In der Zimmerflucht, wo der Bräu die Herren Ingenieure untergebracht hielt während der ganzen Bauzeit, gab es einmal einen sehr lauten Streit. Dem Mann, der bisher alle Neuigkeiten bei ihr an der Bettkante abgelegt hatte, sagte sie die Meinung. Und sie war sehr bös dabei.
Daß er es überhaupt versuchen wolle, ihr etwas zu verheimlichen? Wo sie doch –
Und sie weinte.
Der Ingenieur pfiff ein halbes Lied. Teils aus Verlegenheit, teils aus Verwunderung über dieses sonderbare Benehmen. Frauen können doch wirklich eigenartige Gründe haben für Dinge, die sie unter der Überschrift ›Liebe‹ einzuordnen verstehen.
»Aber Kind! Was habe ich dir denn verheimlicht?«
Da schrie Marianne sehr laut. Sie hatte es gehört, daß bereits ein paar Zimmertüren sich vorsichtig zu öffnen versucht hatten. Was er denn glaube? Jede Kleinigkeit habe er ihr gesagt, das vom Geldausgehen habe er ihr breit hin erzählt, tausend andere Geschichten genauso –
»Aber Mädel, so sei doch ruhig!« Die aufgezwängten Zimmertüren waren schon wieder mehr geworden.
Und so habe er seine Firma hintergangen, bloß weil – –
Nach ein paar Minuten saß Marianne wieder neben dem

Schanktisch und wartete die gehenden Gläser ab. Ihr in der Mitte gescheiteltes Haar machte aus dem Kopf noch ein paar Ecken mehr, die Backenknochen zuckten manchmal auf und nieder, das Gesicht wurde hart wie Lidwinens Gesicht, aber es war doch der Kopf einer Fischerin, was da so unruhig sich regte über dem Rand des Schanktisches.
»Marianne, du hast heute etwas?«
»Nein«, sagte Marianne. Sie lieferte der Bräuin am späten Abend das Geld unrichtig ab, sie wurde zusammengefahren nach gutem Brauch und dachte über die falsche Rechnung nach, als sie schon lange im Bett lag.
Ob Peter wohl den Kassenboten schon überfallen hatte? Bei dieser Frage, die sie sich ganz ängstlich vorsagte, blieben ihre Gedanken stehen.
Das andere begab sich von selber, daß der Ingenieur, mit dem sie sich abgestritten hatte vor den Zimmern, von der Betriebsleitung sein Gehalt auf drei Monate bezahlt bekam und verschwinden mußte. Marianne hatte wirklich sehr laut geschrien.
»Na«, fragte Peter seine Base, »was hast du denn? Hast du dir jetzt ein Heiligengesicht zugelegt?« Sie sagte nein. Ob er den Kassenboten schon überfallen habe? Der Vetter meinte, das habe noch seine Zeit. Freilich.
Sie schob Peter sein Bier hin mit einem recht mürrischen Gesicht. An ihrem Platz bei der Schenke tat sie wieder wie zuvor, sie machte ein verschlossenes Heiligengesicht unter dem in der Mitte gescheitelten Haar. Ihr Tagewerk wurde eintönig, in der langen Zimmerflucht des Neubaues traf nie mehr, so zufällig, einer der Ingenieure mit ihr zusammen. Von dem lauten Schreien damals war in jedes Zimmer ein kleiner Schreck gedrungen, der nun alle Türen verschlossen hielt.
So mußte Marianne sich mit dem Los einer wenig angesehenen Heiligen begnügen, sie wurde stumm und verschlossen darunter, und in ihrem Gesicht zuckte es immer wieder auf, wenn sie an ihrem Platz saß. Das sahen die Leute vom Dorf,

denen sie früher so viele Neuigkeiten vermittelt hatte. Die Frage nach anderen Neuigkeiten wurde allmählich stumm, weil Marianne nie mehr etwas wußte.

Man soll nie so laut schreien, Marianne! Auch wenn man ganz bestimmt sich im Recht glaubt. Diese Menschen, die heute kommen und morgen gehen, wollen nicht so kalt gegen den Kopf gestoßen werden. Vielleicht ist ihr Leben gar nicht so leicht und locker in Dingen der Liebe, wie du meintest. Der Mann, der dir wider Recht Geheimnisse erzählt hat, war mit seiner Liebe sicher viel ehrlicher als du. Nicht?

Peter schaute sich das fad gewordene Gesicht nicht allzu lang an. Er verschwand wieder und kam wieder, und sooft er kam, stellte er sich breit unter die Leute, um angestaunt zu werden, wenn er den gaffenden Menschen einmal ums anderemal sagte, daß die Mörn-Kraftwerke-AG eine Fabrik bauen ließ, um aus der Luft etwas zu machen, irgend etwas. Es war ganz gut so, wenn er jetzt ein neues Geheimnis aufbaute vor den Leuten im Dorf. Er wußte ebensowenig, was die machen wollten aus der Luft, aber er tat, als sei er genau unterrichtet und müsse nur den Schnabel halten.

»Red lieber nicht soviel!« schüttelte Sebastian ihn ab. Die hohen Herren waren nicht auf ihn angewiesen, und wenn er wieder ausplauderte, warf man sie am Ende beide hinaus. Dann war es mit dem großen Fabrikbau nichts mehr. Peter wußte das ja besser, er gab wenigstens vor, es besser zu wissen. »Onkel Wastl, dich haben sie bloß einmal kaltgestellt, dann bist du ihnen unangenehm geworden – –«

»Warum? Meinst du, ich hab was gegen das Werk gemacht?«

Nein, gar nichts. So etwas wagte Peter gar nicht zu meinen. Sebastian hatte geredet unter den Leuten, er hatte geredet, man hatte sehr viel und wenig Wahres reden müssen, bis die Gesellschaft sich bewogen fühlte, den Maurerpolier Sebastian Unützer wieder einzustellen und ihm einen guten Platz anzuweisen, an dem er von der Mitwelt auch bestaunt wurde. Dem Fischer war es nicht um das Bestaunen zu tun, aber Pe-

ter hatte es ganz gern so, daß man hinschaute zu ihm und redete von ihm, seit er immerzu mit dem großen Geheimnis von der künftigen Fabrik herumlief.
Oft genug kam Peter ins Dorf. Lidwina sah ihn schier jedesmal bei Justine sitzen, es gefiel ihr nicht recht, daß ihre Tochter sich mit dem rauhbeinigen Kerl allzuviel abgab, der doch vom Christof ein Sohn war und von der sommersprossigen Resl, die zu besser gestellten Leuten ging zum Waschen und Putzen. Einmal oder ein paarmal hatte sie ihrem Sebastian gesagt, daß er so werde mit der Zeit wie der Christof. Davon blieb sie jetzt still, seit der Mann wieder seine große Arbeit hatte beim Werk. Es war so eine Arbeit, wie sie ihm eine gewünscht hatte, aber für sie und für das Dorf war das gar nicht das Rechte.
Wenn die Leute Steine warfen nach ihm, dann konnte sie sich breit und bäuerlich vor ihn hinstellen und wehren mit den knochigen Händen. Irgendwie hatte doch auch sie das Bewußtsein, daß Sebastian klein war, darum meinte sie immer, es sei gut, wenn sie sich in manchen Dingen mit ihrer Größe vor ihn sichernd hinstelle. Jetzt aber hatten die Leute im Dorf keinen Willen mehr, einen Stein aufzuheben und nach dem Mann zu werfen, der so groß geredet hatte und nun an der Fabrik baute. Den Mann hatten sie aus seinem unbedeutenden Dasein herausgezogen, sie stellten ihn auf die Straße der großen Beredsamkeit hinaus und sagten: Das ist unser Mann. Das ist der Fischer Sebastian Unützer, der so fest geredet hat, daß die Fabrik bei uns blieb.
Das hatte sie nicht gern. Denn mit dem offenen Herausstellen nahmen sie ihr den Mann aus der Familie heraus. Sie rissen ihn überhaupt noch viel weiter in die neuen Geschichten hinein, als ihr zusagte. Aufhalten durfte sie ihn deswegen nicht. Es war seine Sache so, wenn er schon unbedingt die Welt auf den Kopf stellen wollte.
Ihr blieb niemand mehr als Justine.
Die Zeit beim Schmied hatte für Justine gar nicht lang gedau-

ert. Ihr wäre es lieber gewesen, wenn sie immer hätte wegbleiben dürfen vom Adamhaus, immer bei der alten, wunderlichen Schmiedin, die noch sonderbarere Dinge erzählte als der Schmied. Sie war schon lang wieder daheim, und sie lernte von Lidwina jetzt das Fischerhandwerk so ganz richtig, wie es sich als einwandfreies Handwerk bei den Unützern herauf vererbt hatte. Die elementaren Weisheiten brachte ihr der saubere Vetter bei, von dem sie am lautesten immer geschrien hatte: Der hat so rauhe Haare an den Beinen, der ist häßlich, der ist ein grober Kerl.

Peter war der verrufenste Handfischer schon unter den Buben der Gasse gewesen, er machte zu der Zeit, als er sich schon Messungsgehilfe nannte, die Sache weiter und holte seinem Onkel für manche blanke Mark Forellen aus der Mörn. Von dem lernte Justine das vorsichtige Anliegen auf dem Bauch und das fachmännische Arbeiten mit der Hand an den Plätzen, wo Forellen standen.

Marianne hätte früher die Zähne gezeigt und gelacht dazu, aber selbst hätte sie nie diese Art von Fischerei betrieben. Jetzt mit dem in der Mitte gescheitelten Haar sah sie viel zu sicher und brav aus, als daß Peter ihr überhaupt ein solches Ansinnen zu stellen gewagt hätte. Und die andere, die Walpurg – die war, seit sie in herrschaftlichen Diensten stand, um einen Kopf über sich selbst hinausgewachsen und verachtete alles das, was so unschön und unehrlich aussah wie das Handfischen.

Bei Justine stieß Peter auf keinen so ungeschickten Widerstand. Sie band sich, anders zwar als die Mutter, eine Schnur um die Mitte und zog darunter alles, was Rock oder so ähnlich hieß, hoch. Wenn Peter bis auf zwei Fäuste über die Knie einstieg, machte sie es nach, und die Leute, die von weiter her zuschauten, machten sich ihre Gedanken über ein solches Mädchen, das gar keine Scham kannte vor den Leuten. Sie lachte nicht viel dabei und tat, was Peter vormachte, wie eine richtige Arbeit. »Weißt du, Justin, wenn du das Handfischen nicht lernst – schau doch einmal zu: hingreifen, vor über die Rückenflosse, und schon müssen Daumen und Zeigefinger in den Kiemen eingreifen – – ja, meine liebe Justine, wenn du das nicht lernst, wirst du lebenslang keine richtige Fischerin.«

Dann redeten sie zwischendurch ein wenig von dem Raubüberfall, den Peter ausführen wollte auf den Kassenboten der Gesellschaft. Und er redete so darüber: »Den muß man auch so packen, von hinten her, daß er nicht sieht, wer ihn anpackt. Bis der Kerl etwas merkt, ist die Sache auch schon zu Ende, und sein Geld ist weg. Dann brauche ich nicht mehr zu sparen für das Instrument, das mir weggekommen ist, weil deine Schwester so neugierig sein mußte.«

Da bekam Justine es mit der Angst, und sie wollte mit dem jungen Menschen, der solche Dinge beabsichtigte, auch nicht mehr handfischen gehen. Aber ganz konnte sie es nicht bleiben lassen, ihn nach einiger Zeit wieder zu fragen, ob er das wirklich tun werde, und wenn – wie er es anstellen wolle. Darüber machte Peter ein großes Geheimnis und sagte der kleinen Base, sie solle auf das Fischen achtgeben.

Das kam recht oft vor, daß Peter mitten in einer Woche einmal am Abend auftauchte, mit Justine losfuhr auf der Zille und dann, wenn der Abend ausreichte, auch ein paar Fische heimbrachte. Untertags gab es eine Menge zu tun im Betrieb, nur der Abend gehörte ihm, und er gehörte Justine.

Der Vater war froh, daß seine Jüngste wenigstens etwas Gefallen an der Fischerei fand. Mit Lidwina war es das Rechte nicht mehr. Die konnte nicht zu aller Arbeit noch die Fischerei ordentlich ausüben. Fischen, ein Garn legen und einziehen, die Fische vernähen und wegschicken – das schon. Aber zum richtigen Nachgehen reichte bei ihr doch die Zeit nicht. Da paßte Justine ausgezeichnet, und Justine war nun einmal ein ganz anderes Mädchen als ihre zwei Schwestern.

Die anderen zweie hätten sich sauber hergerichtet, hätten weiche Strümpfe angezogen und die Bluse noch koketter ge-

steckt, wenn sie am Abend, so wie Justine, noch in die Hofmark hinüber hätten gehen müssen. Justine packte die Fische, holte sich vom Nagel im Hausgang den blutigen Rucksack und stapfte barfuß die fünfviertel Wegstunden zur Hofmark. Freilich, wenn sie durch den lockeren Föhrenbestand an der Salzstraße ging, dann bekam sie Angst vor den dunklen Stangen und vor den Hutkronen der Föhren, die groß und schwarz im Nachthimmel standen. Vielleicht brach einmal irgendwo ein grauer Schatten aus dem Wald heraus, um ihr den Rucksack zu nehmen mit den Fischen oder auf dem Heimweg das Geld, das der Posthalter ihr mitgegeben.
Wenn am Morgen Lidwina sich mit einem wehen Ächzen aus dem Deckbett herauswickelte und ihre gewohnte Arbeit begann, mit einem ersten Blick in den Hart hinunter, wo die Fabrik gebaut wurde, dann sah man auch bald Justine schon, die in einem kurzen, viel zu knappen Röckchen barfuß auf den gelben Pflastern des Hausgangs herumstapfte. In der Schupfe suchte sie die Garne auseinander, und am Anlegplatz richtete sie eilig alles in die Zille, was notwendig war für einen Tag. Vom Vater hatte sie gelernt, wie man die Zille ganz geschickt halbschräg in den besten Zug des Wassers bringen konnte, die Mutter hatte sie gelehrt, wie man die Fliege vor die Forellen hinschnellte, an allen zweien hatte sie es hundertmal schon gesehen, wie ein Zuggarn im Wasser geführt werden mußte.
Die Leute sagten: Das ist die junge Fischerin. Wartet nur zu, die wird einmal eine ganz gute Fischerin, wenn sie erst die Kraft so hat, daß sie die Ruderstange ganz sicher führen und die Garne ausziehen kann. Das wird ein Prachtmädel, die Jüngste vom Fischer!
Aber Justine trug ihre viel zu knappen Röcke auf und lachte aus einem sonnenverbrannten Gesicht zu den Leuten am Ufer hinaus, wie Mädchen um diese Jahre doch sonst nicht lachen. Justine war ein sonderbares Mädchen, das knabenhaft lachte und nur manchmal auch so eigen wurde, wie die Men-

schen in diesen Jahren werden. Dann hatte sie etwas von einem Knaben an sich, über dessen lachende Frechheit auch die Jahre der Reife und der sinnlichen Erregbarkeit kommen.
Lidwina, die Mutter, hatte in der Zeit des Erwartens, ehe sie ihre dritte Tochter zur Welt brachte, um einen Knaben gebetet. Zum heiligen Simon in der Pfarrkirche der Hofmark hatte sie aufgeschaut und ihn, ihren Vertrauten in allen Dingen, um einen Knaben gebeten. In der Schloßkirche über dem Dorf, auf dem harten Kniebrett des Familienstuhles kniend, hatte sie oft den heiligen Sebastian angesehen und gebetet zu dem jungen römischen Soldaten, der ein Knabe schier noch war, als sie ihn mit Pfeilen der Äthiopier erschießen ließen, auch um einen Knaben gebetet, um so einen Knaben.
Dieser Körper war schlank gewesen, und seine nackende Knabenhaftigkeit hatte zu ihr herabgeschaut von dem marmorierten Postament. An so einen Knaben hatte sie gedacht wie den heiligen Sebastian, der eine zarte Haut in der Knabenkraft spannte über dem schönen Körper, daß die Pfeile der römischen Kriegsknechte spielend durch die straff ausgespannte Fläche der Brust schlagen konnten. Und seine Haut war blank gewesen und weiß.
Das jüngste Mädel der Fischerleute trug den Körper eines heiligen Sebastian. Aber die Haut war dunkler, und die Schlankheit da hinauf schien nur so, als ob sie auch Größe sei, weil Justine die Beine eines Knaben hatte und den Hüftbogen eines Jünglings, der sich des Mannseins noch nicht bewußt geworden ist. Die Brüste waren so, wie sie anzuknospen begonnen hatten, damals, um die Zeit mit Christofs unschönem Tod. Nicht Mann war sie, nicht rauh und derb und knochig in den Formen. Die Backen standen leise vor, und wasserblaue Augen schauten auf das Wasser der Mörn oder in die Haufen der werkenden Menschen, als warteten sie auf den Befehl, daß sie den Körper blank machen müsse für die Pfeile der Römersoldaten, diese Augen standen ein wenig eng, ein wenig ängstlich im Gesicht, ein wenig von der Erwartung geweitet,

die einem Knaben in der Brust wohnen mag um die Zeit des Mannwerdens.

Die Angst des jungen Knaben ging mit ihr, wenn sie den bekannten Weg abtappte, in die Hofmark hinüber, mit einem schweren Pack Fische im blutfleckigen Rucksack. Sie pfiff auf dem Weg vor sich hin, damit die Angst ihr nichts anhaben konnte.

Das andere war nicht Angst und war doch eine kleine, in allen Gliedern prickelnde Angst: wenn Peter dann und wann an einem Abend irgendwo neben der Mörn seinen lauten Pfiff hören ließ, um Justine damit ans Ufer zu holen und selber auch einzusteigen zu ihr.

Es mußte wohl Angst sein. Denn seit Peter ihr das Handfischen in all der notwendigen Kunstfertigkeit beigebracht hatte, kam er sehr oft an einem Abend, wenn seine Arbeit im Betrieb zu Ende war, mit dem bekannten Pfiff zu ihr, und jedesmal hatte er einen Streich vor, den er zusammen mit Justine ausführen wollte. Was war es schon mit den zwei anderen Basen! Sie waren Waschlappen, und Marianne war seit der Geschichte mit dem Ingenieur halbwegs eingedorrt. Walpurg schaute ihn immer so töricht an, weil er ihren sauberen Ruf beschmutzen wollte mit dem Überfall auf den Kassenboten. Sie waren nicht so zu ihm, wie sie sein sollten. Nachgiebig, ja, denn sie mußten ihm nachgeben, sonst machte er doch seine große Dummheit.

Justine war anders. Die hatte gelacht, als er ihr das Handfischen beibrachte. Die lachte, wenn er das Schaufelruder der Zille nahm und mit seiner Kraft das alte Fahrzeug gegen den Flußlauf trieb. Es war schön, es war so, daß auch sie mithelfen mußte mit der Ruderstange, sobald sie den Kiesgrund nur ein wenig erreichen konnte. Peter lachte, er riß das Maul mächtig weit auf und lachte dröhnend über das Wasser hin. Dann lachte sie auch, und sie legte sich mit ihrer weicheren Kraft manchmal über das Schaufelruder, wenn Peter auf einen Augenblick verschnaufte.

Um die Zeit wurde nicht mehr gefischt.
Es war so viel zu tun, daß man auch ohne Fischen und ohne alle ernsten Dinge oft weit in die Nacht hineinkam. Einmal wußte Peter weit oben, im Abschnitt vier, ein paar alte Bronzeschwerter. Die Bagger hatten sich die Schaufeln wundgerissen daran, man hatte sie mit dem Spaten ausgeschaufelt und hatte sie bewundert.
Peter stahl die Dinger, die, sauber eingewickelt, in einem Lagerschuppen auf ein ödes Museumsdasein warteten, an einem späten Abend. Er brachte sie Justine in die Zille, Justine schaute die verrosteten Dinger an, und sie machte ihm Vorwürfe, weil er gestohlen hatte. Nach ein paar Tagen hatte Peter die Schwerter verkauft, er sagte nicht, an wen er sie abgegeben. Justine sah nie etwas von dem Geld. Nur so nebenhin sagte Peter ihr, daß mit solchen Dingen nicht allzuviel Geld zu verdienen war. »Ja«, sagte Justine, »das hätten wir überhaupt nicht tun sollen.«
Trotz allem widersprach sie nicht, wenn Peter mit neuen Plänen zu ihr kam. Sie schraubte selber mit, als Peter einen Werkmeister, der bei allen Leuten verhaßt war, in eine große Schweinerei hineinritt. Die Arbeiter des Abschnitts hatten ihm eine Kleinigkeit zugeschoben, und er hatte den Wink verstanden. Justine war bei ihm und half selber mit, als sie in einer Nacht dem Werkmeister seine Baggergleise verschraubten, daß es am Morgen einen heillosen Spektakel gab, als der Bagger die Böschung hinunterrutschte. Peter ging hin zu dem Mann und bemitleidete ihn, er half sogar eine Weile mit, den Bagger wieder aufzurichten. Den Leuten, die mitarbeiteten, schrie er vor: »Das ist Sabotage, das gehört bestraft, da muß etwas getan werden, um die Täter herauszubringen!«
Da mußte freilich etwas getan werden, um die Täter herauszubringen. Nach ein paar Tagen hing überall ein roter Anschlag in den Dörfern an der Mörn, der fünfhundert Mark Belohnung demjenigen zusicherte, der die Feststellung und Bestrafung der Attentäter ermöglichte.

Das wurde eine unschöne Geschichte. Trotzdem schrie Peter überall herum: »Das ist Sabotage, das gehört bestraft, da muß man die Belohnung erhöhen!« Wenn Justine bleich vor ihm stand in der Zille und bei allen Heiligen beschwor, daß sie nie etwas sagen werde und daß sie auch nie mehr bei so einer Dummheit mitmachen werde, dann machte Peter mit einem Finger bloß eine abwehrende Bewegung: »Das ist alles nicht so schlimm, da kommt gar nichts heraus. Und ich habe ja schließlich jemand, der mir auch vor Gericht bezeugen wird, daß ich in der fraglichen Nacht irgend anderswo gewesen bin.«

»Und ich?« fragte Justine ängstlich.

»Auf dich fällt doch kein Verdacht. Wenn auch, dann mußt du eben auch sehen, daß du einen Zeugen auftreibst, der dir das gleiche bestätigt.« Das konnte Justine nicht. Sie hatte damals die Fische erst am Morgen, sehr früh, in die Hofmark hinübergetragen, und der Posthalter hatte diese Tatsache eigens beredet. Sonst brachte sie die Fische immer am Abend. Peter lachte.

Aber Justine bekam blaue Ringe um die Augen, und ihr Gesicht wurde gelb von der Angst, die immerfort an ihr nagte. Peter lachte immer noch, er lachte sie aus: »Von dir habe ich doch eine ganz andere Meinung gehabt, Justine. Das ist jämmerlich, daß du jetzt auch nicht mehr zu mir halten willst. Jawohl, Justine, von dir hätte ich etwas anderes erwartet.«

Die kleine Justine hatte auf einmal den Wunsch der Mutter, auch werktags in die Kirche zu gehen. Diesen Wunsch erfüllte die Mutter lieber als jeden andern. Justine ging wirklich in die Kirche, sie betete zum Herrgott und zu allen Heiligen, sie hatte das große Bild des heiligen Sebastian vor sich und bettelte den an, den großen Heiligen, den die römischen Soldaten so jung mit den Pfeilen erschossen hatten: »Du mußt mir helfen, gelt! Lieber heiliger Sebastian, ich will es nicht mehr machen, wenn du mir bloß dieses eine Mal hilfst.«

Vielleicht konnte er ihr helfen.

Lidwina schaute verständnislos auf das wachsgelbe Gesicht und die Tränenringe um die Augen. Und sie sagte dem schmalen Mädchen, das schlenkerfüßig durch das Haus zottelte, daß es ein recht dummes Schaf sei.
Dann, als sie einen Reim zu machen versuchte auf die verweinten Augen und die sonderbare Sucht zum Kirchengehen, grub sie auf einmal einen ganz abscheulichen Verdacht aus. Sie dachte an ihre eigene Mutter, die zeitlebens Jungfrau gewesen war und den Kranz getragen hatte, aber mit zwei Kindern gesegnet war.
Es war so furchtbar lächerlich. Der Gedanke fiel auf sie und drückte ihren bäuerlich getragenen Körper nieder, daß ihr der Atem wegblieb. Und doch war es so ungeheuer lächerlich, der Gedanke war so dumm, der sich zusammenmengte aus der Angst um ein gefallenes Kind und aus den Gedanken an den Fischer, ihren Mann, der manchmal so wie einen hautigen Fisch ein Wort von sich warf über die Schwiegermutter, die zeitlebens sich als Jungfrau gefühlt hatte.
Dieses Lächerliche tat ihr am wehesten. Sie wollte fragen und brachte die Frage nicht heraus. Sie schickte Justine mit einem Paket Fische in die Hofmark hinüber und stellte sich am Abend an den Weg, auf dem Justine heimkommen mußte. Die Nacht stand über ihr, und die Nacht war wie ein großes Garn, in dem von dem vielen Fischfang überall kleine Schuppen hängengeblieben sind. In dem seichten Licht brach sich eine ganze Nacht lang die dunkle Schattenfigur einer breiten, unbeweglich stehenden Bäuerinnenfigur. Sie stand. Und stand.
Als gegen die Morgenfrühe das Mädchen, das in der Nacht mit seiner Angst den Schauplatz der dummen Geschichte wieder angesehen hatte, barfuß über das Steinzeug vom Anlegplatz herkam, hatte Lidwina kaum die Kraft, dem flinken kleinen Ding nachzugehen. Der zerfrorene Zeigefinger stieß gegen die Brust des Mädchens, und weil der Finger hart war, spürte er nicht ein ganz klein wenig der flachen jünglinghaf-

ten Brust nach. Der Bauernfinger spürte nur das Zucken darin, das Unruhige, und Lidwina haßte in dem Augenblick ihre Tochter, deren Anfang die Sünde gewesen war und deren Ende jetzt dieses wilde, dieses wüste, in der eigenen Bewegung des Erregtseins sich brüstende offene Zeigen des Weibtums war.

Der Finger spannte die anderen Frostfinger der Hand auf. Dann schloß sich der Griff über der verängstigten Brust zu seiner Härte, mit der er die Schlußseile eines Garns oder das Handstück der Ruderstange sonst hielt. Justine hätte schreien müssen, dann wäre vielleicht der Bann in diesen Knochenfingern gebrochen. So aber glaubte sie, daß nun auch die Mutter wisse um ihren großen dummen Streich, und sie schwieg, während Lidwina an ihr vorbeischaute, damit sie es nicht zu sehen brauchte, wie sie grausam war, als sie die andere Hand mit den Knochenfingern in das verängstigte Bubengesicht der Tochter schlug. Und noch einmal tat sie das. Dann löste sich der feste Griff über dem Kind.

Hernach schnürte die Nacht, die gierig laut die zwei Schläge einer Bauernfaust aufgenommen und fortgetragen hatte, einen ganz engen Kreis um das Adamhaus, dessen Tür trokken und sinnlos wie jeden Tag zufiel.

Lidwina stand am Morgen vor dem Herd, wie sie immer dort stand. Ihre Augen waren nicht farbloser als sonst, und ihr Tun war nicht härter als sonst. An der Schande der Tochter wollte sie nicht zerbrechen, wenn sie nur an der Sünde, die sie selbst vielleicht mitverschuldet hatte durch ihre zu geringe Achtsamkeit, nicht zerbrach. Die schmale Justine tat vom Morgen an ihre Arbeit. Und sie hatte irgendwann einmal dem Vater etwas zu erzählen, daß sie in der Nacht auf dem Heimweg gestürzt sei, mit dem Gesicht auf den steinigen Boden.

»Da muß man eben besser achtgeben«, sagte der Fischer, und er war gesprächig, weil ihm einer von den Herren der Bauleitung heute ein so nettes Wort der Anerkennung gesagt hatte.

An dem Abend, als Justine wieder einen kleinen Rupfensack wegtragen mußte, sagte er ihr wieder, daß sie besser achtgeben müsse. Justine sagte ja. Am Weg dachte sie darüber nach, während sie sich wieder vor der Nacht und den Föhren fürchtete, wie hart es von der Mutter gewesen sei, wegen des langen Ausbleibens so grob zu strafen. Denn von der großen Geschichte mit Peter konnte sie doch noch nichts wissen.

Lidwina, die Mutter dieses verderbten Kindes, brauchte diesmal nicht eine halbe Nacht lang zu warten. Justine kam zur rechten Zeit und ging zur rechten Zeit ins Bett mit einem schüchternen Gutenachtgruß, der ihrer Mutter galt.

Sie dachte im Bett nicht sehr viel an diesen Zusammenstoß mit der Mutter, sondern an Peter, an den fest angestellten Landstreicher, der so gute Ratschläge wußte in tausend Dingen und keine Dummheit unversucht lassen konnte. An die harte Mutter dachte sie nebenher auch. Aber sie schlief ein, als der Gedanke wieder bei der anderen Geschichte war. Der Vetter konnte wahrhaftig einmal ein großer Kerl werden vor den Leuten, wenn er nur ein bissel mehr arbeiten wollte und seinen unschönen Kräuselbart zuschnitt, wie es andere Menschen auch taten.

Nach drei Tagen kam Peter, der Vagabund mit den Nivellierinstrumenten. Diesmal kam er ins Dorf und ließ sich offen bei den Leuten sehen, die ihn sonst nicht zu Gesicht bekamen, wenn er mit Justine eine Sache zu machen hatte. Er habe einen freien Tag, sagte er seiner Base Marianne, als er beim Bräu zukehrte. Die hatte lauter demütige Tage, seit sie an der Erinnerung schluckte: Es war einmal ein Mann zu ihr getreten, und sie war gut zu ihm gewesen. Von da an log sie sich die Erinnerung nach ihrer Form zurecht.

Also, der Peter! War der auch wieder einmal um die Wege. Sie gab ihm sein Glas Bier und fragte nebensächlich nach dem Ergehen. Ach Gott, seufzte Peter, er müsse jetzt dem Kerl endlich den Garaus machen. Keinen Knopf Geld in der Tasche, Hunger leiden oft ganze Wochen – nein, jetzt müsse er

zugreifen und den Lohnboten ausrauben. Da nannte ihn Marianne einen schlechten Menschen, und sie sagte ihm noch ein paar unschöne Dinge. Worauf Peter sein Bier austrank, nicht bezahlte und ins Adamhaus ging.
Da traf er Justine wieder einmal vor allen Leuten, nachdem er sie seit langer Zeit nur mehr auf Schleichwegen getroffen hatte in den Auen an der Mörn, wo er gerade die Zille traf. Justine war immer noch blau gerändert um die Augen. Da sagte Peter ihr, wenn er nun den Kassenboten einmal zu fassen bekomme, sei alles vorbei. Er werde mit dem vielen Geld hernach auch die Möglichkeit haben, daß er ihr beispringen könne, wenn wirklich ein Verdacht auf sie falle. Das hörte sich so schön an von dem stoppelbärtigen Peter, der schon längst mit viel Schwamm über die Geschichte vom Baggergleis gewischt hatte.
Ja, dachte Justine, das wäre alles recht. Wenn er nur mit der anderen Geschichte nicht dann erst recht an den Galgen kommt! Sie sah ihn schon im Zuchthäuslergewand, seine weißliche Windjacke sah ganz danach aus. Wenn sie aber jetzt wieder mit Vorwürfen und Warnungen kam, dann lachte er sie aus und machte sie lächerlich, wie er sie bei solchen Dingen immer lächerlich machte. Deswegen sagte sie nur still ja zu den Absichten des Vetters.
Nach diesem Tag wurde Justine blaß und kränklich. Das ist in dem Fall immer so, dachte die Fischerin. Darum wußte sie nun ganz sicher, daß wieder einmal Schande ins Haus kam als die Folge jener Sünde, die sie von allen Sünden am meisten verabscheute. Sie mußte an das sommersprossige Weibsstück denken, das dem Christof – tröst ihn der liebe Gott! – unbekleidete Waden gezeigt hatte.

XI

Nebenher fragte sich Justine, warum sie gerade mit dem rauhbeinigen Burschen solche Dinge angefangen hatte, der doch von der rothaarigen Resl ein Kind war. Sie fragte sich, warum nicht auch Wolfgang so sein konnte, der doch ihr Bruder war.
Aber mit Wolfgang war nichts Großes los. Wolfgang hatte sich ganz früh einmal von Peter an die Ingenieure verdingen lassen zum Tragen der weißroten Markierpflöcke. Hernach war er Arbeiter geworden, nichts als ein gewöhnlicher Arbeiter, während Peter in den Augen Justines doch schon so etwas wie ein angehender Ingenieur war. Um Ingenieur zu werden, hätte er freilich studieren müssen, und zum Studieren reichte es nicht bei einem jungen Menschen, dessen Mutter zu anderen Leuten gehen mußte, um mit Waschen und Putzen das Nötigste zu verdienen. Trotzdem war Peter so etwas wie ein Ingenieur.
Ab und zu kam auch Wolfgang ins Dorf. Peter kam hundertmal, bis Wolfgang nur ein einzigesmal kam. Und dann war es gar kein Ereignis. Die Leute redeten wohl: Der Wolfgang vom Unützer ist wieder da; es wird wahrscheinlich nicht viel Arbeit geben, sonst käme er doch nicht heim. Das wußte man schon so, daß der Fischerbub von seinem Arbeitsplatz nicht wegging, solange beim Werk auch nur ein Arbeiter beschäftigt werden konnte.
Es wurde nicht viel gesprochen davon, wenn der Bub wirklich heimkam. Marianne war nicht sehr stolz auf diesen Bruder, der einen eckigen Kopf hatte und nicht viel um sich herum zu machen verstand. Peter war wohl ein unschöner Mensch,

aber wenn er kam, dann gab es irgendeine laute Sache im Dorf, weil er der Peter war, vom Christof der Bub, der auch einmal vielleicht den Häusern stolze Fassaden aufsetzte. Aber Wolfgang kam still, ein wenig plump und gar nicht umgängig hatte er sich ausgewachsen. Justine sagte wohl: Der Wolfgang ist auch wieder einmal da. Aber sonst schenkte sie ihm nicht allzuviel Aufmerksamkeit.
Vielleicht hatte sie auch gemerkt, daß die Mutter anders war zu ihm als zu ihnen allen. Mit dem hätten sie um den Tisch beisammensitzen dürfen und geheimnisvoll flüstern. Aber Wolfgang wußte nie etwas, worüber man hätte flüstern mögen. Peter war anders, Peter hatte wenigstens eine große Sache im Kopf. Der wollte einmal den Kassenboten niederschlagen.
Die Mutter war anders zu Wolfgang als zu ihnen allen. Walpurg sagte, das sei alles nur so, weil der Bruder nur selten heimkomme. Aber Justine sah es selber und sah alles anders; da wischte die Mutter mit dem Zipfel des Fürtuchs den Eßtisch blank, und sie fragte, ob er ein Stück Rauchfleisch essen wolle. Einen Krug Bier wolle er doch auch? Da mußte Justine mit dem Bierkrug gehen und beim Bräu etwas zu trinken holen für den Bruder. Die Mutter wollte es so, und Justine mußte bringen, was die Mutter anschaffte.
Es war immer dasselbe. Lidwina redete nicht laut davon, wenn der Bub auf Monate weit oben irgendwo arbeitete, im Bauabschnitt eins oder sonstwo. Sie redete nicht viel, wenn er kam, aber sie fragte, was der Bub zu essen wolle, und wie lange es wohl dauern könne, bis er wiederkomme. Es dauerte immer eine lange Zeit.
Wolfgang verschwand nicht lautlos und hinterhältig, wie Peter zu verschwinden pflegte, wenn er sich bei Lidwina ordentlich sattgegessen hatte. Er ging offen und bei Tag weg, er sagte der Mutter Bhüt Gott, er suchte Justine an der Mörn, auch wenn er eine Stunde weit gehen mußte, nur um ihr die Hand zu geben und Bhüt Gott zu sagen. Zu Walpurg ging er hin-

auf, das ärgerte Walpurg jedesmal, wenn durch das Rosenportal der plumpe Bruder hereinkam. Es traf sich auch immer schon so, daß irgendwer von der gutsherrlichen Familie auch gerade um die Wege war. Dann wurde gefragt, wie es da droben aussehe mit dem großen Kraftwerk. Wolfgang wußte zu erzählen, daß es viel Arbeit gab und daß er ganz schön verdiente dabei. Er habe in der Zeit her schon ein kleines Stück Geld auf die Seite gebracht, das könne er einmal notwendig brauchen, denn daheim sei auch kein überflüssiger Pfennig da. Das war recht, das war solid und brav. Aber der Herr von Ruederer hätte recht gern etwas anderes gehört von dem Werk und etwaigen neuen Plänen.

Das war jedoch nicht schlimm. Hauptsache blieb, daß Wolfgang ein guter Kerl war, der brav in der Arbeit stand und zweifellos ab und zu auch seiner Mutter ein paar Mark zusteckte. Wenn der Herr von Ruederer wirkliche Neuigkeiten erfahren wollte, konnte er sich ja an Peter halten oder an den alten Unützer, der die Fabrik baute. Der wußte meistens die Dinge ein Jahr weit voraus und baute dann Baracken, oder er reichte Angebote ein.

Wenn nach so einem Besuch die ganze Betriebsamkeit des Adamhauses in eine sehr flache Gleichmäßigkeit zurückfiel auf einige Zeit, schaute Justine mit blaugeränderten Augen durch das Fenster, und sie zitterte ein wenig, weil sie es fest hoffte, daß Peter nun doch einmal mit der Nachricht kommen würde: Ich habe den Kassenboten umgebracht. Sie wird ihm dann sagen, daß es nun auch schon reichlich lang her sei, das mit dem großen Versprechen. Und sie wird ihm den Rücken tätscheln. Oder aber sie wird schreien und in Krämpfe verfallen vor Schrecken.

Brrr! Mit Wolfgang wurde es nie etwas. Der hatte als Gassenbub die anderen Kinder verhauen und war dann ein Arbeitstier geworden, klein und wühlend wie ein richtiger Weiberhofnachkomme. Peter stahl wenigstens Bronzeschwerter und ließ Bagger entgleisen.

Peter pfiff sich etwas in die offene Faust, wenn er wegging von den drei Basen. Er saugte sich jedesmal ordentlich voll bei den drei Mädchen, er mußte Justine ein wenig trösten, und er nützte sie weniger aus als die zwei anderen, weil sie ganz das Mädchen nach seinem Geschmack war. So hätten alle Mädchen sein müssen, dann wäre die Welt anders geworden.
Und er pfiff sich in die offene Faust, weil der Winter wieder kam, den man im Dorf fürchtete. Die Kälte blies ihm schon deutlich genug durch die weißliche Windjacke, die Hände wurden blau, wenn er mit seinen Instrumenten irgendwelchen Aufträgen nachging. Daß man auch so weit in den Winter hinein arbeiten mochte! Das war früher nicht im Brauch gewesen, jetzt war es geradezu unsinnig, wo dem Dorf nichts mehr auskommen konnte von den großen Vorteilen der Fabrik. Sebastian baute doch im Hart unten, und er mußte mit seinen vielen Leuten bis tief in den Winter hinein arbeiten, damit der mittlere Haupttrakt der Fabrik, der alle künftigen Gebäude verbinden mußte, noch rechtzeitig unter Dach kam. Das Hastige an der Geschichte wollte Peter nicht gefallen. Er suchte den Onkel auf. Als er das neue Baugelände sah, das doch er selber mit vermessen hatte, bekam er große Augen.
»Mein lieber Onkel, das wird groß, das wird einmal eine Fabrik, die mehr Leute beschäftigt, als wir jetzt im Dorf haben. Auf den Plänen hat es gar nicht so mächtig ausgesehen.«
»Ist schon gut«, murrte Sebastian. »Du sollst mich nicht aufhalten bei der Arbeit, wenn du es schon siehst, wie alles eilig ist. Die Ingenieure sind den ganzen Tag um die Wege und schauen mir auf die Finger, ob ich alles genau nach ihren Angaben mache.« Peter meinte, er sei wohl da unter diesen hohen Herren auch nichts viel Besseres als eben ein Maurer, ein etwas angesehener Maurer. Für den Kopf sei das doch keine Arbeit. Dieses Aufmörteln und dieses Bauen nach der Schnur, die andere Leute spannten, sei eine armselige Arbeit.
»Das ist eine ganz große Arbeit, wenn du etwas verstehst«, sagte der Onkel heftig. Er schaute dem Lot nach, er machte

einen leisen Wink mit der Hand und sagte zum anderen Pfeiler hinüber »Gesehen«. »Ja«, sagte Peter, »das ist schön. Du brauchst nur den Leuten ihre Mauern nachmessen, ob sie schön in der Waage stehen und ob das Lot auch richtig fällt. Dann sagst du ›gesehen‹, und deine Arbeit ist wieder fertig. Das könnte ich auch.«
Als Sebastian mürrisch wurde, ging Peter wieder weg. »Das wird eine große Fabrik, eine Fabrik, von der sie in der Stadt reden werden. Und sie werden sagen: Der Unützer hat sie gebaut.«
Er mochte von dieser ganz glatten Geschichte nicht viel wissen. Die Größe gefiel ihm, und das Wunder gefiel ihm, das die einmal vollbringen wollten in dieser Fabrik, wenn sie aus der Luft etwas machten. Sonst war ihm dieses Werken des Onkels zu langweilig. Es war doch alles eine richtige Maurerarbeit, die ein anderer auch machen konnte.
Als es Dezember wurde, sagte sich Peter von allen Dingen los, die ihn vielleicht an den großen Betrieb binden konnten. Er steckte vor dem Hauptbüro die Markierstäbe recht demonstrativ in den Boden. Einmal und noch einmal und noch einmal, bis alle sechs Stäbe vor den Fenstern der Herren Betriebsleiter staken. Dann lieferte er sein Nivellierinstrument ab und wies die leere Kiste vor zum Zeichen, daß kein unrechter Pfennig zurückgeblieben war. »Ich möchte meine Karte, weil der Winter angegangen ist.«
Man schaute ihn an.
»Sonst sind aber die Leute froh, wenn sie gerade über den Winter eine ausreichende Beschäftigung finden können bei uns. Heuer wird sowohl im Abschnitt eins wie in den Abschnitten sechs und sieben durchgearbeitet. Das dürfte Ihnen anscheinend nicht bekannt sein –«
»Doch, doch! Das ist mir schon bekannt. Mein Onkel baut doch die große Fabrik, nicht? Da werde ich wohl wissen, was los ist im Betrieb. Aber ich habe für den Winter eine andere Beschäftigung, die ich nicht vernachlässigen darf.«

»Nein, die dürfen Sie nicht vernachlässigen. Wir können Ihnen natürlich nicht garantieren, daß man im Frühjahr gerade auf Sie warten wird, um Sie wieder einzustellen, wenn Sie die anderweitige Beschäftigung aufgeben.« Peter meinte, diese Frage habe er noch gar nicht angeschnitten. Wenn aber die Herren auf einen unbedingt sicheren Kassenboten rechneten, stünde er wieder zur Verfügung. Nicht wahr?

Man händigte dem Messungsgehilfen Peter Unützer seine Papiere aus. Auf die Frage, ob er ein Zeugnis benötige, antwortete Peter mit einem Achselzucken. Man käme auch ohne Zeugnis durchs Leben, wenn man ordentlich arbeite. Das gefiel den Herren nicht. Sie verabschiedeten Peter mit einem Kopfnicken, das ihm nur eine sehr geringe Gewogenheit für die Zukunft ausdrückte. Peter ging deswegen nicht schweren Herzens. Es gefiel ihm nicht mehr im Winterbetrieb, der doch recht wesentlich verkleinert war, darum ging er weg.

Im Dorf beachtete man es nicht weiter, als er ein paar Tage ohne jede Betätigung herumstreunte. Von ihm war man es gewohnt, weil er es mit der Arbeit nie allzu streng genommen hatte. Er schabte in den Nächten an allen Scheunentoren und Telefonmasten den Aufruf der Werksleitung ab, der eine hohe Belohnung demjenigen zusicherte, der – –

Das war jetzt eine alte Geschichte. Peter sagte es seiner Base Justine. Sie brauche nun gar keine Angst mehr zu haben wegen dieser längst eingefrorenen Sache. Übrigens – es wäre ihm angenehm, wenn sie ihm mit ein paar Mark aushelfen könne. Da machte Justine große Augen. Es sei nur ganz wenig, was sie habe. Dem Vater war immer nur schwer ein Markstück abzujagen, und vom Fischgeld blieb ihr nichts.

»Bist du aber dumm!« lachte Peter. Dabei verstand sie ihn nicht. Aber als er unbedingt mit ihr zum Fischen gehen wollte und als sie beide sich ein paar Tage lang mehr als notwendig vom Wind ausfrieren lassen mußten am Wasser, verstand sie ihn doch. »Peter, das ist nicht recht. Das sollte ich nicht tun. Schau her, was haben wir schon herausgebracht – es sind viel-

leicht zwanzig Mark, was du bekommst dafür, und der Vater wird mich schlagen, wenn er uns daraufkommt.«
»Nein, das wird er nicht. Ich kenne ihn doch auch. Der sieht jetzt nichts mehr als seine geraden Mauern, er arbeitet ja am Ende auch bei Nacht noch, damit ja die Fabrik rechtzeitig fertig wird. Also nein, der Vater wird ganz bestimmt nichts merken.« Justine sagte ihm noch einmal, daß es gar nicht schön sei, das mit den Fischen. Aber Peter vernähte beim Maderlechner im Salzstadel die Rupfensäcke, er ging am selben Abend noch zu Marianne und fragte sie nach einem Stück Geld. Was Marianne zur Hand hatte, gab sie ihm. Denn er sah so grimmig aus mit dem unrasierten Bart, daß sie ihm jetzt eher als zu jeder anderen Zeit einen Raubüberfall zutraute. Als er bei Walpurg in der Ruedererville das gleiche versuchen wollte, kam gerade die schöne Frau mitten in die Unterhaltung. Sie tat mit ihm so, wie sie mit jedem Menschen tat. Sie lachte ihn an und gab ihm so ganz nebenher die gute Ermahnung, daß er es mit seinen Sachen nicht zu arg treiben dürfe. Schließlich müsse einmal sein Onkel dafür büßen.
Nun, da war nichts mehr zu machen. Peter durfte seine Abreise nicht verschieben, weil die Fische frisch nach München kommen mußten. Sie lagen beim Maderlechner im Salzstadel, und am nächsten Morgen wurde der große Pack in einem mächtigen Rucksack verstaut und ordnungsgemäß, als müsse es so sein, beim Fischhändler Hörtkorn in München abgeliefert.
Den Herrn Hörtkorn freute es, daß er endlich auch einen Herrn Unützer persönlich kennenlernte. Peter hatte sich den flockigen Bart abnehmen lassen, und er sah in dem leichten Anzug, den er als den schönsten immer gut verwahrt hielt, ganz erträglich aus. »Ja, wissen Sie, Herr Hörtkorn, ich bin nicht vom Sebastian Unützer ein Sohn. Meinen Vater haben Sie doch sicher auch gekannt. Das war der Fassadenmaurer, Christof hat er geheißen, der hier in der Stadt soviel gebaut

hat. Nicht. Den kennen Sie nicht? Geh, Herr Hörtkorn, der ist ja weltbekannt, den kennt in München jedes Kind! Daß Sie ihn nicht kennen wollen, das versteh ich nicht. Nein, das versteh ich wirklich nicht, Herr Fischhändler.«

Er mußte es dem Herrn Hörtkorn schon sagen, oder wenigstens andeuten, daß er nur noch eine mäßige Achtung hatte vor ihm, seit er seinen Vater Christof nicht kennen wollte. Darauf nahm er das Geld in Empfang und ging zum erstenmal in seinem Leben durch eine große Stadt. Nun, es war wirklich eine große Stadt, die sich sehen lassen konnte. Freilich, darum redeten auch die Leute im Dorf, die öfter dorthin kamen, so viel von dieser Stadt. Es war eine schöne Stadt, eine große Stadt, in der man natürlich einen simplen Fassadenmaurer nicht kannte.

Peter fragte nach den Straßen, die ihm seine Mutter, die Resl, genannt hatte, wenn sie vom Vater ihres Kindes erzählte. In zwei Tagen arbeitete sich Peter, der anfangs ängstlich alle Dinge angesehen hatte, durch die Stadt hindurch, er schaute sich stundenlang die Fassaden an, an denen sein Vater mitgearbeitet hatte. Als die zwei Tage herum waren, hatte ihm irgendwer in einer verwegenen Kneipe das Geld abgenommen, das er vom Hörtkorn bekommen hatte für die Fische, und auch das andere, das er Marianne und Justine abgejagt hatte.

»So!« sagte Peter erstaunt. »Gibt es so etwas in der Stadt? Daß einem ehrlichen Menschen – no, ehrlich, Fragezeichen – das Geld abgenommen wird, das man sich so sauer verdient hat? Das ist eine Gemeinheit, und zwar eine ganz große Gemeinheit!«

Es war schon eine Gemeinheit, wie man im Dorf nicht gleich eine erlebte. Aber Peter fand sich auch damit ab. Das Geld war nun einmal weg, es hätte wahrscheinlich auch nicht für den ganzen Winter gereicht. Höchstens für vierzehn Tage. Also mußte er sich das überlegen, was er in einem anderen Fall erst etwa vierzehn Tage später überdacht hätte. Die Burschen, bei denen ihm das Geld abhanden gekommen war,

fragte er aus, was sie ihm raten wollten. Er möchte arbeiten, dann könnten sie ihm bei Gelegenheit wieder eine Handvoll Geld stehlen.
Damit kam er bei diesen Kunden recht an. Sie faßten ihn etwas unsanft an, um ihm ihre Meinung auszudrücken. Donnerwetter, das waren ja Leute, Leute – es hörte gar nicht mehr auf, wenn die auf ihn losgingen. Er meinte einen Spaß damit. Sie sollten doch anständig sein und sich auch einmal etwas sagen lassen. Da fiel ihm etwas auf den Kopf, und er verstand, daß diese Leute, die ihm das Geld gestohlen hatten, auch zu anderen Dingen fähig waren. Er zog das Messer heraus und stach um sich, wohin er gerade traf. Irgendwo hatte er wohl gut getroffen, denn die Aufregung unter den Leuten wäre ihm sonst nicht verständlich gewesen. Sie wollten ihn von der Wand wegdrängen, aber er hatte nun einmal das Messer in der Hand und steckte es nicht früher mehr in die Scheide, bis die Leute von ihm abließen.
Sein Geld bekam er damit nicht mehr, aber die Art, wie er ihnen mit dem Messer seine ziemlich aufrechte Meinung gesagt hatte, war ihnen etwas auf die Nerven gegangen. Sie verbanden ihren Komplizen, der den Arm so ungeschickt hingebracht hatte, und sie taten nichts dagegen, als Peter sich von ihnen unfreundlich verabschiedete, nicht ohne vorher noch einmal kräftig ausgespuckt zu haben.
Wenn er auch heil aus der Sache herausgekommen war, so brannte ihn doch die Frage ein wenig, wo er jetzt im Winter eine richtige Arbeit finden sollte. Er war vom Dorf weggelaufen, um etwas von der Welt zu sehen. Das war ihm gelungen, er hatte von der Welt einen wenig erfreulichen Teil gesehen und sah jetzt noch mehr, als er eine Firma nach der anderen abklopfte, um Arbeit zu finden. Man schüttelte überall den Kopf und schob die Türen der Büros in aller Eile wieder zu. Denn Peter schaute bereits wieder recht verdächtig aus, seit er als Vagabund in der Stadt herumstreunte.
Sein ausgehungertes Gesicht wurde gelb, und der einzige An-

zug wurde nicht schöner, wenn Peter an Plätzen schlafen mußte, die gar nicht zum Schlafen eingerichtet waren. Das Beste war nun, wenn er zu Fuß heimging. Mit der Bahn konnte er nicht fahren, das war vorbei für diesmal. Aber der Gedanke kam ihm gar nicht recht ernst in den Kopf. Wenn er schon so groß getan hatte bei seinem Austritt aus dem Betrieb des Kanalbaues, dann wollte er nicht zeigen, daß es in der Welt draußen bedeutend unschöner war, als er sich vorgestellt hatte.

Als es mit dem Herumstreunen in der Stadt, ohne jeden Pfennig Geld, nicht mehr gehen wollte, stand Peter bei einem Kohlenhändler unter, der einen Arbeiter ins Lager brauchte. Peter schaute sich das Lager erst einmal ordentlich an, da sagte ihm der Kohlenhändler, er könne schon auch einen anderen Arbeiter finden, wenn es ihm so nicht passe. Doch, doch, es paßte ihm sogar sehr gut, er hatte doch keinen Knopf Geld mehr in der Tasche und hatte sich seit ein paar Tagen von Suppenküche zu Suppenküche durchgeschlagen.

Am Tag nach dem Eintritt in die Arbeit beim Kohlenhändler schrieb Peter eine Karte heim an seine Base Marianne, die beim Bräu war. Marianne sollte so gut sein und der Justine, an die er nicht gern schreiben wollte, bloß mitteilen, daß es ihm ausgezeichnet gehe in der Stadt. Er sei in einem großen Betrieb angestellt, es gebe zwar viel Arbeit, aber er könne etwas lernen dabei, und der Verdienst sei gut. Der Verdienst sei besser als im Sommer bei der Gesellschaft.

Marianne gab diese Karte ihrer Schwester hinüber. Sie hatte den Scheitel an diesem Tag besonders straff gezogen, und ihr ganzes Tun war besonders würdig, als sie Justine die Karte verächtlich hingab. »Was du schon hast mit dem schmutzigen Kerl, der rauhe Beine hat wie ein alter Kater! Mir schreibt er, ich soll dir das sagen. Das kannst du ja selber lesen, du dummes Schaf. Kannst ihm ruhig schreiben, daß ich auf solche Karten verzichte, wenn er dir nicht heimschreiben darf.«

Nach dem kam von Peter kein Lebenszeichen mehr den ganzen Winter. Sebastian fragte manchmal, wo sich denn der Kerl eigentlich herumtreibe. Da schob Lidwina nur die Schultern ein wenig in die Höhe, und Justine ging aus der Stube. Sie wisse gar nichts von ihm, aber man könne sich doch auf Peter verlassen, der war ein Kerl, der nicht gleich unter die Räder kam, wenn es wirklich nicht so schön war draußen, wie er gehofft. Man fand sich im Adamhaus damit ab, daß für einen Winter wenigstens der Sohn von der Resl nicht auftauchen werde. Es war eben einmal ein anderer Winter als alle Winter in den Jahren vorher.

Der Winter war anders. Man hatte Sebastian getrieben, daß er vor dem Einbruch der ärgsten Kälte das große Hauptgebäude unter Dach brachte. Nachher sollten die Leute zurückgezogen werden von den Bauplätzen, weil doch in der strengen Kälte nicht allzuviel gemacht werden konnte. Aber als der große Bau eingedeckt war und die breiten Fensterluken zugeschlagen waren, blieb wieder ein Haufen Arbeiter auf dem Bauplatz. Sebastian mußte sich neue Anweisungen holen bei den leitenden Herren. Einen vollen Tag lang unterrichtete man ihn über alles Notwendige, dann schlüpfte Sebastian mit einem Dutzend Arbeiter in der Halle unter.

Das Einbauen der Maschinenfundamente war eine Arbeit, die man zur Not im Winter machen konnte. Dann war man im Sommer nicht aufgehalten. Draußen auf dem Baugelände der Fabrik und an den Abraumhalden, wo die im Sommer ausgeschaufelte Erde noch in riesigen Haufen herumlag, wurden ganze Kolonnen von Arbeitern eingesetzt, die eben im Abschnitt eins frei wurden. »Es muß etwas geschehen!« sagten hastig die Ingenieure. »Es muß etwas geschehen, wir haben einen harten Termin bekommen, bis zu dem das ganze Werk fertig dastehen muß.«

Da griffen die Leute zu und schleppten in einer Hast der Arbeit, wie man sie im Sommer nie erlebt hatte, den Abraum fort. So war man es im Dorf nicht gewohnt, so, daß es auch im Winter nie still wurde, daß der Schnee sich nie ganz schließen

konnte auf dem Wiesenland über dem Kirchenberg, weil immer wieder an einer Stelle die Decke aufgerissen und die festgefrorene Erde darunter abgefahren wurde.
In der großen Fabrikhalle, die nur ein erster kleiner Teil des Geplanten war, spien sechs Koksöfen Tag und Nacht ihre rote Hitze durch den Raum. Sebastian hatte gemeint, mit diesen sechs Öfen könne sogar der Teufel seine Hölle ganz freundlich auswärmen. Aber als sie in der Halle standen, waren sie klein und arm anzusehen; ihre roten Augen standen wie sechs glimmende Späne in dem weiten Raum, der nach oben fast keine Grenze hatte. Ihre Wärme war matt, und das Glühen, das in der Nähe der Öfen kaum erträglich schien, wurde von dem Frost, der außen vor der Halle saß, erdrückt. Es reichte zur Not aus, um den Verputz innen nicht gefrieren zu lassen, und es machte warm genug, daß man die schweren Fundamente für die Maschinen aus dem Boden mauern konnte.
»So eine Arbeit ist erst eine Arbeit«, prahlte Sebastian, wenn er an einem Abend unter den Bauern beim Oberen Wirt saß. Die Bauern schauten ihn von der Seite an; in seinen alten Tagen sollte er doch nicht mehr Sprüche machen, das war beim Christof ein geduldetes Recht gewesen, und er selber hatte es einmal tun dürfen, damals, zur Zeit der Kollegiumswahlen. Aber Sebastian wurde nicht klein unter diesen schiefen Blikken. Er machte es den Leuten vor in der Wirtsstube, wie groß die Fundamente waren, auf denen einmal die großen Maschinen stehen sollten. Er wollte es zeigen, da reichte die Größe der Wirtsstube nicht mehr aus, um die Maße richtig vorzuführen. »Ja, Kinder, so groß sind bloß die Fundamente. Auf den Fundamenten werden Glühöfen gebaut – jaha, da habt ihr keine Ahnung! Und wer baut denn das Ganze? Wer baut die Fabrik, von der eure Kinder noch leben werden? Der Unützer baut sie, ich, der Fischerwastl!«
»Warum sollen unsere Kinder davon leben, ha?« fiel eine Frage von der Ofenseite herüber. – »Warum, warum – das ist

die Frage! Warum wird es denn so sein? Weil doch die Fabrik etwas ganz anderes ist als eure armseligen Bauernhöfe! Ihr werdet es schon selber noch sehen, ob euch ein Bub nur bleibt am Hof, wenn einmal das alles steht.«

Er redete an den Abenden, und Lidwina wurde um so stiller, je mehr er den Leuten vorschwatzte. Sie ließ ihn bauen, weil er Geld heimbrachte und weil die Schulden vom Haus und vom Grundkauf mit jedem Monat kleiner wurden. So war das eben noch nie gewesen, daß man auch den Winter durch gearbeitet hatte. Das gab es erst jetzt, seit ihr Mann den großen Auftrag bekommen hatte, um den ihn alle Baumeister der Umgebung beneideten.

Wenn sie den Neid der anderen sah, dann freute sie sich. Umsonst war sie doch nicht von einem so echten Bauernblut, das sich im Neid nicht einmal mehr vererben wollte. Sie trug den Kopf nicht höher deswegen, sie blieb nicht länger mit den Nachbarsfrauen vor der Kirchentür stehen an den Werktagen, aber sie schaute doch den anderen Frauen manchmal ins Gesicht, wenn man von dem redete, was ihr Mann da baute. Nur manchmal blieb sie, wie erschreckt von dem ganzen Werk, das Sebastian da angefangen hatte, stehen. Es war nicht eine Arbeit, wie sie eine Arbeit wollte von einem Mann. Es war fremd, es war ihm selber alles fremd, was er baute. Wenn er eine Halle baute, wußte er nicht, was hineinkam. Und wenn er die ungeheuren Fundamente herausmauerte, wußte er nicht, wozu die großen Maschinen dienen sollten, die man daraufstellen wollte. Vielleicht wußte er nie und erfuhr es nie, was man herstellen wollte in dieser Fabrik.

So arbeiteten doch die Leute im Dorf nicht.

Die stellten Firste auf, weil sie wohnen mußten darunter, und sie bauten große Scheunen, um die Ernte des Jahres darunter in Sicherheit zu halten. Sie wußten im Jahr vorher, was das nächste Jahr brachte, und der Vater wußte es, daß der Sohn auch einmal so in der Furche gehen mußte, auch mit einem weißen Fürtuch um die Schulter, auch so das Saatgetreide

auswerfend. Und die Bauern beteten, daß das Jahr ihnen das gab, was es schuldete.
Sebastian betete nicht. Er kniete über der Arbeit und kannte nur die Arbeit. Er tat so, als brauche er nicht zu beten, denn seine Arbeit und die Arbeit dieser fremden Leute mußte so oder so ihren Ertrag abwerfen.
Es war vielleicht schöner, wenn diese Dinge einmal im Dorf waren. Nur wollte Lidwina sich nie mit ihnen anfreunden. Sie glaubte nicht an dieses Neue, solang es nicht sich in eine Ordnung eingewöhnte, die sich von selbst ergab. Jetzt arbeiteten sie sogar den Winter durch und redeten groß davon. Das trug Geld, das machte die Schulden kleiner, aber es gefiel ihr nicht.
Sie hatte allen Grund, gegen die Menschen, die da kamen und etwas Neues mitbrachten, mißtrauisch zu sein. Sie hätte noch viel mißtrauischer sein müssen in diesem Winter, der ein ganz anderer Winter war.
Denn die Menschen im Dorf hatten einen solchen Winter noch nie gekannt. An den Sommer in der Hitze und den Staub der großen Arbeit hatten sie sich schnell gewöhnt. Es war natürlich so, und es war recht so, daß sie kamen und werkten, solange die Natur es ihnen erlaubte.
Aber daß im Winter keine Ruhe wurde, das verstand man im Dorf nicht. Justine hätte ihren Vetter fragen sollen. Der wußte immer Bescheid, wie man denken mußte und wie man sich einstellen konnte zu solchen Sachen, die man noch gar nicht kannte. Aber der war in der Stadt, und er schrieb an Marianne, daß es ihm gut ging. Er konnte ihr nichts sagen und keinen Rat geben.
Jetzt, gerade jetzt, wo sie seinen Rat am notwendigsten gebraucht hätte, arbeitete er in der Stadt. Einmal versuchte sie, ihm zu schreiben. Als sie an die möglichen Folgen dachte, legte sie den Bleistift wieder weg. Sie wußte gar nicht, wohin sie schreiben sollte.
Es war etwas anders geworden, seit Peter nicht mehr im Dorf

war. Solange man nur gewußt hatte, daß er irgendwo sich herumtrieb und bei Bedarf zu finden war, hatte es keine Sorge gegeben um irgendeine Geschichte. Er konnte vielleicht den Lohnboten überfallen, aber man hatte ihn wenigstens in Fällen des Bedarfs bei der Hand.

Seit man die Gewißheit hatte, daß nun für den Rest des Winters immer fremde Leute im Dorf bleiben würden, hatten sich allerhand Dinge gedreht.

Die Mädchen, die sich hinwarfen an einen Menschen, der nur auf einen Sommer hier arbeitete, waren schlechte Mädchen. Das sagte man so im Dorf. Sie hatten keine Ehre im Leib. So sagten die Leute alle, auch die Mädchen, die sich für eine noch kürzere Zeit als einen Sommer an einen fremden Menschen geklammert hatten. Jetzt war es anders. Jetzt blieben die fremden Männer das ganze Jahr über im Dorf, sie blieben vielleicht für immer hier, wenn die Fabrik einmal aufgemacht wurde. Dann war doch manches anders, man konnte in dem einen oder anderen Fall auch ans Heiraten denken, wenn es auch einer Bauerntochter nie einfallen durfte, einen solchen, einen Arbeiter von der Straße weg zu heiraten. Trotzdem war manches anders geworden.

Walpurg, die doch eine Tochter ihres Vaters und in manchen Dingen eine Schwester von Marianne war, legte den kleinen Dünkel ab, sie sei mit dem herrschaftlichen Dienst besser geworden als andere Mädchen im Dorf. Wenn andere Mädchen an den Abenden vor den Gartenzäunen standen, durfte auch sie es tun. Es mußte ja nicht auffallend sein, es durfte nach Arbeit aussehen, es mochte ruhig ein anderes Gesicht haben. Aber vor dem Zaun stehen und auf etwas warten, das war Brauch geworden bei den Mädchen im Dorf, und viele von ihnen mußten schon nicht mehr dort stehen.

In die Ruedererviolla war von den Maschinenbauern einer gekommen. Irgendein Zufall hatte ihn dorthin geführt, er war mit Walpurg zusammengetroffen, er war auf einen Augenblick vor ihr stehengeblieben. Bloß so lange, wie es die Höflichkeit dem Hausherrn gegenüber gestattete. Der Mann war auch beim Weggehen noch einmal stehengeblieben und hatte nach ihr Ausschau gehalten. Von da an ging Walpurg täglich vor den Zaun, um den Mann wiederzufinden im Haufen der Herumgehenden, der ihr so als das Bild von Mann überhaupt erschienen war.

Der Maschinenbauer war ein großer Mann, der über alle anderen Leute schier um eine Kopflänge hinausstach. Den mußte sie finden, wenn er überhaupt noch im Dorf war.

Vor dem Haus traf sie einmal mit Justine zusammen, die den Rock mit einer Schnur hochgebunden hatte und die zwei Garne an Tragstecken auf dem Rücken daherschleppte. »Du solltest nicht so herumlaufen, Justine. Das sieht nicht schön aus. Schließlich sind wir Unützermädel auch nicht gerade irgendwer. Man muß schon auch außenhin etwas auf sich geben, weißt du, Justine.« Das sagte sie, weil Justine bei ihr stehenblieb und sich länger als sie es wünschte mit ihr unterhielt. Während dieser Unterhaltung konnte vielleicht gerade der Maschinenbauer kommen, der große Mann, den sie in der Villa zum erstenmal gesehen hatte. Dann sah er sie mit der da beisammenstehen, die ihre Garne über dem Rücken trug und den Rock aufgebunden hatte mit einer nassen Schnur.

Justine ging, und Walpurg wartete.

Aus irgendeinem Grund ging Justine am nächsten Abend wieder auf dem gleichen Weg vom Fischen heim. Sie trug die Garne, aber den Rock hatte sie nicht mehr hochgebunden. Richtig stand auch Walpurg wieder auf ihrem Platz.

Es mußte doch etwas Eigenes sein um dieses Warten. Denn die Schwester stand jeden Abend an der gleichen Stelle. Sie tat nichts dort als nur warten, daß irgendwer kam.

Da kam es Justine so in den Sinn, daß sie auch warten könne, auch auf das gleiche warten wie die Schwester, oder auf den gleichen warten. Sie hatte den Rock bisher aufgeschnürt getragen, weil es so praktischer war. Die Mutter hatte sich auch beim Fischen oft den Rock hochgebunden. Jetzt stand die am

Weg, die immer feine Walpurg, und mäkelte daran, daß sie so unter den Leuten herumlief.
Das hatte seinen Grund, wie auch das Warten seinen Grund hatte. Die knabenfüßige Justine war in diesen Dingen viel zu lang Mädchen geblieben, oder sie wurde erst Mädchen, als sie Walpurg stehen sah und bekrittelt wurde um des aufgebundenen Rocks willen.
»Was ist das?« fragte sie ihre Schwester. Darüber wurde sie rot im Gesicht. Walpurg meinte nur: »Das werde ich dir nicht sagen müssen.« Und hier begann für sie eine Zeit des Suchens nach Peter. Den hatte sie immer gefragt, wenn ihr etwas in der letzten Zeit nicht klar werden wollte. Peter gab laut und großsprecherisch seine Auskünfte, aber vielleicht, wenn sie ihn fragte, was es mit Walpurg sei und was es mit ihr sei, daß sie die Röcke nicht mehr aufgebunden tragen durfte, dann schrie er nicht, dann sagte er ihr seine Ansicht, wie er es manchmal getan hatte, wenn sie zusammen in der Zille saßen und von fremden Dingen redeten.
Sie hatte sich doch nie an einen Zaun gestellt, weil sie fischen mußte und an späten Abenden mit Peter herumstreunte. Das war nun etwas anderes, das war etwas Neues.
Einmal hatte die Mutter sie geschlagen. Das hatte geklatscht in der Nacht, und Justine hatte geglaubt, daß die böse Geschichte vom Bagger damit bestraft worden sei.
Wenn Peter um die Wege gewesen wäre – –
Es blieb nun dabei, daß sie die Röcke lang trug wie andere Mädchen auch. An den Werktagen ging sie allein zum Fischen, wenn nicht der Frost das ganze Handwerk überhaupt unmöglich machte. An etwas erinnerte sie sich: Im Jahr vorher hatte sie öfters schon die Zille weggeliehen zu nächtlichen Fahrten. Jetzt wurde auch ihr auf einmal und ganz mächtig nach solchen Fahrten zumut.
Was bisher im Knabenhaften sich verdeckt hatte, brach auf einmal aus, es wußte nicht gleich im ersten Augenblick ums Ziel und wollte den Vagabunden fragen. Aber es war nun ein-

mal herausgebrochen, und es war plötzlich gekommen, daß Justine erschrecken mußte daran. Marianne war früher schon am Zaun gestanden, bei ihr war der gerade Scheitel in der Mitte des Kopfes die Folge geworden. Und der Zaun war bei ihr nie ein wirklicher Zaun gewesen, sondern die lange Flucht der Zimmer mit den vielen Türen. Nun stand Walpurg vor den Gärten des Dorfes, sie ging auf der Straße auf und ab, wie es andere Mädchen auch schon gemacht hatten, und wartete auf den Maschinenbauer.
Der junge Mensch, der ihr so groß erschienen war, kam nie zu ihr. Sie stand auf der Straße und schaute in alle Gesichter. Die Gesichter wurden mehr, und die Tage blieben nicht immer so kurz, daß man schier zu jeder freien Zeit auf die Gasse gehen konnte ohne Angst vor dem Gesehenwerden.
Das Warten war dem Dorf zur Gewohnheit geworden. Überall wurde gewartet auf den Mann. Nicht auf irgendeinen Ausgewählten, einen ganz Bestimmten. Man wartete nur auf den Mann. Nur Walpurg war eine Ausnahme. Walpurg wartete auf einen Mann, auf einen großen Mann, der Maschinenbauer war, irgendein besserer Mensch als die anderen, die den Kanal gruben. Justine kam mit dem törichten Schauen auf diese ganz neuen Dinge auch ins Warten hinein. Sie fuhr mit der Zille in der Kälte aufs Wasser hinaus und vergaß manchmal das Rudern. Sie wartete doch –
Das Garn stand im Wasser, und die Ringe oben sagten es deutlich genug, daß Fische darin standen, die sie herausfangen sollte, daß Geld wurde daraus. Aber Justine schaute und wartete –
Mit dem Staunen nach dem ersten Erschrecken und mit dem Warten und Schauen wurden die Tage länger und wärmer. Wenn sie einmal so wohlig warm wurden, daß die Kater auf den Dächern zu gehen anfingen, dann mußte auch Peter wiederkommen, dann konnte sie ihn endlich fragen – wenn sie ihn überhaupt noch fragen wollte.
Die Sonne stand wieder auf dem Rand der Zille. Das Eis, das

von zusammengefrorenen Garnen hängengeblieben war an den Brettern, wurde weggeleckt und hinterließ eine Lacke hellen Wassers. Darüber wischte Justine mit der Hand weg. Sie war nicht recht bei der Arbeit. »Was ist denn, Justine, gibt es in der Mörn keinen Schwanz Fische mehr? Du bringst nun bald gar nichts mehr heim.« Wenn der Vater so redete, dann durfte sie wirklich wieder einmal anders zugreifen.

Ein paar Tage lang griff sie zu.

Dann geschah gar nichts mehr. In der Hast wurde wohl eine Menge gearbeitet, aber die Fischerei ist ein Handwerk, das man nicht im Laufen und in der Hast ausüben kann. Die Fische haben es nicht so eilig, sie wollen geduldig behandelt werden, und dazu fand Justine die Zeit nicht mehr.

Denn der Maschinenbauer war zu ihr gekommen.

Walpurg stand immer noch auf der Straße vor dem Zaun und wartete. In der Zeit dazwischen hatte sich der Mann, der ganz bestimmte Mann, auf den sie wartete, von Justine über die Mörn setzen lassen. Justine hatte gerudert, daß sie wunde Hände bekam, aber die Zille war nicht vom Fleck gegangen, die Zille hatte nicht gehorcht, im Kreis war sie gegangen, hatte sich von der Wasserströmung ab gelegt, und den Maschinenbauer hätte es nicht gewundert, wenn die Mörn, die an dem Tag gelb und laut ging, das alte Fahrzeug umgekippt hätte.

Von dem wußte Justine nicht, daß Walpurg wartete auf gerade diesen Mann. Sie hatte nichts getan, als eben auch gewartet, bis nun der Mann da kam und bat ums Übersetzen. Bis zur Brücke war ein weiter Weg, den der Mann sich verkürzen wollte.

An dem Abend stand Walpurg wie jeden Tag auf der Straße und wartete. An dem Abend kam Justine nicht bei ihr vorbei, um sie zu fragen nach dem und dem. Der Mann war aufgetaucht, er hatte sich übersetzen lassen. Und – Justine schämte sich, sie ging nun ein paar Tage nicht mehr unter die Leute – sie, die junge Fischerin, sie war schamlos in der Zille gestanden, der Maschinenbauer war vor ihr gesessen, er hatte es gesehen, wie sie mit einer Schnur den Rock aufgebunden trug. Darum vielleicht war sie so verängstigt geworden, daß sie die Zille nur mit schwerer Mühe über den Fluß brachte.

Der Maschinenbauer gehörte eigentlich nicht zur Gesellschaft. Der war für eine Fabrik hier und mußte mitarbeiten an der Vorbereitung für die Aufstellung der Maschinen. Justine spähte die Geschichte am Tag darauf aus. Als sie ungefähr wußte, wo der Mann bestimmt nicht sein konnte, machte sie die Zille an einem neuen Anlegplatz fest. In der Zeit darauf fuhr sie nie mehr in den Hart hinunter, sondern hielt sich so verbissen nach der Gegenseite, daß der Vater sogar nach dem Grund fragte. »Da müssen die Fische heraus! Die Fabrik ist in einem Jahr oder in zwei Jahren fertig, dann werden die Fische von dem Wasserzeug der Fabrik vergiftet.« Das konnte aber Justine nicht bewegen, die Fahrten anders einzuteilen. Der Mann war ihr begegnet, und der Mann hatte sie so schamlos ohne jeden Fetzen Kleid über den Knien gesehen. Das war so abscheulich, daß sie lieber wieder einmal mit Peter einen ganz dummen Streich machen und von der Mutter dafür geschlagen werden wollte, als dem Menschen unter die Augen treten.

Justine setzte sich am Abend hin. »Weißt du was, Vater, ich schreib jetzt dem Peter, daß die Arbeit bald wieder angeht. Er soll machen, daß er wieder heimkommt, sonst stellt ihn die Firma nicht mehr ein. Das werd ich ihm schreiben.« Der Fischer brachte ihr gerade den Kunstkniff bei, wie man den Doppelknoten in einem beschädigten Garn schlingt. Es war leicht, Justine fand es sehr leicht und brachte es doch nicht fertig. Darüber lachte sie mit scheuen Augen, und dem Vater sagte sie es dann so, daß sie dem sauberen Vetter schreiben wolle.

Den Gedanken, an Peter zu schreiben, fand Sebastian sehr gut. Peter gehörte zum Haus. An Wolfgang hätte er vielleicht nicht geschrieben, aber Peter brauchte man so oft in einer einzigen Woche. Freilich, den Peter brauchte man. Das wußte Justine am besten, wie sehr man den rauhhaarigen Burschen benötigte. Sie setzte sich hin und schrieb. Solche Leute schreiben nie etwas anderes als eine Karte, sie schreiben die größten Geheimnisse auf eine offene Postkarte, die jeder lesen kann. Von geheimen Dingen freilich schrieb Justine nichts. Nur: Er solle nun heimkommen. Hoffentlich sei es ihm gut ergangen in der Stadt, jetzt aber warte schon wieder allerhand Arbeit auf ihn. Und wenn er allzuspät heimkomme, dann könne inzwischen der Posten anderweitig besetzt werden. – Mit herzlichem Gruß, deine Justine, die wieder mit dir reden möchte.

Das hätten sie eigentlich alle wissen können, daß eine Karte, die kurzweg nur nach München adressiert war, niemals an den richtigen Empfänger gelangen konnte. Es dauerte gute vierzehn Tage, dann kam sie wieder zurück, weil man den angeschriebenen Peter Unützer, Messungsgehilfen, nicht hatte eruieren können. Sebastian steckte die Karte hinter den Spiegel in der Stube. Wenn Peter wirklich einmal kam, dann konnte man es ihm zeigen, daß man sich schon um ihn gekümmert hatte.

Der Winter ging auf, ohne daß Peter ein Lebenszeichen von sich gab. Marianne sagte den zwei Schwestern einmal unterm Türstock des Bräustübls, daß sie Angst habe um Peter. Vielleicht war er schon nicht mehr am Leben.

Das glaubte Justine weniger, aber besorgt wurde sie auch um sein Ergehen. Sie hätte ihm vielleicht noch einmal so eine nutzlose Karte geschrieben, wenn sie noch dazu gekommen wäre.

Zwischen die Absichten trat der Maschinenbauer, der schwarze, von der Arbeit schmutzige Hände hatte. Er griff vom Ufer ins Wasser hinein, er zog mit den öligen Händen die Zille ans Ufer und stieg zu der abwehrenden Justine in das nachgebende Fahrzeug. Justine, das muß man so tun, Justine, die Zille ist gescheiter als du. Sie gibt nach, sie weicht ein wenig aus, wenn sie zu heftig getreten wird. Und du – Justine! Sie gab auch nach und glich dieses Nachgeben wieder aus. Heute hatte sie das Röckerl nicht aufgebunden mit einem Kreuzerband. Sie konnte leichter reden. Da erzählte sie dem Maschinenbauer, daß sie einen Vetter habe, der Messungsgehilfe war beim Werk und jetzt irgendwo in der Welt herumwalzte. »Ja«, sagte der Maschinenbauer, »du hast einen Vetter, der Messungsgehilfe ist.« Dann sagten sie eine lange Weile nichts mehr zueinander, weil Justine nur verstohlen zu dem Mann hinaufzuschauen wagte, der so ohne zu fragen in die Zille gestiegen war. Sogar ans Land hatte er die Zille gezogen.

Der Maschinenbauer meinte, das habe ihm so gut gefallen neulich, daß seine stramme Fischerin den Rock hochgebunden trug. Es habe so frisch ausgesehen, und sie hätte wirklich nicht so rot werden müssen.

»Nein«, sagte Justine.

Als Justine heimkam an dem Abend, war es schon überall dunkel, und die Mädchen des Dorfes trugen schon wieder ihre große Unruhe auf die Straße hinaus. Die zwei Garne trug Justine wie jeden Tag, und den Rock hatte sie locker um die Hüften hängen. Das Gewicht der vereisten Garne drückte sie ein klein wenig nieder. »Du, Walpurg, du solltest auch einmal mit der Zille fahren. Vielleicht – – ich meine bloß, du mußt so lang hier außen warten –« Das wollte die Schwester nicht verstehen. Sie fragte mit großen Augen am späten Abend auf Justine ein. Was ist denn, und wer ist denn, und ist es auch einer, den man heiraten kann?

Heiraten?

Ans Heiraten dachte Justine doch nicht, wenn sie ein so ängstliches Beben dann ihr ganzes Leben lang mit sich tragen sollte. Nein, vom Heiraten habe der Mann nicht gesprochen. Er sei in der Zille gesessen, und in der Zeit des Übersetzens habe er geredet mit ihr. Sie habe ihm von Peter erzählt.

»Was ist nachher er?«

»Maschinenbauer oder so etwas. Er hat mit den Maschinen etwas zu tun, die einmal da hinunter kommen sollen in die Fabrik. Davon hat er nicht geredet, aber ich weiß es.«
Walpurg dachte nach. Es gab sicher mehr Maschinenbauer, sie hatte ja selber schon mehr solche Leute gesehen. Es mußte nicht ihr Maschinenbauer sein. Justine sollte ihr den Mann einmal zeigen. Das tat sie gern. Sie lud Walpurg ein, am Abend um halb sechse vielleicht zu den drei Eichen zu kommen, wo die Zille jetzt lag. Dort konnte sie ihn sehen, wenn er zu ihr, zu Justine, in die Zille stieg.
Am nächsten Abend stand Walpurg in der Sichtweite der drei Eichen. Als sie ihren Maschinenbauer zu Justine in die Zille steigen sah, verlor sie die Farbe aus dem Gesicht. Also hatte Justine ihr den Maschinenbauer weggenommen, auf den sie einen halben Winter lang gewartet hatte.
Sie konnte die Schwester ein paar Tage lang nicht mehr zu fassen bekommen. Als sie ihr einmal das Unrechte ihres Tuns vorwarf, horchte Justine wie gelangweilt vor sich hin. »Was ist dir denn, Walpurg? Ich kann doch nicht die Sache anders machen, wenn er schon einmal gekommen ist zu mir und unbedingt in meine Zille steigen wollte. Da hast du nicht recht, Walpurg, ich hab doch nichts getan. Nein, Walpurg!« Sie schaute und hörte ins Leere.
Da drohte Walpurg, sie werde es der Mutter sagen.
»Das tut gar nichts, du darfst es ihr ruhig sagen. Sag ihr nur gleich einen ganzen Haufen, Wahres und Erlogenes, über mich! Das tut mir nichts. Walpurg, das verstehst du nicht, das ist jetzt alles ganz anders.«
Freilich, das war jetzt alles ganz anders. Die Mädchen, die an den Zäunen standen und warteten, waren weniger geworden in dem einen Winter, der die alten Leute im Dorf ließ und neue Leute hereingebracht hatte. Für Walpurg blieb kaum viel anderes übrig, als wieder vor das Haus zu gehen und am Zaun auf den Mann zu warten. Sie hatte viele Männer vorübergehen lassen, weil sie zu fest an den einen dachte, an den

Maschinenbauer, der sie damals in der Ruedererviila so fest angesehen hatte.
Der Mutter sagte sie nichts. Justine hatte so leer an ihr vorbeigesehen, mit Justine war es anders geworden, als der Maschinenbauer zu ihr in die Zille stieg. Da wollte Walpurg der Mutter nichts sagen. Heute würde die Mutter nicht mehr so hart den Blusenschluß über der Brust zusammenhalten, heute würde die Mutter sie nicht mehr ins Gesicht schlagen, wie sie es damals getan hatte. Justine lachte in den Bauch der alten Zille hinein, und sie dachte an die Schläge der Mutter. Nach all dem, nach den paar Fahrten auf der Mörn durfte die Mutter sie ins Gesicht schlagen oder in den Keller sperren, wie sie die kleinen Kinder einmal dort eingesperrt hatte. Das war heute nicht mehr grausam und unschön. Das Neue, an das sie nach ihrer Knabenjugend so spät erst herangekommen war, hatte etwas anderes aus ihr gemacht.
Der März kam. Er war nicht warm und wohlig, die Wintertage blieben, und nur das Bild auf der Straße wurde anders. Das neue Jahr kam mit mehr Menschen, es ging laut und früh an. Die Gesellschaft ließ den Winter nicht erst ganz abziehen. Große Herren kamen zum Maurerpolier Sebastian Unützer an die Baustelle. »Das wird nicht mehr sehr lang notwendig sein, Herr Unützer«, und sie meinten das Brennen der Koksöfen in der großen Fabrikhalle. »Es wird etwas anderes geschehen müssen, Herr Unützer!« Dann luden sie ihn mit einem Wink der Hände ein, er möge mit ihnen kommen.
»Man darf doch die Zeit nicht vergeuden und immer nur mit ein paar Dutzend Leuten dahinwerkeln, nicht wahr, Herr Unützer!« Diese Leute schienen Sebastian viel zu freundlich. Sie hatten eine böse Absicht mit ihm, wenn sie so freundlich redeten. Auf einem Bretterstapel legten sie die Blaupausen auf und beschwerten sie an den Ecken mit Betonbrocken. »Den ganzen Fabrikplan kennen Sie doch? Ja?« Den kannte Sebastian freilich. Es mußte ein Riesenwerk werden. »Die großen Hallen hier, nicht? Und hier und hier und an diesen

zwei Stellen enden die Feuerungsschächte der Unterwindanlage. Das ist alles richtig bis hierher. An diesen vier Stellen kommen in die Anlage die vier großen Schlote.«
Das wußte Sebastian auch. Er hatte die Einzelpläne in der Hand, dort waren die Feuerungen eingezeichnet, die er nicht machen durfte, und die Kamine, die eine Firma in festen Auftrag bekam.
Die überfreundlichen Leute meinten nebenher, der Herr Unützer könne das natürlich nicht allein bauen. Das gehe über die Möglichkeiten eines tüchtigen Handwerksmeisters, der sonst noch keine große Anlage ausgeführt habe. Der Herr Unützer möge zu einem Teil auf die Erfüllung des – ja nur mündlich getroffenen – Abkommens verzichten und sich mit der Mitarbeit an den Fundamentierungsarbeiten begnügen.
Sebastian sagte nein. Das sagte er sehr nachdrücklich, so daß die Herren sich etwas verlegen auf die Lippenbärte beißen mußten.
»Ich habe die Halle hergebaut, ich habe die Arbeit recht gemacht und habe sie schnell gemacht. Ein anderer hätte Ihnen das nicht in solcher Zeit gemacht, weil ihm die Leute nicht so an die Hand gegangen wären. Jetzt mache ich das andere auch, wissen Sie, nichts sonst, als die richtige Maurerarbeit. Die Bauleitung kann ich nicht nehmen, das hab ich nicht gelernt. Aber so viel kann ich, daß ich ein paar hundert Maurer so in der Hand behalte, wie Sie es wünschen.«
»Es dreht sich nicht um ein paar hundert Arbeiter. Mit drei- und vierhundert Leuten ginge das zu langsam, und mehr Leute können wir Ihnen wirklich nicht in die Hand geben, das müssen Sie auch verstehen. Sie verlieren sonst den Überblick.« Das verstand Sebastian auch. Man mußte mehr Leute an die Baustelle werfen, wenn man durchkommen wollte.
Er war in die Enge getrieben worden. Mit seiner Ausbildung, die nichts sonst war als die Laufbahn eines Maurers, der sich durch Arbeit und handwerkliche Fertigkeit zum Polier emporgearbeitet hatte. Mehr als ein Polier, der sehr viele Leute

unter sich hatte, war er bisher auch hier nicht gewesen und wollte es künftig nicht sein. Aber die handwerkliche Arbeit an dem ganzen Fabrikbau mußten sie ihm in der Hand lassen, auch wenn noch mehr Leute eingestellt wurden.

»Herr Unützer, Sie müssen überlegen: Wir haben nur noch einen Sommer zur Verfügung. Wenn der Sommer um ist, müssen wir einen Teil der Anlage in Betrieb nehmen können.«

»Gut! Ich behalte die Maurerarbeiten, Sie geben die nötigen Leute her, dann ist die Arbeit fertig, bis der Sommer um ist.«

»Das wollen Sie fertigbringen? Wir stehen in Unterhandlungen mit zwei Großfirmen, die geben uns diese bestimmte Zusage nicht.«

»Aber ich gebe sie. Reden wir nicht lang! Sie haben mich arbeiten sehen bisher, das muß genügen! Ich habe gesagt, der Fabrikbau wird fertig, aber die Feuerungen und Kamine muß eine Firma übernehmen. Dann geht es.«

Die Herren verabschiedeten sich von Sebastian. Sie waren nicht mehr so freundlich wie zu Beginn der Unterhaltung.

Die ganze Geschichte kam auf einige Tage ins Stocken. Dann wurde Sebastian ins Hauptbüro gerufen: »Herr Unützer, wir übergeben Ihnen einen Auftrag, der Ihre Möglichkeiten wahrscheinlich weit übersteigen wird. Die gesamte Bauleitung liegt in den Händen dieser vier Herren, die Sie hier sehen. Sie, Herr Unützer, sorgen für die Arbeit. Wenn die Abnahme zum ersten November erfolgen kann – in Frage kommen die hier rot ausgelegten Teile der Fabrik –, dann erhalten Sie eine Prämie von fünftausend Mark. Für jeden Tag, um den Sie die Ausführung der rein handwerksmäßigen Arbeit vor diesem Stichtag verkürzen können, wird Ihre Sonderprämie um je hundert Mark erhöht.«

Sebastian stand vor dem Tisch der Ingenieure und wankte. Fünf – fünftausend Mark – fünftausend Mark. Das war ein Heidengeld. Soviel Geld hatte er noch nicht sehr oft auf einem Haufen beisammen gesehen. Er wollte mit dem Kopf nicken, um ja zu sagen zu dem unerhörten Vorschlag. Als er rauh seine Zusage herausbrachte, war sie kaum zu hören über den Tisch hinweg.

»Sie bekommen Maurer zugewiesen, soviel Sie benötigen für den Bau. Das hat natürlich seine Grenze dort, wo die Leute sich in der Arbeit gegenseitig behindern würden. Über die Ziehung dieser Einstellungsgrenze entscheiden diese Herren.«

»Ja«, stotterte Sebastian.

»Schön, Herr Unützer. Hier ist ein straff gehaltener Arbeitsplan, der Ihnen in Abständen von je vierzehn Tagen genaue Anhalte gibt darüber, wie weit Sie mit Ihrer Arbeit im Vorsprung oder im Rückstand sind. Wenn Sie bis Mitte des Jahres jedoch so weit in Rückstand kommen, daß die Erfüllung der Abmachung dadurch glatt unmöglich wird, lösen wir ohne weiteres den Vertrag und übergeben die ganze Sache einer Baufirma, die selbständig arbeiten kann. Nicht wahr, Herr Unützer?«

»Ja«, sagte der Fischer wieder. Er langte mit der einen Hand nach dem Tisch, um sich festzuhalten, wenn er noch mehr ins Wanken kam. Die andere Hand zerrte aufgeregt am Hemdbünderl, das ihm den Hals wie ein Strick umschloß.

»Ja, meine Herren.«

»Lidwina, Lidwina! Geh her, Lidwina!«

Er riß die Arbeit ab und lief heim. Lidwina mußte es doch hören.

»Fünftausend Mark! Du, Lidwina, fünftausend Mark – schau mich nicht so an! Fünftausend Mark – aber das verstehst du ja nicht. Das wirst du nie begreifen. Nein, Lidwina, das wirst du einfach nie begreifen. Ich bekomme fünftausend Mark von der Gesellschaft, wenn ich am ersten November meine Arbeit fertig habe. Fünftausend Mark –«

»Das geht nicht mit rechten Dingen zu, Sebastian. Entweder sie geben dir fünftausend Mark für eine richtige, eine anständige Arbeit, oder sie geben dir nur dein Geld, das du alle Wochen so und so verdienst. Für eine Arbeit, die man sonst richtig bezahlt, gibt man nicht noch fünftausend Mark obendrein her. Sebastian, da stimmt etwas nicht. Kein Mensch hat fünftausend Mark zu verschenken, auch wenn er noch so reich ist. Nein, da stimmt etwas nicht. Das muß ich dir schon sagen.«

»Freilich, das mußt du schon sagen. Aber ich habe es gewußt: Das verstehst du nicht, und das wirst du nie verstehen. Laß, red nicht mehr viel davon, du verstehst es nicht, das hätte ich mir gleich denken können.«

Er war schon wieder etwas kleiner, als er vom Haus weg zur Zille ging. Justine mußte ihn auf der Mörn – das war immer der kürzeste Weg in den Hart hinunter – zur Baustelle rudern. Sie führte das alte Boot gut. »Justine, du hast wirklich etwas gelernt, du hast eine gute Hand bekommen für das Boot.« »Ja«, sagte Justine bloß. Was sollte sie viel darauf sagen? »Du, Justine, ich weiß etwas. Ich bekomme fünftausend Mark, wenn die Fabrik da unten am ersten November fertig ist. Fünftausend Mark, das ist ein Geld, Justine!«

Das war ein Heidengeld, fünftausend Mark. Justine nickte mit dem Kopf, es war ein Heidengeld. Als die Zille unruhig wurde in der letzten Windung des Flusses vor dem Hart, dachte sie an das obere Wasser, das viel ruhiger war, wenn sie mit dem Maschinenbauer in die Nacht hinein fuhr.

XII

Eine kleine Zeit hernach tauchte Peter wieder im Dorf auf. Er ging wie ein Handwerksbursch über die Brücke, sagte zum Mautner etwas hinüber und schob sich den Schlagbaum selber auf. »Man muß diese Geschichte auch einmal abschaffen, das mit dem Brückenzoll! Das ist noch eine alte Sitte, die man heute nicht mehr brauchen kann.« Der Mautner schüttelte den Kopf zu der Weisheit des jungen Menschen. Was war von dem auch schon viel zu nehmen? Ein Unützer, wenn er von einer längeren Abwesenheit wieder ins Dorf zurückkam, hatte meist auch die zwei Pfennige für die Maut nicht mehr in der Tasche.

Der sah auch nicht nach besonderen Reichtümern aus. Was er am Körper trug, war immer noch der gleiche Anzug, mit dem er im Herbst weggegangen war. Also war der auch nicht gerade in die fetten Jahre hineingefallen.

»Was?« meinte Peter, als Lidwina ihm sagte, daß er eigentlich recht heruntergekommen aussehe. »Was meinst du, Lidwina? Ich habe das Geld auf die Seite gelegt, wie es sich gehört für einen jungen Menschen.« Diesen Spruch hatte er von Wolfgang einmal gehört, Wolfgang legte immer jeden Pfennig auf die Seite, weil er in späteren Zeiten auch etwas haben wollte. Naja, er hatte es ja auch auf die Seite gelegt, dann hatten die Vagabunden in dem unsauberen Lokal es weggebracht.

Er sagte Lidwina, sie möge den Anzug bei Gelegenheit einmal ordentlich zurechtbügeln. Lidwina sagte, das wird Justine tun. Die hat eher Zeit als ich. Ja gut, dann machte es eben Justine. Wie ging es denn übrigens der Justine? Nun, wie sollte es der Justine gehen? Sie hatte ihm doch geschrieben. Dabei tat Lidwina bewußt falsch. Sie wußte doch auch, daß die Karte hinter dem Spiegel stak. Aber wenn der zur Tür hereinkam und gleich mit dem lauten Wunsch herausbrach, sie solle seinen Anzug aufbügeln, dann wollte sie gar nicht erst lang reden. Er solle nur sehen, wo Justine sich herumtreibe.

Peter traf aber zuerst noch mit Marianne zusammen. Daß sie immer noch an ihrem alten Platz saß, wollte ihn verdrießen. »Das geht doch nicht, Marianne, du wirst alt und hast es noch nicht viel weiter gebracht als eben zu einem Schankmädchen. Eine andere wäre –«

»Ich bin doch schon längst etwas anderes«, sagte Marianne sehr laut. Ja freilich, da stand eine andere am Schanktisch, und Marianne ging bei den Gästen herum mit der großen Tasche, die an der Bräuin immer gescheppert hatte. Marianne sah deswegen nicht vorteilhafter aus. Das Haar blieb in der Mitte gescheitelt, und das Gesicht war eckig und groß. »Mach dich doch auch einmal anders zurecht, Marianne! Das ist doch nichts für einen jungen Menschen.« Peter trank sein Glas Bier und bezahlte es. Man hat doch Geld, wenn man einen ganzen Winter lang in der Stadt gewesen ist. Man kann hernach sein armseliges Glas Bier wirklich bezahlen.

Walpurg war noch immer beim Herrn von Ruederer? So, das war recht. Die paßte in dieses Haus. Aber recht verdrossen schaute sie aus. »Es ist nicht das Rechte«, sagte sie zu Peter. Mit ihm war es wohl auch nicht das Rechte? So, doch? Wenn es ihm gut ging, sollte es ihr recht sein. Von den winterlichen Geschichten brauchte sie nichts zu erwähnen. Das sah Peter auch von weitem, daß in einem Winter manches anders geworden war.

So sehr Peter auch suchte – er konnte Justine am ersten Abend nicht finden. »Beim Fischen ist sie«, meinte Lidwina. Sie fischte oft sehr weit oben, sagte der Vater. Peter stellte sich vor den Onkel hin: »Was wird denn das? Alles die neue Fabrik?«

»Selbstverständlich die neue Fabrik«, sagte Sebastian. »Ich habe keine Zeit, du mußt dir Justine schon selber suchen, ganz oben wird sie sein in der Mörn. Die bringt wirklich etwas heraus. Ist ein tüchtiger Fischer geworden, die Justine.«
Peter mußte die Fabrik ansehen. Die Fundamente im Haupttrakt tappte er mit sachkundigen Fingern ab. »Siehst du, Onkel Wastl, die Maschinen, die auf diese Fundamente hinaufkommen, haben wir heuer im Winter gemacht. In der Fabrik habe ich gearbeitet und mitgeholfen, daß die Maschinen auch etwas Rechtes werden. Jawohl, da hab ich auch meinen redlichen Teil gewerkt.« So etwas wie diese Maschinen konnte ihm nicht mehr allzuviel Respekt abjagen. Es waren Maschinen, und mit diesen Maschinen machte man etwas aus der Luft. »Das ist ja schon eine alte Geschichte«, lachte Peter.
Trotzdem sagten die Leute: Es ist nicht das Rechte mit dem Peter. Er redet bloß, aber er sagt es nie, was mit diesen großen Maschinen gemacht werden soll. Etwas aus der Luft, das wissen wir schon lang.
Peter mußte zuerst Justine noch aufsuchen, ehe er ganz laut mit seinen großen Reden losschlagen wollte. Die ging an der Mörn entlang, sie hatte einen Blick auf das Wasser, und sie erschrak, als Peter ihren Namen sagte. »Du hast aber sonderbare Spazierwege, Justine.« Ach Gott, sie wollte gleich etwas sagen zu ihm, jetzt ging es noch nicht, sie schluckte an den Worten, weil Peter sie erschreckt hatte. »Wo kommst du denn her, Peter? Ich hab immer da hinunter gesehen, jetzt stehst auf einmal du bei mir –«
Das gefällt mir nicht, dachte Peter. Mit Justine muß etwas vorgekommen sein. Ich weiß ja, man soll nie wegfahren, daheim kommen lauter dumme Geschichten vor, wenn man nicht immer um die Wege ist. »Wo werd ich denn hergekommen sein? Daß ich schon seit gestern da bin, weißt du doch?«
Das wußte Justine schon. Peter war vor einem Winter noch recht gewesen, jetzt trat er ihr in die neuen Dinge. Er kam vielleicht wieder und verlangte ihre Mithilfe, wenn er etwas

vorhatte. »Was wirst du denn jetzt tun?« fragte sie. Die Frage paßte nicht, sie hatte keinen Sinn bei diesem Zusammentreffen.
»Was ich tun werde?« machte Peter zornig. Er spürte es deutlich genug, daß sie ihn abfahren ließ. Wenn er wieder kam mit einem Streich, wenn er Justine brauchte, die ihm in tausend kleinen Dingen geholfen hatte, dann tat sie vielleicht, als wisse sie von gar nichts mehr. Diese Sucht bei seiner Base mußte er rechtzeitig kurieren.
»Was ich tun werde, willst du wissen? Das kannst du erfahren. Jetzt, weißt du, Justine, jetzt schlag ich den Kassenboten nieder. Aber so, daß er tot ist!«
Justine schaute ihn bloß an. Sie war nicht größer geworden in der Zeit, das schmale Gesicht war ihr geblieben, bloß war das Gesicht jetzt offener, als wäre es in diesem Winter erst ein richtiges Gesicht geworden. So schaute sie ihn an, und sie meinte, während sie mit ihm langsam weiterging, er könne das schon machen. Wenn er schon keinen anderen Ausweg mehr sehe, dann möge er es doch machen.
»Umbringen, weißt du, Justine, ich nehm ihm nicht bloß das Geld, ich muß ihn wegbringen, sonst kommt alles ans Licht. Das mußt du verstehen.« Freilich, meinte Justine, das sei ihr auch klar. Er könne doch nicht eine Lehrlingsarbeit machen. Mit dem Wort machte sie den sauberen Vetter lahm. Die wußte also, die wußte von ihm, daß er gelogen hatte die ganze Zeit her? »Justine, das geht nicht, du darfst nicht so reden. Ich kann ihn doch nicht umbringen!«
»Natürlich«, sagte Justine, »das habe ich doch auch gedacht.«
Da war etwas los. Justine war zweifellos hinter einen Menschen gekommen, der ihr die Unmöglichkeit dieses Planes auseinandergesetzt hatte. Sie wußte, vielleicht vom Vater, daß Peter der Kassenbote der Gesellschaft war, der sich nicht selbst umbringen und berauben konnte.
Woher wußte sie es?
Sie wußte gar nichts. Aber weil sie eine andere geworden war

in diesem einzigen Winter, der eine ganz neue Welt aufgemacht hatte, darum fand sie diesen Peter aus der Welt von früher fremd. Sie konnte es nicht fertigbringen, daß sie sich da besonders erregte, wenn er wieder mit der alten Geschichte anfing. Und je zorniger Peter wurde, desto gleichgültiger blieb sie. Der Maschinenbauer war ein anderer Mensch als dieser Peter.

Dann wurde sie langsam wieder gegenwärtiger mit ihrem Denken. Peter sah arm und hungrig aus, er hatte einen schlechten Winter hinter sich. Als Justine so kalt blieb bei allem, was er versuchte, knickte die letzte Größe des Sprüchemachers zusammen. Justine blieb stehen und schaute ihn an. Er war vielleicht nicht unschöner geworden mit seinem Novizenbart, den er nie richtig wegbrachte aus dem Gesicht, aber der Hunger hatte ihm so weh getan, daß er sich im Gesicht abzeichnete.

Da begann Peter zu erzählen. Es ging nicht ohne laute Worte ab und nicht ohne ein paar große Bewegungen. Gezeigt hatte er es den Burschen ordentlich, die ihm das Geld genommen hatten. Sie blieben liegen wie gemähte Hasen, aber sein Geld bekam er dadurch nicht mehr. Das andere, das Hauptsächliche, was er ihr so erzählte, war nicht gelogen. Er hatte bei einem Kohlenhändler angefangen, dann war er in eine Fabrik gekommen. Mehr als ein schlecht bezahlter Maschinenputzer war er nicht geworden, aber – und er wurde wieder groß, ganz aufrichtig groß – er hatte mitgeholfen, die Maschinen des Kraftwerkes zusammenzusetzen, zu verpacken und für den Versand in Teilen bereitzustellen. Das war seine neue Wissenschaft, die er aus der Stadt mitbrachte.

Daß er unter den Leuten nun sagte, er habe alle Maschinen gesehen, er habe besonders die Anlagen der Fabrik mit herstellen helfen, das mußte man ihm, wo er Christofs Sohn war, schon nachsehen.

Justine war da auch nicht hart. Es war nun einmal so. Aber als Peter ihr erzählte, wie er sich durch diesen Winter bei der schlechten Bezahlung gehungert hatte, machte sie sich Vorwürfe, daß sie ihm nicht ein wenig unter die Arme gegriffen. Er war doch der Peter, sie dachte da weniger an den Sohn des Onkels Christof als an den Anstifter so großartiger Dummheiten.

»Und das andere, weißt du, Justine« – er machte eine abwehrende Bewegung mit der Hand, »das ist nicht wahr. Ich will dem Kassenboten nichts, einmal hab ich ihn umbringen wollen, aber es würde doch wahrscheinlich schief hinausgehen. Das kannst du deinen Schwestern nun auch sagen. Es ist nichts damit, Justine.«

Wenn er diese große Geschichte, von der er nun über Jahre weg prahlte, so kurzweg aufgab, dann hatte es seine Gründe. Er war ganz klein geworden, der Hunger hatte ihn richtig ausgehöhlt in diesem einzigen Winter.

Aber von ihr konnte er deswegen nicht verlangen, daß sie ihm von dem Winter erzählte. Es sei nicht viel vorgekommen. Der Vater sei immer fest in der Arbeit gestanden mit der Fabrik, und mit der Fischerei sei nicht allzuviel Geld zusammengekommen. »Du wirst jetzt bei der Gesellschaft wieder in Arbeit treten und – gelt, dem Kassenboten mußt du seine Ruhe lassen! Es ist ja eine furchtbare Dummheit, wenn du es machst.«

Je nun, Peter fuchtelte mit den Händen vor ihrem Gesicht herum, er hatte kein Interesse mehr, seit er gesehen hatte an den Leuten in der Stadt, daß es abscheulich war, einen Menschen arm zu machen und dann auf die Straße zu setzen. In der Wirklichkeit war es so, daß er diese Absicht jetzt verleugnete, weil er noch nicht wußte, wie er bei der Gesellschaft wieder ankam.

Den Versuch machte er fürs erste. Dort, wo Onkel Sebastian gestanden war, stellte er sich auch vor die großen Herren hin. »So, jetzt bin ich wieder da. Ich hab es im Herbst schon gesagt, daß ich nach dem Winter wiederkomme. Aber ich muß schon bitten, daß ich nicht meiner Lebtage lang als Mes-

sungsgehilfe herumlaufen muß. Ein etwas besserer Posten wäre mir angenehm. Wenn ich bitten darf, meine Herren.«
Da war die Meinung gar nicht mehr auf der Seite des jungen Mannes. Einen Kassenboten brauche man nicht mehr. Diese Sache habe sich von selbst in der Zwischenzeit anders geregelt. Und einen solch großen Apparat von Messungsbeamten wolle man auch nicht für die ganze Zeit behalten. Was war auch gar noch zu vermessen? Die Fabrik war schon im Bau, der Kanal wurde in diesem Sommer fertig. – »Vielleicht kommen Sie anderswo unter, Herr Unützer.«
Peter erlebte aber wirklich gar nichts Erfreuliches mehr nach seiner Rückkehr ins Dorf. Alles war anders geworden, Onkel Sebastian war vor lauter Arbeit nur noch selten für ein vernünftiges Wort zu haben, Justine hatte den Kopf bei anderen Sachen, im Werk brauchten sie keinen Messungsgehilfen mehr, seine Laufbahn hier war also zu Ende.
Er wollte es Justine sagen. Die lud ihn ein, er möge die Garne tragen zur Zille, daß sie selber frei und ordentlich nebenher gehen konnte. Da, im Gehen, erzählte er seiner Base das neue Mißgeschick. Man wolle ihn nicht mehr einstellen bei der Gesellschaft.
»Dann gehst du eben zu den Maschinenbauern!« Justine war mit ihrer neuen Meinung von der Sache sehr schnell fertig. Weil Peter so große Augen machte, als sie ganz leichtweg von den Maschinenbauern sprach, und weil ihr leid war um den verhauenen Kerl, den sie in der Stadt so arm hergerichtet hatten, verbiß Justine ihre eigene Geschichte auch nicht mehr lang.
»Du hättest eben nicht fortfahren sollen im Winter. Weißt du, Peter, da hab ich es von der Walpurg so gesehen und von den anderen Mädchen im Dorf. Ich bin zum Fischen gefahren wie früher auch, und der junge Maschinenbauer ist einmal hereingestiegen zu mir. Die Zille ist groß, ein zweiter Mensch kann leicht mitfahren, weißt du. Es ist nichts an der Geschichte, du mußt mich deswegen nicht so ansehen, als

wenn ich bös gewesen wäre. Er ist hereingestiegen zu mir in die Zille. Das ist alles.«

»Und da meinst du, ich soll auch zu den Maschinenbauern gehen? Das kann ich ja vielleicht machen, wenn sie mir eine gute Stellung geben. Ich hab doch was gelernt im Winter, ich bin ja bei diesen Maschinen gewesen –«

»Das sind die anderen Maschinen, Peter. Du hast bloß die Maschinen vom Kraftwerk gesehen, und die Maschinen für die Fabrik, das sind andere Maschinen.«

»Weiß ich doch alles. Das sind die Maschinen, mit denen die Luft verarbeitet wird. Übrigens, weißt du davon etwas Genaueres? Was sind das eigentlich für Sachen, die gemacht werden sollen mit diesen Maschinen und mit der ganzen Fabrik?« Das wußte Justine nicht. Sie mußte es Peter gestehen, daß sie mit ihrem Maschinenbauer sehr wenig darüber gesprochen habe. Der redete auch immer nur von weiß Gott was anderem, nur nicht von seinen Maschinen. Er arbeitete bei Tag mit einem verschmierten Anzug in der Fabrik, nur am Abend wurde er immer ein Mensch wie andere Menschen auch, und da wollte er nicht viel reden von seiner Arbeit, die doch eine sehr schmutzige Arbeit war.

Nun taten Peter und Justine doch wieder einmal, was sie schon so oft getan hatten. Sie saßen auf dem Rand der Zille und machten Pläne. Nicht mehr für große Dummheiten, sondern für die nächste Zukunft des Vagabunden. Am Abend wollte Justine ihren Maschinenbauer herzeigen. Da sollte er ihn anschauen und mit ihm reden. Er hatte zwar auch nichts zu sagen im Betrieb, aber wenn er mochte, konnte er ihm doch vielleicht eine kleine Arbeit zubringen.

Freilich, sagte Peter, bei den Maschinen wollte er sehr gern arbeiten. Das war etwas Neues, was die anderen Leute alle noch nicht kannten.

»Der ist es?« fragte er am Abend, als Justine einen Mann begrüßte, der geradewegs auf die Zille zuging. So, der ist es! No, ich will mich nicht schämen mit ihm. Man kann sich vielleicht sehen lassen mit so einem Mann, der am Abend in einem sauberen Anzug steckt. Justine sagte: »Das ist mein Vetter, der Peter. Von dem hab ich dir schon erzählt. Im Winter ist er in der Stadt gewesen, und jetzt möchte er unbedingt auch da heraußen an den Maschinen mitarbeiten.« Der Maschinenbauer wußte nicht viel darauf zu sagen. Er wollte lieber mit Justine mörnaufwärts fahren und von anderen Dingen reden als von Peter und den öligen Maschinen.

Dann stiegen sie aber alle dreie nicht in die Zille. Sie gingen mitsammen auf den Kiesbänken herum und redeten sich warm. Peter machte seine Worte nicht allzu groß. Er habe im Winter in der Fabrik gearbeitet, wo die elektrische Anlage fertiggestellt wurde für das Kraftwerk. Und der Maschinenbauer meinte am Ende, es sei gar nicht so ausgeschlossen, das mit einer neuen Beschäftigung bei seiner Firma.

Justine fuhr mit dem Maschinenbauer weg. Sie sagte Peter noch schön gute Nacht und lachte dann über das Wasser hin, daß Peter noch lang, als er schon eine mächtige Strecke gegangen war, ihr Lachen vom Wind zugetragen bekam. Er mußte selber etwas tun, das sah er ein. Darum stellte er sich am Morgen bei dem Ingenieur vor, der den Einbau der ersten Maschinen überwachen mußte. Ob man da Arbeit bekommen könne? »Ich bin Monteur, wissen Sie, nicht Maschinenbauer so in dem Sinn, aber ich hab doch lange Jahre bei denen gearbeitet, die da drüben auf der anderen Seite vom Wasser die Generatoren einbauen im Kraftwerk.« Der Mann zeigte lebhaftes Interesse an Peters Papieren, aber dafür hatte Peter ein heilsames Pflaster. Er konnte die Geschichte von dem Diebstahl in der Stadt so eindrucksvoll schildern, daß der Ingenieur etwas glaubte. In dem Fall müsse er eben besorgt sein, daß Zweitschriften seiner Zeugnisse beigebracht werden könnten. Selbstverständlich, schnappte Peter nach, selbstverständlich. Dann redete er von der Maschinenanlage drüben. Wenn er schon ab und zu an einer Drehbank gestanden war und beim Verpacken eines jeden Teils selbst Hand angelegt hatte, dann mußte er doch gut Bescheid wissen. Er kannte alles. Das war nun einmal schon Christofs Art gewesen, daß er bei allen Dingen mit offenen Augen war. Peter war aufmerksam bei der Arbeit gewesen, er kannte alle technischen Daten der elektrischen Anlage, er brachte in einer kurzen Unterhaltung sein ganzes Wissen los, ein buntes Gemengsel von aufgelesenen Weisheiten. Dem Ingenieur blieb kein Zweifel mehr darüber, daß dieser Peter Unützer (»Ich bin ja ein Neffe von dem Unützer da drüben, der die Fabrik baut. Den kennen Sie?«) wirklich Maschinenschlosser war, freilich auf einem wesentlich anderen Gebiet.

»Sie können bei uns eintreten. Die fehlenden Papiere müssen Sie eben später dann beibringen. Ich mache Sie aber darauf aufmerksam, daß wir Sie unter Umständen in die Fabrik abordnen müssen. Dort werden gute Maschinenschlosser benötigt. Mit der fertigen Anlage kommen Sie später wieder hieher und arbeiten beim Einbau mit. Guten Tag, Herr Unützer.«

Peter wußte nach einer Woche, was in der Fabrik hergestellt werden sollte, er hatte sich einigermaßen ungeschickt mit der Drehbank abgefunden und schaute den Maschinenbauern jeden Handgriff ab. Das genügte fürs erste. Weil er schon einmal den Onkel so gut zur Hand hatte, ließ er sich an jedem Abend nach der Schicht im fertigen Hauptbau einsperren und versuchte halbe Nächte lang, das zu machen, was die anderen Leute, die Gelernten, alle spielend leicht machten.

Seine Papiere kamen nie mehr zum Vorschein, man vergaß allmählich die Anforderungen von Zweitschriften der Zeugnisse, nachdem Peter mit viel schönen Reden erreicht hatte, daß auf seine Karte »Maschinenschlosser« geschrieben wurde.

Dann erst konnte er laut und groß vor die Leute treten:

»Was meint ihr, daß wir da für eine Fabrik bauen? Das wißt ihr nie, und ihr werdet es nie erfahren. Das nennt man ein Fabrikgeheimnis, versteht ihr? Ein Fabrikgeheimnis!«

Es war schon ein großes Ereignis, daß der Peter, der vor einem halben Jahr noch Messungsgehilfe war, jetzt auf einmal Maschinenbauer war. Die Unützer waren Teufelskerle, sie brachten es zu etwas im Leben. So einen wie diesen Peter hätte man weit und breit suchen müssen. Der konnte alles, der wurde in einem einzigen Winter ein richtiger Maschinenbauer. Sie sahen nicht viel von seiner Arbeit, aber wenn er so redete, mußte es wohl wahr sein. Mit dem einen Kerl da, an den sich die Justin vom Fischer hingemacht hatte, arbeitete er zusammen. Er war ein ganz gewöhnlicher Maschinenbauer. Von dem anderen, dem von der Fischer-Justin, sagten sie, er sei ein Besserer, ein Volontär.

Peter stand in dem unruhigen Betrieb des Fabrikbaues, er hatte nach ein paar Wochen wirklich schon Zeit, sich nebenher auch um andere Dinge zu kümmern. Er schaute seinem Onkel zu, der klein und flink geblieben war, der seine eigene Hastigkeit auch in die Leute hineinhetzte. Von dem, was man Sebastian versprochen hatte, wurde nichts laut im Dorf. Der Vertrag lag daheim, Sebastian hatte ihn vor allen neugierigen Augen gut weggeschlossen. Außer Lidwina und Justine wußte niemand davon. Dieses Papier daheim begann hier zu drängen, wo niemand von ihm etwas wußte.

Man stand noch zeitig im Jahr. Noch waren die Arbeiter beim Kanalbau nicht alle eingestellt, weil das Erdreich keine rechte Arbeit dulden wollte, solang noch ein Überrest vom Frost des Winters alles weich und glitschig machte. Sebastian hatte die Arbeiten an den Grundfesten schon anfangen lassen, als man die Erde noch in großen gefrorenen Blöcken herausheben mußte. Die Arbeit erfüllte ihren Zweck genauso. Man konnte mit dem Einsetzen der ersten Wärme die Schalungen einbauen. Dann durfte es weich und schlecht werden. Sebastian wollte sich durch gar nichts aufhalten lassen.

Dann setzte es ein.

Auf der ganzen Strecke des Kanals fiel der Schwarm der Arbeiter an. Zweitausend hatten im letzten Jahr gearbeitet.

Vielleicht waren es fünfhundert Leute mehr gewesen in diesem größten Abschnitt. Das wußte niemand genau. Jetzt kamen sie nicht mehr einzeln und tropfenweise. In ein paar Zeitungen war die Meldung verbreitet worden, daß noch Arbeiter gesucht würden für den Bau des Mörn-Kraftwerks. Das half nach. Auf der Salzstraße zogen sie in langen Trupps ein, sie rannten auseinander in die Häuser, die Bauern legten sich in die Ställe, weil die Betten halbwegs anständig bezahlt wurden. Jedes Bett brauchte man für die Leute, die ins Dorf kamen, nachdem es einmal laut geworden war, daß heuer das ganze Werk fertig werden müsse.

Sebastian meldete sich bei den leitenden Herren. Das könne so nicht mehr weitergehen mit den wenigen Leuten. Er habe die Zusage in der Hand, daß man Maurer einstellen würde nach Bedarf. Überall würden Leute eingestellt, die Maschinenschlosser könnten sich kaum noch umdrehen in der großen Halle, aber für ihn habe man nicht gesorgt. »Wenn ihr so weitermacht, wird der Bau nicht fertig!« Das gleiche sagten die Herren von der Bauleitung, unter deren Anordnungen Sebastians ganze Arbeit stand.

»Geht es nun oder geht es nicht?«

Doch. Es ging schon. Der Kanal half nichts, und das Kraftwerk half nichts, wenn die Fabrik nicht zur rechten Zeit fertig wurde. Darum bot man nun auch an Maurern alles auf, was beizubringen war. Sebastian zeigte es den Leuten schon, wie sie anfassen mußten. Vom Kanalbau weg wurden ein paar hundert Leute beigebracht, die ein paar Wochen zu schaffen hatten, bis der Boden aufgewühlt war in einem regelrechten Zickzack von weiten Gräben. Das ganze Holz, das einmal auf dem Platz geschlagen worden war, kam als sägehelle Bretterware wieder an den alten Platz, wo es einmal gestanden und gewachsen war.

Aus den Gräben wuchsen die Umfassungen der künftigen Mauern. Hundert Leute kamen und noch einmal hundert. Sie stießen sich mit den Ellbogen, weil sie nicht mehr Platz hatten nebeneinander. »Sehen Sie?« sagten die Ingenieure zu Sebastian. Er sah es schon! Freilich sah er es, wie die Leute sich rieben aneinander. Das war auch nur für die erste Zeit, bis alles aus dem Boden kroch. Hatte er denn nicht selber im Frost schon die ersten Grundfesten herausgemauert? Da sollten sie lieber nicht lang reden, sondern den Arbeitern sagen, um was es ging!

Im Dorf hatten die Menschen gehorcht, solang es Winter war, auf das Hämmern und Klopfen der Maschinenbauer. Ein Dutzend Männer in blauen Kitteln hatte gewerkt und geschlagen, und die Menschen im Dorf hatten hinuntergehorcht, wenn der Ostwind aufstand und alles Klopfen in die Straße zwischen den Häusern des Dorfes trug.

Jetzt horchten sie nicht mehr.

Was ein vereinzeltes Klopfen gewesen war im Winter, wurde ein einziger langer Schrei, der am Morgen um siebene ausbrach und wie ein gurgelnder Ton des Ertrinkens wegschwand, wenn aus dem Hauptbüro die Pfeife das Zeichen gab zum Schluß der Arbeit. Über dem Dorf schnitten die Bagger aus dem gelben Wiesenland noch den letzten Ranken heraus, bis der Kanal ganz weit und ganz glatt wurde. Das stieß nur, das polterte vielleicht in die Luft hinauf und ließ sich hören von den Leuten, die auf der Straße standen. Aber das Werk im Hart setzte sein Schreien am Morgen an und hielt es durch bis zum Schluß des Tages.

Da wurden die Leute taub gegen den ewigen Schrei. Sie schauten am Abend erschreckt auf, wenn das Laute, das Heisere zusammenlief, ein klein wenig nachschluchzend vom Kreischen einer Säge. Wo war das hingekommen? Wo blieb das Ächzen des Tages? Sie hörten das Laute nicht mehr, aber sie wußten dann, daß es laut gewesen war, wenn die Luft starr und bleifarben über dem verzettelten Haufen Häuser stand und der Schweißgeruch in der Straße lag für die halbe Nacht.

»Seht ihr?« fragte Peter die Bauern. »Seht ihr es auch, daß *wir* das machen? Der alte Fischer macht es, das ganze da unten. Und ich bin schon auch dabei. Ohne die Maschinen ginge es nicht. Das wißt ihr natürlich noch nicht. Das kommt hernach heraus, wenn die Arbeiter alle weg sind und nur die Fabrik dasteht. Ihr wißt es alle zusammen nicht, was ihr habt an dem, am Onkel!«

Es war heiß im Dorf, nachdem der Sommer schon so früh einsetzte. In den Wirtsstuben war es heiß von den sitzenden Bauern und den schreienden Leuten vom Kanal. Da wurden die Bauern auch lauter. Manchmal schrien sie sich an. Wenn die anderen schrien, mußten doch sie auch laut ihre Meinung sagen.

»Warum seid ihr denn so dumm gewesen? Ihr habt geschrien damals, als ihn die kleinen Leute ins Kollegium gewählt hätten! Was ist denn jetzt? Was helfen euch denn die anderen, die drin sind? Der da unten macht allein das ganze Dorf reich, und ihr habt ihm Steine nachgeworfen. Ist es so?«

Es war selbstverständlich so, aber Sebastian sagte es den Leuten gar nicht ins Gesicht, daß es so war. Er stand seinen lieben langen Tag in der Fabrik, er hatte unruhige Hände bekommen, seit die Arbeit in diesem Jahr so fest anlief. Aber in allem sonst war er der alte geblieben. Er brauste auf, wenn die Waage ihr Wasserauge ein wenig nur nach der Seite verschob beim Messen, er warf die Meßlatte den Arbeitern vor die Füße hin, wenn das Lot ausschlug. Zu anderen Zeiten hätte er das Messer gezogen, das nie einen festen Sitz gehabt hatte in der Tasche. Aber von der Bedeutung der neuen Würde war ihm doch einiges bewußt, so daß er nicht mehr bei einer Kleinigkeit große Geschichten machte.

Er war doch schon alt geworden, seit er die erste Baracke gebaut hatte. Wenn er nach dem Abpfeifen der Schicht langsam die Meßlatte aus der Hand gleiten ließ und mit vorsichtigen Schritten, als wolle er ihre Sicherheit nur erproben, auf den schwankenden Gerüstbrettern noch einmal um den einen oder anderen Hallenbau ging, dann war das schon wirkliche Müdigkeit. Das Wasser hatte vielleicht die Knochen empfindlicher gemacht, es war nicht gut, wenn man halbe Tage im Wasser stand. Heute machte es Justine genauso, wie er es einmal gemacht hatte. Davon bekam man harte Füße vor der Zeit, und der Rücken wurde steif.

Trotzdem ging Sebastian in einer erzwungenen Beweglichkeit über die Laufbretter und Treppen, und er meinte, es sei doch verwunderlich, daß Lidwina nicht auch so locker blieb in den Gliedern. Er mußte eben locker bleiben, weil man ihm ganz andere Aufgaben gestellt hatte.

Alles mußte gut gehen, wenn er so weitermachte. Auf den ersten November war noch ein mächtiger Weg hin. Ein ganzer Sommer noch, und es war so früh losgegangen heuer mit dem richtigen Bauwetter. Die Herren Bauleiter freilich waren nicht ganz der Meinung wie Sebastian. Sie waren wie die Hunde hinter ihm her und waren nur schwer zufriedenzustellen. Nach dem ersten Abschnitt erinnerten sie den Polier Unützer an die eingegangenen Verpflichtungen. Er müsse doch bis zu diesem Tag so weit sein, »so weit – sehen Sie, Herr Unützer, hier haben wir die Grenze des Projekts noch nicht erreicht, auf dem Baugelände zwei haben Sie schon eine Kleinigkeit über den Voranschlag gearbeitet, ebenso auf Abschnitt drei bei den niederen Lagerhallen. Aber hier sehen Sie etwas anderes: Da sind Sie um wenigstens zwei Wochen Arbeitsleistung zurück. Denken Sie, daß dieser Ausfall in der nächsten Etappe nachgeholt werden kann?«

Das konnte Sebastian den Leuten nicht sagen. Er hatte doch immer gemeint, mit seiner Arbeitsleistung sei er in der Zeit her schon gut vorausgekommen. Er blieb den Herren seine Antwort schuldig. Daheim holte er den Vertrag aus dem Kasten und setzte sich eine halbe Nacht lang darüber. Es blieb bei dem großen Vorwurf, daß er im ersten Abschnitt schon steckengeblieben war. Wenn er nicht anders losschlug, fiel ihm der ganze Vertrag aus der Hand.

»Justin!« Justine schlief schon lange. So spät in der Nacht war

sie nicht mehr mit der Zille unterwegs. Der Tag hatte sie müd gemacht.
So lag sie in der Kammer: mit leicht aufgelöstem Haar, die Augen bis auf einen dünnen Strich geschlossen, und durch den offenen Mund atmete sie die kalte Luft ein, die von der Mörn heraufkam. Sebastian war schon seit Jahren nicht mehr in die Kammer Justines gekommen. Er mußte erschrecken, als er sie auf dem Bett, kaum ein wenig zugedeckt, so liegen sah. Immer noch war er in dem Glauben gewesen, daß er junge Mädchen um sich hatte, die gerade aus der Schule waren. Aber ja – er hatte der anderen, der größeren, schon öfter sagen müssen, sie solle ein anständiges Mädchen bleiben. Das hatte seinen Grund gehabt. Jetzt erschrak er, weil er wußte, daß er irgendwo einen Buben hatte, der schon in dem Alter war, daß er auch mit dem Bauen eines Auslegerbootes anfangen konnte.
Und statt der drei henkelzöpfigen Mädchen hatte er drei Frauen um sich. Er war alt geworden mit dem Bauen und mit den neuen Dingen, die das Dorf umkrempelten.
»Justin! Du mußt doch nicht lachen, dumme Gans, wenn ich dich wecke mitten in der Nacht!«
Sie schaute jetzt auf. Den Vater in der Kammer zu sehen war sie nicht gewohnt.
»Was ist denn?« Die Augen blieben so eng fast, wie sie im Schlaf gewesen.
»Justin, ich hab dir das noch sagen müssen: Laß morgen das Fischen bleiben! Geh lieber am Kanal hinauf, von einem Abschnitt zum anderen, und frag überall nach unserem Wolfgang. Dem brauchst du dann gar nichts sonst zu sagen, als bloß das eine, daß er heimkommen muß. Sagst ihm, der Vater braucht ihn!« Justines Augen wurden im längeren Schauen auf das Licht und das sonderbar schreckige Gesicht des Vaters immer größer. Da ging es nicht bloß um irgendeine Arbeit, wenn der Vater so aussah und sie mitten in der Nacht weckte.
Mit dem ersten Schimmer Taglicht ging Justine weg. Es dau-

erte lang, bis das Leben der Arbeit begann auf der Strecke. Nur selten konnte sie einen Menschen finden, der ihr Auskunft gab, wenn sie nach dem Arbeiter Wolfgang Unützer fragte. Wolfgang – Unützer – – kannte man hier nicht. Das hatte Justine nicht anders erwartet.
Wenn der Bursch irgendwo zu finden sein konnte, dann höchstens ganz oben, in den ersten Abschnitten.
Mit nackten Beinen ging Justine in den heißen Tag hinein, immer am Kanal hin, auf den vielen Fußwegen, welche die Arbeit getreten hatte. Sie fragte wieder und wieder nach dem Arbeiter Wolfgang Unützer, und immer wieder schüttelten die Gefragten die Köpfe. Er wird eben weiter oben sein.
»Ist übrigens gar kein übles Mädchen, die Kleine da, die nach dem Unützer fragt. Vielleicht ist sie dem seine –«
»Wird sie sein, freilich, das wird sie sein.» «He, paß auf, Kleine, wie wär es denn mit mir? Laß deine Sucherei sein und bleib bei mir! Kannst morgen früh auch weitergehen!«
Dann nahm Justine den Kopf enger zwischen die Schultern und zupfte ganz vorsichtig und unauffällig am Rock, daß er mehr von den Beinen deckte. Es war und blieb so mit den Menschen: Sie fragten alle nach der Gasse hinaus, ob sich niemand finden wollte für ihre eilige Liebe. Das wollte Justine nicht anders machen. Sie ging nur eine Kleinigkeit schneller und nahm den Kopf leicht zwischen die Schultern.
»– den Wolfgang Unützer? Er wird im Abschnitt zwei sein. Ja. Mach deine Sache gut, Kleine!«
Das war um Mittag. Mit dem weiteren Suchen auf der langen, langen Strecke verrann der Tag, dann wurde es dunkel, und Justine hatte den Bruder noch nicht gefunden. Irgendwo in einem Bauernhaus, zwischen Ochs und Heu, halb im Arbeitsgewand noch, fand sie ihn. Da war es schon sehr spät, und der Vater hatte doch gesagt, sie müsse den Wolfgang gleich herbringen. »Hast du keinen besseren Platz zum Schlafen gefunden?« Ah doch, es gäbe schon viel bessere Schlafstellen, aber hier sei es billig, und ein Unützer könne

das schon aushalten. »Du, Wolfgang, paß einmal auf! Der Vater braucht dich, du mußt gleich heimkommen, deine Arbeit mußt du zurücklassen. Der Vater sagt, daß er im Dorf eine Arbeit hat für dich, die wichtiger ist. Nachher mußt du eben kommen!«
Wolfgang überlegte eine kurze Zeit. Dann drehte er die Dekke zusammen, wischte vorsichtig jeden Halm Heu aus der Decke und dem Anzug, um sauber vor seiner Schwester dazustehen. »Du hast dich gut ausgewachsen, Justine!« Er griff sie ein wenig ab in den Formen. »Wenigstens kann man sich sehen lassen mit dir. Und der Marianne geht's auch gut? Und der Walpurg?« Dann war er fertig. Er weckte einen mürrischen Bauern: »Schau, daß du morgen meine Karte bekommst, die schickst du mir nach. Und da hast du dein Geld fürs Schlafen. Bhüt Gott!«
Von der Arbeit redete der Wolfgang und vom Kanal, der soviel Geld gekostet habe. Dann wußte er wieder von den Möglichkeiten des Verdienens ein Wort zu sagen, und er vergaß nicht, seinen Capo einen guten Menschen zu nennen. Als sich damit sein kleiner Kreis erschöpft hatte, ging man ohne ein Wort zu sprechen durch die Nacht. Justine platschte mit den Füßen, weil sie nackt waren, und Wolfgang hatte einen schweren Schritt mit den genagelten Schuhen. Es ging nach einer Weile im Takt, aber es verlor sich wieder, wenn Justine ihre Sachen dachte und Wolfgang sich erinnerte an seine alte Arbeit. Es war schön gewesen, und um keinen Menschen sonst hatte man sich kümmern müssen.
Mit dem Tagläuten gingen sie durch die Tür.
Es war eine lange Nacht gewesen. Sebastian schob seinen Buben ins Bett und wollte Justine auch vernünftig zureden. Aber die war mit dem Garn gleich wieder weggegangen und schlief in der Zille, wo es nach überständigem Wasser und nach Algen roch. Sie schlief den Tag durch und zog am Abend das Garn zur Hälfte über den Körper. Dann konnte sie es aushalten in der Nachtfrische, die auf dem Wasser nie ausblieb.

Als auch Wolfgang seine verlorene Nacht eingeholt hatte, sagte ihm der Vater seine Meinung über den großen Fabrikbau: »Weißt du, Wolfgang, das muß fertig werden. Wenn ich bis Allerheiligen nicht fertig bin, darf ich mir einen Strick kaufen. Du gehst jetzt ins Büro, meldest dich an, sagst, daß du der Bub vom Polier Unützer bist. Dann müssen sie dich als Maurer einstellen. Ich finde schon eine richtige Arbeit für dich, die mehr wert ist als das Steinesetzen und Mörtelpatzen.«

Weil er der Sohn vom Polier war, wurde Wolfgang eingestellt. Sebastian verlangte für ihn den Lohn eines gelernten Maurers und bekam ihn. Denn er brauchte diesen Menschen, um fertig zu werden. Wolfgang trat ein, bekam seine Kontrollkarte und ließ sich ein paar Tage herumschieben wie eine Räderpuppe. Da sollte er arbeiten, und dort sollte er arbeiten. Dabei kam er sich recht überflüssig vor unter so vielen Menschen.

»Die Augen aufmachen! Die Leute anschauen und hintenherum auch etwas sehen!« schrie ihm Sebastian ins Gesicht. Dann machte er die Augen auf und plagte sich, etwas zu sehen, was ihm dienlich sein konnte. Beim Gerüstbauen und beim Abbrechen stellte ihn Sebastian auf einen Platz. Das war schon wieder eine Woche später. »Das machst du jetzt, und das andere sag ich dir zur rechten Zeit wieder!« Also arbeitete Wolfgang im ewigen Wechseln der Gerüste. Was er mit wenig Geschick angefangen hatte, lernte er, weil es seine Aufgabe war und weil das Werk ihm den Lohn eines gelernten Maurers zahlte.

Sebastian ging zu Peter hinüber in die große Halle. »Was wird mit dir sein? Kann man dich auch einspannen?«

»Warum?« fragte Peter und klopfte weiter. Der Onkel sollte es wahrlich auch sehen, wie er sich als Maschinenschlosser gebärdete. »Weil ich dich drüben bräuchte. Peter, es wird eine abscheuliche Arbeit. Am Allerheiligentag muß der ganze Bau da drüben fertig sein!«

»Alles? Da – da – da – rundherum alles?«
»Alles!«
»Ich kann nicht«, seufzte Peter. »Ich bin Maschinenbauer geworden und darf meine Firma nicht im Stich lassen. Übrigens muß ich nächste Woche in die Stadt. Es geht nicht, Onkel Wastl.«
Danach arbeitete Sebastian ohne Peters Hilfe weiter. Peter klopfte auf seinem Gußrohr weiter, und was er tat, hatte nicht sehr viel Sinn. Aber es machte Lärm, und Peter fühlte sich wichtig dabei.
Als er im Auftrag des leitenden Ingenieurs in die Stadt fahren mußte, glaubte er nicht mehr allzu fest daran, daß er noch lang in Diensten der Firma stehen werde. Bisher war es mit viel schönen Reden und einem verbissenen Ehrgeiz recht gut gegangen, jetzt durfte er wahrscheinlich das reumütige Geständnis machen, daß er noch nie Maschinenschlosser gewesen war. Aber weil man es schon verlangte von ihm, fuhr er in die Stadt.
Zur gleichen Zeit stand Wolfgang schon wie ein breitbrüstiger Spannochs im Geschirr. Er hatte den Vater insoweit verstanden: Man verlangte von ihm schwere Arbeit, weil der Fabrikbau bis Allerheiligen abnahmebereit fertig sein mußte. Und jemand im Dorf war froh, daß es so gegangen war: Lidwina.
Sie blieb so, wie sie immer gewesen war. Hart und bäuerisch und eckig im Gesicht, und das Tun ihrer frostverkrüppelten Finger war nicht anders als zu anderen Zeiten. So konnte niemand es sehen, daß sie froh war um ihren einzigen Buben, den Sebastian selber ins Dorf geholt hatte. Der Mann war ja, seit er mit dem Versprechen der fünftausend Mark heimgekommen war, an seine Arbeit an der neuen Fabrik verkauft. Aber Wolfgang war wieder im Dorf, Wolfgang schlief im Adamhaus, und Lidwina hörte am späten Abend seine schweren Tritte auf der Stiege tappen, wenn er nach Hause kam. Sie war zufrieden, daß er bloß noch durch ein paar Zimmerwände

von ihr weggetrennt war. Und das sollte immer so sein. Den ganzen Sommer durch. Bis Allerheiligen. Lidwina war zufrieden. Sie konnte zufrieden sein, denn mit Justine war das, die Geschichte damals, auch nicht so gewesen, wie sie gefürchtet hatte. Justine ging Tag um Tag ihrer Fischerei nach, Justine arbeitete immer bis in die Nacht hinein, Justine war ganz offensichtlich ein anständiges Mädchen, das sich mit einem Mann gar nichts anmachte. Es war wohl nichts gewesen damals mit den blauen Ringen unter den Augen und mit dem vielen Kirchengehen.

Das Schreien, das über dem großen Gelände der Fabrik lag, wurde nicht mehr lauter. Daran hatte das Dorf sich gewöhnt, und Lidwina schaute nicht mehr erschreckt in den Hart hinunter, wenn mit dem Pfiff zum Arbeitsschluß das laute Werkeln abriß. Es war doch alles anders geworden, seit Wolfgang da drunten stand und mit seinem Vater arbeitete.

Sebastian setzte für einen Tag in seiner Arbeit aus. Er schob seinen Buben hin auf den Platz: »Du verstehst gar nichts davon, aber einen Tag lang mußt du so tun wie ich. Und wenn dich von den großen Herren einer anschreit, dann gibst du ordentlich heraus und schreist auch!«

Dann ging er in die Hofmark und suchte ein paar Maurer zusammen, die noch bei den Bauern in Arbeit standen. Er fragte den Posthalter, ob er nicht für einen Tag das Wägerl haben könne. Warum denn nicht? Er zahlte auch nicht schlechter als ein anderer Fahrgast, und er richtete wenigstens etwas aus, wenn er so einen Tag lang von Dorf zu Dorf herumfuhr und die Maurer zusammensuchte. Recht viele Maurer waren wirklich nicht mehr aufzutreiben, aber der Tag war nicht umsonst vertan, und das Geld, das er verfahren hatte, kam im späten Herbst wieder herein.

Man machte keine freundlichen Augen, als der Fischer seine neuen Leute am Morgen vorführte. »Die arbeiten jetzt mit!«

»Nein«, sagten die Herren. »Sie haben schon zuviel Leute, die rennen sich ja gegenseitig mit den Ellbogen übers Gerüst.« Da packte Sebastian seinen Vertrag wieder aus, und er machte den Herren ein kleines Zugeständnis: Sie durften von den ungelernten Arbeitern ebensoviele wegschicken vom Bau und sie anderswo verwenden. Nun, das konnte man annehmen. Sebastian durfte seine neuen Leute in die Schicht führen.

»Wolfgang!«

Wolfgang arbeitete still und wütend. Sebastian zog ihn am Joppenflügel von der Arbeit weg. »Wolfgang, ich sag dir bloß – die Geschichte geht zu langsam. Treiben mußt du schon ein wenig, nicht alles allein tun! Die Leute dürfen uns nicht einschlafen bei der Arbeit!«

Als ob die zum Schlafen gekommen wären! Wolfgang jagte doch hinter ihnen her wie ein Schäferhund. Nun wollte er eben noch schneller treiben, wenn der Vater es so haben wollte. Er konnte die Leute treiben, er durfte auch manchmal ein lautes Wort sagen, weil er selber für zwei Leute arbeitete. Sebastian wußte, wie er den Buben anfassen mußte, über den man bei der Werksleitung nie eine berechtigte Klage zu führen hatte. Wolfgang stand im Ansehen der vorgesetzten Herren, er wurde von den Herren erst recht geachtet, als er eine festere Stimme bekam und mit einem lauten Wort den Fortschritt der Arbeit diktierte.

Die Hitze eines brütenden Sommers stand darüber.

Wenn die Tage schrien, dann versuchten die Nächte es noch lauter mit krachenden Gewittern, die den Staub auf den Straßen einsogen und den stechenden Geruch von Schweiß, der immer in der Straße stand, verwischten. Da stand Lidwina am Fenster und schaute dem Furchtbaren zu. Ihr war nach Gottesstrafe und Gericht zumut, aber Sebastian lag im tiefen Schlaf unter der Decke und hörte von allem nichts. Wenn der nicht die Ruhe verlor, der doch den allerersten Faden dieser großen Dinge in der Hand gehalten hatte, dann durfte auch sie ruhig schlafen, wenn draußen ein Wetter über das Dorf fegte wie ein Gottesgericht.

Das Arbeiten an der Fabrik hielt kein Unwetter und kein Brüten der Sonne auf. Die Menschen, die halbnackt auf den Gerüstbrettern standen, mußten arbeiten und das ganze Werk vorwärtsbringen.
Sie mußten!
Wenn sie langsam und gemütlich ihre Beschäftigung haben wollten, dann gab es bei den Bauern draußen vielleicht noch Arbeit, die nicht drängte und nicht auf den Tag fertig sein mußte.
Arbeiten!
Sebastian ließ sich von Lidwina das Essen an die Baustelle bringen. Einmal brachte es Lidwina selber, dann kam vielleicht auch Justine manchmal. Was sie brachten, schaute Sebastian gar nicht erst an. Ein großer Bierkrug stand auf dem Steinsockel, der Sebastians Eßtisch war. Neben dem Krug saß der Fischer und löffelte hastig das hinunter, was Lidwina ihm schickte. Es schmeckte immer nach dem gleichen: immer nach dem Schweiß, der von den mageren Backen niederperlte. Zwischenhinein redeten sie ein paar Worte vom Wetter, von den großen Gewittern, die gekommen waren in den Nächten. Lidwina sagte, die Nächte seien alle so schwül, und Sebastian kannte nur das eine, daß die Tage heiß waren wie noch nie in einem Sommer. Von der Arbeit wurden die Tage heiß, darum schmeckte das Essen jeden Tag nach zuviel Salz.
»Weiter! Was ist denn, Kinder, wir müssen doch heute den Flügel aufmauern auf Fensterhöhe! – – Ja, Lidwina, das kannst du der Justin noch sagen, sie soll da draußen bei der Fabrik die Mörn noch gut ausfischen. Was wir herausbringen, gehört uns. Weißt du, im Herbst wird nicht mehr viel zu fischen sein da unten, wenn einmal die Abwasser hineingeleitet werden. Aber, Herrgott noch einmal, was glaubt denn ihr da drüben eigentlich? Ich hab gesagt, auf Fensterhöhe müssen wir kommen! – Lidwina, mach jetzt, daß du das ganze Zeug da wegbringst! Gib den Rest einem Hund, ich hab nicht mehr Zeit!«

Das Eßgeschirr fiel polternd auf den Boden, und von irgendwoher schlich sich ein Hund an die Stelle, um Sebastians Auftrag auszuführen.
Manchmal meinte Sebastian, er sehe überhaupt keine Bewegung auf dem ganzen großen Baufeld. Es war doch zuviel, es war eine kleine Stadt, was er da sauber und handwerklich gut in die Höhe treiben mußte. Alles schien stillzustehen. Die Mauern wuchsen wohl da und dort um einen kleinen Ruck in die Höhe, aber das Ganze, die Fabrik, diese neue Stadt wollte nicht wachsen. Die Hände der Leute schienen nur noch ins Leere zu tappen, wenn sie Ziegel aufnahmen, auflegten, Mörtel aufstrichen in langen Bändern.
Und immer wieder kam die Meßlatte!
Freilich, er hatte es selbst angeordnet, es mußte sauber gebaut werden, das Bauwerk durfte keinen Fehler haben, wenn die Fabrik stand. Aber das langsame Hantieren mit Lot und Latte hielt die Leute auf. Er wollte es selber wieder tun. »Gesehen!« – »Gesehen!« Die Latte ging weiter, auf das nächste Mauerstück, das Lot pendelte an einer anderen Ecke nieder.
»Das ist nichts, damit kommen wir zu gar nichts! Abreißen, das ganze Stück da, zwölf, vierzehn Zeilen abreißen. Schaut doch her! Ist das ein Maß? Glaubt denn ihr, die Ingenieure sind Narren, daß sie eine solche Schlamperei nicht einmal sehen? Das muß abgerissen werden, und wenn es ein zweitesmal noch nicht stimmt, dann schaut euch alle zusammen bei einem Bauern um eine faulere Arbeit!« Er ging und ging.
Sein Körper wippte leicht und jung auf den Gerüstbrettern hin und her. Aber das Junge, das Federnde war nicht mehr in ihm. Die Bretter wippten, und der Körper gab ihnen leise nach. Dabei sagten die Maurer auf dem Gerüst: »Er ist noch jung und wirft einen faulen Kerl hinunter, wenn es sein muß.«
»Hopp!« schrie Wolfgang. Er schrie den Vater an, wenn er im Weg stand. »Das Gerüst kommt höher. Du mußt weggehen!« Dann schaute Sebastian nebenher auf ein paar Augen-

blicke zu, wie der Bub mit seinen Leuten das Gerüst hochbrachte. Er beugte sich unter einem Bretterstapel, er knurrte ein wenig und hatte das Gewicht in der Höhe. »Wolfgang, du bist doch ein Kerl, an den ich bisher viel zu wenig gedacht habe. Du bist mir lieber als die fünf besten Leute am Bau. Brav, Wolfgang!«

Solche Dinge blieben unausgesprochen. Im Denken lobte Sebastian seinen Buben wohl, aber was er laut herausbrachte, war nicht mehr, als was er zu anderen Leuten auch sagte.

Die Fabrik wuchs.

»Herr Unützer, man darf Ihnen eine kleine Anerkennung aussprechen!« So redete der leitende Ingenieur. Alles, was sich im Werk herumtrieb, nannten die Leute Ingenieur. Der eine Ingenieur von der Bauleitung, der das größte Wort zu reden hatte, langte dem Fischer leicht auf die Schulter: »Wirklich, Herr Unützer. Wir haben eben das Abkommen durchgegangen. Wir haben heute den letzten Juni, sehen Sie her! Und hier! Und hier noch einmal! – Einen kleinen Rückstand haben wir beim Bau der Halle sieben.«

»Ist uns einmal ein Pech passiert mit dem Fundament, das wissen Sie doch?«

»Natürlich, es macht auch nicht sehr viel aus. Wir kommen durch, Herr Unützer, das ist die Hauptsache!«

Ewig und immer »Herr Unützer«, immer diese glatte Höflichkeit. So konnte Sebastian nicht sein zu den Leuten. Er schrie sie an und rannte ihnen die Steine über die Mauer hinunter, wenn eine Zeile schlecht gelegt war. Nun, was das Anschreien betraf, da konnte man den Herren Ingenieuren auch nicht das Allerbeste nachsagen. Sie hatten wahrlich alle eine Stimme, daß Sebastian ganz klein wurde, wenn einer loslegte.

Jetzt im Augenblick war es eben anders. Der Bau war weit genug, da brauchte niemand zu schreien. Da sagte man halbwegs freundlich »Herr Unützer« und klopfte vielleicht gar dem Maurerpolier auf die mörtelverspritzte Schulter.

Also mußte Sebastian auch nicht die gröbsten Töne anschlagen. Er ging seinen Bau wieder ab, schaute überall in die Mauerrichtung, nahm einmal das Lot zur Hand und stieß einen vorstehenden Stein mit der Faust in die Zeile zurück. »Da hilft uns jetzt nichts, wir müssen schauen, daß wir vom Fleck kommen. Mitte Oktober möchten die Herren das Werk einlaufen lassen.« Die Maurer schauten dabei über ihre endlose Mauerlänge hin, zu den anderen Maurern hinüber. An zweihundert, an dreihundert Stellen wurde gleichzeitig gearbeitet. Da konnte man sogar eine Stadt bauen bis zum Oktober.

Sebastian vergaß es bald wieder, daß er seinen Termin eingehalten hatte. Nach etlichen Tagen war er wieder gleich lebendig hinter den Leuten her, da redete er schon nicht mehr so leicht. Er trieb, als wäre er um die Leistung eines ganzen Arbeitsmonats hinter dem vorgesteckten Plan zurück, und seine Art war wieder die gleiche Hastigkeit, über die seine Arbeiter murrten.

»Was ist denn? Macht keine Geschichten! Wenn wir zum Arbeiten beisammen sind, wird auch gearbeitet. Die Dummheiten machen wir am Abend, wenn wir nicht zu müd sind. Ich wäre am Abend schon zu müd dazu.«

»Nana«, brummte es auf dem Gerüst, »du wirst wahrscheinlich müd, wenn wir für dich arbeiten! Den Polier spielen und die Leute treiben bei der Arbeit, das könnten wir auch, und wir wären nachher am Abend nicht müd.« Irgend etwas davon hörte Sebastian auch. Darum zeigte er es ihnen einmal, wie man eine Ecke aufsetzt. Er ließ an zwei Ecken anfangen und schob den einen Maurer weg. Der andere, der gebrummt hatte, mauerte die Ecke gegenüber, und dem wollte Sebastian seine Art zu arbeiten zeigen. Er stellte sich vor das angefangene Mauerwerk, zog das Mörtelschaff heran und begann nun aufzusetzen. Die Zeile setzte sich hin, der Hammerstiel klopfte ab und zu an einen Stein, der eine Nase ins Freie hinaus machen wollte. Sebastian brauchte keine Meßlatte, wenn

er selber mauerte und nur ein kleines Stück von der Spannweite der zwei Arme überschauen mußte.
Auf die erste Zeile kam eine zweite, eine dritte. Sebastian legte ein Mörtelband hin, das er nicht erst mit den Steinen und dem halben Körpergewicht zurechtdrücken mußte. Der andere drüben sah den Vorsprung, er faßte auch fester zu. Nach einer Stunde warf Sebastian die Kelle in das Mörtelschaff und ging zum anderen Pfeiler hinüber. »Na? Was ist nachher jetzt? Willst du noch weiter brummen, oder willst du es nachmachen? Weißt du, wegen einer solchen Kleinigkeit wird man noch lang nicht müd. Und noch dazu, wenn man um vier Mauerzeilen in der Stunde zurückbleibt!«
Unter den Leuten im Dorf wurde das erzählt, was Sebastian mit dem Schreier gemacht hatte. Früher hätte er es anders gemacht, sagten die Bauern. Sie meinten den leichten Griff in die Messertasche. Aber der alte Kerl wurde auch vernünftiger. Heute machte er es mit der Kelle aus.
In den Juli hinein fiel auf einmal der Regen.
Man hatte sich so leicht an das heiße Wetter des ersten Sommers gewöhnt, daß niemand an einen langen Regen geglaubt hatte. Lidwina hatte in den Nächten den Gewittern zugesehen. Sie hatte auch das letzte angesehen, das sich nicht wie die anderen gegen Morgen ausgeklart hatte, sondern stehengeblieben war, um nach ein paar Stunden zurückzukommen.
»Das bedeutet einen langen Regen«, sagte der Fischer. Er kannte das Wetter, wo er Tag für Tag mit der Zille draußen gewesen war.
Im ganzen Werk sah man verdrossene Gesichter, als der Regen einmal seine fünf, sechs Tage anhielt. Sebastian hatte sich um die offenen Bauten bisher wenig gekümmert. Es war besser so gewesen, wenn die Sonne über den jungen Mauern brannte und das frische Mauerwerk austrocknete. Jetzt hätten aber die Dächer über den Neubauten sein sollen, um den Regen abzuwehren. Die Mauern wurden obenher ausgewaschen, sie sogen sich voll Wasser und hielten später vielleicht

den Verputz nicht mehr. Drüben im Kraftwerk hatten sie ein leichtes Arbeiten. Die waren mit ihrem einzigen Bau längst unter Dach gekommen und arbeiteten nun sorglos dahin, vom Regen der langen Tage nicht beirrt.
Es mußte nun doch geschehen. Im Regen zogen die Zimmerleute Balken um Balken hoch, sie brachten auf die langen Hallenbauten den Dachstuhl, und im Regen saßen sie auf den Sparren, um die Latten aufzunageln und die Platten einzuhängen.
Zäh und mißmutig wurde die Arbeit daneben weitergemacht. Die Maurer standen in verwaschenen Regenjoppen herum, die Hände waren behindert durch die nassen Kleider, es ging nichts mehr von der Stelle. Als man einmal ein Stück Dach über den Hallen hatte, schob Sebastian die Leute in die Bauten wie Schafe in den Pferch. Jetzt behinderten sie sich wirklich, sie standen aneinander, stießen sich gegenseitig, kamen ins Streiten dabei, weil sie doch auch wußten, was draußen an Arbeit noch notwendig gewesen wäre.
Sebastian stellte sich zu ihnen, hielt sie ein wenig auseinander, teilte die Arbeit nach Möglichkeit ein. Es half nicht viel. Er mußte einen Mann aus einem schlagenden Haufen herauszerren, den die Wut der anderen angefallen hatte. »Geh ins Krankenhaus und laß dich nicht mehr sehen, sonst gibt es wieder Streitereien!« Den schob er ab, wischte ihm das Blut mit einem alten Tuch aus dem Gesicht und blieb dann unter seinen Maurern, die sich eingesperrt fühlten.
Endlich deckten sie ihm die Maschinenräume. Da konnte er wenigstens die Betonmaurer zu einem Teil unterbringen. Große Ofenfundamente wurden herausgemauert aus dem Boden, während die anderen Leute die Wände voller Gerüste klebten und einen feuchten Innenputz anwarfen.
Der Regen hörte nicht auf.
Kaum hundert Arbeiter waren noch im Freien. Sie taten die Arbeit, die unbedingt geschehen mußte.
Drei Wochen regnete es.

»Kann ich etwas dafür?« schrie Sebastian seine vorgesetzten Herren an. Er konnte nichts dafür, aber er verlor alle Möglichkeiten, wenn er den Bau nicht zur rechten Zeit fertigbrachte. Fünftausend Mark hatten sie ihm gezeigt, jetzt waren sie verloren. Der Regen hatte ihn herausgeworfen aus der Arbeit.

Etwas mußte kommen. Alle warteten darauf, daß etwas kommen müsse, um die Leute wieder in Bewegung zu bringen. Mit dem Etwas meinte das ganze Dorf nur ein erträgliches Wetter. Aber der Regen blieb.

Mitten im strömenden Regen fuhr ein Lastzug durch das Dorf.

Leute standen auf der Straße und schauten. Ein Lastzug fuhr durch das Dorf, mit grauen Planen über den sonderbaren Dingen, die auf den Wagen lagen.

»Ein Lastzug fährt auf der Straße!« sagten die Frauen in die Häuser hinein. Da kamen die Männer heraus und schauten die großen Wagen an, vor denen rauchende Zugmaschinen gingen. Es polterte durch alle Häuser und rief die Köpfe der Dörfler an die Fenster. Die Menschen traten heraus in die Pfützen, die der Regen hinterlassen hatte, und sie sagten: »Ein Lastzug!«

Die Straße, vom Regen aufgeweicht, bekam Rinnen, wo die schweren Fuhrwerke hintereinander dahingingen. Da traten die Kinder hinein, die Kinder lachten, und die großen Leute waren wieder zufrieden, daß etwas geschah im Dorf, nachdem alles hatte ertrinken wollen in dem langen Regen.

»Hoo!«

Da schrie einer. Auf der ersten Zugmaschine stand ein verrußter Mensch, der schrie etwas auf die Straße heraus.

»Der Peter!« schrien die Frauen. Und die Mädchen traten einen Schritt weiter vor, daß sie bespritzt wurden von dem aufgewühlten Straßenschmutz. Peter Unützer, vom Christof der Bub, der war auf dem Lastzug.

»Jaha, Kinder, das ist nicht so!« schnaufte Peter. Er war von

der Zugmaschine während der Fahrt weggesprungen und gab Zeichen zum Fahrer hinauf.
»Haaalt!« schrie es im ersten Zug. Sie gaben auf die Strecke zurück ein Zeichen, daß die ganze Kette halten mußte. Peter machte seinem Begleiter etwas vor, daß die Straße da unten nicht sehr gut sei, nach dem langen Regen sei sie noch schlechter. Dadurch gab er dem Dorf die Möglichkeit, daß alle Leute die großen Wagen anschauen konnten. Sie schauten die Wagen an und tappten auf die Wagenplanen hin, um durch das Gewebe die Maschinenteile abzutasten.
Und ihn konnten sie dabei auch ansehen, den Peter, den Maschinenschlosser, der sich ausgezeichnet durchgeschlagen hatte in der Stadt. So gut war es ihm noch nicht oft im Leben ergangen. Er war bei den Leuten der Mann aus dem Fabrikdorf, sie hatten es ihm nicht glauben wollen, daß nur ein Dorf bei der neuen Fabrik war, da hatte er auch nicht hart sein können und hatte aus dem Dorf eine kleine Stadt gemacht, eine größere Stadt dann, so eine Stadt, wißt ihr, wie die Stadt Landshut ist. Oder war sie noch größer, diese Stadt? Sie war einfach unbeschreiblich, diese Stadt.
»Was? Das ist die Stadt?« fragte einer vom Wagen herab.
»Ssst! Still sein! Die Leute wollen es nicht hören. Weißt du, sie haben schon oft den Antrag gestellt, daß sie den Titel Stadt führen dürfen, aber die Regierung hat es abgelehnt. Darum hören sie es nicht gern, wenn man von der Stadt so spricht.«
Dem schwarzen Mann oben auf der Plane gefiel diese Stadt auch so nicht schlecht. Vor allen Türen standen Mädchen, Bauernmädchen, gerade nichts Wichtiges, aber es waren Mädchen. Das war ausreichend.
»Elender Lügenschippel!« Dabei bekam Peter eine Zigarette von oben zugeworfen, die er vor den gleichen Leuten in aller Ruhe rauchte, denen er eben noch Lügen angedreht hatte. So, wie er das Dorf in Erinnerung gehabt habe, sei es eine Stadt gewesen, er sei eben schon reichlich lang weg.
Peter Unützer war richtig Maschinenschlosser, er kannte al-

les, er setzte sich am gleichen Abend noch unter die Leute und erzählte, wie es in der Stadt aussah. Der Maschinenzug war in der Fabrik laut begrüßt worden, man sah Peter ein klein wenig als Retter in dieser aufgezwungenen Ruhe an, man war ihm dankbar, daß er so ausgezeichnet log. Man konnte wieder einmal lachen und konnte einen Menschen ordentlich herreden, ohne daß sich daraus gleich eine Rauferei entwikkelte.

Peter kannte jetzt das ganze Geschäftsgeheimnis der künftigen Fabrik. Was war da schon Geheimnis? In den Büros hätte man es genauso erfahren, welchem Zweck diese Fabrik dienen sollte, aber da hatte man nicht fragen wollen, weil man eine Abfuhr fürchtete.

»Stickstoff – wißt ihr, was Stickstoff ist? Wißt ihr nicht, gelt!« Worauf er eine sehr lange Pause machte. Man mußte die Sachen wirken lassen, wenn man schon eine solche Donnerweisheit mitbrachte. Er mußte heute gleich alles erzählen, denn morgen konnten sie es von den neuen Maschinenschlossern hören.

»Das habe ich mir doch denken müssen, daß ihr nicht wißt, was Stickstoff ist. Natürlich! Ich muß es euch sagen, der Peter. Der Stickstoff ist der Teil der Luft, an dem man erstickt. Nicht wahr? Einfach, so furchtbar einfach. Darum heißt er Stickstoff. Ihr könnt natürlich mit dem Stickstoff sonst nichts machen, als eben daran ersticken. Um den einen oder andern wäre es nicht schad. Aber die da unten, im Hart, die machen aus dem Stickstoff Geld –«

»Geld? Geld? Aus dem Stickstoff Geld?« Die Mäuler am Tisch gingen weiter auf bei dem großen Wort vom Geld.

»Geld?«

»Ihr meint vielleicht gar, sie machen Zehnmarkstücke aus dem Stickstoff? Das könnt auch nur ihr meinen. Geld ist etwas anderes in dieser Zeit. Seht ihr, die Maschinen, die wir heute in die Fabrik hinuntergefahren haben, die sind Geld. Sie sind unser Geld. Und was die Mörn-Kraftwerke aus dem

Stickstoff machen, das ist auch Geld.« Er wußte es nicht sehr genau, was sie machen wollten. Darum redete er mehr vom Geld. Man mußte schon nachfragen und seinem Wissen auf den tieferen Grund gehen.

»Was machen sie denn nachher wirklich aus dem Stickstoff?«

»Das kann man euch nicht sagen, das versteht ihr nicht. Zudem ist es Fabrikgeheimnis. Ich würde bei der Firma sofort hinausgeworfen, wenn ich nur ein Sterbenswörtlein verraten würde.«

Ganz still, fast unter dem Tisch hin, vergab er dann seine schüchterne Weisheit. »Sie machen Kunstdünger daraus, und Karbid und weiß Gott was noch alles. Mit eurem Stallmist ist Schluß nachher. Aber das versteht ihr auch noch nicht. Bei euch wird einer schief angesehen, wenn er Kalkstaub auf die Felder wirft, daß sein Getreide besser wächst. Aber die werden jetzt einen Kunstdünger machen, einen Kunstdünger – geh, ihr dummen Luder fahrt ja doch zeitlebens euren Kuhmist auf die Felder. Und wenn ihr von dem Kunstdünger nur eine schöne Handvoll auf einen Acker hinwerft, dann wächst der Weizen auf drei Meter fuchzig in die Höhe. Natürlich, das ist nicht so billig. Denkt bloß, was man für eine Menge Luft braucht, bis man eine Handvoll von so einem weißen Staub zusammenbringt. Der neue Kunstdünger ist übrigens nicht weiß, der wird so blau wie ein Bischofsmantel. Jawohl!«

Nach der großen Rede Peters waren die Leute stumm. Aber seine Rede war noch nicht zu Ende. Er wußte von den verschiedenen Sachen, die aus Stickstoffverbindungen da hergestellt werden sollten, herzlich wenig. Dafür machte er eine große Geschichte ins Blaue, an der sich die Leute schreckten.

»Ich fürchte nur immer, daß sie soviel Luft verarbeiten werden, bis wir auf einmal nicht mehr schnaufen können. Wir haben ihnen jetzt einmal die Maschinen gemacht, das andere wird sich selber geben müssen, ob sie mit den Maschinen auch richtig umgehen können. Da haben doch wir keine Ver-

antwortung, wenn die ihre Maschinen vielleicht Tag und Nacht laufen lassen, und mit einemmal ist alle Luft weg. Das müßte schlimm werden.«
Er trank sein Bier aus und ging, die Leute in der Unwissenheit um diese neue Sache zurücklassend. Allmählich reckten sich ein paar Köpfe in die Höhe. Das war eine unschöne Nachricht. Um Peter war man froh gewesen nach den Regenwochen, aber seine allerletzte Andeutung war dumm.
»Was meint ihr dazu?« fragte der Frohnauer, der immer als recht klug gelten wollte unter den Leuten. Er war nicht mehr der siebengescheite Frohnauer. Und andere fragten auch: »Was meint ihr dazu?« Es war eine unangenehme Aussicht für die Zukunft.
Der Rott saß mit dem dicken Kopf in der Ecke und horchte immer nur zu, wenn die anderen sich abquälen mußten um diese Zukunftsmöglichkeiten. Er schaute auf die Köpfe hin, die sich einduckten über den Bierkrügen. Erst als er wegging aus der Wirtsstube, drehte er sich noch einmal um. »Und ihr glaubt wirklich dem Zigeuner ein Wort von seiner Geschichte? Für so dumm hätte ich euch doch nicht gehalten. Ihr könnt es glauben, wenn ihr wollt. Dann ist es aber immer nur der Stickstoff, den sie aus der Luft herausholen. Und der Stickstoff ist die Luft, an der man erstickt, hat der Bursch selber gesagt. Um die Luft, an der man erstickt, kann es nicht viel schad sein. Und um den Lügenbeutel von einem Peter wäre es auch nicht schad. Gute Nacht beisammen!«
Die ganzen Bauern, die an dem Abend beim Oberen Wirt beisammengesessen waren, blieben eine Zeit hernach still. Sie waren angelogen worden und hatten es geglaubt. Dem Unützerbuben, dem Zigeunerkerl, hatten sie doch alle zusammen nicht ein Wort geglaubt. So redeten sie hernach unter den Leuten. Wenn wirklich einmal wieder das Gerede auftauchte von den Absichten mit der Fabrik, dann wischten die Bauern abwehrend durch die Luft. Sie wußten genug, seit sie einmal angelogen waren.

Seit Peter mit dem großen Lastzug ins Dorf zurückgekommen war, hatte sich das Wetter mit einem Schlag auf Schön gedreht. »Bringst du doch auch einmal etwas Gescheites mit?« sagte Sebastian. Zu mehr Unterhaltung hatte er nicht Zeit, weil er die Leute wieder auf die ausgewaschenen Gerüste stellen mußte.

Die Deckbretter auf den nassen Steinen wurden abgehoben, mit der Kelle kratzten die Maurer die letzte Lage Mörtel ab, um darauf nun weiterzubauen.

Weiterbauen war gut! Was half Sebastian das Weiterbauen, wenn er arm geworden war in den drei Regenwochen. Die Zeit konnte nicht mehr nachgeholt werden.

Er ging bedächtig und müd über die Gerüste. Die Bodenbretter, die vorher lustig geschwenkert hatten unter seinen Tritten, gaben jetzt langsam und mit einem gezogenen Knarren den Füßen nach, wenn Sebastian seinen Rundweg um den Neubau machte. Es war nichts mehr mit ihm, alles war nichts mehr. Die drei Wochen brachten ihn um.

Da drunten – Sebastian bekam das ganz kleine Geschaue dabei –, da drunten in der Haupthalle arbeitete Peter Unützer. Von hier aus konnte man durch Gerüststangen und durch verspritzte Fensterscheiben das Arbeiten der Leute in den Schlosseranzügen sehen. Sie hatten es nicht weiter eilig, sie konnten in Ruhe ihre Arbeit machen. Er allein war der Gehetzte von allen. Nach Schichtschluß holte Sebastian den verschmierten Neffen heraus. »Was ist eigentlich mit euch? Wann müssen die ganzen Maschinen laufen?«

»Auf Allerheiligen ist die Abnahme. Wir werden fertig, wenn du uns mit dem Bau nicht aufhältst.« Sebastian tappte nach der Knopfreihe an Peters Bluse, er kam recht darauf hin.

Da fingen die Leute in der Fabrik zu laufen und zu schreien an. Der Polier von den Maurern sei in die Maschinenabteilung gekommen und habe den kleinen Maschinenbauer, den Peter Unützer, ohne ein Wort bei der Joppe gefaßt und durch die halbe Halle vorgeworfen.

Bleich stand Peter jetzt vor dem Onkel. Er mußte doch diese Art der Aussprache kennen, um nicht noch weiter dumm an den Onkel hinzureden. »Das kann ich nicht wissen, daß du dich mit Leib und Seele verschrieben hast.« Sie ließen die Leute reden, die Leute liefen herbei, die Sanitäter brachten Verbandzeug, um den Maschinenbauer Peter Unützer zu verbinden. Der war doch eben von einem Maurer fast zu Tode geworfen worden? »Ich?« schrie Peter, »ich stehe doch hier und unterhalte mich in aller Gemütlichkeit. Drückt euch, sonst muß man euch verbinden! Als ob hier nur das geringste vorgekommen wäre!«

Die Auseinandersetzung hatte auch weiter keine Folgen bei den zweien. Peter hatte Verständnis für die Lage seines Onkels, er hob seinen Vetter Wolfgang drüben aus, der auf den Gerüsten auch in der Schichtpause arbeitete. »Wolfgang, wenn das bis Mitte Oktober fertig werden soll, müssen wir uns noch schwer anstemmen. Ausgeschlossen ist es nicht, daß trotzdem alles noch fertig wird.« Er mußte Wolfgang erst die ganze Wahrheit noch sagen, die er eben vom Onkel erfahren hatte. Ihn regten die fünftausend Mark nicht heftig auf, aber Wolfgang hoben sie aus dem Gleis.

Fünftausend Mark – fünftausend – fünftausend –

»Leute, arbeiten wenn ihr nicht wollt, wenn ihr mir nicht helft, daß wir den ganzen Regenverlust einbringen, dann gnad euch Gott!« Er klopfte laut herum, als die Mittagspause dem Ende zu ging, er begann dann zu jagen, die Gerüste abzulaufen, den Leuten über die Schulter zuzusehen – »Wenn es nicht geht, wenn wir nicht bis Allerheiligen doch fertig werden, geht es meinem Vater an den Kopf. Das möchte ich euch bloß sagen.«

Die Leute nahmen es hin. Der Fischer war auch ein Mensch, und als Polier war ein jeder grob. Man wollte ihn aus der faden Lage befreien, wenn man dabei nicht allzuschnell getrieben wurde. Arbeiten wollten sie alle.

Sebastians Gang wurde wieder schneller und lockerer in den

Knien. Er wußte: Drüben bei den Maschinenbauern war sein Neffe, der schon zur Familie hielt, wenn es gegen den Herbst zu einmal brenzlig wurde. Er blieb doch vom Christof der Sohn, und der Christof war sein Bruder gewesen.

Sebastian redete jetzt immer eilig und nur in der Hast des Vorbeilaufens. Das Wetter blieb schön, und man mußte in der schönen Zeit wieder nachkommen. Im Herbst wollte man dann die Leute innen unterbringen. Dann mochte es regnen, wie es wollte.

Bloß jetzt die drei Wochen einholen, ein Stück nachkommen, bis zum Herbst auf die Höhe der Zwischenabrechnung kommen!

»Nur nicht schauen, Leute! Es muß sein, ich kann euch nicht helfen. Mehr Leute können wir nicht mehr herstellen auf den Platz. Ihr habt es selber gesehen, wie es beim Innenputz schlecht gegangen ist! Nur nicht schauen! Immer schön fortmachen, immer aufsetzen, Mörtel auflegen, messen, legen –!« Sie taten, was sie tun konnten. Wolfgang stocherte nach einer Viertelstunde immer die gleiche Runde. Der durfte nicht drängen und den Maurern, die fast alle älter waren als er, etwas anschaffen. Er hatte immer und bei jedem Rundgang die Ausrede, daß er das Gerüst schon wieder hinaufsetzen wolle. Seine Leute arbeiteten gerade irgendwo an einem Gerüst, und er schaute inzwischen den Platz aus, an dem er zuerst wieder eingreifen konnte. Wenn die Maurer die höchste Zeile Steine aufgelegt hatten, fielen die Gerüstarbeiter über die Sachen her, schoben eilig das Handwerkszeug auf eine andere Gerüstseite und rissen das Gerüst um Mannshöhe weiter hinauf.

Dann ging Sebastian wieder mit Lot und Meßlatte seine Runde, legte hier an und schaute dort in die Mauerrichtung, knurrte Zustimmung oder fluchte. Der Sommer war wieder gleich heiß, und Sebastian trug die Hitze der Arbeit noch dazu mit sich.

In der Werksleitung wußte man, daß der Rückstand nicht Sebastians Schuld war. Vorwürfe gab es nicht deswegen, man sagte nur jeden Tag wieder, daß an Allerheiligen alles abnahmefertig sein müsse. Dann ging Sebastian wieder heftiger, und Wolfgang machte ein noch lauteres Geschrei mit seinen Gerüstarbeitern.

Ja, und diese dummen Gerüste machten auf einmal den Lärm ganz laut.

Im Dorf erfuhr niemand richtig, wie es zugegangen war. Ein Maurer war abgestürzt vom Gerüst. Er war mit zerschlagenen Knochen unten liegen geblieben, und die Leute sagten, die schlechten Gerüste seien schuld. Dann kam eine Kommission, eine Kommission kommt immer in solchen Fällen, die Kommission untersuchte alles und sagte: Da ist nichts daran. Die Gerüste waren gut, und sie waren nach der Vorschrift. Es wird etwas anderes schuld sein müssen.

Das war im späten Sommer, und die Leute sagten: »Der Sebastian ist schuld, der Unützer ist natürlich schuld, der hat bloß eine einzige Arbeit den ganzen Tag. Er treibt die Leute, daß sie nicht mehr anständig hinstehen können zu der Arbeit.«

So, der Fischer war schuld.

Das machte Sebastian stumm. Er bekam ein zugemauertes Gesicht, aus dem kein Fenster richtig mehr ins Dorf schaute. Der Bart war eng, und die Augen hatten einen festen, einen ganz starren Strich. Er trieb jetzt wirklich. Wenn sie ihm schon die Schuld an der Sache zuschoben, dann wollte er nicht mehr mit weichen Händen zugreifen. Er trieb und jagte die Arbeiter.

Er wurde ein Hunzer.

Allerheiligen, gelt! An Allerheiligen mußte alles fertig sein. Dann bekam er fünftausend Mark.

»Wenn ich dich noch einmal sehe beim Spazierenschauen während der Arbeit, dann machen wir Schluß! Schrei nicht, sonst werf ich dich wirklich übers Gerüst. Dann braucht ihr nicht mehr zu lügen, ihr Hundsfotte!« So, nur schön arbeiten! Nur nicht durch Kleinigkeiten aufhalten lassen! Das mußte alles gehen. Ach Gott, den Finger hat einer wieder dumm hingebracht. »Laß dir Kindsmus ums Maul streichen, wenn du heulen mußt deswegen und den Doktor brauchst! Altes Weib!«

Nur nicht stehenbleiben!

»Wolfgang, das Gerüst wartet bloß mehr fünf Minuten, dann muß es oben sein! Die Leute stehen herum wie lauter Schwerverletzte, treib es ihnen aus!« Wolfgang trieb es ihnen aus. Er durfte nicht schreien wie sein Vater, aber selber für dreie arbeiten konnte er, und die anderen durften dabei doch nicht zuschauen, wo der Knirps um einen Kopf kleiner war als sie alle.

»Gelt, ihr könnt arbeiten auch! Nicht bloß bei den Leuten herumschreien, daß ich euch hunze, daß ich schuld bin an dem seinem Unfall. Es geht schon mit der Arbeit auch etwas vom Fleck, wenn man nicht mehr so viel durch die Finger sieht.«

Im Dorf wurde manchmal ein Wort laut, das heftig klagte über den Fischer und seine ganze Art. Er war ein Leuteschinder geworden.

Dafür trieb Sebastian noch heftiger.

Und das Gerede im Dorf wurde noch viel lauter. Es klagte den Fischer an, daß er den Tod eines Maurers verursacht habe. Da war eine böse Macherei am Werk. Siehst du, Sebastian, so habt ihr es früher auch gemacht. Da habt ihr auch nur unter den Leuten so eure Ansichten herumgestreut, daß die Wirkung nicht ausbleiben konnte. Du hast es so gemacht, und der Christof hat es so gemacht, und der Peter macht es am ärgsten. Denen nimmst du es übel, wenn sie es auch so machen?

Auf dem Baugelände wurde mehr geschrien, als notwendig und recht war. Sebastian hatte es fertiggebracht, seine ganze Unruhe und Hast in die Menschen da hineinzujagen. Es war etwas anderes in diesen Menschen als das Gären in ihm. Bei denen war es eine Spannung im Zorn, ein letztes Dulden dessen, was der Polier von ihnen forderte. Bei ihm war es ein ein-

ziges Hingespanntsein auf den Stichtag, auf Allerheiligen. Es wurde geschrien, viel wurde geschrien, und laut wurde alles gemacht, was man tat.
Nicht irr machen lassen, Sebastian! Man hat es bei dir schon oft versucht. Und wenn du ein einzigesmal nachgegeben hättest, wärest du heute noch der arme Mörnfischer. Sebastian lachte auf die Leute. Er zeigte nach außen das harte Gesicht des Gekränkten, dem man den Tod eines Mitmenschen vorwarf. Er lachte bös in sich hinein, wenn es grollte unter den Maurern.
Es gärte irgendwo.
Von den Biertischen ging es aus. Soviel wußte Sebastian. Es machte langsam einen Kreis von Kettenhunden um ihn herum. Deswegen schnaufte Sebastian nicht härter, weil man ihn jetzt ein klein wenig einengte.
Es gärte im Dorf. Und das Aufpludern jeder Gärblase war gegen ihn gespritzt.
Die Glocke beim Kaufmann Maderlechner tat einen lauten, einen schmerzenden Schlag. Sebastian trat hinein zur Maderlechnerin und kaufte eine Kleinigkeit. Es tat überall so einen lauten, heftigen Schlag, wo Sebastian um diese Zeit eintrat. Und in den Lagerkellern der Brauerei, tief unter dem Berg, begannen die aufgesattelten Fässer zu rumoren. Sie warfen die Quecksilbersäulen der Gärspunde in die Höhe, daß es dumpf platschend auf den Boden schlug und in den Gullys der Kanäle weggurgelte. Ein paar Frauen sagten ihren Männern, sie sollten deutlich abrücken vom Unützer, damit sie nicht neben ihm an den Straßenbäumen aufgeknüpft würden. Es war also allem Anschein nach ein lustiger Herbst zu erwarten. Durch das ganze Dorf ging ein lautes Murren, und an den langen Biertischen wurde geschrien, wie man nicht einmal damals geschrien hatte, im Frühjahr, bei den Wahlen ins Kollegium.
Frau Justine Maderlechner, die in den Jahren herauf reichlich dick geworden war und immer noch mit scheuen Augen an-

gesehen wurde vom Fischer, hatte an die Scheibe der Auslage geklopft und Sebastian hereingeholt.
»Was machst du denn für Geschichten, Sebastian?«
»Ich mache gar keine Geschichten«, lachte Sebastian. Da legte Justine die Hände auf die Ladenbudel, daß sie nicht mehr so weit weg war von dem wilden Kerl, der alt und töricht geworden war. Das hatte sie zeitlebens, seit sie an den Krämer Kaspar verheiratet war, nicht mehr getan. Jetzt war sie eitel und pochte auf ihren Einfluß, mit dem sie den Fischer bisher in Zaum gehalten hatte.
»Wirst du ein Unglück ins Dorf bringen wollen, Sebastian? Du machst uns alle kaputt, Sebastian, Du mußt die Geschichte nicht überspannen!«
Da schaute Sebastian ihr ins Gesicht, und seine Augen, die wasserblau waren wie die Augen all dieser Wildlingssöhne, stießen die Frau zurück, die ihre breiten Handballen neben seine rauhen Hände auf die Budel gepreßt hielt.
Du bist fett geworden, meine liebe Justine! Du bist mit dem Reiten auf dem Geldsack und dem Herausschauen aus verschnörkelten Erkerfenstern dumm geworden, herzliebste Justine. Es ist wohl nie in meinem Leben März gewesen, und gar nie hat ein lauer Wind mitten in der kalten Jahreszeit einen Windwurfbaum kahlgefegt, daß man darauf sitzen konnte! Die Zeit ist aus, Justine, wo wir uns angegafft haben auf dieser und der anderen Seite der Ladenbudel. Was willst du denn? Arme hast du wie die Metzgerin, und schön bist du nicht mehr. Du bist ja schon lang nicht mehr schön, aber jetzt möchtest du einen Unützer ins Leben dreinreden und lehnst dich deswegen über die Budel, daß man – – –
Mein Gott, Justine, der Holzkarrer hat einmal eine Tochter gehabt. Das ist wahr. Aber du bist ja alt und welk, und deine Augen können mich nicht mehr halten, daß ich etwas vielleicht nach deinem Willen mache.
Das alles stand in den wasserblauen Augen und dem zugemauerten Gesicht mit dem hängenden Schnurrbart über den

messerdünnen Lippen. Justine, du hast einmal Pfingstrosenlippen gehabt. Nichts mehr hast du jetzt, arm bist du jetzt, und jetzt bin einmal ich reich, weil ich das Dorf gemacht habe. Ich bin der Sebastian Unützer, der Mörnfischer, der aus dem Dorf eine kleine Stadt gemacht hat. Aber ihr redet anderes, das Dorf redet anders, die Maderlechnerin redet anders. Und diese gleiche Maderlechnerin hat einmal Justin geheißen, wie meine Tochter heißt. Und der Märzen war – –

Die Ladenglocke bimmerte giftig, als der Fischer die Tür zuschlug. Da heulte Justine Maderlechner laut und arg ihren ganzen Schmerz in die Lüsterschürze hinein.

Aber weil das Bimmern der Ladenglocke den ganzen Tag fortdauerte mit dem ewigen Kommen und Gehen und dem Kaufen von Leuten, die ihr bares Geld sofort auf den Tisch legten, vergaß Justine, was geschehen war zwischen ihr und dem wilden Unützer.

Alles Böse aus dem Krämerhaus trug Sebastian wieder auf den Bau. Er ließ sich von Justine auf der Zille mörnab fahren bis zum Hart, nach einer halben Stunde kletterte er wieder auf den Gerüsten herum und drückte auf die Leute ein, daß sie arbeiteten, daß sie vorwärtstrachteten. Er hatte die rechte Kraft nicht mehr für den Tag, aber seine Spannung ließ auf die Dauer nicht nach. Die Füße freilich wurden hart in den Knien, aber das sollte ihn nicht hindern.

Es wurde wieder geschrien auf dem Baugelände. Sebastians Unruhe fraß an den Herbsttagen der Arbeit, seine Hast trieb den Bau fast so weit, daß im späten Herbst, als der Laubfall begann, gar nicht recht viel mehr abging zu der vorgesehenen Bauleistung. Er mußte nur so weitermachen, dann war der Bau an Allerheiligen abnahmefertig.

Er schrie, und seine Leute schrien.

Im Nebeneinanderlaufen auf den Gerüstplanken schrie man sich die Dinge laut und eilig zu, man stolperte, man stürzte vielleicht, man fluchte und pfiff zum Hohn vielleicht einmal ein Liedel.

Das Gespannte, das aus dem ganzen Dorf herausschrie, wurde mit einem gepfiffenen Lied nicht aus der Welt geblasen. Es lag da, es war wie eine Zündschnur um den Bau geschlungen. In jedem Raum, in den Maschinenhäusern, in den Lagerschuppen, überall sah man diese Zündschnur. Sie war rot und leuchtete giftig. Wenn einer mit genagelten Schuhen darauftrat, begann sie vielleicht zu rauchen und weiterzuglimmen. Nicht darauftreten!

»Ihr müßt vorsichtig sein! Es schaut düster genug her, ihr müßt nicht alles noch ärger machen! So, und weitermachen, wieder arbeiten! Nicht immer bloß schauen, was der Polier sagt! Ihr habt doch alle euren eigenen Kopf, ihr werdet euch doch die kleine Arbeit selber zurechtdenken können. Die Hauptsache haben wir hinter uns. Weiter! – Weiter!«

Die Arbeiter taten weiter.

Dabei sahen sie alle wieder die rote Schnur, die auf dem Boden lag. Und Lidwina sagte ihrem Mann, daß er sterben müsse, wenn er nicht den Leuten ihr Recht lasse. Darauf lachte Sebastian sehr laut.

Lidwina ging in die Kirche hinauf. Sie wollte um etwas beten, um irgend etwas. Um die fünftausend Mark, und doch auch um einen friedlichen Ausgang der gespannten Geschichte. Es war so unruhig geworden, daß Lidwina keinen anderen Weg mehr wußte. Sie betete, und weil sie allein in der Kirche war, schien es ihr, als seien die Schnörkel in dem plumpen Bauernbarock der Kirche viel größer heute. Sie langten heraus und ragten über den Altartisch weg in die zwei Kirchenschiffe hinein, sie griffen nach dem Knäuel Haar, der hinten am Kopf der Fischerin wirr und schlampig aufgesteckt war. Dann, als die Schnörkel der Ornamente sie erfaßten und aufhoben, schrie sie laut in die Kirche hinein. Niemand war bei ihr in der Kirche, Lidwina schaute ängstlich nach allen Seiten, ein paar Kinder trieben johlend vor dem Eingang herum und ängstigten sie mit ihrem Geschrei.

Hernach ließ sie sich von Justine auf der Zille in den Hart hinunterfahren. Das war Sebastian nicht recht, aber er ließ es geschehen, daß sie nach langer Zeit wieder einmal den ganzen Bau anschaute.

»Bis wann wird das fertig? Und das? Und das?« Sie fragte mit Verstehen. Sie fragte und berechnete. Sie verstand aus der Unterhaltung das eine, daß der Mann nicht fertig wurde, wenn er nicht noch ärger trieb. Es waren ein paar Wochen.

Dem Fischer machte es nichts aus, daß seitdem Justine im Haus arbeiten mußte. Lidwina trieb jetzt die Fischerei. Sie war wirklich alt und hölzern geworden, daß sie kaum noch den Dauper so richtig ziehen konnte. Die Fliege zu werfen versuchte sie nur ein einziges Mal noch, dann gab sie es auf und fischte solid handwerklich, wie es der Mann früher getrieben.

Zu jeder Tageszeit schier konnte man Lidwina auf der Mörn sehen, immer in der Nähe, daß der Mann sie rufen konnte, wenn er etwas brauchte, was er am Morgen liegengelassen hatte.

Er brauchte sie doch einmal im Ernst.

In den Brettern und im Mauerwerk hatte es lang genug geknistert. Jetzt durfte es wirklich einmal krachen. Die Leute warteten darauf. Sie stellten sich oft vor den Fischer hin. Jetzt wollten sie ihm eine Stange um den Kopf schlagen, jetzt einen Stein an die Brust werfen, jetzt – jetzt –. Sie taten es lang, sehr lang nicht. Sebastian ging immer wieder ohne Schaden unter ihnen hin und her. Gar nicht einmal zufällig versuchte ein Stein, ihn zu treffen. Sie hatten keinen Mut. Wenn hundert zusammenhelfen wollten, einen einzigen Stein auf ihn zu werfen, dann konnte es gehen.

Und ganz unvermittelt brach es doch los. Sebastian hatte einem Maurer das Anlegen einer Verputzleiste gezeigt. Man stand in einer niederen Lagerhalle und redete mitsammen, fast wie an ganz friedlichen Tagen. Der Polier erklärte und war ganz ruhig dabei. Aber weil die Hand nicht so ganz ruhig ging wie der Kopf es wollte, traf der Ellbogen den Putzmaurer. Es mochte vielleicht etwas hart gewesen sein, so, wie es traf, an der Backe. Aber zu einem Streit war kein Anlaß.

Der Getroffene murrte. Er sagte nichts Rechtes, und er sagte nicht viel. »Aufpassen könntest du doch, wenn du auch der Polier bist!« Das war nicht viel. »Naja«, brummte Sebastian und strich die Kante an der Putzleiste sauber zurecht. Ihm war nach Arbeit zumut, gar nicht ein bissel nach Streit.

Das Knurren des Gestoßenen ging weiter.

Nach beiden Seiten wurde es weiter getragen, die Gerüste hinauf, zu den Erdarbeitern in den Fundamentgruben hinunter. Irgendwo stieß es sich an einer Kante und wurde spitz davon, ganz scharf.

»Na!« sagte Sebastian unwillig.

Für einen Augenblick war das Lärmen ganz klein. Bis es mit der verhaltenen, seit Monaten schon verbissenen Wut gegen den Polier herausbrach.

Das Schweigen war nur das Signal gewesen, dann brach es los und fiel über ihn her.

Ein ganz langer Schrei, der sich an den Mauern verstärkte, brach aus dem Menschenhaufen heraus, und der Schrei ging auf Sebastian zu, der nichts getan hatte sonst, als daß er eine Putzleiste sauber und nach Maurerbrauch angelegt hatte. Der Schrei packte ihn, daß er die Farbe ein wenig aus dem Gesicht verlor. Es war doch nicht deswegen, nicht wegen des einen Stoßes mit dem Ellbogen. Man schrie inwendig schon seit Monaten so.

Mit den Maurerhämmern kamen sie. Und mit Steinen in der Hand rannten sie auf ihn zu. »Ihr groben Hunde, ihr!« warf Sebastian ihnen entgegen. Darauf blieb der Haufen für eine Blickslänge stehen. Sie schauten sich gegenseitig an. Inzwischen hatten hinten wieder ein paar Stimmen vom Niederschlagen geschrien, und der ganze Haufen kam wieder in Bewegung.

Sebastian kam durch die Tür ins Freie. Er mußte immer rückwärts gehen und stieß an einen Bretterstapel. Das war für die anderen wieder ein Zeichen zum Angreifen. Jetzt, da am Boden, brachten sie ihn am leichtesten in die Gewalt. Aber Sebastian stand mit einem Ruck wieder auf und schaute den Arbeitern entgegen, die ihn ganz roh niederschlagen wollten. Draußen auf der Mörn, wo die Abwasser in einem Monat vielleicht schon die Fische umbrachten, schwamm die alte Zille. Justine fischte vielleicht das Wasser aus. Es wollte Sebastian wundern, daß er in dem Augenblick an Justine, an seine Tochter denken konnte.

Nachher wäre ihm kaum noch eine Zeit geblieben. Er schrie noch einmal in den Haufen hinein, daß sie ganz niederträchtige Hunde seien, ganz schmutzige Burschen, die ihren Polier niederschlagen wollten. Das half nicht mehr viel. Man hörte auf dem ganzen Baufeld das Geschrei, und als man Sebastian sah, der zurückging vor den schreienden Maurern, kannte man sich aus.

Wenn man es heute dem Polier besorgen konnte, dann war das eine Sache, bei der keiner fehlen durfte. Zu Dutzenden brachen sie aus Fensterluken heraus, und alle, die herauskamen, schrien. Sie taten sonst nichts, sie schrien nur. Sie schrien alle das gleiche. »Der Polier muß verrecken! Den hängen wir auf an einer alten Föhre im Hart! Mit Steinen schlagen wir ihn tot, daß man sein Blut nicht sieht im Rötel! Der nennt uns niederträchtige Hunde, der Leuteschinder, der Sklavenhalter! Was möchtest du denn eigentlich, Schinderknecht? Uns drangsalieren? Uns treiben, daß uns die Finger bluten, weil du Geld verdienen möchtest mit uns!«

Von der Seite rannte Wolfgang in den Haufen. Wolfgang hatte einen Dachsparren. Er ging mit dem Sparren auf die Köpfe los. Vor dem wütenden Gesicht und dem stoßenden Dachsparren liefen die Menschen zurück. Dann bekam einer den Balken von der Seite zu fassen, er bog ihn nieder, die anderen kamen auch dazu, sie rissen an dem Sparren, und sie hatten auf einmal den kleinen breiten Unützerbuben unter dem Sparren. Sie traten darauf und warfen Steine. Die Kraft nahmen sie ihm nicht so schnell, aber den zerschlagenen Kerl, der blutend auf eine Mauer zu gestoßen wurde, konnten sie als erledigt ansehen. Der hinderte sie nicht mehr, wenn sie den alten Unützer totschlagen wollten –

Totschlagen? Totschlagen –

Sie hatten es doch nicht so gewollt. Schlagen, hinausjagen, ihm das Leuteschinden austreiben. Aber sie sahen rote Sachen vor den Augen. Es war doch am besten so, wenn man ihn gleich totschlug –

Totschlagen!

Freilich, totschlagen! Man kann es nicht gleich wieder einmal so schön machen. Totschlagen!

Sie schrien alle: »Totschlagen!«

Und die Herren Ingenieure schickten um die Polizei.

Die Herren Ingenieure wurden aufgeregt, sie holten Arbeiter vom Kraftwerk drüben, und sie holten die Maschinenschlosser, aber es war gar nicht viel mehr zu machen. Die vom Kraftwerk wollten sich nicht die Köpfe einschlagen lassen.

Überhaupt hatten sie etwas ganz anderes zu tun. Den verrückten Peter aufhalten, der mit dem Messer gekommen war. Sie hatten ihm das Messer aus der Hand geschlagen. Es sah doch nicht nach Messer aus und nach so blutigen Dingen? Peter schrie, und die Leute knieten sich auf ihn. Mit ein paar Riemen banden sie ihn, weil er nun auch sie alle niederstechen wollte.

Die Leute zusammen konnten ihn kaum fesseln.

Als er gebunden war, hätten sie ihn wieder auslassen wollen.

Es ging wirklich um Blut und Kopf. Es ging um das Leben des Fischers.

»Totschlagen!« schrien die Leute. Da wurde Sebastian ganz weiß im Gesicht. Das war Ernst. Die schlugen ihn tot. Totschlagen –

Er machte den Mund auf, um den Mund hatte er schon einen roten Streifen – er riß die Zähne auseinander, weit, er schnappte nach Luft –

Dann begann auch er zu schreien, der bisher nur gemurrt hatte.
Schreien!
Was schrie der?
Der Mund stand weit offen, und das Gesicht war gelb:
»Awaaaah – – awaaaah!«
Da wurden die plärrenden Stimmen ruhig. So hatte noch nie ein Mensch um sie herum geschrien. Noch nie hatten sie ein Tier so schreien gehört –
»Awaaaah – – awaaaah – – awaaaah – – awaaaah«
Immer noch stand der Mund so weit offen, weil der Schrei ein einziger Schrei wurde –
Die Leute begannen wieder zu schreien, noch lauter zu brüllen als er. Sie machten sich mit dem Schreien Mut.
Und sie schlugen.
Sebastian schlug auch, aber er legte mehr Kraft ins Schreien als ins Wehren. Ein Stück Brett hatte er, mit dem schlug er in den Haufen hinein, hinter dem Brett schrie er ununterbrochen sein Awaaaah.
»Awaaaah! awaaaah!«
Das Schreien wurde heiser, und es konnte nicht mehr so laut heraus, weil die Leute ihn niedergerannt hatten. Sie standen schon über ihm und traten mit den schweren Schuhen auf dem kleinen Sebastian Unützer herum, der die Hände wegstreckte, weil sein Wehren nichts mehr half. Aber wenn ihm schon die Kraft der Stimme noch blieb, dann wollte er schreien bis zum allerletzten Ende. Und erst, wenn sie ihm den ganzen Körper zertreten hatten zu Brei, erst dann wollte er aufhören zu schreien in seinem fürchterlichen Awaaaah.
Dann war nichts mehr von ihm da als ein Fetzen zertretenes Fleisch, ein Rest von zerbrochenen Knochen, und sonst nichts mehr. Aber der Schrei blieb noch –
Der Schrei, der awaaah schrie, und ein anderer Schrei.
Ein Schrei, der vom Wasser her kam. Nicht mehr vom Wasser, sondern nur noch von der Wasserrichtung –

»Wo habt ihr meinen Mann?«
»Wo habt ihr den Fischer?«
»Heiliger Simon, dich haben sie mit einer Säge zerschnitten. Steh mir jetzt bei! Sie werden mich auch – – – auch zerstükkeln. Und du, heiliger Sebastian, dem sie die Knabenbrust mit Pfeilen durchschossen haben, hilf mir den anderen Sebastian retten, den diese Menschen umbringen möchten! Steh mir bei, bloß dieses eine Mal, dann will ich für immer verzichten auf eure Fürsprache. Bloß dieses eine Mal noch!«
Lidwina war aus der Zille gekommen. Die Zille schwamm irgendwo am Ufer, und Lidwina rannte gegen den Menschenhaufen an, der ihren Mann zertrat. Sie hatte die Arme vorgestreckt wie zwei fischende Scheren. Wenn sie die ersten Männer einmal griff, dann wollte sie die Scheren zusammendrükken.
Vor ihr wichen die Blutmenschen zurück. Aber sie drückten wieder nach, sie stießen die Frau zu Boden, die sich durchraufen wollte bis zu ihrem Mann hin. Eine Hand legte sich über ihr Gesicht, dann biß sie die Hand durch bis zum Knochen, daß sie das Krachen spürte, als die Zähne auf blanken Knochen kamen. Der Schrei des Gebissenen übertönte alles, die Bahn lichtete sich, Lidwina bekam Platz genug, daß sie wankend und starr hingehen konnte zu dem Knäuel.
»Ihr laßt mir den Mann aus!«
Da ließen sie den Mann aus.
Die Frau war groß. Sie war starr, wie die Arbeit sie starr gemacht hatte. Und im Haufen schrie einer, dem sie die Hand durchgebissen hatte.
»Sebastian!
Das bist du?
Der Haufen Gewand, und das Blut, und der gelbe Fleck von Gesicht, der dazwischen herausschaut? Das sollst du sein?«
Wäre Lidwina nicht dazwischengetreten, hätten die tretenden Füße nicht einmal mehr das übriggelassen.
»Das bist du? Sebastian? Und bloß, weil du Häuser gebaut

hast, haben sie dich so hergerichtet? Du hast diese Häuser gebaut und hast unser Haus gebaut. Und ein Hausbauen ist doch immer recht!« Sie faßte mit einer Hand darunter. Der Körper sackte nach. Er hatte keinen Knochen, so bog er sich durch. Da faßte Lidwina das Gewand des Fischers und riß alles herauf zu sich. Sein Hut blieb zertreten und blutig an der Stelle liegen, wo die Menschen eben noch »Totschlagen!« geschrien hatten.
Den Körper hatte sie auf den Armen. Da gingen beschämt die Leute aus dem Weg, die Sebastian zertreten hatten. Die Herren Ingenieure mit angstbleichen Gesichtern wollten Frau Lidwina zu Hilfe kommen. Sie griffen nach dem zerschlagenen Körper und nahmen die Hände hastig wieder weg, als sie Blut spürten.
Lidwina ging starr und aufrecht dem Wasserlauf zu. Da draußen schaukelte die Zille auf dem Wasser. Dort hinaus wollte sie den Körper des Fischers tragen, den seine Leute zertreten hatten.
Von der Seite irgendwo wankte Peter heran. Er hatte keine Festigkeit im Gang. Nur schwankend kam er vorwärts. Er wollte helfen und mußte wieder in die Leute hineinspringen, wieder schlagen und stoßen und stechen. Das Messer hatten sie ihm genommen, damit er sie nicht umbringen konnte, alle.
Lidwina aber trug den Körper des Fischers vor den gaffenden Leuten ans Ufer. Und weil die Zille weiter draußen trieb, ging sie, den Körper auf den Armen, weiter ins Wasser hinein, bis sie die Zille zu sich herziehen konnte, um den Mann auf die nassen Bodenbretter zu legen, daß er Ruhe hatte vor den blutigen Hunden.
Sie kam dabei fast ganz unter Wasser, daß hernach, als sie selber in die Zille stieg, die Formen ihres Körpers sich hölzern, kantig und unfraulich durch das zwilchene Gewand abzeichneten.
Wie eine bäuerliche Madonna stand die Figur der harten Frau

gegen den weißen Hintergrund des Kraftwerkes. Und der bauleitende Ingenieur schaute groß und starr auf das Bild des ungeschlachten Bauernweibs, das den Mann aus den Händen der Totschläger gegriffen hatte. Jetzt hielt sie den zerknickten Körper eine Weile vor sich auf dem Schoß und schaute auf die eingedrückte Brust.
Irgendwo in dem Menschenhaufen meinte eine Stimme, Lidwina sei ein grobknochiges Stück Bauernweib, man sehe es an den durchnäßten Kleidern.
Und weil niemand mehr etwas verderben oder retten konnte, wurden die Mäuler wieder lockerer, um nachzusagen, was eine Stimme vorsagte.
Schön habe sie es den groben Kerlen gezeigt, was eine Frau kann, wenn sie ihren Mann gern hat. Aber ein klotziges Stück Bauernweib sei sie, wahrhaftig noch einmal!

XIII

Als Lidwina den Mann in der Ehekammer flach auf das Bett legte, liefen vor den Fenstern auf der Straße die Frauen aus dem Dorf zusammen. Sie redeten halblaut miteinander: »Die Lidwina hat ihn herausgeholt aus dem Haufen Arbeiter, die Lidwina hat sie mit den Ellbogen alle weggestoßen, die Lidwina hat ihn hernach durchs Wasser getragen und in die Zille gelegt. Das hätten wir der Weiberhof-Lidwina nicht zugetraut.«

Während sie in einem Reden waren, fiel eine andere Neuigkeit in den Haufen hinein.

Ein Hütbub hatte die Neuigkeit gebracht, und die Weibsleute auf der Straße drehten sich nach der anderen Seite hin, wo das Dorf stand. Sie schauten über das Dorf hinaus, und ihre Augen suchten die Erdhaufen an den Uferseiten des Kanals.

Den Kanal haben sie eingelassen. Heute nachmittag ist er eingelassen worden, man kann das Wasser schon sehen, es ist noch nicht sehr hoch, eine Faust hoch vielleicht, aber es ist schon das Wasser, das in das Kraftwerk hinuntergeleitet wird.

Da stob der Haufen Frauen auseinander, weil es wieder eine größere Neuigkeit gab als die Geschichte vom Fischer, den die Leute im Hart drunten niedergetreten hatten. Es ging immerzu in dem Gelaufe dahin, immer auf der Straße durch das Dorf, den Bergweg hinauf zum Kanal.

Der Kanal wurde eingelassen. Das war etwas ganz anderes! Jetzt ging es dem Ende der großen Geschichte zu. Vielleicht kam hernach nichts Neues mehr.

Sebastian Unützer lag in der Ehekammer. Der Doktor sagte

Lidwina, daß noch Leben in dem zertretenen Körper sei. Das war ihr genug. Sie löste Stück für Stück von dem Arbeitsgewand ab und legte den Körper frei, daß der Doktor nicht mehr unter Joppenfetzen und verspritzten Schuhen tasten mußte, wenn er die Verletzungen suchte. So hatte sie ihm die Schuhe schon einmal abgelöst, damals waren es die langen Wasserstiefel gewesen, die schon lange angeschimmelt in der Ecke beim Ofen standen.
»Den haben seine Leute so zugerichtet?« fragte der Doktor. Lidwina wickelte den Körper weiter aus den Kleidern und hörte absichtlich an der Frage vorbei. »Das ist doch der Mann, der mit dem Kraftwerk angefangen hat? Die neue Zeit hat er ins Dorf gebracht, meint der Herr von Ruederer. Jawohl, der hat die neue Zeit hereingebracht. Weiß nicht, ob er es wirklich gewesen ist. Umgebracht hat ihn die neue Zeit! Jawohl, Frau Unützer!«
»Seine Leute haben ihn so hergerichtet«, sagte Lidwina. Der Mann sollte nicht in einem zu reden und reden. Das war dem Kranken nicht gut, und ihr konnte er auch kaum eine Freude machen damit.
»Seine Leute – freilich, das waren seine Leute. Ist ja recht.«
»Sehen Sie her, Nägel haben die Leute an den Sohlen gehabt –«
»Mhm. Die hat grobe Nägel in den Schuhen, diese neue Zeit. Die neue Zeit, jawohl! Und sie hat ihm die Rippen eingeschlagen. So sieht sie in Wirklichkeit aus.« Der Doktor ließ sich nicht aus der Rede bringen. Er begann den Körper zu waschen, er legte ihn hinüber ins andere Bett, als er sein Mögliches getan hatte. Dann ging er. Und draußen auf der Straße liefen die Leute dahin, die es früh genug sehen wollten, wie der Kanal eingelassen wurde. Was der Mann da geredet hatte von der neuen Zeit, das hatte Lidwina nur halbwegs gehört. Sie hatte bloß den einen Gedanken: daß Sebastian wieder gesund wurde, nachdem sie ihn schon aus dem Haufen Mörder herausgerissen hatte.

Sie blieb im Haus und am Bett.
Es wollte nichts besser werden an dem zerschlagenen Körper, der sich nicht mehr aufrichten konnte. Die Hände regten sich nach Tagen wieder, aber der ganze andere Körper blieb flach und gebrochen liegen. Die Menschen waren viel zu hart mit ihm gewesen, viel härter als er mit ihnen, wenn er sie an die Arbeit trieb. Lidwina sah, daß er reden wollte, aber sie mußte noch warten, bis er Kraft genug hatte, immer am Bett bleiben und warten.
Da saß sie, als der Kanal eingelassen war. Und am gleichen Platz mußte sie bleiben, als das Werk am ersten Tag nach Allerheiligen dem Betrieb übergeben wurde. So viele Menschen hatte das Dorf noch nie gesehen wie am Tag der Eröffnungsfeier. Lidwina hörte nur ihre Schritte auf der Straße, nicht anders als sie das Reden der aufgeregten Frauen gehört hatte an dem Tag, als sie Sebastian auf den Armen da herein in die Ehekammer trug.
Dann brachte Wolfgang die fünftausend Mark ins Haus. Ja, die Leute hatten gesagt, es sei ganz recht so, und im Vertrag stehe es auch so. Der Maurerpolier Unützer könne die fünftausend Mark beanspruchen, weil das Werk genau auf den vorgesehenen Tag in Betrieb genommen werden konnte. Sebastian tappte nach dem Geld und rieb die Scheine zwischen den Fingern.
Hernach gab er alles Lidwina hinüber, sie solle es gut im Kasten verstecken.
Von dem Tag an war Lidwina nicht mehr allein in der Kammer. Wolfgang, der es mit seinem harten Kopf leicht ausgehalten hatte, was man gemacht hatte mit ihm, kam jeden Tag. Und dann kam Peter an dem gleichen Tag. Er schob Wolfgang weg und setzte sich an den Platz auf der Bettkante. Man konnte reden mit dem alten Fischer und konnte ihn fragen um das Notwendige.
Peter hatte schon wieder seine großen Gedanken.
Das Fischwasser war verloren. Er beschrieb es dem Onkel,

wie das Flußbett der Mörn aussah. Nur ein schmaler Wasserlauf ging noch in der Mitte zwischen Kies und Schwemmholz. Das übrige Wasser hatte der Kanal abgesaugt. Peter sagte, da müsse man vom Werk eine große Entschädigung verlangen. »Ja«, sagte Sebastian, »das geht wohl nicht anders.«

Peter wollte das schon machen.

»Und ich?« fragte Wolfgang.

»Ja, macht es mitsammen!« stöhnte der alte Fischer.

Wolfgang hatte es anders gemeint. Er wollte gehen. Die Arbeit da unten war zu Ende, jetzt mußte er wohl wieder eine andere suchen.

»Du bleibst da!« schrie ihn Peter an, »jetzt gibt es erst Arbeit, wenn du schon unbedingt arbeiten willst!« Er schob den Vetter zur Tür hinaus und redete in der Kammer eine lange Zeit auf Sebastian ein. »Bauen!« meinte er. Man konnte bauen, wenn man es geschickt anfaßte. So etwas verstand Wolfgang nie. Der Fischer hatte einen mächtig langen Streifen Boden beim Haus, der Boden war trocken, weil das Wasser nicht mehr herausdrängen konnte von dem leeren Flußbett. »Bauen!« sagte er. Sie konnten lange Reihen Häuser bauen auf dem Platz. Wo sollten die Leute von der Fabrik denn sonst wohnen? Jetzt arbeitete ja nur eine kleine Schicht, aber in einem Jahr waren schon tausend Leute beschäftigt und in noch einem Jahr vielleicht doppelt soviel.

»Bauen!« schrie Peter.

Dann ging er fort, um mit der Gesellschaft zu verhandeln über die Fischwasserentschädigung.

Einen langen Winter mußte Sebastian in der Kammer liegen, während Justine aus dem Dorf ging mit dem Maschinenbauer. Mit dem Fischen war es auch nichts mehr. Sie mochte gehen, wenn sie es so haben wollte. Es verdroß den Fischer ein wenig, daß er ihr nichts mitgeben konnte. Aber das Geld im Schrank brauchte er zum Bauen. Peter hatte das so ausgedacht, daß man bauen konnte im Frühjahr für die Angestellten von der Fabrik und für die Arbeiter. Dazu brauchte Sebastian das Geld. Lidwina sagte nichts vom Geld. Sie versuchte, Justines Rock ein wenig straff zu ziehen, daß er länger werden sollte. Aber Justine meinte, beim Fischen habe sie ihn immer bis über die Knie hochgebunden.

Im Frühjahr schleppte Sebastian sich in die Stube. Er saß immerzu an dem großen Tisch und zeichnete Pläne für die neuen Häuser. Die Geschichte mit dem Werk ging gut. Peter brauchte nicht zu streiten, sie gaben freiwillig ein schönes Stück Geld her, mehr als das Fischwasser gekostet hatte.

Sebastian sah auf einmal das Geld nicht mehr so an, wie er es sein Leben lang angesehen hatte. Das Geld war nichts, es war ein wenig Papier, sonst nichts. Und das Fischwasser, das Vermögen der Unützer, war jetzt auch nur mehr so ein Fetzen Papier. Es war Geld, aber dieses Geld wollte Sebastian nicht sehen.

»Gar nichts mehr haben wir jetzt?« fragte er Lidwina. »Gar nichts mehr?« Lidwina schaute ihn groß an. »Wer redet denn so freventlich? Gar nichts mehr? Was ist dann das Haus? Das gehört uns jetzt. Das Haus!«

»Häuser kannst du noch genug haben«, meinte Sebastian. Und er zeichnete in seinen Plänen weiter. Zusammengekrümmt saß er am Tisch und zeichnete.

Im Frühjahr dann suchte Wolfgang Maurer zusammen.

»Soll jetzt wieder gebaut werden?« fragten die Leute im Dorf. Peter saß immer bei ihnen. Der konnte es ihnen doch sagen, was sie da wieder anfingen auf der großen Wiese an der Mörn.

Bauen, sagte Peter bloß. Mit den Maschinen sei es auch nicht das Rechte gewesen, man werde also wieder bauen, immerzu bauen.

Sie bauten Häuser. Wolfgang verstand das Handwerk so halbwegs, und er hatte gute Leute. Und Peter redete unter den Leuten, wie er immer geredet hatte. Man müsse eine Siedlung herbauen für die Leute von der Fabrik, sonst setzte

die sich anderswo hin und das Dorf hatte das Nachsehen. Da bauten sie Häuser in einer Reihe hin. Schöne Häuser mit Erkern und Balkonen, auf die man Blumen stellen konnte. Eine lange Reihe stellten sie hin, und als die eine Reihe fertig war, begannen sie auf der anderen Seite der Straße eine neue. Das brauchte Jahre. Aber in den Jahren reichten die Häuser nicht mehr. Das Werk selbst kaufte die zwei Reihen, dann kaufte das Werk Grund zusammen an der Straße hin. Die Bauern sahen Geld und gaben den Boden weg, an der Straße, weiter zurück, sie gaben gute Böden her. Sie gaben alte Häuser her, daß die Gesellschaft an deren Stelle neue bauen lassen konnte für die Leute von der Fabrik.
Die Fabrik wurde doch größer mit jedem Jahr.
Dann brauchte sie wieder neue Häuser, und der alte Fischer baute wieder. Nicht mehr selber wie früher. Er lehnte am Türstock und schaute hinaus. Wenn die Grundmauern für ein neues Haus vermessen und ausgepflockt wurden, ging er selber an den Bauplatz und spannte die Richtschnur. Hernach aber, wenn die Häuser wegwuchsen aus dem Boden, ließen sie den alten Maurer hinter sich. Er mußte am Boden bleiben, wo er stand, weil er starr geblieben war nach den Tritten der Arbeiter. Das war eine Weile her, und es hatte die Hände nicht totschlagen können, die auf dem Bauerntisch der Stube Pläne zeichneten.
»Soll das noch ein Dorf sein?« murrten die Leute. Sie mochten murren, Sebastian zeichnete, und Peter ging bei ihnen herum, es ihnen zu sagen, daß sie murren sollten. Aber so, wie sie klagten, war es ihr Ernst nicht. Sie reckten immerzu die Hände hin, daß sie Geld bekommen sollten, mehr Geld für ihren Grund und Boden.
Das Dorf war kein Dorf mehr, und die Leute murrten. Sie gaben ihre Wiesen zuerst weg, dann ihre Häuser. Danach waren sie reich, aber sie murrten. Wenn der Herr von Ruederer der Gesellschaft ein Stück Land verkaufte, blieb er hernach so gut wie vorher der Herr von Ruederer. Bloß die vom Dorf

waren keine Bauern mehr hernach. Vielleicht murrten sie deswegen über das Dorf, das kein Dorf mehr war.
Peter horchte hin auf die Leute. Er hörte sie murren und stand hinter ihnen, wenn sie klagten. Er sagte ihnen etwas ins Ohr, damit sie lauter schrien und daß es jämmerlicher klang. Das hielt eine Weile vor.
Als dann die Straße im Dorf, die zwischen lauter neuen Häusern glatt und schwarz und neu ihren breiten Strich zog, nichts mehr hörte vom Murren der Bauern, da ließ Peter Christofs alten Segeltuchkoffer packen und fuhr fort. Für ihn gab es nichts mehr im Dorf, darum ging er fort, und er sagte, er wolle diesmal in eine andere Stadt gehen und ganz andere Dinge machen. Er wolle bald wiederkommen, sagte er zu Marianne. Die trug immer noch den Scheitel in der Mitte und spielte die Heilige. »An dieses Wiederkommen glaube ich nicht«, sagte sie ihm beim Weggehen. Und Walpurg hatte ein paar Tage verweinte Augen.
Hernach saß Wolfgang wie ein verprügelter Knabe im Haus herum und hatte keinen Griff mehr für die Arbeit. Er ließ sich drängen und treiben von seinem Vater, der lahm über dem Bauerntisch lehnte und Pläne zeichnete. An Peter mußte er denken, wie dieser Peter so groß gewesen war, viel größer als er. Dabei hatte er schwarze Haare an den Füßen gehabt, und sein Gesicht war ein ausgehungertes Mönchsgesicht gewesen mit einem Kranz von schwarzem Bart. Es war nicht mehr das Rechte mit Wolfgang, und mit den Häusern da draußen, mit den vielen Häusern, war es auch nicht das Rechte. Und da, in der Stube, war es nicht mehr in der rechten Ordnung. Dem alten Fischer wurde der Raum der großen Stube zu eng, und als er einmal über die Bleistiftstriche weg in den Raum schaute, sah er die hohen braunen Fenster eines Gerichtssaales.
Na – wollte jemand Rechenschaft von ihm? Daß man ihn so alt noch in einen Gerichtssaal setzte –
Da hatte Sebastian den großen Traum, daß er ersticken müs-

se. Das kam von vorn und von der Seite, und es legte die Hände um den Hals. Eigentlich hätte er noch Awaah schreien müssen, recht laut schreien, wenn er sich anders nicht wehren konnte. Aber er blieb ganz still und legte nur die Hand so verkrampft, wie Lidwinens Hand schon seit Jahren war, auf die neuen Pläne, die gerade breit und weiß vor ihm auf dem Bauerntisch lagen.

Hernach legte Lidwina die weißen Papiere zusammen. Es war still in der Stube des Adamhauses, und nur ganz vorsichtig raschelte es nach brechendem Papier. Wolfgang kam dazwischen. Es war eine Zeit her mit ihm nicht mehr das Rechte, weil –

Er zeigte der Mutter die Fächer im Kasten, in denen einmal das Geld verwahrt worden war. Er machte sie auf und zeigte sie vor. Leer? fragte Lidwina mit den Augen. Und Wolfgang sagte ja. Sie wollte ihn noch einmal das gleiche fragen, vom Geld, für das sie ihr Leben lang gelitten hatte. Aber Wolfgang log nicht, Wolfgang war nicht wie der Peter vom Christof. Sie drängte den breitköpfigen Buben an die Wand hin, und sie hielt ihm den Kopf mit ihrer alten Kraft so, daß er der Mutter ins Gesicht schauen mußte.

»Wer?« fragte sie. »Wer hat das Geld genommen? – – unser Geld?«

»Genommen?« machte Wolfgang verächtlich. »Niemand hat einen Pfennig genommen, auch der Peter nicht. Mach keine großen Augen, Mutter, er hat wirklich nichts genommen, und gar niemand hat etwas genommen.«

»Wer?« fragte sie wieder. Diesmal hatte sie schon die Hand am Hals des Buben. »Du sollst nicht so laut sein, Mutter, und du darfst nicht so hart sein deswegen! Ich weiß bloß immer wieder, daß wir solang gebaut haben, bis alles Geld weg war. Ja, und jetzt ist es wirklich ganz weg.«

Es kam der Frau in den Sinn, daß sie ganz laut herausbrechen sollte, daß sie vor das Haus treten mußte, die Straße hinunterlaufen und wieder hinaufrennen, das Gewand zerfetzen am Körper, daß sie vielleicht nackend unter den Menschen stand – irgend etwas tun, was den Menschen vom Dorf am Gewissen rüttelte. Sie mußte sich doch auf die Straße stellen vor die vielen Leute, etwas ganz Unsinniges schreien, irgend etwas tun, was sie in ihrem ganzen Leben noch nie getan. Sonst blieb ihr Körper nicht mehr ganz, sonst wurde er zerrissen von innen heraus. Und dieses Zerreißen, das schon anfing in der ganzen Körperlänge, das war viel grausamer als die Säge, mit der sie den heiligen Simon zwiegeteilt haben.

Lidwina, du mußt die Hände wegtun von deinem Buben! Der wird es dir nie sagen können, wohin das Geld verschwunden ist. Sebastian hat gebaut und wieder gebaut und wieder neue Dinge ins Dorf gebracht, daß von den alten fast nichts mehr geblieben ist. Hernach war das Geld weg, weil ihm die neuen Dinge über den Kopf gewachsen sind und ihn überrannt haben, genauso wie damals in der Fabrik.

Damals hat der Doktor so hart und mitleidlos geredet. Du, Lidwina, du hast nicht hingehört auf ihn, wie er es dir ins Gesicht geschrien hat von der neuen Zeit, daß die neue Zeit ihn zertreten hat, mit genagelten Füßen zertreten, viel grausamer und häßlicher, als es jedes alltägliche Tun im Dorf je vermocht hätte. Du hättest deinem Sebastian die Pläne aus der Hand reißen müssen, und den Bleistift hättest du ihm nehmen sollen – ja, Lidwina, es ist schon recht, du darfst den Wolfgang nicht so hart am Hals fassen! Schau, er ist doch dein Bub!

Dein Bub, verstehst du? Nicht der vom Sebastian und von dir, sondern dein Bub, von der Lidwina und ein klein wenig vom Weiberhof. Der hat die Häuser mitgebaut, weil es Häuser wurden mit Stuben und Fenstern und einem Dach über allem. Deswegen hat er bauen helfen, und nicht, wie sein Vater, bloß und allein des Bauens wegen.

Lidwina ließ die Hände langsam niederfallen am Körper. Nun wollte sie dem Buben nichts mehr tun, und ins Dorf wollte sie nicht hinauslaufen.

Sie nahm aus dem Wäschefach des Kastens, in dem das Geld einmal verwahrt gewesen war, graue Hemden für den Buben. Wo es notwendig war, nähte sie einen Knopf nach. Für Wolfgang war das, und sie sagte es ihm so: »Du wirst jetzt in die Fabrik gehen zur Arbeit.« Das war kein Befehl. Wolfgang nahm das erste von den grauen Hemden und sagte, er werde nun in die Fabrik gehen.
Danken hätte er doch können für das Hemd, meinte Lidwina. Sie mußte darum an den großen Huchen denken, den sie ihrem Mann einmal ins Gefängnis geschickt hatte. Sebastian hatte nie gesprochen davon und nie etwas von Dank geredet. Heute, wenn er wieder im Gefängnis sitzen und hungern müßte, würde sie ihm keinen Huchen mehr schicken. Sie würde ihm einen Stein schicken, einen großen Stein, so groß wie ein Huchen, und ganz hart müßte der Stein sein. Sie dachte das eben so, und mit den Frostknöcheln klopfte sie hart auf den Tisch, daß der Gedanke auch laut wurde.
Das war die einzige Sünde, die Lidwina beging.
Nach der Sünde trat Lidwina auf die Straße hinaus. Sie stellte sich vor das Haus hin und legte die Arme und die plumpen Hände davor, weil sie die anderen Häuser sah, die neuen Häuser, zwischen denen die Straße einen langen Strich machte, der alles scharf auseinanderschnitt. Die Straße, die vor allem schon gewesen war und nach allem blieb, drängte knapp bis an das Türgeschwell des Hauses. Darum nahm Lidwina die Hände noch weiter auseinander und hielt sie vor das Haus, an das sie immer geglaubt hatte.
Lidwina war die einzige im ganzen Dorf, die noch den Glauben hatte. Und um dieser großen Frömmigkeit willen mag ihr die eine Sünde verziehen worden sein, die sie beging.